JN045395

吉本隆明

全質疑応答

YOSHIMOTO TAKAAKI

1991—1998

論創社

吉本隆明　全質疑応答Ⅴ　１９９１〜１９９８　目次

【TMA東京メンタルヘルスアカデミー主催】——1991年2月17日

家族の問題とはどういうことか

質問者1　二つお訊きしたいんですけど。先ほど、三木さんの学説にかんして、魚類・両生類から陸上に揚がって、爬虫類になる、それが胎芽のときに残っている過程でわかるということで、それはどういう意味があるのか。それがちょっとわからないんです。

もうひとつは、「乳児期とはどんなことか」という図で、「母の物語」というところで、衝撃から否認、怒りがあり、取り引きがあると書かれています。それは吉本さんの『死の位相学』(一九八五年)で、ガンの告知をされた方が初めに否認をされて、というのと、否認という部分が同じだと思うんです。それは生まれた時が死と同じ恐怖だという意味で、乳児がそういう体験を一時(いっとき)して、受容して、それから生きていくということになるんでしょうか。生まれてから「死の瞬間」にあるということなんでしょうか。この二つについてお訊きしたいんですが。

人間の胎児というのは三十六日目に「上陸」がはじまり、三十八日目ぐらいに終わる。このことを確定したのは、三木成夫さんという人なんです。三木さんはその過程をひとつひとつ確かめ、写真を撮っています。『胎児の世界——人類の生命記憶』（一九八三年）という本が出ていますから、お読みいただくといいと思います。そのほうが正確ですから。これは世界的かつ画期的な発見だと思いますけど、これを確定したというのはたいへんなことだと思います。

呼吸のしかたとかが、進化の過程で移っていく。その過程っていうのを人間の胎児は踏んでいく。明らかに魚の顔から爬虫類の顔に変わる。そのときに母親は異常を来たし、悪阻がはじまる。そういうことを確定したということはたいへんなことだと思います。

「人間っていうのはやっぱり生物なんだな」と思うと同時に、「人間というのはすごいものなんだな」と思いますよね。「こんなことを発見した人が日本にいるのか」と思って、僕にはとても衝撃的でしたね。この本にはそういうことがやさしく書いてあって、写真もあります。啓蒙書のようにも見えますけど、中公新書から出てるんですけど、これはたいへんな本だと思います。ですからお読みになってくださると、もっと衝撃をうけるだろうと思います。

それから三木さんの選集が三巻本で出つつあります（『生命形態の自然誌』全三巻のうち第一巻「解剖学論集」のみ既刊／一九八九年）。ここには非常に専門的に書かれています。ぜひそういった本を読んでいただきたいと思います。ニワトリのことも書いてあります。一週間の四日目で上陸すると書いてあります。

それから、あなたがおっしゃったことにかんしては、キューブラー＝ロスの『死ぬ瞬間』という本があります。僕は、誕生と死は同じなんじゃないかと思ったんです。だから、次の□□□で使えるんじゃないかと思ってやってみたんですけど。若い時はそういうふうに思わなかったんです。誕生と死はちがうと思っていた。若い人とお年寄りとはちがうと思ってたんですけど、僕も老年になってきてそういうふうに考えるようになってきたんですね。「あ、ちょっとわかってきたぞ」と思えることが、実感的にあるんです。だから存外、死と誕生というのは、逆行しているけど同じなんじゃないかなと。厳密にいうと、そうじゃないかなと思えるようになってきたんです。だから応用できるんじゃないかなと。それ以上の意味はないんで、もっとちゃんとやらないといけませんね。そのうちにちゃんと書いて表現したいと思ってますけど。だいたいそれくらいの意味なんですね。死と誕生は逆に同じなんじゃないか。今のところ、僕のなかではそういう考えが優勢ですね。まあ、そんなところですけどね。

質問者２　こういう具体的なことをお訊きしていいかどうか迷うんですけど。家族というよりも父親について、おうかがいしたいんです。十年ほど前、「教育の森」という雑誌に吉本さんのインタビュー記事が掲載されました（「吉本隆明　初めて「子育てと教育」を語る」聞き手・山本哲士／八一年九月号）。そこではお嬢さんのことをいわれていたと思うんですけど。お二人のうち、どちらかのお嬢さんが「大学に行かない」といった。そのとき吉本さんは「大学なんていうのはたんなる通過儀礼なんだから、黙って出てしまえ。そこには大した意味はないんだよ」といわれていたと思うんですけども。

その頃は私もまだ若くて、子供が小さかったものですから、「やはり吉本さんのご家庭にも、そういうことがあるんだな」というぐらいに思ってたんですけど、今になってみるとそれなりに考えさせられるところがあります。お嬢さん方が最終的に大学という教育の場を通過されたどうかはわかりませんが、吉本さんはそのとき、お嬢さんに「大学は通過儀礼だよ」といって対応された。これはちょっと具体的な質問なので、失礼かなと思ったんですけど。そのへんをちょっとお聞かせいただければと思います。

いまおっしゃったことは、ちっとも失礼じゃなくて、そのことは全部ちゃんといわなきゃ意味がないのです。「大学に行きたくない」といったのは上の子なんですね。上の子は「大学に行きたくない」っていったんです。僕はそのとき、次のようにいいました。どこの大学に行っても同じだよ。それだと四年間、短大であれば二年間、なにもしないで親のスネかじって遊んでるっていうことになるけど、一生の間に二年でも四年でも遊んでる期間があるほうがいいか、それともないほうがいいか。おれはあるほうがいいと経験的に思う。だから大学に行かないっていうのもいいけど、遊ぶつもりで行ったほうがいいんじゃないか。それがおれの意見だと。それで短大に行かせたわけです。「大学なんてどこでもいい」っていったら納得して、「じゃあ行く」っていったんですけど。

ところが当人は一学期間だけ学校に出て、あとは学校に出ないで遊んでいた。その時は親元を離れて京都にいたんですけど、遊んでるか、それじゃなきゃ下宿で漫画描いてるかのどっちかで。まあ、もともとそういうつもりだったんでしょうけど。だから学校へは、ほとんど出てないんですね。先生で知り合いの人がいて、子供が出てこないんだけど、どうなんですかっていわれたことがあるんですけど、「いやあ、僕はわからない。当人のことだからわからない」なんていって。それからあと三年半ぐらい、京都で遊んでましたね。経済的にはなんとかやれてたから四年間遊んで、うちへ帰ってきた。そういうことがありますね。

下の子は、「自分の入れる大学に行くんだ」っていって、日大の芸術学部に行きました。でも学校へ入ってから、クラブ活動には出てるけれども授業には出てなくて。適当にお茶を濁して学校は出ましたけど、僕が見てる範囲では授業じゃなくて、クラブ活動のほうに出てた。文学仲間とか茶道部には出てたけど、授業にはあまり出てなかった。そういうふうにして学校を出たと思います。

僕はけっして強制はしない。僕もそうだったんですけど、大学というのは通過儀礼で通ればいい。目をつぶってもいいし、カンニングしてもいいから通ればいいんだ。でもそれだったら、通らなくてもいいんじゃないかという人もいるでしょうね。たしかに通らなくてもいいんだけど、僕の理解のしかたでは、一生のなかで親のスネをかじったりアルバイトしたりしてプラプラと遊んでても、世間からあまり「あれは何だ」とか文句をいわれないのは学生の間だけじゃないか。何かかんかいわれないで遊んでいられるのは、その数年間しかないわけですよね。それ以降に遊んでたら人から「なんてやろうだ」っていわれるし、自分も生活することができなくなってしまう。「こんなことをしてていいんだろうか」と思いながら遊んでる、あのなんともいえない気持っていうのは、学生時代にしか味わえない（会場笑）。

日本人は勤勉だっていわれてますけど、働く時間の過ぎ方と遊んでる時間の過ぎ方のギャップを感じて、自分のなかできつくてしょうがない。そこできついのを我慢しながら遊んでる。あるいは、それを楽しみながら遊んでるということになるんでしょうけど、僕の実感では、そういう体験はたいへん役に立ってると思うんです。僕は貧乏人の小倅（こせがれ）ですから、それがなかったら、これは今日の話に関連しますけど、僕なんかはえらい倫理的な人間になっちゃってたような気がするんです。

たとえば宮沢賢治は、農学校の先生をしてたでしょう。彼は生徒たちに、おまえたちが田畑を耕しながら身につけていく勉強がほんとうの勉強で、学校でテニスをやって遊んでる先生から教わることは、ほんとうの勉強じゃないんだと（未定稿の詩篇「稲作挿話」）、そういうことをいうわけですよ。僕にいわせれば、これは宮沢賢治の唯一の弱点なわけです。僕なんか遊ぶということのギャップの体験がないと、一種の倫理主義になってしまう。倫理主義になると、まちがえることがあるわけです。

つまり宮沢賢治は、そこでまちがえてると思うんです。テニスをしようが女遊びをしようが、その先生が教えることとは関係ないんですよ。真面目であるか遊び好きであるかによって、教えることに等級が付くわけでもない。遊んでる先生の教え方が拙いっていうこともないし、勉強してないっていうこともないんです。そういうことはあまり関係ないんだけど、やはり倫理主義から行くと、「苦労して田畑を耕して身につけたことがほんとうの勉強だ」という人は、世間にはたくさんいるでしょう。ほんとうは、そういうふうにいいたくなっちゃうんですよ。だけどそれは、たぶん間違いなんです。遊ぶ時間と勉強する、働く時間についての考え方を、まちがえてると思うんです。

僕にいわせれば、そうじゃないんです。それはまちがえちゃいけないのであって、真面目であろうが不真面目であろうが、教えることにかんしてはべつに関係ない。そういう考え方に立ったほうがよろしいと僕は思っています。そう考えたほうが人間の心をたいへん広くするし、自在さを獲得することもあると思います。だけど一所懸命□□□□をとっていこうとすると、どうしても倫理主義になっちゃうんですよね。倫理主義になっちゃって、宮沢賢治的な言い方をしちゃう。

一生のうちでいい年をした人間がプラプラ遊んでいられて、世間からあまりなにもいわれない時間というのはほんとに少ない。できるなら、そういう時間があったほうがいいよ。僕はそう考えて通過儀礼だというふうにいっちゃうわけなんですけどね。これは人によっていろいろだから、なんともいえないんですけど。先ほどもいいましたように、教育というのはほんとは難かしい問題だと思うんです。僕がそういういいかげんなところで話しているのが正当だとは、ちっとも思わない。ほんとはもっと根本的に考えなきゃいけない問題です。

先ほど、学童期っていうことと関連していいましたけど。人間の学童期っていうのは、増えていく一方なんですね。文明が発達していくにつれて、増えていく一方なんです。今だって、生涯教育っていう人がいるぐらいで、僕にいわせりゃ、「冗談じゃねえ」っていう感じなんだけど（会場笑）。「冗談じゃねえぜ。そういうことは早くやめてくれ」って思うんだけど。僕は小学校の頃から、学校っていうところが――大学はサボったからそうじゃないけど（会場笑）、とにかく息苦しくてしょうがなかったですね。だから生涯教育なんていうのはありえなくて。

文学者でも頭はいいんだけど、「こいつ幼児じゃないか」っていう人がいるんですよ。まるで幼児で、それ以上ちっとも発達していない。だけど、頭はよくてね。そういうのがいるわけですよ。僕は、文学っていうのはだんだん堕ちていくなと思いますけどね（会場笑）。文学をやってるやつはたいてい怠け者で、自ら恃むところがあって、そういうやつが小説家になったっていうのが文学のよさだし、幅の広さでもあり、つまり、悪を許容したりできるところなんですけどね。ところが、このごろの日本の文学者っていうのは自慢するようになりやがって、もう冗談じゃない（会場笑）。それで生涯教育なんていうことをいうんだけど、これは明らかに文部省とくっついてるんですよ。だからこんなのはよくないですよ。つまり堕落ですよ。でも文明はそういう方向に行きつつあるわけです。日本は西欧の後を追っているわけですが、だいたい十年から十五年遅れてる。でもヨーロッパもだめですからね。頭がいい人の売り物がなくなっちゃった（会場笑）。ニーチェやライヒがいた時代からすると、もうたいへんな文明の堕落なんですけど。でも、この堕落は必然なんですよ。できるだけ堕落は避けたほうがいい。せめて文学・芸術の分野ぐらい、そんなのがないほうがいい。そう思うんだけど、このごろはそういうのがエーッという感じで出てきまして。一昔前の文学者が見たら、「こんなのはぶん殴っちゃえ」っていいますよ（会場笑）。そのぐらい変わってきてます。

だから、息苦しさっていうのはほんとうなんです。生涯にわたって教育したり、学校に行ったりしなきゃならない。大学に行ってから大学院に行き、修士課程、博士課程に行ってドクターを取る。最近では、そういうやつがだんだん増えつつあるわけです。これが半数を過ぎたら、今度はドクターよりもっと先ができるということになりそうな気がするんです。今の勢いなら、そうなりそうな気がするんです。でも、それはほんとうにいいことなのか。やっぱりどこかで根本的に抉（えぐ）ってみないといけないような気がしますね。みなさんにもどこかで、その問題を抉ってほしいわけですよ。いいかげんじゃなくて、抉ってほしい。僕がいったことはいいかげんです。「通過すりゃいいんだ、こんなもの」っていうのはいいかげんな考え方です。「（無意識領域の）表層のところで済まそうじゃねえか」っていう考え方ですから、ほんとうはいいと思ってないんですけど。

質問者３　私は公立商業高校の教員をしております。先ほど先生は東京大学、法政大学を例にあげておっしゃいましたけど、私の実感では、大都市における大学進学率は五〇パーセント程度かなという気がするんで、東京大学と法政大学の違いを知りたいんじゃないかと思うんです。商業高校の子はほとんど就職しますから、日々のルーティンの仕事が多い。都立高校の教員のほとんどは自分の子供を私立中学に入れ、いわゆる有名大学に入れる。そしてゆくゆくは、主導的な立場に立ってオリジナリティーを発揮できる、ホワイトカラーという昔の言葉が対応すると思うんですけど、そのような仕事に就かせたいと思っている人がまだ多いと思うんです。

先ほど、中学から学校教育が否定されているとおっしゃいましたけど、学歴をはじめとする振り分けの機能に終始しているのが現在の学校教育じゃないかという気がするんです。法政大学・東京大学の話が出ましたけど、それらの大学のレベルが等質化されたばあい、オリジナリティーが発揮できる仕事とルーティンでしなければいけない仕事との振り分け機能をどのへんが担うことになるのか。

あと、教育というのはひいては社会にとって自己防衛機能であるのか、それとも自己変革を促していく機能であるのか。僕は日々そういうことを考えてるんですけど。先生の実感も含めて、そのへんについてお聞かせいただけたらと思います。

あとの質問から申し上げますと、僕は今でいう工業高校を出たんですが、やっぱり同級生の大部分は就職してしまいました。そこらへんでもう少し勉強したいという気持が生じてきて、大学に行ったわけですけど。戦争中でしたから、いろいろと制約を受けたりしたんですけど。

今のご質問を聞いていて、思い出したことがあります。トヨタっていう自動車会社がありますよね。一昨年か一昨々年（さきおととし）になると思うんですけど、僕はトヨタの多摩地区にある工場に「見学させてくれ」っていって見学したことがあるんです。自動制御の工程はどういうふうにやられているのかを知りたくて、見学に行ったわけです。そうしたら、けっこう面白かったんですよ。いま質問された方がおっしゃっていることを聞いていて、そこで案内してくれた人の説明のしかたを思い出しました。

そのとき案内してくれた人は、日本の自動車工業は世界各国に比べて、どこがすぐれているかということについて説明してくれたんです。そのなかで、学歴に還元するならば商業高校・工業高校に該当する人たちが、その工場に勤めている。その人たちの質と量が、諸外国よりも格段にすぐれている。諸外国では流れ作業を担当する工員さんと、大学を出た技術者とに分かれている。もちろんそれぞれにすぐれた能力をもった人がいるんだけど、その中間にいる人たちは手薄で格段に見劣りする。

一方で、日本のばあい、そこの担い手は商業高校・工業高校を出た人になるわけですけど、彼らは量・質ともにすぐれている。そこが非常に問題なんだ。そこ以外には格別変わったところもなければ特別なこともないんだけど、そこだけはたいへんちがうところなんだ。そこをもって、日本の自動車は優秀で安いんだという、その理由に数えるほかないんだ。そういう説明をしておられたんです。

僕はいま、あなたのお話を聞いていて、そこらへんに考えるべきことがあるんじゃないかなと思いました。登校拒否・学業拒否する人たちの数が増えるということと、商業高校・工業高校を充実させていくということを、非常に大きな問題として考えることが重要なんじゃないかという感じを僕はもつんですけどね。

僕は「工業高校で終わる。銭がないからそこで終わりだ」っていわれたら、そこで就職しようと思ってましたし、たまたまそうじゃなくて、当時でいえば高等工業に行って、またその上の専門学校みたいなところに行けることになったんです。終わる頃になったら就職するか、軍隊に取られるかのどちらかになって、そうするか、あるいはもう少し学校に行くかということになったんですけど、経済的に行けそうなので学校に行くことになった。いちいち文句つけながら、学校に行ったような感じなんですけどね。

今のところ、商業高校・工業高校の問題と登校拒否・学業拒否の問題は同じになっちゃってるような気がするんですけど、同じっていうんじゃなくて、ほんとうに一体の問題として考えていくというのがひとつあるんじゃないかなと思います。

それから教育の問題というのは、教える側にも教わる側にもありますね。今日の話でいえば、先生はどこの段階まで教えるか。あるいは生徒からすれば、どこの段階まで先生に教わるか。こういうことは、はっきりさせることができるような気がするんです。先ほど、東京大学あるいは京都大学の先生は法政大学みたいな私立大学、あるいは地方のどこかの大学に四年間以上行って教える義務がある。逆に法政大学の先生は東京大学や京都大学に行って、四年間以上教える義務がある。そういうふうにすれば解決するんだと申しましたけれども、そこではもっぱら、心理的な問題、精神的な問題だけに還元しました。

もうひとついえることは、教育の問題っていうのは（無意識領域の）表面層、意識領域の問題、つまり技術の問題に限定することもできる。大学なんていうのは、たいていそうなわけです。どの大学に行こうと、あるいは文科であろうと工科であろうと法科であろうと、教育の問題はだいたい意識領域と人間の無意識の表面層で成り立っている。それじゃあ商業高校・工業高校のばあい、教育の問題が（無意識領域の）中間層まで入っていくか。そこの問題のような気がするんですけど。

かつての旧制高校・旧制高等工業というのは、人間の無意識の中間層のところまである程度踏み込んでいった。学生・生徒のほうも中間層のところで、教師に「これはどう思うか」「どういうふうに処理したらいいのか」「どういうふうに生きたらいいのか」などといった疑問をぶつけていましたし、昔の旧制高校・高等工業・高等商業では、そういう中間層のところで教育が成り立つってことがありえたんですよ。それが教育にとって邪道であるかどうかはべつとして、そういうところでは名物教師みたいなのがいて、学生同士で「あいつは話がわかるぞ」「あいつが料理屋へ呑みに連れてってくれたよ」とか、そういうことがあったんですよ。それはいってみれば、教育がひとりでに中間層にまで入っていたということです。

いま質問された方は大学の問題についていわれましたけど、ほんとうは中間層にまで入ってくる教育というのはいったいどこにあるのか、それともないのか。あるいは、どこで消えちゃったのか。そういう問題がたいせつなような気がするんです。それはたぶん、今の高校ではなかなか難かしいでしょう。先生も忙しいし、生徒も大学受験で忙しい。だから、そういうことはとてもできないだろうと思うんです。でも商業高校・工業高校では、そういう中間層の教育をやれるかも知れない。そういう可能性をもつような気がするんです。だから、その問題をちょっと考えてみたらいいんじゃないかなと、僕はそんな気がしたんです。

それはたぶん、大学の問題じゃないと思う。体験的にもおわかりでしょうけど、大学では教師から教わることはないんですよ。つまり知識しか教わらないわけですが、知識だってほんとうは教わらないので、「そうか、この本を読めばちゃんと書いてあるじゃないか」とか、本の読み方を教わるみたいな、あるいは「てめえで勉強しろ」ということをおっ放されるという、大学にはそういう意味しかないと考えたほうが、ほんとうはいいんですよ。だから大学の問題といわれたけれども、たぶんそれは中間層の教育の問題ではないかと思うわけです。

それから、（無意識領域の）核の問題は教育の問題なのか、それとも社会的救済の問題なのか。あるいは、救済不可能の問題であるのか。それはちょっとわからないんです。先ほどいいましたライヒっていうのはフロイトの弟子です。彼は「これは社会制度の問題だ」と考えたことがあるんです。でも、それはちがいます。ライヒは、それはだめだと考えるようになったんです。核の問題は乳胎児期の問題だ。つまり母親の問題であり、乳胎児期の問題だ。あるいはもっといえば、文明の問題だ。それはユダヤ・キリスト教的文明、あるいは西欧文明のだめなところだと。そういう極端なところまで行くわけですよ。

ライヒはこんなことをいっています。そこがだめだから、人間っていうのはだめなんだ。いい年をして、いい頭を持ったやつがヒットラーやスターリンの言いなりになってみたり、日本でいえば天皇や東条英機の言いなりになってみたりする。それはなぜかというと、核のところがだめだからだ。こういう阿呆の言いなりになっちゃうのは、割礼されたからだと。割礼というのは精神の割礼もあれば、肉体の割礼もあるわけですけど。そこで精神的に無気力にして、内向性、服従心を植えつける。核のところ、つまり乳胎児期にそういうことを植えつけられちゃったから、ヒットラーとかスターリンの言いなりになっちゃうんだ。いい頭をしたやつがそうなっちゃうんだ。そこがだめなんだと、ライヒは、そういう言い方をしています。つまり、それは重大問題になるわけです。

核の問題というのは依然として、解決することができないんですよ。もちろん、さまざまなアプローチはできるんですよ。専門家はそれぞれアプローチして、必死になってやっておられるわけですけど、なかなか核の問題まで到達することは難かしい。それが現在の状態だと思います。こんな教育が中間層まで入っていけなくなっている一方で、学童期はどんどん延長されていく。こんなのでいいのかしら。文明が発達していったら、いつまで経っても学生だという人がたくさん出てくる。頭だけはいいんだけど、精神の成り立ちはまったく幼稚で、そういう人間がたくさんできちゃって、それでいいのかしらと。そういう問題に重なっていきます。

でも、中間層までは、教育的な問題になりうると思います。僕は今の方のお話を聞いていて、そういう感想をもったんですけどね。むしろ、商業高校・工業高校とか、そういう中間層の問題が重要なんじゃないかなと。昔の高等学校・高等工業・高等商業の役割を背負えるのは、そこなんじゃないかなと。そういう感じがしたんですけどね。

司会者　たいへん申し訳ないんですが、ちょっと時間のほうが押してしまいましたので、対談の時間がなくなってしまいました。最後に、私どもの所長のＭのほうから先生にご質問がございますので、よろしくお願いいたします。

Ｍ　対談ということだったんですが、みなさんからいろいろと質問が出ました。私も対談に見せかけて、質問させていただきたいんですけど。まず意識領域・表面層・中間層・核という前提がありますね。ここからはじまったわけですけど。私はどちらかというと構成主義的にものごとを考えたいと思って、いま仕事をやってるんですが、そういう問い方をしていきますと、先生が話したことはどのように伝わったのかということになるんですね。

たとえば基本的な問題が核の問題になってくるということになりますと、これは非常に悲観的なものなのか、楽観的なものなのか。これは聞いた人によって伝わり方がちがうと思うんです。たとえば登校拒否の問題が本質的には核の問題だということになると、あきらめてしまう。あきらめた結果、よくなる場合もあるわけですね、あまりかまわないでいることが。それとも「だめなものなんだ」と悲観してしまうようになるかも知れない。それは聞いてみなければわからないと思うんですね。つまり、このことがどのように伝わり、子供たちあるいはほかの人たちに伝えられていくのか。

そういう意味では、私はコミュニケーションが現実をつくっているんじゃないかと思うんです。つまり、人間の中間層・表面層というようなことを伝えていくことが、現実をつくっていくんじゃないか。そういう考え方があるんですが、先生はこれをどのように捉えていらっしゃいますか。

どういう言い方をするかということですね。僕は今日お話しするために、何を準備したらいいかと思って、先ほども申しましたけど、三省堂かどこかに行きまして、家族問題についてのさまざまな論議、書籍を急いで四、五冊買ってきて読んだんです。そうしたら、何に気づいたかというと、「みんな嘘だよ」という、つまり「みんなそれぞれ、もっともなことをいってるな」と感じたんですけど、たいへん空疎なんですよ。もううんざりしたなっていう、もっともだと思うけど、こうもいわれちゃうとうんざりしちゃうな、ということをまず感じたんですね。それからもうひとつは、論者はみんな何についていっているのか、何を解こうとしているのか、どこから解こうとしているのかについて、具体的、現実的にはいってるんだけど、基本的、根本的には自分がどこから家族問題に近づこうとしているのかがはっきりしない。すこぶる曖昧である。その二つのことを感じたんですね。

その二つの弱点をいちばん解消できるやりかた、考え方をどういうふうに説明したらいいか。あるいはどういうふうに、その弱点を解消すればいいのか、あるいはどういうふうに解いたらいいのか、そういうことを考えました。それで、こういう図面をしつらえたわけです〔上図参照〕。ですからべつに、「あなたの心はこういうふうに三つに分かれてるんだよ」「図面どおりだぜ」と思っているわけではなくて（会場笑）、わかりやすく解きやすくして、いったい自分は何にひっかかっているのかということを知ろうとするために、こういう図を書いてみただけです。ですから、「心の世界の実体はこうなっている」といおうとしてるわけじゃないんですけど。

それから、著書なんかをよくよく読んでみると、みんな三つのこと、全部にふれてるんですけど、ごちゃごちゃにしてふれてるんですよ。どれひとつとして自分はここに限定して、懸命に追いつめるぞっていうふうにとか、ここのところの表面層の問題だけで、つまり、コミュニケーション論だけで追いつめるぞという自覚はないし、「中間層まで入り込んでやってみるぞ」という感じで自覚的にやっているのでもないし、それから、「核のほうまでやらずんばおかず」という深刻きわまりない□□□□、暗くなって□□□がっくりきちゃうという、そこまで暗くさせるような本もなかったんですよ。つまり、ちっとも暗くならない。みんな□□□□いってるんだけど、ちっとも暗くならないし、また明るくもならなくて、ただうんざりしちゃう（会場笑）。しかし、ちょっとそれじゃ困るわけです。僕はそれならば、暗くなろうが何でもいいから、とにかくやろうじゃないかと思うだけです。

今のお話にかんして、僕はどちらかというとそうとう悲観的なんです。心の問題については、そんなに教育的でないんですね。僕の身内、第一次的家族はみんな正気な顔してやってますけど、第二次的な近親、親戚まで行くと三人か四人ぐらいおかしい人がいます。精神科のお医者に通ってるのが三人か四人いるんですよ。入院してるって意味じゃないですけど、通っている者が三、四人いるんですよ。そのぐらい間近かに迫ってきているといいましょうか（会場笑）、そういう感じなんです。さまざまに対応してみたり、自分なりに問題にしてみたりしたことがあるんですけど、そうとう絶望的にならざるをえないというのが現状です。僕がそういう感じ方をもっていることはたしかなわけです。でも先生方がそんなことをいってたら、教育にならない。自分が絶望的になっていたら、人を治癒することなんかできませんからね。だから希望をもっているのが当然なんだと思います。でも僕にはそういう経験があるから、そうとう暗いなと思います（会場笑）。

それからもうひとつ全体的にいいますと、みなさんは耳にタコができるほど「緑を護れ」とか「森林をたいせつにしろ」とか聞いてるでしょう。しかし僕からすれば、それは本格的じゃないんですよ。

なぜかといいますと、現在の日本の社会の産業構成を見てみればわかります。農業・漁業に従事している人は働ける人全体の九パーセントぐらいです。それから工業・製造業に従事している人は三〇パーセントぐらいです。そしてみなさんはそう思わないかもしれないけど、いちばん多くて六〇パーセント近くを占めているのは第三次産業です。つまり流通業・サービス業、教育・娯楽・医療などに携わっている人口が、だいたい五六パーセントから六〇パーセントぐらい。つまり、大部分は第三次産業に従事してるんですよ。農業つまり緑に従事してる人は、たったの九パーセントなんですよ。九パーセントをたいせつにするのはけっこうだけど、そんなものが社会の主要な問題だと思ったら大間違いです。第三世界、つまりオリエント・アジア・アフリカ世界では依然として農業・漁業・林業と製造業の問題が第一義的でありましょう。だけど日本や西欧、アメリカといった先進諸国においてはもはや、第三次産業が主たる産業なんですよ。そしてここでの主たる公害問題は何かといったら、今日お話しした精神障害なんですよ。

今もそうですが、精神障害はこれから起こってくる公害です。これからの公害はそれが主だということを、みなさんもよくよく心のなかに刻んでおいてほしいんですよ。緑の問題だと思ったら、それはちがいます。それはわずか九パーセントです。九パーセントでもたしかにあるんだから、それをいうのは間違いじゃないですけど、それが主たる問題だと考えたら大間違いですよ。それが世界における主たる問題だと思ったら、大間違いであって、少なくとも先進社会では、そんな段階は完全に離脱してるんですよ。緑の問題が全体としてあるのは、第三世界、つまりオリエント・アジア・アフリカ世界では、それが主たる問題として存在します。しかし先進社会の主たる問題は、そこにはありません。つまり疲労困憊、精神障害、それにアルコール依存症というような精神障害ですね。現在ではそれが主たる公害になっているわけです。これはよくよく考えていかなきゃいけない。今もそうなんでしょうけど、これから先生方が一所懸命取り組まなきゃいけない問題はそこにあります。僕らが考えていくべき公害問題は、そこにあるんだと思っています。

だから緑の問題は、けっして主たる問題じゃないんですよ。そういうことは徹底的に考えなきゃいけないと思います。いいかげんなことをいうやつが多いですからね（会場笑）。とくに社会運動みたいなのをやりたがるやつには、そういうのが多いのです。そんなのは好き嫌いの問題でいいわけですよ。「おれは緑が好きだ」っていうなら緑があるところに行けばいいし、植木鉢でも土でも何でも買ってきて緑をつくればいい（会場笑）。つまり、そういう問題なんですよ。緑の問題を社会問題、文明問題だと考えて、そういうふうに主張してるやつがいるでしょう。それはとんでもないことです。先進社会において、それは主たる問題ではないのです。日本では、九パーセントの問題ですよ。そういうことをいうやつは、つまりコレなんですよ（会場笑）。緑の問題にくたびれちゃってるんですよ。そういうことをいってはくたびれて、緑が欲しいわけですよ。それはそれでいいですよ。私も緑は欲しいから勝手にやってますよ。緑、つくってますよ。そうやって自分を癒してますけどね。これもまた精神障害が社会問題になってるということの象徴なんですよ。ですから、緑の問題じたいの問題じゃない。緑がないとやりきれない人がたった九パーセントのくせに、一〇〇パーセントみたいな顔していわないと自分ががまんできない（会場笑）。ですから彼らも、ある意味で精神障害になってるんですよ。それが現状だと思います。それについては、とことん考えたらよろしいと思います。僕はそう思ってますね。

とにかく僕は、たいへん悲観的な見通しをもっています。先生がせっかくみなさんに希望的なことをいってるのに、僕がいっていることを聞いてて「こいつは暗いなあ」と思われたかも知れませんけど（会場笑）、それは誤解であって、先生方はこれから、僕がいったような問題に一所懸命取り組んでいかなければならない。

六〇パーセント以上がそこなんですよ。アメリカもそうですし、ヨーロッパもそうです。これらの国々では間違いなく、それが主たる大問題になっています。しかし、これは目に見えないので、隠そうと思えばある程度は隠せるわけです。糊塗して表面では隠してますけど、ほんとうは治らないかも知れない。治らなくても、おかしな人どうしで家族つくってやっていこうじゃないの、というようなところでできればいちばんいいことでして、破壊にいたらないほうがいい。それが現状じゃないかと（会場笑）。無理に核までもっていってぶち壊しにして、家族を解体しないほうがいいと思いますが（会場笑）。終えるならば、ほんとうに表面で終えてもいいし、みなさんたがいに親も子も四〇パーセントぐらいはおかしいんだけども、おかしくても、まあなんとか成り立っているからいいや、やれるねっていうんならそれでいいと。僕はそういう考え方ですね。

M　どうもありがとうございました。悲観的になると、だれかが楽観的になったり、人間関係ってほんとうに複雑だなと思います。先生が悲観的であればわれわれが楽観的であったり、いろいろあって。そういう人間関係のコミュニケーションというのは、どこでどうなるかわからないなと思います。

それから最後に、吉本先生は「メンタルヘルスとは頭の使い方である」と、なんべんも頭を指していただきましたから、これからのメンタルヘルスはいろんな頭の使い方をしていくことによってうまくいくのかな、グリーンの問題もそうなのかなと感じました。どうもありがとうございました。

（会場拍手）

（港区西麻布　交通安全教育センター）

〔音源あり。文責・築山登美夫〕

【「知的障碍」などに関わる小形烈たち主催】――1991年3月8日

福祉の問題

会場　吉本さんが精神障害という、この障害部分だと、分裂だとか神経症とか、そういうのが全部入っちゃっているので、それでちょっと。いわゆる福祉の世界というか、役所での言い方をすると民生と衛生で、いわゆる病気の世界と障害の世界みたいな。というふうに、吉本さんは一緒にしゃべってくださったのですけど、そういうふうにちょっとそのへんが引っかかったんじゃないかと僕は思ったので、ちょっと吉本さんの了解でいうとそういうことなんだということで、ちょっと分かりにくかったかもしれないです。

司会　今、こちらで書いていただきました「精神障害と薄弱」。ここで吉本先生が議論を展開されましたのは、いわゆる精神障害の問題であって、薄弱の問題ではない、よろしいですかね。

その、薄弱の問題というのはないです。心の問題がありますね。心の問題、もしかすると、表

面層というふうに書いてありますけれど、無意識の表面層というのを、僕らは要するに幼年期から学童期にかけて、無意識の表面層というのは、ちゃんとしたかたちをつくられる、考えるというような□□□、意識的な世界というのがあります。この意識的な世界と現実世界のあいだの□が、精神障害としての精神薄弱問題ということになると思います。

言い方があれですけれども、この意識的な問題と、無意識の表面層のところでの——といったり、器質的欠損からくる心の障害といいましょうか、それが精神薄弱の問題ということになると思いますが、今日申し上げましたのはもっぱら核というところだけであれしましたから、それはたぶん一番関係あるのは、分裂病みたいなのが一番関係あると思います。

司会　それでは、続けていかがでしょうか。

会場　今の聞こうと思っていたところはだいたいそういうところだったんですけれども、今のお話ですと、精神障害というのがさっきいったような病気の関係でお話があったと思うのですが、われわれが結構見ているのが精神薄弱ということなので、そちらのほうのお話を聞きたいなと思うんですけれども。

先ほどの話ですと、精神障害の究極というのが治すということでお話があったと思うのですが、精神薄弱のほうを見てみますと、例えば、先ほど母親と子どもの関係ということで、そのあいだの関係の障害みたいなことのお話がありましたけれども、今度子どものほうの能力といいますか、それが本当に母親のそういうものをどれだけ受けとめられるのかという問題が、やっぱり知恵遅れのほうにはあるのではないかなと思えるところがあるのですけれども。

例えば、ちょっと自閉症的な子どもですと、お母さんがいくらかわいがっても、相手がどうも応えてくれなかったので、かわいいと思う気持ちがどうしても起こらなかったとか、そういう話を何回も聞いたことがあります。それから、それはまあ、自閉症なのでまた違うかもしれないですけれど、知恵遅れの中にもある程度、子どものほうの能力という意味で、お母さんのそういう愛みたいなものを受けとめられない部分というのが若干あるんじゃないかなとちょっと思います。

それで、その結果といいますか、さっきのいろんな能力の結果で、われわれが見ている子どもは例えば、二十歳になっても五歳ぐらいの知能であるとか、十六歳であっても三歳ぐらいとか、そういう子どもがほとんどなので、そういうものを見ますと、そういう精神薄弱にとっての究極というのは治すということではなくて、われわれがどれだけ普通にそういう人と付き合えるのかなという問題、あるいはどれだけ分かるのかなという問題なんじゃないかなと普段思っているのですけれども、そのへんのことはいかがでしょうか。


僕、ちょっと違うことからいいますと、精神障害の人とは幾人か、もう十何年ぐらい付き合いがあるんですけれども、専門家じゃないですから、専門のお医者さんにどういうふうに付き合うのが一番いいんだというふうに聞いたことがあるんですね。もっとはっきりいっちゃいますと、あるときにしゃくに障ってしようがなくて、怒鳴っちゃうとか、□□□やっちゃうとか、めちゃくちゃにやり込めたり、こんなことをいうと傷つけるだろうなということをいっちゃったりということもあるし、そうじゃなくて自分では丁寧に対応しているというときもあるわけですね。

一体どういうふうに付き合うのがいいんだと聞いたことがあるんですけれども、「いや、しゃくに障ったら怒ったほうがいいんじゃないですか」とか、つまり思ったとおりといいますか、そのときそうであったとおりに付き合うというのが一番いいんじゃないですかねという言い方が返ってきたんですけどね。

それから、精神の薄弱ということに限定してもそうかな、限定しなくても、身体障害という全般について、どういうふうに付き合えばいいんだ、あるいはどう理解すればいいんだということになりますけど、それはそのこと自体をより深く理解するという方法を獲得していくということが一つあるとしましても、どういうふうに付き合っていったら一番いいのかということで、僕の理解の仕方ではもう、究極の付き合い方というのは、もちろんご自身も分かりませんですし、現在のところ究極の付き合い方はどうしたらいいかということは分かっていないんじゃないでしょうか。分からないんじゃないでしょうか。

つまり、どういうことを僕はいいたいかといいますと、つまり、健常、あるいは正常であるにしろ、そうでないにしろ、人間の精神の構造、それは身体からくる、身体の障害からくる精神の障害構造もありますし、それから身体の障害とは一見関わりない精神の障害もあるわけですね。逆にいいますと、器質的にいうと、例えば、ご老人で器質的に、脳の断面なんかを撮ってみたら、これでもっていろんな判断力とかあれができるわけないよというくらい欠損していても、なおかつそんなに欠損はないという判断力を示すということはあり得るわけです。

つまり、一見すると器質的な障害が関与していないように見える精神の障害という両方ありますけれども、それは知恵遅れという場合もそうだと思いますけれど。なんていいますか、僕らが一般的に考えられているよりもずっとはるかに精神の薄弱とか、知恵遅れとか、そういうのも含めまして、一般的に障害というとすれば、その障害の問題というのは、一般に考えられているよりもはるかによく、分かっているというふうに思うわけですね。つまり、相当よく分かっているよというふうに思っているわけですけれども。

でも、どうしてもまだ、今のさまざまな知識とか経験とかというのを総合しても解くことができないということがあるような気がします。つまり、おっしゃった精神薄弱とか、知恵遅れみたいなことに類する人たちの場合でも、かなりな程度分かっているけれども、本当はまだちょっと分かっていないよということがあるような気がするんです。ですから、それについて究極的な対応の仕方というのはこれでいいんだよということが、僕自身もいえないですけれど、たぶん一般的にそれはいえないんじゃないでしょうか。分かっているように扱えというふうに扱うと、どういったらいいんでしょう、経験過剰みたいなことになるような気がして。僕はそういうんじゃなくて、分からないところがあるよということが重要な気がするんですけれども。

そういう、分かった範囲ではもう、極めて自然に、しかも、どういったらいいでしょうね、刻々にもう変わりますし、ある期間をとっても変わり得るというふうに、そういうふうに扱う、そう考えて自然に扱うという以外に、僕は対応の仕方を知らないですけれども。ただ、そのときに究極的なことがまた分からないから、どう扱っていいかとか、対応の仕方がいいか、悪いかということになってきたら、それはちょっと分からないというふうにいうのが正しいような気がするんですけどね。

先ほどもちょっと控え室で話が出たんですけれども、僕は立ち往生をしたということがありまして、そういう身障者の人、また身障からくる精神的な未発達とか、知恵遅れとかそういう人たちを含めた人たちと、それを介護する人たちの集まりみたいなところでしゃべって、僕はちょっと失言しましてね。失言したというのを、そういう介護職の人たちがしゃくに障ったのだと思うんですけれど、重度のそういう人を壇上に押し上げて、質問があるというふうにして。なんかいくら聞いても分からなくて、しゃべっていること自体が分からなくて、何回ももう一度やってみてくださいというのだけど、何回も分からなくて。

介護している経験者の人だと思うのですけど、その人がたまたま司会をやっておられた。あなたは分かりますかといったら、分かりますというのですね。そのことはとても重要な気がするんですけれどね。分かりますということが重要な気が僕はするんですけど。ただ、だからその人の扱い方がいいか、悪いかということはまた問題が違うような気がします。それで、分かりますというのですね。それじゃあ、分かるのだったら説明してくださいといえばよかったのに、翻訳してくださいといったら、翻訳とは何事だと始まりましてね。翻訳とは何事だと、同じ日本語じゃないかというふうにやられましてね。その人だけじゃなくて会場からもやられて。

　僕はまた強情だから、いや、そんなこと、同じ日本語だって、九州の人が東京の人にばばっとしゃべるのは分からないということはあり得るんだよというふうに頑張りましてね。ついに、もうすったもんだで、会場は大混乱になって、ということがありました。だけど、その人が、僕は分からない、どう聞いても分からないんですけれども、その人は分かりますといって、本当に分かるんだと思いますけれど、分かりますと、そういうことって、ものすごく、ただ分かるか分からないかの問題ではなくて、分かりますということの中に、すごく重要なことが含まれているような気が、僕はする。それは僕には分からない。それから分かる人はいるという。

　それから、核の問題でいえば、つまりこれは精神障害の問題になりますけれども、この核の問題の場合にはつまり、乳児と胎児ですから、言葉はないわけですね。だから、言葉以前のコミュニケーションなんですよ。そうすると、われわれはしばしばそれをやっているんですけれども、つまりできるときもある。例えば、どういうときかというと、恋愛関係みたいになっている人の場合には、そういうときだとなんとなくこの人は今何を考えている、表情を見たり、言葉のあれを見たり、それじゃなければ、ただ体の動きを見ている、顔を見ているというそれだけでもなんとなく分かったという感じがするということはあり得るわけですね。それはもちろん思い込みのこともあり得る。

　あいつは俺のことを好きじゃないかと思っても、そうではないとか、いろいろあり得るわけなんだけど、でも、思い込みも含めまして、思い込みとか、妄想とか、幻覚ももちろん含めまして、核のところ、つまり乳児、胎児のときに形成される内的なコミュニケーションというのは全部、思い込みとそれから分かったという察知の力ですよね。これはちょっと超能力に類するというような、つまり、もしかすると神秘□□になってしまうような、それに近い分かり方というので分かるときというのはありますよね。つまり、それだと思うんですけれど。

つまり、そういう意味じゃ、今あなたがおっしゃるように精神薄弱とか、知恵遅れとか、そういう人たち、それから言葉が分からない、口があんまりそんなに、動きが分からないというのが分かったというふうになるための、分かったという分かり方の中には、つまり非常に内的なコミュニケーションに似たもので分かっていることがあると思うので。そのことが僕は重要で、それができればたぶん、治ったとか、治らせる、治るというふうにはいかないけれども、改善するということはできるんじゃないかなと、それが希望のような気が、僕はするんです。つまり、分からない人がいると。だけど、分かる人は確かにいるんだ。

それから、思い込みも含めて分かったと感じることはできるんだという。それから、表情を見ていても分かったと感じることもできる。それから、どうしてもそれは通じないように見えても、本当は分かっているとか、それもあるんですね。

つまり、動物でもありますけど、人間でもこの乳児のときに、例えば、母親も、外面的にはもう完膚なきまでにといいますか、演技して、つまり自分の子どもはかわいくてしようがなくて、今お乳をこういうふうにやってかわいがってこういうふうにやっているよというふうに、外面的には絶対にそういうふうに見えるようにやっていて、だけど心の中ではもう、この子は嫌な旦那の子どもで、嫌で嫌で自分はしようがないんだと、本当は思っていても、口なんか、そぶりにも出さなかったとしても、僕の理解の仕方では、乳児には、乳児のときには完全に分かっていると思っているわけ。つまり、僕の考え方ではそうなります。

それは、そこでは出てこないですけれど、だいたい次の段階、つまり幼児期になったら必ずそれは出てくるというふうに思っています。だけど、乳児はそれを、分かったことをそぶりに表すこともないけれども、僕は完全に分かられているというふうに理解しています。だから、幼児期になったら感づいていますし、思春期の前期になったら家庭内暴力の問題が必ず出てくるというふうに思っています。つまり、そういう分かられ方とか分かり方というのは、僕は経験とも何ともいえないですけれども、一種の持続的なあれによって、ある意味でも、そのことは重要で、それはたぶん症状といいましょうか、あれを改善するだろう……。

それで、これが改善の止まりだということは、今の段階ではいうことはできないんじゃないかなと、僕は思いますけど、そういう問題があるんじゃないでしょうか。それ以上のことは僕にはちょっといえそうもないんですけどね。だけど、あると、僕は思いますね。

司会　ほかに。

会場　吉本先生のお話の中で、私も施設にいたときにそれと同じことを感じました。いわゆる精神薄弱、知恵遅れといわれることは、能力的なことだけに論点がいってしまって、知恵遅れの人と接していても、どうも能力のIQとかそのへんが出てきて、常にそういった問題で考えているということで、私も施設にいたときにどうやって指導すれば、この子が少しでも箸が握れるようになるんだろうとか、行動が、トレーニングができるようになるだろう、どうもそういったところにばっかり焦点がいっていて、ある面で知恵遅れだということに対して、その子を一人の人間として認めていない。あるいは吉本先生が今展開されたこの精神障害の、無意識の……ですか、ここがどうしてやっぱり知恵遅れの子だと捉えられないんだろうかと。

これは私に乗っかって□□□、ここで先生が展開されたことというのは、少なくともほとんど知恵遅れの子にも当てはまるのではなかろうかと。先生のほうは特に神経□□□であろうが、胎児期の問題とかおっしゃられている、それから乳児期の問題も今展開されたようで、そういうふうに、やはり知恵遅れの子について、こういった理解といいますか、それをやっている。もうちょっと過程としては複雑なんじゃないかなと思うんですけれど、先ほど質問でおっしゃられたように、生まれてきたときに障害があって、母親がその障害をやはり受け入れられない、□□□そういった問題が非常に出てくると思う。

だから、やはり知恵遅れの子の場合に、能力ばかりにとらわれていて、やはり精神発達というものが単なる能力的な発達ではないんだと。いわゆる全人的な精神の過程を経るものだということをわれわれは理解していかなければいけないんじゃないかなと、私も□□□そんな感じがしたのですけどね。

僕も精神薄弱の問題というのは、たぶん無意識の、そこでいえば表面層、幼児期から児童期にかけて形成される心が、たぶん一番問題になるんだろうと思いますけれど、そこは□□的でもないし、それから……。

（・単行本未収録「講演」を本書に『補遺3』として収録／神奈川県横浜市某所）

〔音源あり。文責・菅原則生〕

【前橋市・煥乎堂主催】――1991年10月20日

現代を読む

質問者1　どんな内容でもよろしいんですか。

司会者　先生、よろしいですか。

うん。

質問者1　まず、吉本先生は具体的にどの政党を推しているんでしょうか。また、どの政治家を評価しておられるんでしょうか。

僕は支持する政党はありませんし、いいと思う政治家もいないですね。

質問者1　支持する政党も政治家もないと。分かりました。それでは第二点です。吉本先生は『書物の解体学』という本で、バタイユについて書いておられます。きょうは「現代を読む」というテーマでお話をしていただきましたが、西欧では現在、ポスト構造主義という思想が流行っております。その中核思想はおおよそ反理性とか非知的なものだと思うんです。これと先生の大衆の原像、マス・イメージに一貫しているのは、非知ということだと思うんです。

バタイユはたしか、雨が降っていないときに傘をさしていた。そして変な笑い方をして、気違いみたいになってしまった。先生はそのことについて、病理学的な方法で説明している。わたしには、先生もバタイユをあざわらっているかのように思えたんですが。『マス・イメージ論』などを読んでいますと、あれは昔の解釈であって、バタイユが雨も降ってないのに傘をさして笑っていた場面についても、現段階では主体と客体の融合という観点で再解釈できるような気がするんですけど。そこらへんのところはどうなんでしょうか。

あなたがいわれたように僕はバタイユにたいする評価について書いてますけど、別にあざわらったわけじゃない。精神病理学的に分析しただけで、あざわらっているわけではない。バタイユにたいする評価は、もうひとつあるんです。バタイユというのはたいへん巨大な思想家です。それがもうひとつの評価ですね。健康であるかどうかは別として、巨大な思想家です。巨大であるということの理由は、いくつかあるんですけど。いちばん大きな理由はあなたがおっしゃる通り、ポストモダニズムやポスト構造主義に影響を与えたことです。

バタイユが約十五年間にわたって書き継いだ『呪われた部分』という本に、経済的論理がありります。まず近代思想の流れのひとつとして、マルクスの思想があるでしょう。マルクス主義はロシアでそれなりの展開をし、現在のような状態になっている。それで、西欧のマルクス主義と日本のマルクス主義があるわけです。とにかく大なり小なり、マルクスの影響を受けた思想っていうのがあるわけで。それは一種の解体の表現なわけです。

ではポストモダニズム、あるいはポスト構造主義というのはなんなのか。これはわかりやすくいえば、マルクス主義の解体の一種の極限です。つまりマルクス主義からイデオロギーを抜いちゃえば、ポスト構造主義になる。そう考えたらいちばん考えやすいですね。今の情況を見れば、なぜイデオロギーを抜くことが必然であるかははっきりしている。ひとまずイデオロギーを抜いちゃうっていうことは、現代的課題のひとつであるといえる。ポスト構造主義、ポストモダニズムというのはそういう意味では、マルクス主義のいちばん極限にある。もう少し前までは、構造改革論がマルクス主義の極限だったわけですけど。しかしそれ以降、現在に入ってからのマルクス主義の極限はポスト構造主義だと思います。これはマルクス主義からイデオロギーあるいは党派性を抜いたものですね。ただし、日本でイデオロギーや党派性を抜くことに必然性があるかどうかは別として。まあ、今はその必然性がありますけど。少なくとも西欧ではその必然性があったから、ポストモダニズムになったと思うんです。

ところがバタイユっていうのは西欧において、マルクス主義の系列とは違うところで自分の思想をつくった唯一の思想家じゃないかと思うんです。極端なことをいいますと、あの人は「全部が消費だ」といってるわけです。生産してるのは太陽エネルギーだけであって、あとはもうそれをどういうかたちで消費するかが問題となる。それがものの生産になったり、人間の生産になったりする。生産してるのは太陽エネルギーだけで、あとは全部消費しているだけだと。それがバタイユのいう普遍経済学の原理なんですね。それだけは、マルクスが全然考えたことのない経済理論なんですよ。そういう意味合いで、バタイユというのは非常に巨大な思想家です。少なくとも自分の思想をつくって以降は、マルクス主義の影響がちっともないところで独自にそういう思想をつくりあげた。そういう意味合いで、たいへん巨大な思想家です。あなたがおっしゃることも、ある意味ではそうなんですよね。（このくだり、質問者1が話をさえぎるように話し始めたため聞き取りにくい）

質問者1　バタイユというのは、ヘーゲルとニーチェの間を中間飛行している人のように思えるんですけど。そこのところはどうでしょう。

影響としては、そうじゃないでしょうか。バタイユは「ヘーゲルは悪い」といってますけど、ヘーゲルの影響はすごく甚大だと思いますね。それからあなたがおっしゃるように、ニーチェからも甚大な影響を受けている。それからあとはケミカルなサイエンス、つまり化学の影響も受けていると思いますね。

質問者2　経済の見通しについておうかがいしたいんですが。今までの日本は米ソの対立の中で繁栄していたという論調を、新聞で見たことがあるんですけど。今のお話をうかがっていて、今後の日本では選択消費はあまり減らないいんじゃないかというのが、吉本さんの観測のように思われたんですけど。

さっきもちょっといったけど、バブル経済が弾けてなにかになるなんて思わないほうがいいですよ。あれはいずれにせよバブルなんだから、弾けちゃったら弾けちゃったで、別にどうってことないんで。それは日本的な癒着の構造なんですよ。だから僕は日本の経済の状態っていうのは、今の段階では健全だと思います。

質問者2 不況だ、不況だという論調がありますけど。

バブルが弾けちゃったとしても、僕は国家社会主義と高度資本主義の競争においては、後半戦では高度資本主義のほうが勝ったと思ってるんです。なにを基準にしてそういうかというと、一般大衆の解放ということです。一般大衆を経済的に、政治的に、生活的それから思想的にどれだけ解放したか。国家社会主義はその競争において、高度資本主義に負けたと思ってます。このことを通りながら、今度は超資本主義、現在資本主義をどういうふうにして進めていくか、どこでこれがポシャるときがあるか、どこでこれを超える方法をつかめるか。極端にいえば、それが非常に明瞭な課題じゃないでしょうか。

今でもまだ国家社会主義は負けてないと思い、そういってる人はたくさんいるわけですよ。また、負けてないということで押していけると思ってる人もたくさんいる。でも、僕は違いますね。僕は明瞭に、国家社会主義は大衆の解放において、高度資本主義に負けたと思ってる。僕はこのことを容認してもなお、高度資本主義がいつまでもこれで行くとは思わないけど、少なくとも今は「行かない」っていいたくないわけです。今「行かない」っていいますと、「国家社会主義は負けてない」っていってるやつと同じになっちゃうんですよ。同じになるのは嫌だから、そんなやつと思われるのは嫌だから僕はそういわないけれども。

では、高度資本主義はなにを解決したのか。たとえばあなたは明日、五十万円選択消費できる。五十万円で、一晩で飲んじゃう。しかしある人は、三万円しか選択消費できない。資本主義はどうしても、これだけは解くことはできないんです。だからどこかでは、やっぱり矛盾点が来ると考えています。もちろん現在でも、その矛盾点は見ようと思えばいくらでも見えます。でもあまりこれをいうと「国家社会主義は負けてない」っていってる人と同じになっちゃうから、僕は嫌なんですよ。僕の中にソ連のマルクス主義から影響を受けたっていう部分があって、いい気になっちゃうのが嫌なんですよ。「そこはやっぱり駄目なんだと思わなきゃ駄目だぜ」と自分にいい聞かせているから、そういってるんですけどね。だけど別にこれが正論だとはちっとも思ってません。来世紀に入りまして、矛盾点が少し出てくるかもしれない。それについては本気で考えなきゃいけない。本気で、それをどうやったら超えられるかを考えなきゃいけない。そういうことが出てきそうな気がしますけどね。僕は今のところ、バブルが弾けたって別にどうってことないと思ってます。どうにかしなきゃいけないわけですが、高度資本主義の範囲内で解決できる程度の問題にすぎないと思っています。

質問者3　きょうのお話とはまったく関係ないんですけど、二十四時間討論の記録（『いま、吉本隆明25時——24時間連続講演と討論・全記録』）を読みまして、中上健次がずいぶんめちゃくちゃな発言をしてるなと感じたんですけど。吉本さんが中上健次と一緒にやって行動を共にしているのは、やはり中上健次の文学的才能を買っているからなんですか。そのほかになにか理由があるんですか。

それはあるけど、だけれども、このところ彼と行動を共にしてないんですよ（会場笑）。あいつは馬鹿なことをいってますから。中東戦争について「日本国の参戦に反対します」なんていってるから、「なにをいってるんだ、お前」と思って。だからちっとも行動を共にしてない（会場笑）。この前も永山則夫の文芸家協会入会拒否問題をめぐって、協会を脱会するとかしないとかいってましたけど、文芸家協会なんかに入ってたほうが不思議で（会場笑）。入ってると思ってなかったんで、「なにいってんの」という感じで。文学なんていうのは、ひとりでやるというのが理の当然なのであって。中東戦争についてなにかいいたければ、ひとりの文学者としていったらいいんですよ。自分の存在を賭けて、どういう主張をしたっていいんですよ。自分の責任で書いたり、主張したりするのはいいんですよ。そうすべきなんですけど。僕は、（このくだり、はっきり聞き取れず）。

もちろん彼の文学にだって、思想はありますよね。彼は熊野の路地っていってますけど、ようするに熊野の奥深い領域を一種の根拠地にしてるわけです。でも、そんなものは行ってみりゃすぐわかる。そんなものはないんですよ。そんなものは開発されちゃってるんですよ（会場笑）。だからないんですよ。そういうことを根拠地にしちゃ駄目なんじゃないかって、何度も僕はいってるんですけどね。公にもいってますし、個人的にもいってるんですけど。そんなものを根拠地にしちゃ駄目なんじゃないかって。だって、そんなものはないんだから。それがなくなっちゃうということは文明の必然で、動かすことはできないんですよね。第一次産業、つまり農業が少なくなっているということは、動かすことができない。これを止めることはできない。これを止められるなんていうのは全部嘘です。そして、止めるのが大きな問題だっていうのも嘘です。さらには、日本国の食べ物は日本国でまかなうべきだっていうのも全部嘘です。地球のどこかの、日本と同じ地勢のところでお米をつくってるんだったらそれでもいいけど、そうじゃないんですから。そんなことはナンセンスですよ。自然産業が少なくなってきて、減っていく。この必然を動かすことはできない。もし第一次産業を再生するならば、違う再生の仕方をするほかにない。大規模経営にするか、そうでなければ新たに農業あるいは農地をつくっちゃうか。それ以外にないんですよね。つまり、天然自然から一段階進めるというかたちでしかあり得ないんですよ。だから中上さんがいくら頑張っても、それは駄目ですよね。農地が絶滅していくこと、そして熊野が開けていくことを防ぐことはできない。僕はそう思います。だから今、付き合いはしてないですよ（会場笑）。

質問者4　四点ほど質問があるんですけど。まず、第二次産業と第三次産業の狭間というか間隙のところに脳の問題、つまり精神病理学的な問題が現れてくると。それはいわゆるＰＰＤ（妄想型人格障害）のことだと思うんですが、具体的な症例はわかってるんでしょうか。

それにかんしては、二つほどデータがあるんですけど。まず境界性の精神病、ボーダーラインというのがあって、これはとても増えています。それから慢性疲労症っていうのがたいへん増えている。その理由は、非常にいいやすいわけです。第二次産業までは仕事をした実感と目に見える量が、生産高として重なるわけです。今日は工場へ行って、拘束八時間でいくつ製品をつくったとか、そういうことがちゃんと目に見える。それで残業何時間したら何個増えたとか、そういうこともいえるわけですけど。一方で第三次産業では、そういう意味合いでの目に見える基準をなかなか取りにくい。取れないことはないんですけど、取りにくいということがあるんですよ。ですから同じ拘束時間の中で働きすぎちゃったか、そうじゃないかということの目安を確定しにくい。つまり第一次産業・第二次産業みたいに、その目安をはっきり確定できないわけです。だから資本の側からいえば「いくらでもいらっしゃい」っていうことがいえる。また働くほうの側からいえば、どのぐらい仕事したか見当つかないのでついやりすぎて疲労がたまっちゃう。目に見える生産との関係がたいへん希薄になってきたことが、ボーダーラインの精神障害や慢性疲労症が増えてきたことの大きな要因になってるんじゃないかと僕には思えるんですけどね。

質問者4　二点目は、現代と現在の違いについてです。よく先生が引用されるヘーゲルの『歴史哲学』によると、絶対的な方法があって。具体的には中央アジアを経由してギリシャ・ローマ、さらにはゲルマンを□□□□□。先生が提起されているアフリカ的段階・アジア的段階・西欧的段階という概念がありますよね。その次に来るのが現在という段階と理解していいんでしょうか。そして、これは歴史的必然として理解されていらっしゃるんでしょうか。

わたしは現在を歴史的必然と理解していますし、そういうふうに行くだろうと思っています。僕は、構造主義者がいってることに反対なんです。僕はまだ、ヘーゲルやマルクスがいうところの段階論を信用してるので、そう思ってますけどね。根本的な核心のところでは、それが必然だと思ってます。それがとても考えやすいと思うんですけど。

質問者4　三点目は必需消費と選択消費についてです。選択消費が五〇%を超えたということなんですけど。先生は『柳田國男論』の中で、次のようなことを書いておられます。柳田が法制局の参事官をやっているとき、悲惨な刑事事件が起きた。その犯罪調書を閲読して、柳田は、何人であれ、そういう環境であれば必然的に犯罪を犯してしまうのではないかと感じた、と。ようするに、偶然が必然に転化するようなことがあるんじゃないかと。また吉本先生は親鸞論の中でも、親鸞の業縁について「人間は必然の契機があれば、千人殺してしまうことがある。それは個人個人の善悪の問題じゃない」といっておられます。必需消費が五〇%以上を占めている段階では、偶然の積み重ねの果てに必然が起こってくるとか、そういう恐ろしいことが想定できるんですけど。しかし選択消費というのは個の選択・分散性ですよね。選択消費が半分を超えてしまうと、そういう必然に転化するような犯罪・善悪の問題っていうのはますます出てこなくなるのではないかと思うんです。そういう理解の仕方はどうなんでしょうか。

あなたがおっしゃることと同じかどうかはわからないんですけど、まず歴史的に出てきた道徳・義務があるわけですが、それは選択消費が五〇%を超えた現在の段階においてほとんど捨てられてしまった。僕はそう思っているわけです。つまり、それは通用せんだろうと。あるいは通用しているように見えても、それは擬似的に通用しているだけで、ほんとうの意味では通用していない。むりやり通用させると、そういうことになっちゃう。幸福の科学が、たとえば人生の悪を全部取り除いて、治療に専念するとかいう。これは一種の治療的□□ですけど、擬似的なものじゃないかと思うんです。今の段階でそんなことをやったら、たいていの人は□□□ということがいえると思うんです(館内放送で聞こえない)。つまりそこでの倫理は、近代的な善悪にすぎないからです。

でもそれは現在という段階になったら、みんな解除されちゃうと思うんです。倫理っていうのは難しいことなんですけど、簡単に倫理を求めたりすると、とてつもないことになりそうな気がするんです。選択的な消費が五〇%以上になった今、人間になにをしろといってるのか。社会なのか客観性なのかわかりませんけど、だいたい人間はなにをすればいいのか、あるいはなにをしなければいいのか。ただ遊んでろってことなのか。そこでは、いろいろな問いが考えられると思うんです。やっぱり、そういう問いを探さないと駄目じゃないかなという気がするんです。旧来の倫理・道徳観の延長線で倫理を考えても駄目じゃないかなと、漠然と思うんです。人間の倫理は欠乏をもとにしてつくられてきたわけですが、たぶん欠乏っていう概念が怪しくなっちゃったんでしょうね。選択的消費が五〇%以上できるという段階に来たら、「欠乏をもとにする倫理は怪しいぜ」ということになった。表面的には通用するかもしれないけど、根本的にはもう怪しくなってるぜと。だから、そこを基準とした倫理っていうのは通用せんだろうと思うわけです。「それじゃあ遊べってことか」「デカダンすりゃいいのか」とはいえない。かといって今までの倫理でいいかっていうとそれも違うので、たいへん難しいところなんですけど。とにかく、簡単には決められないんですが、旧来の欠乏をもとにした倫理が難しくなっちゃってることはたしかじゃないかと思うわけです。僕は漠然と、そういうことを考えている。それ以上のことはちょっとわからないというか、考え中で。

質問者4　最後の質問になります。きょうのテーマとは直接関係がなくて、ちょっと恐縮なんですけど。最近、先生の「南島論」の中で初めて出てきたアフリカ的という概念についてです。これは僕の誤解だろうと思うんですけど、たとえば「鼠の浄土」や「根の国の話」が収録された柳田の最晩年の著作『海上の道』では、いっそう他界志向みたいなものが強まっている。折口信夫にしても最後には『民族史観における他界観念』という本が出てきて、死ぬ間際に他界・あの世にかんする思いが非常に強まってきている。根の国・常世の国っていうのは南島のほうにあるのかもしれませんが、そういうものにたいする憧憬のようなものが非常に強く感じられる。先生のアフリカ的という概念は、そういう憧れとしてあるんでしょうか。そしてアフリカ的というのは、一種の他界論として理解してもよろしいんでしょうか。

今いわれたことは、ふたつのことのことが一緒に入っているような気がするんです。僕のアフリカ的段階というのは、やはりヘーゲル・マルクス的な考え方なんですよ。ヘーゲルが近代のしょっぱなのときに、その規定をしてるわけですけど。ヘーゲルがアフリカ的っていうときにはふたつの定義があって。まず、アフリカというのは人類の母胎なんだ。人類の母胎がアフリカにあると。そしてそれは人間にとって、自然がまだ自分自身である段階だ。つまり、自分と自然との区別をつけていない段階であると。またヘーゲルはさらに、その段階は非常に迷妄であるともいっている。これはちょっと馬鹿にした言い方なんですけど、ヘーゲルは近代の真っただなかにそういう言い方をしてるんですね。

僕はアフリカ的ということを段階として設定したいと思ってる。ヘーゲル流にいえばそれは人類の母胎であり、自然の胎内に人間が眠ってる段階ということになりますが。僕が見るかぎり、今のアフリカはその段階を脱し、歴史の中に初めてアフリカ的ということが登場したところだと思うんです。僕はまず、そういう考え方をしているわけです。

アフリカ的段階にはさまざまな条件があるわけですけど、もうひとつの考え方はなにか。今おっしゃった折口さんや柳田さんの考え方と関連させてみましょう。折口さんや柳田さんの考え方をたどっていくと、他界とか海のかなたのあの世という観念に行き着くでしょう。折口さんはそういうかいわないかにかかわらず、それはアフリカ的段階の宗教のことだと思うんです。折口さんや柳田さんの中枢のところには、オセアニアからアジアの岸辺にかけて、あるいは島にかけての一種の永生観念がある。それだと死んだ人の魂は山の上に行き、島の中に集まる。部落の人間が赤ん坊を生むのは、死んだ人の霊魂がたまたま水浴びをしてる女の人に乗り移り、生まれ変わって赤ん坊ができるからだと。アジアの岸辺にかけて、島にかけてずっと、そういう他界観・永生観が分布していた。それは前アジア的、つまりアフリカ的段階における宗教意識であると。

仏教というのはもちろんインドで生まれたわけですが、ほんとうはそういう輪廻転生を切断しようとしたんですね。それだったら、また貧乏なインドに生まれてくるのか。そんなのは嫌で嫌でしょうがない。そうだったらもう生まれてこなくていい。理想のところに行っちゃえ。浄土なら浄土に行っちゃえ。もう生まれてこなくて、理想のところで魂は留まれるんだ。それが原始仏教だと思いますけど。つまり仏教は、そういった前アジア的な永生観念とか輪廻転生を切断しようとしたのではないかと。仏教はアジア的なものなんですけど、折口さんも柳田さんも日本の民族をたどっていくと、そういう前アジア的な他界観に行っちゃうんですね。日本人をたどっていきますと、大ざっぱに旧日本人と新日本人に分かれる。僕の理解の仕方だと旧日本人というのはオセアニアと同じで、ポリネシアン系だと思います。言葉もそうなんだけど、そういうのがまだ日本に残ってるんですね。折口さんも柳田さんも結局、そこにぶつかっちゃったと思うんです。それこそがアフリカ的段階で。

中東戦争でいえば、フセインにはたぶんその両方があるわけです。つまり、アジアとアフリカのあいだぐらいのあれをもっているわけです。イラクがどうなってるのかわかりませんけど、段階論でいっちゃえばそこだと思います。だから中東戦争がどういう構造になっているかということも、だいたいわかるような気がするんですけど。

この課題は、現在ではすごく難しいと思うんです。いちばん先端部、消費社会では選択消費のほうが多くなっちゃってる。そういう社会段階に突入しているわけです。そしてイラクみたいな国は、アジア・アフリカの混交段階みたいなところにいるわけですよ。そこの主導的課題を考えていくと、どうしても超西欧的ということになるんじゃないかと。そう考えないと、救いようがないんですよ。いっちゃ悪いけど、救いようがないんです。

フセインだってそこまで見識をもてたら、ああいう戦争の仕方はしない。もっと違うやり方をすると思うんです。だけどフセインみたいなやり方をそのまま延長したら、アジア的段階に行きますよ。つまり、毛沢東的なところに行きますよ。それは段階論からいえば、わかりきっていることです。もちろんいろいろな要素が絡まるから、そう単純じゃないですけど。しかし段階論でいきますと、それが駄目であることはわかってるんですよ。せっかくアフリカ的段階にあってそれを残してるんだったら、フセインも超西欧的視点をもてたらいい。それならば、いろんなことができるんですよね。いろんな解放ができるんですけど。でも中東戦争を見る限り、フセインにはそれだけの見識はないですよ。ですからあれはだんだん発達して、アジア的指導者になるよりほかにないですね。僕はそう思います。

折口さんや柳田さんが到達した他界観念、島のかなたに、海のかなたにあれしていく考え方がある。これにかんして僕らに課題があるとすれば、選択消費が半分を超えた超モダンな段階から折口さんや柳田さんの考え方を組み直し、生かしていく、それが課題になると思います。それを放っておけば「アジアはいい文化をもっていて、いいところがあるよ」ということになる。なにか知らないけど、それを少し□□して「俺は□□文化人だ」っていってる宗教はたくさんあるわけで。でも、そうじゃないんですよ。せっかく折口さんや柳田さんがそこまで突き詰めたんだから、やっぱり今の選択消費の段階でそれをつかみ直さなきゃいけない。これは非常に重要な課題だと思います。

アフリカ的段階とアジア的段階のあいだにいるフセインだって、超西欧的な視野をもてたらあんなやり方は絶対にしないですよ。あんな戦争の仕方はしないですよ。それを中にいる人間に伝えるのは無理な話なんですけど、ほんとうはそうだと思うんです。それは難しいと思いますね。地球にはまだ、そういう段階にある国・地域がたくさんあるわけですから。そこで指導的役割を果たす政治家は、どういうふうに考えたらいいのか。それは難しいんですけど、ある意味ではものすごく可能性があるんですよ。

僕の考え方では、アジアというのは西欧化する以外にないと思われる。でもアフリカっていうのはやりようによっては、一足飛びに世界史の一番突端(とっぱな)まで、やりようによっては躍り出ちゃうことができると思ってます。そうできるかどうかは、少しでも知的な考え方ができる人たちの見識・能力にかかっている。そんなことはないものねだりでしょうけど、放っておけばアジア的段階に突入すると思うんです。そういう問題じゃないでしょうか。

（焕平堂音楽センター３Ｆホール）

〔音源あり。文責・菅原則生〕

【修羅出版部主催】―――――――――――――――――――――1991年11月10日

農業からみた現在

質問者1　自然相手の産業、とくに農業の退化は必然的だとおっしゃってますね。それにたいして世界各国の自由経済圏のところでは、だいたいとんでもない保護政策をとっているわけですけど、これはやはり、しょうがないんじゃないでしょうかね。それと先生のおっしゃった論法とは、どういう関係があるのか。それについて教えていただきたい。

農業が存続しているかぎり、それはしょうがないんじゃないかと僕も思います。たとえばイギリスだと、農業人口はたしか二パーセントぐらいなんですよね。日本ではまだ九パーセントぐらいあると思います。現在では、イギリスというのは世界でいちばん農業人口が少ない国だと思うんですけれど。逆にいいますと、農業の人口はそのぐらいまで下がっていく可能性があるということを意味すると思います。では、それをどうするのか。政府が補償金みたいなもので補っていけばいいのでしょうが、それだと根本的な解決にはならないんじゃないかと思えますけどね。僕が農政担当の責任者だったらもう少し一所懸命考えて、ちがうことをやるかも知れないですけど、僕がいえる範囲では、それは一時的な解決にしかならないんじゃないかと。イギリスの例のように、農業というのはどうしてもなくなっていくところまで行きますよ、というふうに考えたほうがいいように思いますけどね。

質問者1　これを救済するために、昭和三十年代の半ば頃から五十年にかけて農林省（現・農林水産省）は農業の協業化を推奨した。それでいくつかできたんですが、ほとんど失敗したんですね。集団農業あるいは大規模農業というのはそこに頼らざるをえないわけですが、実際にやってみるとだめなんですよね。

その原因はどこにあるんですか。

質問者1　それはやっぱりね、集団化しますと経済的なエゴが出まして、それでみんな解散みたいな状態になっちゃって。

つまり、農家というのは集団で共同経営したり、有限会社みたいにして経営したりすることに慣れていないということですか。それが失敗の原因ということですか。

質問者1　それはやっぱり、嫉妬や妬み根性がありまして。当然リーダー、社長がいるわけですよね。そういう問題がありまして。

そうすると、たとえば製造業などの経営に慣れた人が、資金としてもリーダーとしても入ってくるということは、かならずしも悪いことじゃないとお考えになりますか。

質問者1　そうですね。いわゆる企業化ですね。

先ほどもいいましたように、農水省の役人だって当然そういうふうに考えていると思います。企業家の人が、資金と経営力を引っさげて入ってくる。彼らも今後はそういうふうになってくることを予想していると思いますけどね。それでも大規模化と技術的な進歩にとって、けっして悪くはないんですよね。いいことだと思います。悪くはないんです。

歴史においては百年近くの間、企業競争というのをやってきましたので、どこが欠陥なのかについては充分に経験がある。ですから、企業が入ってきても、製造業でくり返してきたような欠陥だけはくり返さない。そういうことが考えられるのがいいと思いますけどね。それができるのだったら、企業が入ってきたっていいと思いますけども。都会の製造業では、雇い人と雇われ人相互の問題にかんしてもいっぱい経験を積んできている。今度はその経験が農業・漁業ではじまることは避けられないと思うのです。それはかつて経験してきたことですから、少しはちがう方法をとれないかという、そこには工夫の余地があると思いますけど。僕はそれでもいいと思いますけどね。

質問者1　日本の農業というのは根柢的に、それによって発展してきたというのが強いわけじゃないですかね。しかし大規模経営だけで、農業の崩壊を防ぐことができるでしょうかね。それだけで支えられるでしょうかね。

そうでしょうね。僕は実感をもってそれをいえないので、なんとも答えにならないんですけど。ただ、たとえば日本の農業がはじまったのは、公式にいえば二千年ぐらい前で、非公式であればもっと前かもしれないですけど、そのくらい前に日本の農業ははじまった。はじまった当初だって、やはり同じようなことをいわれたんじゃないでしょうか。それまでは野っ原に生えてる草や実を採ったり、山の獣や鳥を捕ったりして喰ってたんだけど、そこで農業の人は最初に、平地を耕して種を植えるという発想をしたわけですよね。ですから、それ以前の人はやっぱり「あんなことして」と思ったんじゃないでしょうかね。

そうやって自然を人工化して、農地にしちゃったわけですから。野っ原だったのを、農地にしちゃったわけだし。山の獣をとって喰っていれば済んでたのに、わざわざ農地を耕して、種をどこかから持ってきて植える。人工的にそういうふうにしたわけですからね。その時やっぱり、縄文時代の狩りや何かで喰ってた人たちと、農耕をやる人たちの間では激烈なチャンバラがあって、「おまえたちのやりかたは人工的でだめだ」「いや、そんなことをしてるから、おまえらはだめになったんだ」とか（会場笑）、そういう争いがそうとうあったんじゃないでしょうか。

その時にウイルスが蔓延して、狩りばかりやってる人たちはだんだん滅んじゃったといいますけど、僕はそういうことは信用してないので、やっぱり、「こんな人工的なことをして、自然を切りつけていいのか」という論議と、「いや、そんなこといってるから喰いっぱぐれちゃうんだ」という論議が戦って、一方は追いつめられちゃったんじゃないかなと。僕はそういう気がするんですけどね。

質問者1　もうひとつ、いわゆる食糧安保論という問題についておたずねしたいんですが。つまり、主食の供給を他国に頼っていいのか。それについてはどうでしょうか。

食糧自給論の根本には、それがあると思うんですよね。それはやはり国家社会主義だと思うんです。国家社会主義を棄てられない人、そこから脱却できない人の考え方はどうしてもそうなるんですよね。

「じゃあ、戦争になったらどうするんだ」っていうんだけど、「おまえ、戦争やる気か」って(会場笑)。一方では、「戦争はやめましょう。平和憲法だ」っていっておきながら、おまえは戦争をやる気かとなるわけですよ。つまり、国家というのがものすごく頭にあるわけです。

でも、国家ってそんなにたいしたものじゃないですよ。民族国家っていうのはそんなに強固なものじゃないですよ、強固じゃなくてもいいんですよ。日本人は単一民族っていうけど、そんなことないですよね。日本人と同じような顔をしている人は、ソ連のほうぼうの共和国にたくさんいますしね、みんな日本人面(づら)してるんだけど、全然ちがう。つまり単一じゃないんですよ。民族国家にあまり固執しなければ、食糧安保論議というのは成り立たないと思います。つまり、「いいじゃないか。そこで売らないっていうならあっちで買ってくるさ」というだけのことなんです。それだけのことじゃないでしょうか。

国家と国家の対立ということを考えると、どうしても、そういう考え方を拭いきれない。どうしてもそうなっちゃうんですね。だけど国家というのは、そんなに根柢のあるものじゃないんですよ。あなたはどうかわからないけど、僕は今、六十七か八だと思うんですよね（会場笑）、厳密なところはよくわからないんだけど。ですから世代で分ければ、戦中派なんですよ。僕は大学生の途中で、敗戦を迎えた。敗戦になってから、厳密にいって数カ月間は政府がなかったんですよ。だれもなり手がいないわけだしね。だれがなっていいのか。なったところで、やっていいのか悪いのか、命令していいのかいけないのかわからないんです。占領軍の意向がわからないから、政府のなり手がなかったんです。

だけど一般大衆たるもの、三カ月間なにも喰わないでいるわけにもいかない。だから僕らはあるかぎり金を集めて、東京近郊とか千葉に行ってお芋を買ってきて、それを食べていた。もっと金がなくなってくると、少し余計に買ってきて、それを近所で物々交換で交換してもらったり、筵（むしろ）に並べて勝手に商売したり、売り飛ばしたりして。とにかく政府なんてなくたって人間は喰っていける。ですから政府、国家というのはそんなにたいへんなもんじゃないということを、僕はそのとき学んだような気がするんです。そんなものなくたって、だれもなり手がいなくたって、人間っていうのはちゃんと喰っていくんだな、なんとか喰っていくんだなという体験を、その時にしたんですよ。

僕の国家にたいする考え方は、ずいぶんそこで変わったように思うんです。つまりそれは、そんなに重要な問題じゃないなと。国家主義者が「国家はこうでなくちゃいけない」というみたいに、ムキになるほどのことはない（会場笑）。それほどのものじゃないと僕は思っています。先ほどいいましたように、国家を開いてしまって、「あんなことやってるやつはみんなリコールして替えてしまえ」と思ったら、投票して替えられる。そうしたら、またちがうやつが出てくるわけですが。「そんなことしてたら、政策はどうなるんだ」と思うかも知れないけど、そんなことはないですよ。政策をやるやつは、事務官僚でちゃんといる。政務官僚なんていなくたって、政策ぐらい続けてやっていけるんですよ。

だから、今だって宮沢内閣だか何だか知らないけど、やったこともないようなやつが何々大臣になってるじゃないですか（会場笑）。教育に関心もないようなやつが文部大臣になって（会場笑）、それでも平気でいるわけですよね。それはなぜかというと、文部省には事務をやってる官僚がいて、やることはそんなに変わってないからですよ。それぐらいのものですから、そんなに重く見なくてもよろしいんじゃないでしょうか。

片っぽで「平和憲法で、戦争は絶対反対」っていいながら、もう片っぽで「国家と国家が喧嘩したら、どこから食糧を持ってくるんだ」なんていう論議は成り立たない。僕は全然そう思ってませんね。「仮りにそこで売ってくれなかったら、ほかで買ってくればいいよ」ということになりますし。だから、そんなに大きな問題じゃないんじゃないでしょうか。

ただ、通念としては、民族国家というのは一世紀半以上強固につくられてきましたから、これにたいする思い込みがずいぶんある。ソ連の共産党は徹底的に抗議を示して、クーデターをやるくらいですから。ソ連国が各共和国の調整役になったっていいじゃないか。かえってそのほうが、国家としてはいいかたちなんだよ。そういう考え方もあるわけですが、彼らはやっぱり承認できない。クーデターしちゃうくらいですから、国家というのは頭の中で重くなっているんですけど、実質上はそんなにたいしたことはないと考えたほうがいいと思っているわけです。経験上、そう思います。

だから、クーデターが失敗して、ソ連には新連邦条約ってのができましたけど、そうするとソ連邦は外から見てどういうふうに変わったのかというと、べつにそれほど変わってないんですよ。もちろん中から見れば、ずいぶん変わってるんですけど。ゴルバチョフが大統領だし、なんかアレしてるしと思うんですが、外から見れば急になにかが変わったわけではない。ほんとうはたいへんな変わりようなんですけど、一見すればべつになんでもない。だから「クーデターやったりしたけど、それはなんでなの?」となるわけです。

だから僕はその論議は成り立たないと思うんですけどね。日本の進歩的な人たちはそういうふうに考えますけれども、それは全然成り立たないと思う。僕はそれはちがうと考えていますね。そういう考え方はよくないんじゃないでしょうか。

質問者2　農業・土地問題とは直接関係ないんですけど。ソヴィエトの八月十九、二十日のクーデターの後、八月二十六日の新聞に、ソヴィエト共産党がゴルバチョフ大統領の命令一本で解散したという記事が出ましたよね。私はその記事を読んで、非常に大きな衝撃というかショックを受けました。今までソヴィエト共産党の悪口をいいながら生きてきたのに、これがなくなっちゃったら、これからだれの悪口をいいながら生きていけばいいのかと思って。

私みたいな人間でも、十数年前から、ソヴィエトや東ヨーロッパで民衆が立ち上がって革命が起こり、共産党政権が潰れてしまうだろうということぐらいはわかっていた。それで今回ああいう事態が起きて、ソヴィエト共産党がなくなってしまった。ですから九月いっぱいぐらいまで具合が悪いというか、気分が悪くて。ところがまわりを見まわしてみたら、日本国内では大林雅美さん（俳優上原謙の元・後妻）とか、「幸福の科学」などといった信仰問題、あるいはセクシャル・ハラスメントみたいな男女問題に世間の関心が行っている。アメリカでも、妊娠中絶を許すか許さないかで国論が二分されていますし。つまり世界的に、そっちのほうに関心がずれちゃってるというか。

私が生まれた一九五三年にスターリンが死に、スターリン暴落が起こった。ところが今回はそれで世界が震撼することもなく、なにもなかったかのように過ぎていった。ですから、なんだか張り合いを失ったような感じがある。

私みたいな人間がそう思うんですから、吉本先生も□□□なのではないかと。これはマルクスの本なんかを一所懸命読んできた私自身の無効性であるとは思いませんけど、東ドイツあるいは東欧でもマルクスの銅像までは引き倒しませんけど、レーニンの銅像までは引き倒されちゃったという事態がある。各国の労働者がそこにペンキで「私をゆるしてください」と書いているそうですけど。私はそこで銅像を引き倒した民衆のほうが大好きですけど、これは自分がマルクスを読んできたこととどういう関係があるのかわからなくなってしまいました。吉本先生はこれについて、どのようにお感じになったのか。もうちょっと大きな見方をすれば、これは世界史の大きな構造の転換ということなんでしょうか。

ロシア・マルクス主義というのはエンゲルスからはじまってレーニン、スターリンと続いていって、だんだんブレジネフみたいになってきた。ロシアを中心に展開されてきたマルクス主義というのは、基本的にはやっぱり国家社会主義あるいは社会国家主義だと思っているわけなんですよ。これを変えようとすれば、国家権力からずり落ちてしまう。でも、共産党はべつになくならないと思うんですよね。日本でもなくならないし、ソ連でもなくならずに残るでしょうけど、ただ国家権力からはもう外れちゃったということだと思うんです。

これは歴史上あったことがないほどの大激動です。生涯のうちにこういうことはありえないかも知れないと思ってたけれども、ありえたわけです。それぐらいの大激動だと思いますけどね。これは基本的にいえば、国家社会主義の破れだと思うんです。マルクスもそうですけど、レーニンの理論を読んでも、革命はいいし、労働者・プロレタリアートの革命もいい、独裁もいい。だけど、国家権力を握ったら、その翌日からでも国家を解体していく。その方策をとれば、かろうじて社会主義は成り立つ。理論的にいえば、これがマルクスやレーニンの考え方だと思うんですよ。

ところが、その国家を一世紀近くも維持しちゃったんだから、理屈上は社会主義であるはずがない。それはだれが悪いのかといえば、ロシアが悪いんです。つまりレーニン以下のやりかたが悪いということになるわけです。でもやりかたが悪いというけど、周囲との関係から考えても、すぐに国家を解体してしまうことなんかできやしない。なぜならばまわりを取り囲んでいるのは国家主義であったり、資本主義であったりするわけですから、これに対抗するために国家を維持せざるをえないというのが、たとえばレーニンの考え方だったと思うんですけど。だけどそうだとしたら、国家をいつでも開けるかたちはとっとかなきゃどうしようもないわけです。これは社会主義にはならんのですよ。これは社会主義ではなくて、国家社会主義なんですよ。ロシアも中国もそうですし、キューバもそうですし、これはもう国家社会主義なんですよね。

国家社会主義というのは日本の例がよく示していますように、僕らは戦中派だからよく知ってるけれども、戦争中にファシズム運動の前衛にいた人たちは全部、戦後、社会党員か共産党員になってる。つまり国家社会主義・社会国家主義というのは、いつでも相互転換できることになっている。それは理論的な事実だし、歴史的な事実でもある。戦争中に国家社会主義ないし社会国家主義でなかった人は、牢屋に入ってた（日本共産党の）宮本顕治ぐらいじゃないですか。あとの人たちは大なり小なり、戦争中にファシズム運動の先頭に立った。その人たちが敗戦後には、社会党・共産党として再生してきたわけです。これは政治家だけをいってはいけないので、文学でも同じです。戦争中に軍国主義や戦争を謳歌しなかった文学者というのは、一人もいないんですよ。ただ一人もいるわけがない。これははっきりいえるわけです。一人もいないです。全部そういうことを書いています。

社会主義という観念が国家という観念と結びついたとき、それはいくらでも転換できます。これはマルクスが考えた社会主義とは、まるでちがうものです。だから、「これは国家社会主義だ」と考えたほうが考えやすいと思いますね。だからなによりも、そのことが重要です。国家社会主義ないし社会国家主義から、どうやって脱却できるのか。あるいは国家というのは、いかにして開くことができるか。そういうことを考えていかないかぎり成り立っていかないと思います。

資本主義である日本国だってそうでしょう。日本国だって、軍隊を持たないといいながら持っている。憲法では持っていないことになっているけれども、実質上は持っている。それでいて、国家は開いてない。たとえば自民党のなかで、国家を開こうという発想をもっている人なんか一人もいないですよね。だから、国家を持ってる。これじゃどうしようもないじゃないか、ということになると思うんです。

ただ、何に望みがあるかというと、産業にあるんですよ。製造業・流通業などといった第二次産業以上の高次な産業は、必然的に国際的なんですよ。つまり、国家の枠をある程度破ってるんですよ。ある程度の望みを託せるのは、そこだけなんです。自民党のやつには、国家を開こうなんて発想はなんにもないわけですよ。ただ高次産業というのは、国家を開こうとしなくたって、ちゃんと開いていますよ。少なくとも半分は開いてる。もう半分はやっぱり、国家の慣例とかいろいろな問題にひっかかってきますけど、つまり為替管理法とか。ほんとうはそんな法律なんてないほうが、産業というのはやりやすいんですけどね。今でも、産業資本の半分は国家を突破しています。農業を除いた高次産業は、ぜんぶ国家を突破してますよね。それは唯一の希望といえば希望でしょう。

それからあなたもそうだけど、語学ができる人は自由自在に国家を突破できる。ほんとうは自由自在じゃないんですけどね(会場笑)。英文学と日本文学が交流しているかというと、なにも交流していないでしょう。あるいはフランス文学と日本文学が交流しているかというと、なにも交流してないですよね。日本文学なんか、向こうでミシマとか何とかいってるけど、腹を切ったやつとして知ってるだけで(会場笑)、三島(由紀夫)さんのほんとうの文学的な本質なんて、フランス人はなにもわかってないんですよ。これは逆でも同じですよ。日本にもフランス文学者はいるけど、「ほんとうにそうか?」っていったらみんなあてにならないんですよね(会場笑)。あてにならないものを翻訳してるし、だいたいいってることがおかしいじゃないかと。僕の見てる範囲ではそうなるんですよ。それほどまだ強固ですよね、文化の面でも強固だし。

しかしいずれは、それを突破していくこともあると思うんですよね。相互に翻訳していくうちになんとかなるだろうと思うよりしかたがない。それから産業もなんとか国境を突破するでしょう。それは希望をもてるけど、政治とかほかのところでは希望をもてない。そういうことになっていると思います。

それじゃあ社会党・共産党とか新左翼の社会主義理念が国家社会主義を離脱していくかというと、そうじゃないでしょう。それはみなさんの農業問題で農村にたいして何をいっているかをみれば、すぐにわかるじゃないですか。農業の自給自足をいってみたり、消費税反対といってみたり、「何いってるの、まるでなってないじゃないの」ということになる。それは要するに国家社会主義で、やっぱり脱却する以外にないですよね。そこがいちばんのネックになるんじゃないでしょうか。

僕はあなたほど、ソ連や東欧で起こっている変化に衝撃をうけていない。むしろ、これは基本的にいいことだと思って、いろんなことを注視してるわけですけどね。いろいろと検討しながら、いいことだと思ってるわけですけどね。基本的には国家社会主義は敗れたわけですが、社会主義の理念が敗れたとはちっとも思ってないんですよ。

高度資本主義はたしかに後半戦において、つまり近々二、三十年において、国家社会主義に比して飛躍的に民衆の解放を成しとげたと僕は思ってる。だから、高度資本主義のほうが勝利しただろうと、いちおう考えています。

僕はあなたのように考えることはとても当然なような気がするんです。僕のなかにもそれはあります。つまり、衝撃をうけている部分はあります。先ほどアメリカ問題でもいいましたけど、僕のなかには無意識のうちにソ連社会主義の存在に寄っかかってた部分があったし、寄っかかってた時代もあったわけですから、やはり自分のなかでは衝撃をうけています。でも、そのなかから自分なりに考えていこうと思って、自分なりに社会主義というものを考えたら、どういうことになるか、そういうことを考えていこうと思ってやってきたから、その部分ではちっとも打撃をうけてないと思っています。でもあなたと同様に、僕にだって打撃をうけている部分があります。

それから自分は、戦後はいいと思ってきた。太平洋戦争の敗戦で、アメリカが占領軍として来たわけですね。僕らの時代のやつにいわせれば、みんなそうなるような気がするんだけど、ものすごくいいことをしてるんですよ。アメリカの占領政策というのは、ものすごくうまかったんですよ。だから「あっ！」と思って目を開かれることばっかりだったんですよね。軍国主義少年ないし青年は「へえ」と思ったわけです。アメリカ軍は粗暴にしてアレだから、占領軍として来たら婦女子はみんな強姦され、男性は何とかされ、とにかく乱暴で、あらんかぎりの狼藉をはたらく——そういうイメージをもっていたわけですが、来てみたらそうじゃないんですよ。鉄砲なんか反対に担いで、ガムをくちゃくちゃ噛んで、女の子と戯れてる。もう、なんでもないわけですよ。だから「へえ」と思ったわけです。鬼畜米英でもないし威張るわけでもないし、なんでもないわけですよ（会場笑）。とにかく、「へえ」と思ったんです。それが認識の狂いの始まりです。

それからずっと見ていくと、アメリカというのはかなりいいことをしてるんだよね。もちろん部分的には、黒い人のせいにしたりして、たとえば黒い人が横浜で婦女子を襲ったとか、そういうことが新聞に出ることがあったんですけど。でも概していえば、ものすごくうまい占領政策で、「アメリカっていうの、これだったらちょっと勝てないぜ。勝てなかったぜ」と納得させせられるようなことをした。だから僕は、わりあいにいいイメージをもってきたんですね。

でも今度の湾岸戦争で、それがまたちょっと狂いましたけどね。アメリカっていうのはいざとなったら、ちょっとやるぜ。ブッシュ（当時の米大統領・父ブッシュ）なんていうのは顔見てると、サラリーマンみたいでしょう。どこかの会社の部長みたいな顔をしてるでしょう（会場笑）。こんなやつが、やる時にはそうとう残酷なことをするでしょう。戦争をはじめると、残酷なことを平気でやるでしょう。それで「へえ」と思ったんです。もちろん、日本人もやられたんですよ。戦争中、日本の兵隊も僕らも残酷な苦しみをうけた。兵隊さんは外地で、そうとう残酷にやられたんですよ。アメリカっていうのは、いざ本気になると強いんですよ。それは戦争中に骨身にしみて体験しましたから、強いとは思ってましたけどね。だけどはじめて傍観的、客観的に見てると、イラクにたいする戦争を見てると、これはもうそうとう残酷なことをやるぜと思った。戦後、「占領政策はうまくやったな」と思っていたアメリカとはちょっとちがうぜ、というふうに、ちょっと考え直したところはありますね。

だから僕としては、この湾岸戦争ではとても得ることが多かったんです。つまり、いろんな意味で「へえ」と思ったんですよね。ですから、あなたの心のなかにある一種の寄っかかりのなさ、不安さ、愕然とした感じというのはほんとうなんじゃないでしょうか。それのほうが本質なんじゃないかと僕は思うわけですね。それがないまま刺戟ばっかり来てる状態というのは、ちょっと解(げ)せねえなと僕も思ってるんですけどね。「これで平気だっていうのは、おれは解せねえよ」と思ってます。進歩的な人にたいしても保守的な人にたいしても、おれはほんとうに解せねえなと思ってます。

だからあなたが愕然としちゃってるということは、ほんとうなんじゃないかなと思います。そのほうが正当なんです。そこから考え方をずっと広げていったほうが、少なくとも正当だと思ってます。僕は太平洋戦争が終わった時にはそうしました。自分はなにも隠しようがなく軍国主義少年、青年だった。昨日までは何とかいっていた文学者がみんなちがうことをいいだして、「なんだ、こりゃ。なんてことだ」と思った。

絶望のどん底に落とされて、二、三年はもうなにもする気がしねえよと。そういうふうに思ってきましたので、僕は今回のことではそれほど衝撃をうけてないんです。僕は戦後、自分でかなり考えてきたと思ってるから、それほど衝撃はうけてないんですけど、でも衝撃をうけている部分はありますね。

とくにアメリカの動向にはものすごく衝撃をうけて、「へえ」と思ってますね。日米構造協議のやりかたにも衝撃をうけているし、中東戦争のやりかたにたいしても、「アメリカっていうのはこうなのか」と思ってますね。だから僕はこれを、目に見えない「第二の敗戦」として受けとめています。ここからどういうふうに脱却することができるかということが、これからの課題になるなと僕自身が思ってるから、あなたの考え方は大筋においてはいいんじゃないかなと思います。

質問者2　吉本先生は『丸山真男論』の中で「社会主義は社会主義で一貫する」ということをおっしゃって、以来三十年間ずっと一貫して射程に入れてこられた。そして今まさに、吉本先生がおっしゃったとおりの情況が到来したわけです。これは吉本先生の本を読んできた人にはみんなわかっているとことで、だれがどうそれを表現するかということではないわけですから、吉本先生自身がまた次の段階へ行くという決意みたいなものは、私なりにわかります。

たとえばアメリカ問題にかんしていうと、私が東京で付き合ってるアメリカ人たちは、なんか東京に流れてきたような人たちなんですよね。いちおう大学は出てるという程度で、自分の国についてはたいしたことないっていうんですけど、この人たちがもっている世界認識というのがあって、日本のことをあれこれいうんですけど、ものすごく厳しく当たってるというか、外から見た目だということと同時に、たいした教養、学力はないんだけど、きちんきちんというんですね。そこには悪口もかなり入っているんですけど、どうしてこんなにいわれて、しかも、それが当たっているのかなと。□□□な意味での知識、考え方を彼らは□□□のなかから勉強してきているわけですが、どうしてそんなによく見えるんだろうと。

逆に私は、知識とかを吸収するというしかたで、日本人として生まれた以上、『枕草子』とか何とか訳のわからないアジア的な古典教養が頭にいっぱい入っている。それは彼らにはないわけですから、そのぶんだけ楽なのかなと思うんですけど。それ以外に知識のつくり方、捉え方と情報のとり方にかんして、粗雑な面もあるんですけども、やっぱり負けちゃうなという思いが日々あります。ですから、日本にいて知識みたいなところを通っていく過程では、もう少し外に開いていくことを考えていかないと、そのまま負けていくなあと、そういう感じがあるんですね。

最近、「幸福の科学」とかいろいろ宗教問題が出てきましたよね。(教祖の)大川隆法は「宗教

の時代なんだ」というけれども、敗戦直後、雨後の筍のように新興宗教がたくさん出てきたんですよね。ある意味では、それととてもよく似ていると思ってますけどね。ああいうのは気持悪いんですけどね。あれはやっぱり目に見えない「第二の敗戦」現象といいますか、そのひとつじゃないかなと思います。繁栄はしてるんだけど、拠りどころはない。それじゃあどうするんだ。いったい何が幸福か。そういうことになってくると、新興宗教の第二次流行は、一種の敗戦現象みたいなものと同じなんじゃないかなと。そう類推するとわかりやすいから、僕はそういう類推のしかたをしてるんですけど。

質問者3　先ほど、憲法九条の話が出ましたね。私らも、いろいろな方がこれについて批評しているのを聞いているわけですが。国家を開くのではなく、逆に閉じていこうとする、西部邁(すすむ)さんとか、政治家だったら石原慎太郎さんのような動きもあるし。それと湾岸戦争の時、柄谷行人さんや中上健次さんは吉本先生とはちがうような言い方なんだろうと思うんですが、「平和憲法を護らなきゃならん」というかたちで、それこそ時代の□□が来ないような言い方をしていた。そうしますと、前の反核運動の時と似たような感じなのかなと。あるいは螺旋的に、難かしい課題に行ってるのかなという感じもしてるんですが。今のお話でだいたいの方向はわかったんですが、今流行のその批評家たちをどういうふうに見ておられるのかなと。いまSさんとの話もありましたが、どこが盲点なのか私にはわからないので、そこらへんについて聞かせていただきたいんですが。

それから、もうひとつあります。先ほど国家を開くという話のなかで、連邦制が共和国の調整役をやっていけばいいとおっしゃっていましたよね。私はいま、長岡の自治体の委員をやっているんですけど、市というのは国・県の下になりますよね。長岡市の財力はなけなしですから、だれもがいやがる道路の側溝掃除や道路□□でやっている程度だと思ってるんですけど、その百倍の国家を開いていくばあい、どういう段階があるのか。逆にいえば、自治体までも開いていかなきゃならんのか。そのへんのところを国との関係で、もうちょっと筋道立てて聞かせていただきたいなと。

現在の日本の政府がどうだということは、まだよくわからないんですけど、たとえば石原さんというのはだいたい、「強い国家と高度な資本主義がうまく結びついているのが、ほんとうの国家だ」というイメージをもっていると思うんです。国家を開くという発想はないと思うんですけど。ただ高度の資本主義というのは、強制的かつ経済必然的に国家を開いちゃうものだと思うんですよ。ですから、国家を国家主義的、民族主義的に強力にして高度な資本主義を保つという石原さんの考え方を実際にやってみれば、たぶんどこかで矛盾にさらされると思うんですよね。

では高次の産業国家とは何かといいますと、消費の資本主義ですよね。個人収入でいえば、所得の半分以上を消費に使っている、そういうのが高度な資本主義ですよね。そして消費に使っている部分の半分以上は選択的な消費、つまり択んで使える消費に使っている。それが日本や西欧、アメリカの高度な資本主義の実態だと思うんです。産業においてはすでに、国家は完全に開いていく以外に方法はないというところまで行っちゃってる。ですから欧州は、だんだん欧州共同体みたいになっていく以外にないっていうふうになってると思います。

産業のほうから国家を開くことを要請され、開いていく。石原さんみたいな考え方は、湾岸戦争あるいは日米構造協議にさいしての日本国のあまりのだらしなさに憤慨して、そのアンチテーゼとして強い国家みたいなイメージを打ち出している。それで「NOと言える国家」みたいなもの（石原慎太郎・盛田昭夫の共著『NOと言える日本』をさす）を打ち出してるんだと思うけど、それは高度資本主義である日本の社会と矛盾してきますから、自然に開いていかざるをえないんじゃないか。僕はそう思いますね。

ですから産業じたいのありかたにしか希望がないともいえますし、逆に希望は産業のほうにあるともいえる。どんな政府ができて国家を閉じようとしたって、かならず産業がそれを開かせざるをえない。あるいは国際的に開かされちゃうよと。僕にはそう思えますね。だからそこにしか希望がないし、またそこに希望があるともいえるんじゃないでしょうか。

でも、国家をほんとうに開くというのはそういうことじゃなくて、選挙権をもっているごくふつうの人たち、つまり国民が無記名の直接投票で国家をいつでもリコールできる、替えることができる、そういうシステムがつくれたときに、ほんとうの意味で開かれるということになると思うんですけどね。でもなかなかどうして、そこに行くのはたいへんで、ジグザグの筋道を通らなければ、そこへはなかなか行けない。だけどいずれは、そこへ行くにちがいないと僕は思いますけどね。

そして憲法九条にも、ちょうどそんな意味しかないので、「ジグザグしたって、いずれ世界中がそこへ行くよりしょうがないよ」といえばいえるわけですし。今のところ日本の憲法だけがそれをもっているわけですが、そこへ行くよりしかたがない。よくよく見てみれば、ソ連やアメリカだって、だんだん「核軍縮しようじゃないか」といいだしてきてるじゃないか。これだって、日本国憲法のありかたにだんだん近づいていきつつあるという見方をしようと思えばできる。

だけどもう一面から見たら、日本国憲法というのは途轍もない憲法で、リアルタイムでいったらば、世界中で通用するはずがないよということは、前提だという気がするんですよね。前提にしておかないといけないと思うんですよ。みだりに「平和憲法だからアレしましょう」みたいなことをいうのは、全然ちがうことだと思います。

だから、これはもうどうしようもなくて、こんな憲法をもっているというのは変人奇人みたいなもので、なかなかどうしようもないんだよ、だけどこの方向で行くよりしかたがないんだよ、ということをいっていくよりしょうがない。この憲法をやめにするということになるのかも知れませんけど、二、三年経ったら、軍隊を認めよう、派兵を認めようという意見のほうが強くなっちゃうこともありうると思うんですけど、でも僕にいわせれば、それはまったくむだなことのように思えるんです。経済的な出費としても、むだなことだと思います。

ここで軍国少年的な、昔取った杵柄みたいな言い方をしますと、アメリカとソ連の軍備を両方抑えられるぐらいの軍備を持つっていうならまだ意味があるかも知れませんけど、そんなことは天地がひっくり返ったって不可能なことなんですよ。だから、そんなことは初めからやめたほうがいいんですよ。また、それに近づけようなんていうのはまったく意味のないことです。

それよりも「おまえ、戦争なんてやめたほうがいいぞ。核なんてみんな棄てたほうがいいぞ。あと、軍備も棄てたほうがいいぞ。そのほうが経済的に楽になるよ」と説得して、どんどん棄てていく方向に働きかけるほうがはるかに未来性があるし、近道だと思いますね。リアルタイムとしても、近道だと思っています。

それを今さら軍隊を認めようなんて、――でもそうなる可能性はずいぶん多いですよ。今度選挙をしなおしたらとか、自民党が憲法改正案を出してきたらとか、それで国民投票をしてみたらとか、そうなる可能性はずいぶん多いと思います。でもそういうことにめげないで、本質はオクターブのちがうところにあると考えるのが僕は近道だと思いますね。

第二次世界大戦の時、日本国は世界で二番目か三番目の海軍力と、世界で一番といわれた陸軍力を持っていた。それで戦争をやらかして、むちゃくちゃにやられてるわけですよ。それは世界に逆行することですし、その道でどこかを抑えていくことはまったく不可能ですから、初めから考えないほうがいいし、それに近づけようなんて少しも思わないほうがいい。これは軍国少年の昔取った杵柄でいうのであって（会場笑）、現在の憲法九条はオクターブが高いということは覚悟のうえで、やっぱりそういうことを主張したほうがいいと思います。

それで文学者のアッピール（九一年二月に出された「湾岸戦争に反対する文学者の反戦声明」をさす）についても、いろいろいいたいことがあるわけです。彼らは「憲法九条はオクターブが高いんだよ」ということは、別の言い方でコメントのなかでたしか「日本は最終戦争みたいなのをしちゃったんだ」といっていると思いますけどね。つまりオクターブが高いということなんですよ。柄谷たちが「最終戦争をしちゃった」っていったって、またするかも知れないんで、そんなことは柄谷たちが予言できることじゃないんですね。それは政府、為政者がやることであって、変なやつが出てきてまた戦争をやるかも知れないし、そんなことはだれも予言できないわけだから、そういう予言じたいは間違いで意味がない。だけどそういう言い方で、「日本国憲法第九条っていうのはオクターブが高いんだよ。世界でこんなのに付いてくる国はどこにもないんだよ」ということはいおうとしていると思います。そこは肯定できる唯一のところじゃないでしょうか。

それともうひとつ僕が思ったのは、中東戦争についてなにかいいたいことがあるんなら、自分が自分のまわりでいったらいいと思うんです。文学というのはいずれにしても、ひとりひとりですからね。それはどういうのでもいいんです。戦争に賛成であろうが反対であろうが、自分でいわないといけないと思いますね。集まってなにかいうというのは、まったくナンセンスだと思います。まだ国家社会主義の影響が残ってるんでしょうね。だから、ひとりひとりでやればいいと思います。言いたい放題のことを主張したらいいと思いますね。自分の名前で書いて、主張したらいいと思います。反対であろうが賛成であろうが、それは二の次であって、ひとりでいったらいいじゃないか。集まってなにかいうのはナンセンスだと思います。

それからあの人たちの主張は、「日本国の参戦に反対だ」というアッピールなんですよ。日本国の参戦に反対か賛成かということは、中東湾岸戦争にたいしては第二義的なことですよね。アメリカ国とイラク国の戦争に反対か賛成かということが、いずれにせよ主たることで、ほんとうに戦争をやめてもらいたいと思っているならば、「アメリカ国の戦争に反対です」「イラク国の戦争に反対です」「中東湾岸戦争に反対です」というアッピールでなければ意味がないと思います。少しも国際的でないと思ってます。

このばあい、日本国が参戦するかしないかということは二の次であって、これは解釈のしかたにもよりますけど、九十億ドルもの戦費を出したんだから、参戦だといえば参戦なんですよね。いや、これは参戦じゃない。武器を取って戦っているわけじゃないんだから、参戦じゃないといえば、そうじゃないという理屈になる。それは解釈のしようでいかようにもなる。自民党と社会党の論戦みたいなものですね。このさい、日本国が参戦するかしないかということは第二義的なことであるから、ああいうアッピールじたいにはあまり意味がないんじゃないでしょうか。あったとしても、第二義的な意味しかないんじゃないでしょうか。

もっと露骨なことをいえば、あのアッピールを出した文学者たちは、——日本にたいして親しみをもっている外人のことを、親日派っていうでしょう、それから日本国をよく知っている人のことを知日派っていうんですよ——アッピールを出した人たちはいずれも知アメリカ派なんですよね（会場笑）。知アメリカ派というのは一年ぐらいアメリカに留学したとか、しょっちゅうアメリカと日本を行ったり来たりしてるとか、そういう人たちなのね。知アメリカ派の人たちには、アメリカにたいして、もうちょっとましなことを――アメリカにたいして「こういうことで戦争するっていうのはおかしいじゃないか」ぐらいのことはいってもらいたいわけですよね。だけどそれはいわないで、「日本国の参戦に反対か賛成か」――それはちょっと聞けないね、聞く耳ないね、となると思いますね。

僕はいろいろなところのアッピールを集めて調べていますけど、いろんなアッピールがあるんですよ。たとえば、イラクを後進国あるいは西欧の元植民地国と思ってる人たちのアッピールがある。日本でも古いタイプの国家社会主義者は、「アメリカがイラクみたいな後進国、元植民地国にたいして攻撃をしかけたり、中東の内部事情を解さないで介入したりするのには反対だ」というアッピールを出している。そういうアッピールを出すんだったら、戦争中に東条（英機）が、「大東亜共栄圏の確立だとか、東亜の民衆の解放のためにこの戦争をやるんだ」といったときに賛成すればよかったんじゃないかと思うんだけど、それはそうじゃないのね。「そういうのは軍国主義でだめだった」といっているわけです。それだったらイラクにだって「軍国主義でだめだ」っていえばいいのに、そういう言い方をしているアッピールが一方にあるのね。古いタイプのインテリは、そういうアッピールをするんですよ。たとえば加藤周一とか大江健三郎とか、それからもっと国家社会主義者的にいえば針生一郎とか。彼らのアッピールは、そういう類なの。

あと安保闘争の時とちがって、今度はいわゆる新民族派という新しい右翼がいますよね。昔流の言い方をすれば民族派です。そういう人たちもやっぱりアッピールを出して、デモをしてる。

その人たちのデモは古いタイプの進歩派のデモと同じで、「イラクを防衛しよう。アメリカはけしからん」というアッピールを出してる。つまりそこで、両者のアッピールは一致するわけです。それはとても興味深いことなんですよ。「またサイクルが廻ってきたぜ」って（会場笑）。目に見えないけども、またサイクルが廻ってきて（録音中断）

そういうわけで僕はアッピールみたいなことはしないけれども、それにたいして終始一貫して論じてきたつもりです。「アメリカは半世紀前のやり方をしているからだめだ」という言い方と、「イラクっていうのはだめだ。天皇、東条と変わんねえよ」という言い方で、僕は両方だめだという言い方をしていますし、そう書いています。僕の見た範囲では、そういうアッピールはなかったですね。やっぱり、どちらかのニュアンスになっている。いちばん極端なのは、新民族派と旧左翼ですね。そういう知識人たちのアッピールは、だいたい同じところに落ち着いていったなと。つまり、彼らは後進国対先進国、あるいは旧植民地国対西欧諸国の争いという観点で見ようとしています。

だから、文学者のアッピールも含めて、それはちょっとちがうニュアンスだと思ってきましたけどね。そこの問題は、なかなか興味深いことのように思えます。

今のところ、資本主義の高次産業が必然的に国境を越えちゃって、国際的なアレになってる。その勢いが唯一の希望といえば希望だし、国家を開く唯一の強制力になっていくだろう。それが現状ではないでしょうか。ところが政治の理念では、それが少しも具現されていない。「日本はこんなにだらしないんじゃだめだから、もっと強くならなきゃ」という石原さんみたいな主張のほうが多いんじゃないでしょうかね。石原さんもそうだろうし、自民党や社会党など全部に共通する若手の人たちの主張、考え方もそこへ行ってるんじゃないですかね。それはけっしていい兆候でないと思いますけど、これをいい兆候でないというためには、そうとう我慢しないといけないんじゃないでしょうかね。やっぱりどうしても、「そっちのほうが現実性があるよ」という論議になっていっちゃいますし、民衆のほうもだんだんそういうふうに傾いていくということが、ここ数年間で起こりそうな気がしますけどね。でも産業はそうはいかなくて、そういう風潮にたいして考え方を開こう、開こうというふうに発達していくように思いますけどね。

農業というのは非常に土地に密着してますから、なかなかそういうふうにはいかない。土地にたいする執着というのは理屈だけでは割り切れないですし、なかなか一筋縄ではいかない。でも農業の当面している問題のなかで、「歴史的に逆流するということは絶対にありえないよ」という部分と、「そうじゃなくて、これはやりようによればできるよ」という部分をよく見分けられないと、なんか狂ってしまうような気がするんですよね。

この東大の米政策研究会の研究結果（講演で紹介されたパンフレット）、試算はすごく困りますね。こんな米の自由化にともなう計算みたいなのをしてもらうと、ものすごく困ります。非常に一面的ですから。米について、もっと本格的な、ほんとうの計算のしかた、考え方を出していかないといけないような気がします。数年のうちに、農水省がいま取り組んでる試案が出てくると思うんですけど、うかうかしてたらそれに負けちゃうんじゃないか。現状からいうと、それがいちばん進歩的だということになっちゃうんじゃないでしょうか。つまり消費税が進歩的であるのと同じように、その試案も進歩的ということになっちゃうんじゃないでしょうか。チェックすることができないんじゃないでしょうか。だからそこはよく考えて、もっとその先の対応策を考えられたらチェックできるけど、そうじゃなければこれで行くよりしょうがないということになるんじゃないでしょうか。

消費税だって同じですよ。社共が反対しなけりゃいいのに、反対しちゃうから。反対しないで、「こういう対応策があるんだ」っていうのを出せばいいのに、反対しちゃうのね。だけどどう考えたって、日本の民衆の所得の半分以上は消費に使われているわけでしょう。そのうちの消費に使われている額の半分以上が選択消費、つまり択んで使える消費に使われてるんですよ。たとえば、「明日旅行に行きたいんだけど、予算がないからおれはやめにしとこう」とか、「明日映画を見に行きたいんだけど、今月は家計の予算がオーバーしちゃったからやめにしよう」とか、択べる消費があるでしょう。日本のばあい、平均していえば択べる消費がだいたい消費全額の半分以上を占めてるんですよ。そうしたら消費の場面で民衆が加減できるところを我慢すれば、たとえば明日旅行に行くのを我慢すれば、それだけ税金を払わないで済むわけじゃないですか。

そこの面で、主たる税金というのを考えるのは当り前ですよ。民衆の立場というのはそうですよ。それを考えるのが当り前じゃないですか。それがいつの間にか、反動になっちゃうわけですよ。資本主義の興隆期まではそれが進歩だと思われていたし、自分でもそう思ってたんですよ。

ところが資本主義が新たな段階に入り、消費のほうが多くなった。所得のうち消費のほうが多くなり、消費のうち択んで使える消費が多くなった。日本やアメリカ、西欧ではフランスあたりがそうですね。そういう社会においては、今まで進歩だと思っていたものをまだ進歩だと思っていると反動になっちゃうんですよ。進歩か反動かということは、政党の伝統に照らしていうんじゃなくて、現在の一般民衆をどちらがよく解放するか、どちらのほうが役に立つかということに照らしたうえで、それは決められるべきなんですよ。

そうしたならば、消費税を導入するほうが進歩なんですよ。だって日本というのは、そういう段階に入っちゃったんですから。もう十年ぐらい前から、そういう段階に入っちゃったんですよ。それはデータを挙げれば、すぐにわかります。

たとえば所得が五十万の人は、だいたい二十五万を消費に使ってる。消費には二つあって、まず必需消費というのがあるんですよ。毎月の電気代や家賃・食費というのはかならず要るわけですが、それのほうが選択消費よりも少なくなっちゃってる。択んで使える消費の額のほうが多くなっちゃってるんですよ。だから税金を加減しようとすれば、択んで使える消費を加減することになる。つまり、半分以上使ってるところで加減するのが当然なわけですよ。そういうふうになったら、それのほうが進歩なんですよ。だから今のところ税金だけでいえば、自民党のほうが進歩なんですよ。これはもう、その時からわかってたんですよ。

僕はそういう主張をしていますし、そう書いてます。そんなの、全然わかんないんだからしょうがないですよね（会場笑）。だって、承知してくれないんだから。「おまえ、そんなこというなら、自民党のアレだろう」とかいうけど、冗談じゃない。おれは自民党でも何でもないし、そんなことはいっさい関係ない。おれは一般大衆を解放できるかということに照らして、進歩であるかそうでないかを決める。おれはそうだと思ってるわけです。おれはその基準以外に、何のコネももってないわけですから。ただ、そこでいってるだけだから。

だから絶対そうなりますよね。選択消費が五〇パーセント以上になっちゃってるんだからさ。ここで択んで加減すれば、税金を少なく払えるわけじゃないですか。「今日、ステーキの牛肉を買おうと思うんだけど、ちょっと予算が足りないから買えねえんだよ」ということで我慢する。そうすれば、ステーキの肉を買ったためにともなう税金を加減できるわけじゃないですか。それが五〇パーセント以上になっちゃってるんだから、消費税のところでいくのが進歩ですよね。一般民衆の解放にとって進歩ですよ。そうすればいいわけです。

これにたいする細かい点では、「ここは不合理だ」というところは、それはありますよ。それはそれで改正案を出せばいいわけです。消費税じたいに反対するということには、まったく意味がない。それはこの人たちがことごとく国家社会主義者に、反動に転化しちゃってることを意味してると僕は思います。極端にいえばみんなそうです。こんなのを進歩だと思っていたら、全然ちがいますよ。自民党から社会党の若い連中を横に貫く線っていうのは、そこらへんのところをちゃんと心得たうえで対応しないかぎり、やれないぜ、これになっていくぜと思うんです。僕はそうなっていくと思いますね。もしかすると太田さん（主催者の一人）も、そうなるかもしれない（会場笑）。たしかにそのほうがいいんですけどね。それはわかりませんけど。

まあそういうことは抜きにしても、いやここは公平じゃないとかね、農業に企業家が入ってきて、企業経営を大規模にやられたらそうとう席捲されてしまうぜ、とかね、今から予想できる問題はいろいろあると思うんですよ。なんとかして啓蒙するなり、経営のエキスパートを入れておくなりして、なんとか自主的に農業を有限会社ぐらいにしてやろうじゃないかとか。そういうことが自発的にできたら、ある程度対抗できるような気がしますけどね。そうじゃなきゃやっぱり、農水省の案がいちばん進歩的だということになりそうな気がします。それに近づきそうな気がして、そこがやっぱりネックだし、いまに出てくるぞと。

第一次農業革命は、明治六年の地租改正だったと思うんです。封建的な農業から脱し、農業市場を認めようじゃないかというのが地租改正ですけどね。だけどあれはひどい不公正なものだったので、暴動を生んだんですよ。

だけど地租改正をよく読むと、中身はけっして悪くないんですよ。税金は規模の大きいところからたくさん取って、少ない農地しか持ってないところからは少なく取ろうじゃないかとか、統一的な農業市場をつくって、農産物を売れるようにしようじゃないかとかね。税金を現物貢納じゃなくて、金で払えるようにしようじゃないか。地租改正というのはことごとく悪くないんですが、ところがやってみたら大変なことになりました。農地を売らなきゃ税金を払えないやつが出てくる一方で、大地主のほうはあまり影響をうけない。農業がめちゃくちゃ激変しちゃったんですね。困るやつはもう暴動を起こすよりしょうがなくて、日本の近代のなかでいちばん暴動が起きたのは、地租改正以降なんですよね。明治六年から明治十年ぐらいまでが、いちばん暴動が起きたんですよね。それからもちろん明治十年には西南戦争みたいな叛乱が起きていますけど、なぜかというと、もとをただせば地租改正なんです。

だけどよくよく読んでみると、地租改正にはちっとも悪いところがないんですよ。つまり農業近代化政策なんですね。それまでは二宮金次郎だったんですよ。夜なべしてつくったものを売ったら、とにかく貯めておく。農家はそれで富むよりしかたがないというやりかただったんですよ。それを地租改正は近代的に変えた。それはことごとくいい政策なんだけど、やってみたらものすごいことになった。

つまり、そういうことってあるわけですよね。農水省が今つくってる案には、悪いところがないといえばないんですよ。なにもないといえばないんですよ。ただあるとすれば、そこなんですよね。大規模経営を許すっていうことで、法人が農業経営をやることを許せば、大資本がいっぱい入ってきて席捲するだろうなと。それは今から予想できるひとつの危惧ですから、なんとか対応できなければ嘘だよなと。社共や新左翼がそれに対応できるとはちっとも思ってないけど、しかし対応しなくちゃ嘘だよなと思いますね。

第一次革命が地租改正で、第二次革命は要するに戦後の農地改革ですよね。国が小作地を買い上げ、公定の価格で自作農にあたえるっていうのは大改革ですよね。これは日本人だけではできないんだけど、占領軍が強行した。これによって、日本の農業の近代化の基礎ができたわけです。ところが今、第三次農業改革あるいは農業革命に当面していると僕には思えますね。そこでだれがいい案を出すかということになるわけです。いま僕が見ているかぎりでは、つい最近、新聞に出た農水省の案がもっとも進歩的だと思います。

だけどこれはうかうかすると、そうとうすごいことになるだろうなと思います。だから、なにか対応はできるんじゃないかと。これは政党に期待したってだめだと思います。政党は米自由化反対、農業自給論で、「農業は国の宝、お米は国の宝」とかそんなことばかりいってるんだから、期待をもつことはできないと思います。だからこれは自分たちだけで考えて対応するよりないいんだけど、数年後(あと)にそれが出てくることは、非常にたしかなことのように僕には思えますね。だから、そこらへんの問題なんじゃないでしょうかね。それがだいたい僕の考え方ですね。

(新潟県長岡市　中越高等学校一階会議室)

〔音源あり。文責・築山登美夫〕

【千葉県立佐倉高等学校PTA主催】――1991年11月16日

現代社会と青年

質問者　今日はどうもありがとうございました。たいへん思いあたるところがあったんですけど。母と子の関係の重要性、そして母が子供にあたえる影響の大きさというのはすごくわかったんですが、父親としておれたちの出番がなかったなと思うんですけど（会場笑）。父親っていったい何なのかなという観点から、多少お話しいただけるとうれしいと思うんです。よろしくお願いします。

父親にかんしては、人それぞれの考え方があります。（戸塚ヨットスクールの）戸塚宏さんなんかにいわせれば、子供にとってたいせつなのは父親だということになりますし。しかし僕は、子供にとってたいせつなのは母親だと思っているわけです。ですから父親というのは、子供のことについてはいつも間接的だと思えるわけです。たとえば父親のせいで、母親が経済的に苦しみながら子供を育てている。あるいは父親が浮気をして、ほかに女の人がいる。母親にはそれがわかっていて、そのためにいつでも苦労している。それで「こんな亭主の子供なんか育てたくもない」と思いながら子供を育てているとか。そういうケースはたくさんあるわけですけど、父親というのはいつでも、母親に影響をあたえるという意味あいで存在している。そして子供、とりわけ乳児・胎児にたいする父親の役割はいつでも間接的です。父親は母親にたいしてなんらかの影響をあたえることにより、子供にも影響をあたえる。そういう問題になっていくと思います。

しかし青春期後期、つまりみなさんのように高校三年になれば、これからどこの大学を受験して、大学に行ったらどうしようかということを考えますよね。僕がもってる統計では、そういうことはやっぱり父親に相談するというデータが出ています。だいたい六十何パーセントの生徒さんが、そういう問題についてだけは父親に相談する。そういうデータが出ています。だから青春期以降になると、父親は子供にたいして具体的な役割をはたすんだと思います。でも極端にいってしまいますと、高校三年生になった時にはもうできちゃってると思います。つまりその生徒さんにとって、心のかたち、イメージができあがっちゃっていると僕は思います。そして父親はたぶん、そこにたいする影響力はもっていないだろうと。ただ、子供がどういう社会的な場面に進んだらいいか、どういう学校のどういう学科に行ったらいいかということにかんしては、父親のほうが社会的にはたくさん見聞があるでしょうから、父親の意見のほうが大きく響くということはあると思いますけど。僕はそういうふうに受け取りたいですね。父親の役割っていうのは、そういうふうに受け取っています。

僕は自分でも父親でもあるわけだし、あったわけですけど、子供には何の影響もあたえられなかったと思っています。ところがそれに較べると、僕の父親っていうのは教育なんか全然ない人間ですけど、僕ら子供にたいする影響は、どういったらいいんでしょうね、とにかく後ろ姿みたいなものをちゃんと残してる。

たとえばどういう後ろ姿かっていうと、僕の記憶に残ってるのは、僕の父親の父親が年とって耄碌(もうろく)して、まったく理不尽なことを父親にいうわけです。要するに「おれのうちはこんな貧乏じゃなかった」とか「国へ帰る」とかいって、さんざん手こずらせるわけです。それが一日だけじゃなくてほとんどひと月ぐらい、毎日続くわけです。それにたいして僕の父親は、そのつどなだめるわけです。「今にちゃんと連れて国に帰るから、もう少しアレしてください」とかいって、なだめるわけです。でも耄碌してるものだから、また翌日同じことをやりだすんです。そうするとまた、父親がなだめる。それがひと月ぐらい続くわけですよ。ですから子供心に、「あのおじいさんは、なんて無茶苦茶なことをいうんだろう。父親はなんて我慢強いんだろう。文句いえばいいのにな」って思いました。でも長じてみると、父親のその姿勢は僕らにものすごい影響をあたえているような気がするんです。つまり、父親は後ろ姿とか間接的なイメージでしか、子供に影響をあたえられないんじゃないでしょうかね。

そこまでいっていいかどうかはべつとして、家庭内暴力と同じで、日本の特産物じゃないかなと思うんです。西欧の社会ではたぶん、父親っていうのは相当な役割をしてるんじゃないかなと思えるんですけど、日本のばあいには、父親の役割は間接的で、母親の役割が強大すぎるほど強大だと思えますけどね。そんなところなんですけど。

質問者　たびたびすみません。先ほどヨーロッパ・ユダヤと日本では、幼児期の育て方がまったく正反対だとおっしゃいました。日本の文化のありかたとヨーロッパ・ユダヤ的な文化のありかたは非常にちがいます。江戸期というのは、ずっと停滞しっぱなしだった。世界史的に見たら、進歩を拒否しているみたいな。ヨーロッパと比較すると幼児的、退行的というか、そういう文化だったと思うんです。これはやっぱり、子供の育て方とか、先ほど先生がおっしゃったように、母親がすべてだってことを経験したことにより、「対立がない」あるいは「対立がないほうがいいんだ」という心性が形成された。その結果、ああいう文化をずっともっちゃったのかなと。

それにたいしてヨーロッパというのはたえず変革し、新しくしていく。それからもっと先を知りたいという探求心がある。あるところまで知ったら、またその先を探していく。そういう発展のしかたをしているように思うんです。そういうことと関係があるんでしょうか。

それと日本は明治維新以後、非常にヨーロッパ的なものを受けとって成功してるんですけど、どこかでアメリカ・ヨーロッパ的なものにたいする反撥をもっている。そういうことと絡めて、ちょっとお話しいただけたらと思うんですけど。

先ほど、校長先生のお話で梅原猛さんのことが出てきました。僕らもそういうところでは、梅原さんがやられていることと同じようなことを考えているわけです。僕らは日本人・日本文化・

日本語というのがわからない。それが今の本音のところなんですね。難かしいと思います。だから「日本とは何か」「日本文化とは何か」「日本語とは」ということは、なかなかはっきりいえないというのが現状じゃないかと思うんです。

一時代前、今から半世紀前に、日本の文化の特徴・タイプと西欧の文化の特徴・タイプを比較、考察した人がいます。ルース・ベネディクトというアメリカの民族学者・人類学者が『菊と刀』という本で、日本文化論を展開したわけですけど。これは「日本、日本文化、日本語はわからない」っていうことさえまだわからなかった時代のもののように思うんですが、今でもなお一般的な常識になっているように思うんです。

僕らはいま、「日本、日本語、日本文化っていうのはわかんないぜ。だいたい日本人っていうのがわかんないぜ」っていう段階にいる。それが正直なところじゃないかと思うんです。

ただ半世紀前に較べてわかっているのは、新旧両日本人がいるということです。古い日本人、古層の日本人と新しい日本人に大きく分ければ、日本人というのはわかる。それから日本語にしても、古層の日本語と新しい日本語が混合している。そして、文法構造は新旧どちらでもない。かといって第三のかたちでもなくて、そこには古層の文法構造がたくさん残っているわけですけど、とにかく、そういうなんかわからない文法構造になっている。日本語というのはそういう言葉だっていうと、およそのことはわかってきている。そして古い日本文化、縄文文化みたいなものと、新しい日本文化の混合したものが日本文化のタイプなんだと、そういうことはいえそうな気がするんですけど、ほんとうに突っ込んでいくとわからないんですね。

わからないという問題意識のところまでは行った。これからはもう少しわからせなきゃいけないんだ。日本人・日本語・日本文化の特質をわからせなきゃいけないんだ。今はそういう段階にあるような気がするんですね。だからほんとうをいうと、わからないなあと。いろいろな現われ方をするけど、ほんとうはわかんないなあと思いますし、日本人っていうのもわかんないなあと思います。電車に乗っても、こういう場面でも、顔を見ると「これが同じ日本人か」と思うぐらいずいぶんちがいますし、要するに日本人っていうのはわからないですね。人種としても言葉としてもわからない。「これが日本語か？　わかんないよ」と思うことがたくさんあります。『古事記』や『日本書紀』、『風土記』とかを読んでると「これが日本語か？」って思うぐらいわからないところが出てきます。今は「わからないなあ」と思うところをわかろうとして、一所懸命詰めようとしてる段階じゃないかなと思います。

だから日本文化っていうのも、日本語っていうのも、日本人っていうのも、言葉ひとつ取っても、近隣の言葉とどこか似ていないとおかしいわけですよね。たとえば韓国語と似てるとか東南アジア語と似てるとか、フィリピン語と似てるとか、そういうことがなけりゃおかしいんですけど、日本語っていうのはどこことも似てないですね。ヨーロッパでは、そんなことはないんですけど。「似てる似てる」っていうのは、たいてい嘘だと思います。似てないんですよね。それはなぜなのか、わからないんですね。わからないので、それを追求しようとしている。

今はわからなさに突入している。先ほど消費社会といいましたけど、それと同じで文化の面でも「わかんないぞ」っていうところに突入していて、わかんないぞっていう問題意識だけは出てきた。半世紀前には、「わび・さびは日本の文化の特質だ」みたいなことをいっちゃえばそれで済んでいた。でも、それはちがいますよね。それは簡単すぎまして、そんなんじゃないと思います。だからたいへん難かしくなってきたなと思うんですけど、わかんないということがだんだんわかってきた。そういうことがありますね。

遺伝子的な要素でも、たとえば成人T細胞白血病のウイルスっていうのがあるんですけど、その担体（キャリアー）は日本でいうと九州、沖縄、四国の海辺、東北の海岸べりにわりに多いんです。T細胞白血病のキャリアーは、日本人とアフリカ人にしかいないんですよ。今のところ世界中を見ても、その中間にはどこにもいないんですよ。ものすごく不可思議でしょう。今から十数万年前だと思いますが、人類はほうぼう散らばってそれぞれの人種、言葉ができるわけですけど、それ以前にT細胞白血病のウイルスを持っていた人がアフリカのほうに行き、日本にも行った。おそらく大陸を通って海岸に出て、日本に来たんでしょうけど。

そういうふうにして日本に居ついた。それはわりに古い日本人ということになるわけですけど。そういうふうにでも解釈しないと、解釈のしようがないんですね。それだったら中間にそういうコロニー、集団があっていいはずなんだけど、今までのところ中国にも朝鮮にもない。T細胞白血病の担体は、アフリカ人と日本人にしかない。それは旧日本人のひとつの特徴だと思うんですけど。では旧日本人とはなにものであって、どうしてそんなふうになっているのか――わからないんですね。ずいぶん追いつめてはいるんだけど、わからないんです。

だから半世紀前みたいに、日本文化の特質についてあっさりいうことはできない。それが今の状態じゃないかと思うんです。ただ社会的な枠組みでいえば、日本では西欧化した要素が多くて半分以上は西欧化してる。しかし最後のところは、なかなか西欧化できない。それじゃあアジア的かっていうと、たしかにアジア的にはちがいないんだけど、そうともいえない。「部分的に似てるところはたくさんあるけど、なかなか較べられないぜ」っていうところがある。そういうことになってるんじゃないでしょうか。だけど歴史を段階として見ていくならば、遠東(えんとう)、極東は西欧化、近代化するというのが、これからのだいたいの筋道になっていくんじゃないかなって、僕は思ってますけどね。だけども、そんなに簡単かっていうとそうでもないですけどね。

たとえば日本人のなかにある血液、言葉、文化のなかにあるアフリカ的なものはどういう役割をし、どういう要素として出てくるのか、というようなことは、これから考えていかなければわからないだろうと僕は思います。だけどおおよその段階、大ざっぱな段階でいえば、日本を含む遠東、極東っていうのはたぶんヨーロッパ化するだろう。それがだいたいの筋道じゃないかなと。だからヨーロッパ文化の影響をいちばん多くうけて、それと似てくるんじゃないかなと。あるいはそれと同一に近づいていくんじゃないかなっていうのが、おおよその筋道だと思えますけど、最後のところはよくわからないというのが現状じゃないでしょうか。僕はそう考えてますけどね。

だからわかるわからないでいえば、「わかんねえぞ」っていうのが僕の問題意識なんですけどね。

（佐倉市鍋山町　佐倉高等学校体育館）

〔音源あり。文責・築山登美夫〕

像としての都市

質問者1　生産活動には第一次産業・第二次産業・第三次産業がある。街とか都市には生産活動もありますが、やはりそこに人が住んでいるわけですよね。つまり、そこで寝起きしている人がいる。お父さんは、どこかのビルへ働きに行っている。お父さんがたまたま第三次産業に従事していたり、第二次産業に従事していたりするわけですが、子どもとか家族はたまたま同じマンション・アパートなどに住んでいる、生活を営んでいるという居住者的な見方では、どのように捉えたらよろしいんでしょうか。

先ほど消費社会の定義を申し上げましたけど、ひとつはそういうところですね。マンションやアパートに住んでいるというのは、必需消費の領域じゃないでしょうか。選択消費というのは、都市の街なかで行われる。そして街なかの半分以上は、選択消費の問題を対象としてつくられてきている。住宅地はたいてい、大都市から離れている。もちろん大都市にも少数はありますけど、極限として考えるとその中には決して住んでなくて。

必需消費としての生活の根拠地は、都市の外にある。都市の近隣ではありましょうけど、たいていは都市の外にある。今のところは全部じゃないですけど、やがては一〇〇%の住宅地が都市の外に置かれるようになる可能性が大きいんじゃないでしょうか。都市というのはいずれにせよ、消費のためにつくられている。ビルの中だけじゃなく、街の構成を含めて考えれば、選択消費にどう立ち向かうかということが主たる課題として出てくると考えればよろしいんじゃないでしょうか。

それからこういうところまでいくと経済工学の原理的な問題になってしまいますが、消費とはなにかということになるわけです。僕らは、消費というのは遅れたる生産であると考えている。つまり、空間的ないし時間的に遅れた生産のことを消費という。それが消費ということの考え方なんです。時間的・空間的に遅れているということをいちばんわかりやすくいうと――原始時代、ここに木の実があったからその場でとって食った。とるということが生産のいちばん原始的なかたちだとすれば、それをとって食えば生産・消費が同時に行われるわけです。そして時間のみならず、空間的にも同じところで生産・消費が行われる。

ところが文明が発達し、現在のような消費社会になりますとそれが違ってきて。ある生産に誰かが従事したけれども、その生産物がどこで誰によって消費されるかはわからない。そこでは時間的・空間的に遅れることは確かなんです。時間的・空間的に遅れて隔たったところで、誰かが消費するわけです。でもあまりにその隔たりが大きいので、その商品・製品をどこで誰が買ったのかを特定できないし、いえなくなっちゃう。

とくに消費社会における理論的問題というのは、「消費とは遅延したる生産のことだ」という定義があるけれども、生産と消費の関係がこれ以上遠くなっちゃったら、つまり時間的・空間的遅れがひどくなっちゃったら、そういう定義すら成り立たんよとなるわけです。どこかにそういう閾値（いきち）・境界値があるわけです。高度資本主義つまり消費社会は、その閾値を超えたところに行こうとしている。あるいはすでに、その閾値を超えちゃった。消費というのはたしかに遅延された生産なんですけど、これはもっと浮遊したもの、フロートしたものになっていて、消費は消費としてフロートしてしまうという考え方を取り入れなきゃ、理論化できないよと、そういう段階かもしれないわけです。でもひと通りの意味でいえば、おっしゃることはそういうふうに考えられる。

もっと考えれば住宅というのはそこで家賃を払ったり、三度の食事をしたりという必需消費をやることによって、あすもきょうと同じコンディションで働けるようにする場所なんですよ。つまり生命・生活を生産してる場所が住宅地なんです。それは選択消費が行われる都市からは、空間的にも時間的にも遠いところに行くだろう。それはますますひどくなると思います。もし新幹線よりももっと速いリニアモーターカーみたいなのができたら、もっと遠くから通うことができる。あるいは、都市からもっと遠くに住宅をつくっちゃうということになるだろうと思いますけど。それは選択消費と必需消費の分離・分裂ということになりますね。とくに選択消費のパーセンテージが大きな割合を占めていってしまえばしまうほど、大都市化していく都市と住宅は、空間的にも時間的にも離れていってしまうのではないでしょうか。ひと通りの意味でいえば、そういうことになるのではないかと。

質問者2　わたしは、平均的な都市というのはないんじゃないかと思うんですけど。分業・分化というのが、現在の高度な資本消費社会の特色だと思うんです。それが地球規模・世界的な規模で行われていて、国内でも行われている。さっき先生がおっしゃったような分け方でいうと、第三次産業にどんどん特化していく。もしくは第四次産業にどんどん特化していくとか。おっしゃった意味は、平均を無視してはいけないということだと思うんです。存在としての現実を無視しちゃいけない。そういう意味ではないかと理解したんですが。

それでいいんじゃないでしょうか。メタフィジカルにいえば、おっしゃる通りでよろしいいんじゃないでしょうか。もっと具体的にいっちゃえば、「俺は平均人だ」「中流だ」っていってる人が八割も九割もいるんだから。この人たちの存在あるいはその具体的な欲求・欲望、便利さ・不便さについての考え、所得についての考えなどを無視したら都市は成り立たんだろうし、建築も成り立たんでしょうと。そういうふうに考えてもよろしいわけでしょうし。メタフィジカルにいえば、おっしゃる通りじゃないかと思いますけどね。

質問者2　分業・分化が進んでいけば、逆にシミュレーションとしての抽象化・純化みたいなものが進む。分化したところで純化を求めていくところで交錯領域みたいなものが出てくるのではないかと。たとえばディズニーランドみたいな。

そうだと思いますね。とにかく、誰も考えたことがないことをやる。誰も考えたことがなくて、しかも今まで成し遂げられてきたことよりも、少しでもいい結果がもたらされることをやる。啓蒙的にも、そういうものを目指していくよりしかたがないんですけど。では、それをやみくもに目指していけばよろしいんだろうか。そういう疑問をもつのであればやっぱり他者をイメージに置き、それにたいしてどういう抽象性をもっていくか、あるいはどういう分化の仕方をしていくかを常に考え、やっていくほうがいい。そういうやり方をしたほうがいいんじゃないかと。そういうことくらいなんだと思いますけどね。僕らに今考えられることは、そういうことだと思うんですけど。そこの問題じゃないかと思いますけどね。

司会者　時間も過ぎましたが、なかなかこういう機会はありませんのでどうぞ。

質問者3　都市の四つの像・系列についてはよくわかったんですけど、これはフィジカルな面だけを対象としているのではないかと。実際には、人間がそれにくっついてくるわけですよね。やっぱり、それぞれの像の系列に対応するような共同体があるんじゃないかと思うわけなんです。とくに一番目と二番目は下町型の街ですよね。二番目だと、アパートみたいなところになるのかもしれませんけど。三番目、四番目の未来型の都市系列はどのように現れてくるのかということについて、お話しいただけたらと思うんですけど。

僕は、それについてはなんともいえないわけですよ。もちろん、いいかげんなことはいえるんですけど。つまり、自分の趣味・嗜好を含めていうことはできるんですけど。僕がもってる、都市論にたいする原則がありまして。ここから以上については、自分が今いる場所からいってもなんの意味もないよ。ここから以上のことをいっちゃうと、為政者の問題になっちゃう。つまり、政府要人とか地方自治体要人が考えるべき問題になっちゃって。自分がいる場所からいったって、そんなのは意味がないよ。意味がないし、いう気もしないよと。そういう一種の原則があると思うんですよ。あなたがおっしゃるようなことをいってもいいけど、それは俺の守備範囲じゃないよと、そういうことになっちゃうような気がするんです。「あいつは自分の好みでいってるんだ」「自分の利益・利害でいってるんだ」ということを含めていっちゃえば、いえないことはないんですけど、それは僕の領域外であって。だから、あなたのお考えでよろしいんじゃないでしょうか。どういうふうに考えられてもかまわない。自由に考えられてよろしいんじゃないでしょうか。

質問者3　でもそれは大変難しいことなんで、ぜひ教えていただきたいんですが。

そういわれたら、やっちゃうんだよね。やっちゃうんですよね（会場笑）。テレビなんかによく出てくる人がなにかいってると、「そんなこと、おまえなんかから聞く必要はねえんだ。そんなのは政府の役人が考えてやればいいんだ」とか、そう思えることをいっちゃったりするでしょう。つまりそこで、この人は守備範囲外に出ちゃってると思うわけで。それは僕らが原則に照らして、ものすごく警戒するところなんですよね。だから「あなたはもう、そんなのはいいんだから思い通りにやっちゃいなさい。考えちゃいなさい」ということになるわけです。あなたがたとえば通産大臣や建設大臣になったら、それをやっちゃえばいい。それを実行しちゃえばいいんですよ。それをどういうふうにやるか。そんなのは、ご自分で自由に考えられたらいいいんじゃないでしょうか。これはいけねえとか、そういうことはないと思います。

僕がきょう申し上げたことでただひとつ、「この公理とか定理は動かすことはできないよ。どんな人であっても動かすことはできないよ」っていっちゃってもいいんじゃないかと思ってることがあります。それはようするに、天然自然を相手にする職業や産業は高度にしないかぎり、ハイテクにしないかぎり、貧しさから離脱できないということです。これは公理です。「俺は農家というのは大切だと思ってる。人間の食べ物をつくる大切な職業だと思ってる。だから俺は農家をやるんだ」っていう人に敬意を表しますけど、農家でもないインテリや政治家が「農業で自給自足」なんていうのはとんでもないことなんですよ。そんなことをいえば、「それじゃあおまえ、農民を貧乏から離脱させるためのプランをいえ」ということになってしまう。そういうプランがないならいうなと、そういう問題になっちゃうわけですよ。だけど、そんなことをいうやつはいっぱいいるわけですよ。それは違うんですよ。それをいってはならん。それは原則に反する。一見無責任なようでも責任を取れることしかいえないし、そういうことしかいっちゃいけない。

そういう原則は大切です。

僕はきょう、盛んに一般人・一般都市といいました。一般人あるいは「自分は中流だ」といっている八割がたの人はなにを考え、どうしているか。そういうことを具体的に勘定に入れるか、抽象的に勘定に入れるか、あるいは無意識に勘定に入れるかは別として、いつでも考えてないと間違うぜ。正しいことをいってるようでも間違うぜ。僕はそう思っているから、それはいつでも原則にあります。僕の原則はその二つしかないんです。

あなたのおっしゃることは非常に重要なことで、僕も自分の利害や好みも含めていっちゃいたいところなんだけど、それはいってもしかたがないという感じがして。だから逆にいえば、あなたが自由に考えられたらいいと思います。どう考えられてもいいと思います。どういうふうに考えられても、どういうプランをつくられてもいいと思います。あなたが責任者になったとき、それをやっちゃえばいいんですから。建設大臣でもいいですけど、日本鋼管の社長になったらやっちゃえばいいんですよ（会場笑）。思ってる通りやっちゃえばいいと、僕は思いますね。僕にはもう、そういう可能性がないから。しょうがないから、自分の分を守ってやっているだけで。僕は「みんなそうしろ」なんてちっともいわない。あるいはあなたに「そうしろ」なんてちっともいわないんで、もう、やっちゃってください。

質問者3　まず、像としての都市というのがありますよね。吉本先生は都市に住んでる人間とはいちおう切り離して、像の部分だけを考えてこられた。そう理解してよろしいんでしょうか。

いや、だんだんあなたに誘惑されて、いうべからざることをいうはめになりそうですね（会場笑）。プライベートで「俺はこうだな」とかいうぶんにはいいんだけど、いうべからざることをいいそうになっちゃうわけですけど。どういったらいいんでしょうね。あなたは人間とおっしゃるでしょう。人間っていうのはさまざまで、ひとりひとりなわけです。ほかのことはともかくとしてどんな家に住もうか、どんな家をつくろうか。こういう家をつくるには、俺は金がないとか。そういうことはさまざまなわけですよ。それぞれ好みも違えば、やり方も違うし。また逆にいえば、「それだけは自由だぜ」ということになる。ほかのところは、どこかで自由を制約されることで満ち満ちているわけですけど、自分がどういうところに住んでどう生活するかということだけは人それぞれであって、まったく自由なんで。一見よさそうに見えても、その自由を制約するようなことは、よくよく考えないといえないんだよ。そういう問題であるように思うんです。ですから僕が住民のひとりとしてこう考えているからといって、お前もそうかといったらそんなことはないわけですね。

たとえば僕のうちの隣はお寺さんなんですけど、そこに政府の原子力公団が原子力発電所をつくったらどうするんだと。そういうことを書いた人がいるじゃないですか。その人は、東京の真ん中に原子力発電所ができたらどうするんだというわけ。そうすると「俺は、そんなおっかないことは大反対だ」という人がいる一方で、「そんなの、全然おっかなくないよ。科学的装置でこれほど安全なものはないんだよ」という人もいるわけです。安全だと思ってる人は「そんなの、勝手につくれ」という。その一方で「こんなところ、危なくて住めねえから少なくとも五十キロぐらい離れたところに住みたいんだ。それを補償してくれ」っていう人には、補償金を出さなきゃいけない。それから「そんなものをつくるのは絶対に許せねえ。これは文明にたいする犯罪だ。俺は死んでも、ここに原子力発電所をつくらせねえ」という人もいないことはないんですよ。そういう人たちはいるわけですよ。それはもう、さまざまなんですよ。

「こんなところ、危なっかしくて住めねえ。俺は大反対だ」っていってる人たちは主観的に、これがいちばん正しいやり方だと思ってるんですよ。だけどそんなのは、いちばんいいやり方でも正しいやり方でもなんでもないんですよ。ですからやっぱり、一種の思い込みの集団なんですよ。そうじゃないんですよ。僕がいちばんいいと思うのは、ようするに自由であることです。「危なくって、こんなのいらねえ」っていう人は、ほかに引っ越してそこにうちを建てることができるように、補償金をできるだけたくさん取る。その人たちにとってはそれがいちばんいいことだから、そういうことをやる。それから「俺は原子力発電所なんて、危ないとはちっとも思ってないんだからこのままいるぜ。報奨金をくれるならくれよ」っていう人にもやる。それから「俺は大反対だ。俺が死ぬまで、ここに原子力発電所をつくらせねえ」っていうやつには、もう死ぬまでやってくれと。「おめえらが死んじゃったら、やっぱりここに建つかもしれない。そしたら俺は逃げちゃうから、補償金くれ」っていう人がいてもいいわけですよ。そんなことは人さまざまなんで。つまり、そこで集団化する理由がないんですよ。

そして集団化する理由のない唯一の場所っていうのは、住宅地なんですよ。自分が住む場所、つまり日々の命を再生産する場所というのは誰からも制約される必要がないし、制約してはならないし、これを制約するような政府・企業っていうのは駄目なものだ。そう断定してよろしいと思います。そんなに厳しくは制約しない。いくらか大雑把には制約するけど、厳しくは制約しない。それにまあまあ我慢できるならばその政府をいただき、その企業に就職してればいい。でも個人的な住まいをどうするかっていうことに制約を加えるようであれば、どんな立派なことをいってる政府でもみんなぶっ倒したほうがいいし、また必ずぶっ倒れちゃいますよ。それこそ一般人の力でぶっ倒れてしまうと、僕は思います。それがソ連等の問題だと僕は思ってます。

だから、主観的にこれがいいと思ったら、そんなのはちっとも当てにする必要はない。自分の命を守る場所については誰からも制約される必要はないし、制約してはならない。また「あいつは相手にこういう考えをもたせるために、教唆煽動してるんだぜ」と思われるようなことは、できるだけいわないほうがいい。僕がいってることも、煽動かもしれないんですけど(会場笑)。ある人から見ると、煽動なのかもしれないけど。ようするに、個々人の生命・生活をきょうもあすも健康に守るための場所、それを守るための住みかっていうのは、できるだけその人たちの好みに近づいていく、そういうやり方しかない。そのやり方にたいして制約を加えたり「それはいかんぞ」といったりするようなあらゆる言い方は、ぜんぶ駄目だ。そういう原則しかないのではないでしょうか。それが僕の考え方なんですけど。

（千代田区大手町　ＮＫＫ本社ビル）

〔音源あり。文責・菅原則生〕

【宮崎市・一ツ瀬病院　精神医療を考える会主催】——1992年2月8日

言葉以前の心について

司会者　五時半から六時ぐらいまで時間がありますので、今日の話について質問などありましたら出していただきたいと思います。事前に吉本さんの講演会をやるというお知らせをしたら、「どんな話をするんだ」という問い合わせがかなりありました。僕らもしばしば「精神医学の話ですか、文学の話ですか」と訊かれました。

今日のテーマは「言葉以前の心について」です。勝手にいわせていただくと、吉本さんの三部作みたいなのがあります。『言語にとって美とはなにか』『共同幻想論』『心的現象論序説』ですね。それの展開ということではないかと思います。ですから精神医学と文学の中間か、あるいはそれをちょっと超えたお話だったと思います。僕らにとっては、一回目、二回目とこの三回目はつながったように思います。今日の話についてどなたか質問がありましたら、どうぞ。

質問者1　すみません。精神医学にも文学にもまったく無関係な普通の素人の者ですけど、非常に興味深くお話をお聞きしました。非常に素朴な疑問かも知れませんが、四つほど疑問に感じたことをおたずねしたいと思います。

まず最初に、乳児期の体験についてです。お母さんが赤ちゃんを出産した後、ひと月ぐらい子供と密着した時間を過ごすわけですが、それこそが日本独自の家庭内暴力のもとじゃないかとおっしゃいました。しかし家庭内暴力というのは、非常に新しい現象だと思うんですね。その前にアメリカでも校内暴力とかいろいろな問題が起こって、日本で同じような問題が起きたのは非常に最近のことだと思うんです。母親と幼児が一カ月ぐらい密着して過ごすということは昔から習慣としてあって、日本の歴史で、家庭内暴力を特徴づけるようなものはなにもなかったんじゃないかと思うんです。それがひとつです。

それから二番目は人間の心というのは内臓器官から来るものと、感覚器官から来るものでつくられているというお話がありました。それについて、ちょっと思いあたることがあります。たとえば脊髄をやられてまったく感覚が遮断された人間でも、非常に豊かな言語世界をもっていて、素晴しい詩を書かれたりお話を書かれたりする。私は実際に、そういう作品を読みました。また、脳性麻痺の人なんかでもそうですね。だから、人間の心というのはかならずしも、内臓器官や感覚器官だけで構成されているとはいえないのではないかと思うんです。そのことについても、ちょっとおたずねしたいと思います。

あと、「言語というのは公理じゃないか（質問者の聞き違えと思われる）。呼吸をストップさせることでしか、言葉は出てこない」といわれましたけど、自然な呼吸というのはどんなものなのか。なにも手をつけないでおくことが自然であるならば、生きることもできないんじゃないでしょうか。呼吸そのものも、何らかの器官の無理な働きによって起こっているのではないかと思うんです。胎児はなぜ、三十六日目に変化するという非常に苦しい体験を経なければならないのか。どうして胎内で穏やかにしている人間が、外部へ出てこなければならないのか。タンパク質から人間にいたる命の歴史があったように、胎児というのもひとつの発展途上にあるといえるのではないかと感じたことです。

それから四番目は、エロスという言葉をいわれて、サルと人間との違いについて話されました。先日テレビを見ていたら、動物園にいる動物には自然な感覚がないから交尾などもなかなか起こらず、子孫が途絶えてしまう傾向が非常に強いといっていました。人間も具象的な世界に生きていたときには、感覚やすべてのものが非常に自然な状態だったと思うんです。ところが社会が高度化、抽象化されていくにつれて、人間のエロスもだんだん抽象化されていった。ですからだれにとっても、順応するということが難かしくなってきているのではないかと思うんです。そのなかで、普通なら起こりえないいろいろな焦り、不安が出てくるのではないか。非常に素朴な質問だと思うんですけど、吉本先生にお訊きしたいなと思うことです。

それから先ほど、「乳児期に母親といっしょに過ごしたことにより、子供が非行に走るんじゃないか」といわれましたが、ある時期に子供が甘やかされたことにより、そういうことが起こることはたしかにありうると思います。でも、たとえば植物だって、発芽の時期に水をやらなかったら成長しませんよね。やはり、ある重要な時点というのはあると思うんです。でも、乳児期あるいはそれよりもちょっと前の時期を核とするのは、あまり現実的じゃないのではないかということも付け加えたいと思います。お願いします。

たいへん全体にわたるご質問になっていて、全部お答えすると、今日の話全体を尽くすことができると思います。でも初めの質問は、よく理解できなかったんですけど、昔は家庭内暴力はなかったんですかね。（録音中断）

僕は家庭内暴力というのは日本の特産物だと思っています。世界中を廻って実証的にデータをとって、どこの国では何パーセントとかそういうことをたしかめたわけではありませんから、「間違いありません」とはお答えしませんけど、僕の理論的な考え方からすれば、それは日本の特産物だということになります。もし母親と子供の関係にさまざまな屈折があるとすれば、それが全世界としてイメージに映し込まれてしまう。それが家庭内暴力の原因だと思います。

子供が幼児期を過ぎ、児童期、学童期、前思春期というように成長していったとき、母親は子供が赤ん坊だった時よりも経済的には豊かになっている。あるいは、その時よりも家庭環境が改善されている。戸塚宏さん流にいえば父親は職業にかまけていて、母親が子供の教育係になってしまう。そうすると、母と子の結びつきが強烈になってしまう。そこではいろいろな理由がつけられるでしょうけど。でも、僕は家庭内暴力を起こした家庭を見ると、間違いなく乳幼児期に問題があっただろうと思うんです。もちろん、母親がそれを正直にいうかどうかはべつですけど。

あなたは「そうだろう」という言い方では納得しないかも知れないけど、理論、理念というのは、ありうることをこうだろうと推定できなかったらだめだと思うんです。もちろん現状の分析はできないですけど、「必然的にこうなるだろう。理論的にいったらそうなるよ」ということが当たってなかったら、理論としての価値はない。

僕が考えている家庭内暴力の原因があたっていないとすれば、つまり、「そんなことはありえない」という反響があるとすれば、僕の考え方がまちがっていることになる。でも僕は今のところ、それがまちがっていることはありえないと思ってます。あなたの質問程度のことで考え方を翻すような根拠は全然ないと思っています。そういう説明になると思います。

それから二番目ですけど、僕は「大ざっぱに分けてしまえば、内臓系・感覚系からうける動きが織りなされたものが人間の心の動きということになる」と申し上げました。あなたは脊髄損傷の人や身障者の人を例にあげられて、それはちがうといわれましたけど、僕はちがうという根拠にはならないと思いますね。脊髄損傷の人や身障者の人は立派な言葉を書いたり、立派な文章を作ってみたりすることができるということは、僕が「心は大ざっぱに分ければ、その二つの要素からできあがるでしょう」といったこととの反証にはならないと思います。僕はそこに全然矛盾を感じないです。

そして三番目ですが、僕は「人間の心身の行為、行動は、自然な呼吸を妨げることなしには行われない」と申し上げました。「公理じゃないか」と申し上げたことは、「人間の心と身体の問題はそういうふうにできている」と僕がいっていることを意味しますから、これはあなたがおっしゃることではひっくり返らないと思います。これがひっくり返るためには、少なくとも僕のなかで言葉と心にたいする設定のしかたを根柢から変えなければいけない。僕はあなたのご質問では、そこまでしようと思わないので、ですから僕はやっぱり「それは公理ですよ」と申し上げたい。改めて、そう強調したいように思います。

それから四番目の質問についてです。動物であった時も、社会がまだ高度でなかった時も、人間は自然に気持よく生活していた。ところが社会が高度になってきたら抽象化され、不安、障害もたくさん出てきた。あなたはそうおっしゃられたわけですが、僕もそれはちがうとは思っていないわけです。だけど問題は、そういうことじゃなくて、もしかするとそこからは、あなたのおっしゃることと僕が考えていることが分かれてしまうかも知れない。あなたは「以前はよかった」とおっしゃるのかどうかわかりません。たしかに以前はよかったのかも知れないけど、社会がこういうふうに高度化してしまったことのなかには、ひとつの「自然史的必然」というものがあるので、これを元に戻すこともできなければ覆すこともできないということを、ある部分での前提としなければいけないと僕は考えています。

僕らが追求したところでは、自然を相手にしている職業、たとえば農業・漁業などに携わっている人たちは、日本社会で働いている人たち全体の九パーセントぐらいです。そのなかで専業農家の人は、またその一四パーセントぐらいです。もちろん、そういう人たちは減少する傾向にあります。僕の理解のしかたでは、この減少する傾向を避けることはできない。根本のところで止めることはできないと考えています。それがいいか悪いかということじゃなくて、それが必然です。文明の高度化は、そういう要素をもつものだと僕自身は思っています。

そして工業というのはかつて農業と対立していたわけですが、これに携わっている人たちは日本全体の二十数パーセントです。工業もまた、働く人たちの半分を占めなくなっちゃっています。そして今、半分以上を占めているのは流通業・サービス業に携わっている人たちです。そういう人たちが働く人たちの半分以上、つまり六〇パーセントから七〇パーセント近くを占めるようになっています。あなたのおっしゃり方でいえば社会がそれだけ高度化したわけですけど、それだけ変わってきています。

ここで公の病ということを考えるならば、働く人たちがいちばん多い流通業・サービス業と、少し減りつつある工業・製造業の境界にあるいろんな障害、公害の問題を主体に、僕だったら考えると思います。僕はエコロジストたちのように、九パーセントの農業と二十数パーセントの工業の間に起こる問題を公害と考え、その時代のほうがよかったとは思わない。たしかにその時代はよかったかもしれないけど、文明の進展というのは必然の要素を含んでいて、それはたぶんだれにも棄てることはできない。そこが、あなたの認識と僕の認識のちがうところだと思います。

そうだとすれば、高度化した社会における問題として、さまざまな欠陥、弱点、障害、公害を考えなければいけない。流通業・サービス業と工業の間に起こる公害は何かといいますと、精神障害です。つまり頭の障害です。これが潜在的には、公害病のなかのいちばん大きな要素だと思います。これから何年も経たないうちにこれが顕在化してきて、現在の日本で考えられる公害、あるいは先進的に高度化した社会で考えられる公害は、精神障害の問題、知能障害の問題ということになっていくような気がします。僕はそこを主体に問題を考えていきたいと思います。

今日の講演会の主催者の方々の役割は、これからも重くなる一方で、お気の毒ですけど。重くなる一方で、それを避けることはできないと僕は思います。だからそこのところはたぶん、あなたのお考えとはちがうと思います。これはいいか悪いかという、昔のほうがいいか、今のほうがいいかという問題というよりも、文明がどういうふうに進んでいっちゃったのか、進む必然があるのか。それを止めようと思うなら、どこまで止められるか。でもこの動きは必然なのであって、必然のところは動かしようがない。それならば、そこを問題として考えなきゃいけない。物事の考え方を、そういうふうに展開していかなきゃいけないんじゃないかと思います。ですから、あなたがおっしゃることによって、僕が今日お話ししたことの基本を変えてしまうとか、あるいは問題の立て方を変えてしまうつもりは少しもない。あなたのお話をお聞きしていて、そういうことを感じました。

文明が高度化していったばあい、僕らはどこまで遡るかということになってきます。僕は社会的な問題について、こういう言い方をします。ひとつは、高度社会の問題を必然的な問題として考えていかなければいけない。欠陥・利点を含めて、それを考えていかなければいけないと。

そして僕の言い方は、もうひとつあるんです。過去に突っ込むばあい、アジア的社会の段階までで考えをやめてしまうのではなく、アフリカ的段階まで遡っていかないといけない。それは、高度社会のこれからの問題を考えていくこととイコールなんだよという言い方をしています。

ここに現実社会があって、僕らが意識的に生活している社会があって、その底に少し無意識の部分があるくらいで考えていたら、たぶんだめなんです。核のところまで、つまり乳胎児期の問題まで考えていかないとだめなんじゃないでしょうか。

工業・製造業と流通業・サービス業の間に起こる公害にたいしては、そこまで降りていかないとだめなんじゃないかと、同時に考えています。製造業と流通業の間で、その種の公害が起こってくるだろう。それは疲労の問題、精神障害の問題として出てくるにちがいない。そのように考えることを避けることはできない。それと同時に、乳胎児期のところまで遡り、明瞭につかんでしまわないとだめなんじゃないだろうか。僕にはそういう問題意識があります。

社会問題としては、とにかくアフリカ的段階まで下がっていかなきゃいけない。アジア的段階における農業・工業の対立について考えていてはだめだから、アフリカ的段階まで潜っていかなきゃだめじゃないか。アフリカ的段階まで考えるということは、高度化した社会について真正面から考えることと同じことなんですよ。イコールなんですよ。僕はそういうふうにいってきましたから、これをちっとも対立的に考えてないんです。

昔は豊かな緑に囲まれ、悠々と生活していた。そういう社会はよかったな、高度になっていく一方の社会は悪い社会だから、こっちに戻したほうがいい。僕にはそういう考え方はありません。そういうことは成り立たないと思ってますから。「今から東京のビルディングはみんな壊しちまえ」っていったって、それはどんな政府ができたって壊せないですよね。そんなことはできないんですよ。成り立たないんですよ。

歴史というのは、そういうふうにできていましてね。歴史の核っていうのは、必然的に行っちゃうところがあるんですよ。いい悪いというのは後から付随する問題で、それと同じ次元の問題ではないんですね。遡ればよくて、進めば悪いという問題でもない。逆に進めばよくて、遡れば悪いという問題でもない。それは倫理の問題といっしょにしてはいけないと思います。文明が進んでいくことの必然っていうものと。それが僕の考え方ですね。

ここではなく、どこかであなたともっと論議したら、根本的な考え方の喰い違いになってしまうような気がします。とりあえず、おっしゃられたことは非常に多面的で全部にわたっておりますけど、それは今日僕がお話しした考え方をちっとも動かす要素にはならない。僕はそう受け取っています。僕のほうもおっしゃったことを考えてみたりしますけど、あなたのほうも僕が今日申し上げましたことをもう少し考えてみて、検討してみていただければ幸いだと思います。

僕はそういうことにわりにこだわりがないので、問題の立て方を少し変えたほうがいいと思えば変えますし。でも今日のところでは、ちょっと変える気がないなと思いましたけどね。こんなところでよろしゅうございましょうか。

司会者　ありがとうございます。ほんとうにいい質問をいただきました。僕らもこういう展開は非常にいいと思います。精神病院でも、こういう話はよく出てきます。病気になるのは、今の文明社会が悪いんちゃうかと。非常に複雑になっている。複雑になると人間はしんどくなるから、そういう病気になるわけですけど。それなら自然に還ろうかとか、どこかの温泉に行ったらいいとか、あるいは精神病院も、緑のあるゆったりしたところになったら、患者さんもそこでゆったりして、自然に近くなって病気が治るんじゃないか。しばしば、そういう話をしています。ですからわれわれの間でよく出る話を質問していただいて、ほんとうによかったと思います。

もし、あと質問がありましたら。

（以下は音源不明の原稿を参考資料として掲載）

質問者2　坐ったままで失礼させていただきますが、私、化学を生業（なりわい）にしております。今日のお話、「言葉以前の心」ということだったんですが、先生いみじくもおっしゃいましたように、非常にフロイト的で、フロイト、それからライヒあたりにずっと、そういった論理的な流れといっしょかと思うんですが、いま自分で仕事をしておりまして、どうも人間の精神というのは、そこまで遡らなくて、もうちょっと社会関係のなかで、非常に強く構築されるんじゃないかなっていう気がします。

もちろんフロムが、理論づけた部分ていうのがないではないだろうけれども、っていう気がします。

そういった観点から申し上げますと、先ほどのご質問の方も、たぶん同じようなことがあるかと思うんですが、たとえば、家庭内暴力・青少年の問題が、幼児期の主たる経験に基づいて、そして、いろんな障害が出るときの閾値の高さにかかわってくるんだということなんですが、私はもっとその部分ではなくて、もっと後の、ずっと連続した部分が大きいんじゃないか。そうすると、社会がどうあるのがいいかはべつにしましても、今のわれわれの社会関係、家族だとか、あるいは生活の様式だとか、その関係が、むしろ精神問題を考えるにしても、はるかに重要なんじゃないだろうかという気がいたします。

そういう意味で、いちばん最後に先生がおっしゃいました、言葉の世界がつくりあげる心の世界、要するに、文化のパターンということをおっしゃいましたけれども、言葉で表わされる文化であって、文化っていうのはもっと、先ほども申し上げたように、生活の様式、いろんなことを含めているだろうと思います。そういう意味では、言葉以前の精神、いま先生が、主としておっしゃった乳幼児期、そこよりももっと後のところを重視すべきではないだろうかなっていう気がしますが、そのへんのお考えをお聞かせ願いたいと思います。

最初に申し上げましたんですけれども、実際問題として、おっしゃるような考え方というのは、今でも、非常に大きな考え方の流れとしてあると思うんです。それで、それは僕もそういう考え方にたびたび当面しているわけですけれども、そうすると、僕のほうは逆にいうと、それはとっても不満なんですね。

そういう社会関係論みたいな、社会問題とかコミュニケーションの問題だっていうところで、人間の心っていうのを、あるいは心と心の関係っていいましょうか、あるいは精神と精神の関係っていうようなものを、そこを主体に考えて解いてしまうっていう、あるいは解けたっていうふうにいってしまう考え方に、僕はものすごく不満なんです。

だから、そこで、僕は一所懸命考えてきたわけですけれども、その不満というのは、どこから来るんだろうかというふうに考えてきたんです。そして考えたことは、いや、それは表づらだけいってるからだよ、それは深みがたりんのよっていうふうに、はじめはそういうふうに考えたわけです。

だから、おっしゃるような考え方は、非常に緻密に整備された考え方っていうのをとってるアメリカの学者さん、偉い人がいますけれども、そういう考え方っていうのは、要するに表づらだよ、この人って。表づらで済んじゃってるんだよっていうふうに、だから、それは深みっていうことがないんだよっていうふうに、前はそういうふうに思ってたんです。

それで済んでいて、いかにも自分のほうが深みがあるみたいに思ってきたんですけれど、最近はといったらおかしいんですけれど、ここ数年の間に、僕自身が、もう少しこれは、深みの問題っていうんじゃなくて、もう少し考えるべきなんじゃないかっていうふうに、おっしゃるような考え方を、もっと考えるべきなんじゃないかと思うようになったわけです。

なったところで、どういうふうに僕は、それを折衷したかっていいますと、要するに、それは、現実の世界と、あそこに意識の世界みたいなふうに書きましたけれども、あそこのところで問題を処理するっていう考え方じゃないのかなっていうふうに考えたわけです。先ほども言いましたように、そこで処理できる心の問題もたくさんあるわけですし、それで解決しちゃって、もう文句ないよっていうばあいも、たくさんあるわけです。

でも、もしそういうふうに思い決めてしまったならば、ほんとうに、非常に強度の分裂病の人なんかがいて、どうしても核まで、ここまで行かなくちゃどうしてもだめだっていう人がいたら、その人はどうするんだって。「おまえは、このヒューマン・リレーションのところに入ってこないからだめだ」っていったら、それでもう終りになっちゃうんじゃないかなって。あるいは、そこでアメリカの、たとえばシャルマンっていう精神医学者の本を読んでると、そういうふうに書いてあります。しかし要するに、おまえが分裂病であろうと何であろうと、だめなのは、要するに分裂病の症状として表われるのは、社会関係のなかでできなかったこと、都合の悪いことを、自分の考えのところに引き込もうとするから、そういう症状になってしまうんだっていう理論を立てている。シャルマンっていう人はそうなんですけれど、そういう立派な精神医学者っていうのもいるわけです。だから、僕はそういうのを読むと、「冗談じゃねえぞ」っていうふうに思っちゃうわけですね。

冗談じゃないぞっていうのは、二つありまして、一つは、分裂病の人が、ひとりでにやっちゃっている心身の行為というものを、意識世界のところに全部押し込めてしまうから、そういう理解のしかたになっちゃうんだっていうふうに、僕には思えるんですね。でも、たいへん立派な、たいへん偉い精神医学者なんですけれど、僕はちっとも偉くないんですけれど、僕の折衷案はそうじゃないです。

現実世界と意識世界のところで解決しちゃうことだって、いっぱいあるよって。だから、それは浅薄なことだとはいいません。それは重大なことであって、そこだけで解決するっていうこともあるんですよって。あるし、それは認めますよっていうふうに、僕は思います。でも、そうじゃない人がいたらどうするんですかって。それは全部表面の問題に直しちゃう問題のように解釈して、いいとしちゃうんですかっていったら、僕は「ノー」だと思います。ものすごく重篤な、たとえば精神分裂病の人がいて、それで、「おまえ、いいか、ほかのことやらないから、たとえば月給は二百万円ぐらいやるから、この人だけ診てやれ」っていわれたら、やっぱりどこから行くかっていったら、そこから行くよりしょうがないんじゃないでしょうか。そういうことってありうるんじゃないでしょうか。

そうだとしたらば、現実世界と意識世界だけの問題、つまりヒューマン・リレーションの問題だけでも、解けることはたくさんありますよって。重要なこともたくさんありますよって言い方も、僕はしますし、その表面層というところまで入っていかないと解けない。入っていってはじめて解ける人もいますよ。しかし、ほんとうに核まで入っていかなきゃとてもこれはどうにもならないよっていう人もいますよっていうふうに、僕は自分の考え方を理論づけているわけです。だから、僕の考え方はそうなんです。

はじめはそうじゃなかった、否定的だったんです。そんなことといってるやつは、みんな表面だけなんだって。人間の心を表面だけでアレしてるんだっていうふうに、はじめの頃はそう考えていましたけど、今は毛頭あなたのおっしゃることに対立してっていうふうには考えてないんです。そこで解ける問題は充分ありますし、重要な問題はありますっていうことは、まったく認めます。でも、そうじゃない人がいたらどうするんですかっていう、そこからこういうことがはじまってきたわけです。

これは社会的な問題でいえば、アジアの社会はヨーロッパ的になればいいのかって。文明社会になって、ヨーロッパ的になればいいのかっていう問題があるとするでしょう。日本なんかは、そう行くよりしょうがねえじゃないか。もう九パーセントしかねえんだし、農業はなくなっていくし、そのうちまた一四パーセントしか専業農家はいないんだから、これでもってなにかいったってしょうがないだろうっていうんだけれど、でも、アフリカ的社会だったらどうするんだ。これ、ヨーロッパ的社会になればいいのかっていう問題があるわけです。

そうしたらば、高度な社会に移り行く過程で起こってくる問題を考えることと、いや、アジア的社会っていう段階だけ考えていたら、中間段階を考えているのと同じで、それじゃだめなんだ。間尺に合わないんだ。アフリカ的段階まで降りていかなければ、この文明の問題っていうのは、解けていかないよっていうことが起こりつつあると、僕は思ってるわけです。僕はそう考えますけれどね。核まで降りていかなければだめだっていう段階に、もはや来てるかもしれないんですよっていうふうに、僕は思ってるんです。

でも、これは無視するとか、これと対立する気は全然ないんです。そんな対立だったら、エコロジストのいってることに反対してるだけですよね。同じですよ。それじゃ文明がいい、文明がいいっていいってるだけじゃないかっていう、僕はそんな考えをもっておりません。文明がいいっていうために、アジア的段階じゃだめだ、アフリカ的段階まで、もう一方では潜っていかなきゃだめだぜっていうふうに、僕は考えてますね。そういうところは、僕だけしか考えてないんです。つまり僕が考えたことなんです。そういうところで、いくつかのことは、僕だけが考えたことなんです。つまり僕の仕事だっていうことが入っていますけれど、僕は今のところそう考えているんですけれどね。だからよろしいなんていったら、曖昧にいったら、そうじゃない、それでいいんじゃないでしょうかって。

質問者3　失礼します。坐って質問させてください。ちょっと話がダブるんですけれども、私は市内の精神科で音楽療法的なことをやってる者なんですけれども、そこで思春期病棟っていうのがありまして、現に登校拒否とか、家庭内暴力の子たちともう日々接しているんですけれども、吉本先生がいわれたなかで、どうしても解(げ)せないところがあるので、ご質問します。

三つほどあるんですけれども、まず家庭内暴力は、日本の特産物とおっしゃいましたけれど、私は、これは絶対ちがうと思います。できたら、ぜひ調べていただきたいんですけれども、世界中の、とくに管理社会の発達した先進国には、かならずあると思います。まずそれですね。

そして、二番目の質問は、さっきの方の質問にもあったんですけれども、日本の母親が子供のすべてを、日本の母親にとって、ある時期、子供が授乳……（以下、聞き取れず）

（冒頭、聞き取れず）ないですけれど、少なくとも、戸塚（宏）さんていう人は、スポーツマンで、ヨットの操法にかけては、世界的なレベルにある人ですよね。そういう経験をもってる人ですよ。そういう人が、この病気の要因は、父親が不在だ、あるいは父親が弱いってことが問題なんだっていうふうに信じたわけです。僕は、いいましたように、それはある意味で妥当性があると思います。それで治る人はいると思います。だから、妥当性があると思いますから、戸塚さんはそう考えた。僕はそう考えてないですけれど。それで、やったということの一コマの誇張されたところを、映像で、望遠で撮ったらそうなったということは、こういうのを信じてもらったら困るっていうふうに、僕は思います。それは公正ではないと思います。それは、ちがうんだっていうふうに思います。だから、そういうことでアレしたらいけないように思います。戸塚さんに、僕、そんな理論があるとは思えないと、あなたはおっしゃったけど、僕も理論があるとは思えないけれども、経験からくる確信があると思います。それは、やっぱり世界的なレベルのヨットマンですから、個人でいったら、どんな人か知りませんけれども、そういう人がこうやれば治るというふうに思って、そうやったということがひとつありますから、それはかなりな程度、それなりにやったんだなというふうに考えていいんじゃないか。僕は、あなたとはちがってそう思っています。

それから、もうひとつあります。だいたい戸塚さんのところに、子供を預けたっていう人は、要するに母親たること、父親たることを放棄したわけでしょう。つまり、どうにでもしてくれ、うちの子は、おれにはもう手に負えないというふうにいってきたわけでしょ。全部がそうじゃないかも知れないけれど、そういう人が多いわけですよ。どうしても、この家庭内暴力に耐えられないって。これだったらば、いっしょに死ぬっていうふうにいくよりしょうがない。それだったらまだ、あそこでやってくれないかなっていうふうに、一度は、父親母親たることを放棄したわけでしょ。全部がそうか知りませんけれど、放棄した人がいるわけでしょう。だから、戸塚さんに預けたわけでしょう。

そこは、あなたの考慮のなかにちっとも入ってないというのは、僕はおかしいと思いますね。公正じゃないと思います。そこは入っていると思います。そこは、やっぱり父親母親っていうのは、僕にいわせれば、死んだって、おまえを殺して死ぬっていって、ほんとうに死んだっていいと思います。でも、そこまでやるアレがなかったっていうのが、父親母親である。それで戸塚さんに預けたわけでしょう。それで、戸塚さんが自分の経験からくるアレでもって、それをやったと。やって、それはそうとう、すげえことするもんだなというやり方をやってるって。それは気に喰う人も気に喰わない人もいるわけですし、ちょっとあのやりかたはっていうことになると思います。

僕はそういう意味からじゃなくて、べつな意味から、「あれ、ちがうよ、まちがってるよ。あのやりかたはまちがっているよ」っていうふうに思いますけれども。しかし、戸塚さんはそれなりの経験と確信でもってやってるわけだから、それはそういう評価も含めて、あなたがほんとうに戸塚さんを批判するんだったら、子供たちの母親父親が、戸塚さんに子供をゆだねてしまったことも、ちゃんと批判したうえで、あなたの考え方で、それを批判していかないと、僕はだめなんじゃないかっていうふうに思っています。僕は自分の考え方から戸塚さんにたいする批判ももっていますし、それを書いたこともあります。

それから、いまあなたが重複しておっしゃられたことくらいでは、僕は、僕の考えを変える気は全然ないです。もちろん、僕は全然臨床医学の経験なんて、なんにもないですから、そこに立ち入ろうという気は全然ないし、あなたのそこにおける、あなたの手腕とか力っていうのを、べつにどうしようとか、批判しようとか、そんなことは全然ないけれど、ことそういう人間の心の問題、精神の世界にかんすることでしたら、僕の考え方はそんなに簡単には覆らないと思います、と僕は信じています。だから、それはあなたが理論的なことを、よく勉強されて、それで、あなたの考え方のひとつのシステムというのをつくられたうえで、それでもって批判してくだされば、僕は変えることもありましょうし、納得することもありましょうし、いや、ここはやっぱり変えられないですよっていうふうにいうかも知れませんけれども、今のおっしゃったことだったら、僕はちょっと自分の考え方を変える気は、全然ないですね。

それから、戸塚さんのアレでも、僕はちょっとあなたとはちがう感じ方をもってますね。それは戸塚さんのテレビの映像が出たときに、さんざん出てきて、そういうことをいった連中がいるんですね。いるんだけど、それはいっただけで、いっただけではしょうがないですよね。戸塚さんを、それでもって、その人たちは非人間的とか決めつけてたけれども、それはちがいましょう。戸塚さんという人の、世界的なレベルにあるスポーツマンの経験とアレを信じたいと思いますね。理解したいというふうに思います。

僕はスポーツマンじゃないもんだから、スポーツマンていうのは嫌いなんですよ、ほんとうは。「何だ、このやろう。話せばわかるのに、なんで怒鳴るんだ」とか、「なんで殴るんだ」とかいうのが嫌いで、僕、スポーツ嫌いになっちゃったことのひとつに、「なんで、おまえ殴るんだ、人を。こんなことは口でいえやわかるのに」とかっていうことがたくさんあって、どうも気に喰わねえっていうんで、スポーツをあんまりしなくなっちゃったから、ほんとうは好きじゃないんですけれどね、戸塚さんみたいなのは。でも、そんなに根拠がないというふうには、おっしゃるようには、僕は考えてないから、擁護できるところは擁護したほうがいいし、先入見をもたないほうが、僕はいいんじゃないかと思いますけれどね（拍手）。それは僕のアレですけれどね。

司会　それでは、時間が来ましたので——まだ質問とか話はいくらでも出てくると思います、あると思いますけれども、いちおう今日は、ほんとうに長時間ありがとうございました。吉本さんはいろんなところで書かれたり、お話しされたりしています。そして、今回で三回目、また吉本さんにご無理をいって、来ていただきました。吉本さんの本を読めば、いろんなことがよくわかるわけですけれども、でも、なかなか本をゆっくり読むのが難かしいですし、ほんとうに、今日みたいなかたちで、これは資料も、吉本さんが今日の日のために準備されて、ほんとうにたいへんだったと思います。でも、僕らにとってはほんとうに、今日の話が得をしたとか、本を買わなくてもいいですし、得をしたというふうに思います。それでは最後にもう一度、吉本さんに拍手をお願いします。今日は終わります（拍手）。じゃあ長時間、どうもありがとうございました。

（原題：言葉以前の精神について／宮崎市　宮崎科学技術館多目的ホール）

〔音源あり。文責・築山登美夫〕

【梅光女学院大学主催】――1992年11月3日

'92文芸のイメージ

質問者　吉本隆明さんの詩に、「ぼくは秩序の敵であるとおなじにきみたちの敵だ」という一節がありますよね（「その秋のために」）。これは吉本隆明さんが、六〇年安保の頃に書かれた詩だと思うんですけど。じゃあ、「きみたち」はみんな秩序なのか。「ぼく」と「きみ」の関係は何だろうって考えたんですけど、それらは卵の黄身・白身みたいに常にくっついてるのかなと。そのへんがはっきりしなくて。吉本隆明さんは、私より十二歳年上なんですよね。だから吉本隆明さんは戌年だなと思って。犬同士で案外、感覚的に似てるんじゃないかと。私は七〇年安保のとき、佐世保で催涙弾を浴びました。それはただ、面白いというだけで終わったんですけど。私はそのとき、吉本隆明さんというのはすごく頭のいい人だなと思って。最近の作品は全然分からなくて、頭がすっかり□□してると思ってるんですけど。

吉本さんは今でも「ぼくは秩序の敵であるとおなじにきみたちの敵だ」と思っておられるのか。

（省略）

今いわれた詩は六〇年安保の頃書かれたっておっしゃいましたけど、それよりもっと前、僕が印刷インキの工場で働いてたときに書いた詩なんです。「ぼくは秩序の敵であるとおなじにきみたちの敵だ」というときの「きみたち」というのは具体的に何を指すかということを、僕は覚えてるんですけど。ようするにそれは、工場で働いている労働者を指してるんですよ。だから、六〇年安保よりもっと前になるんです。

現在も、ひそかにそう思ってるんですけどね。では現在、どういうふうに何を敵だというか。その頃は詩を書いたりしてましたけど、別に文筆業者じゃなかった。今は文筆業者で。文筆業者にはいろいろあるんでしょうけど、僕は絶えず戦ってるというか。ふたつあって、ひとつは――。世界で知ってる文筆業者みたいなのがいましてね。「あいつはあそこにいて、こういうことを考えてるけど、俺はこういうふうに考える」。そういうイメージはいつでもあるわけです。あるいは「フランスにはこいつとこいつがいて、こういう考え方をしてる。しかし俺は違う」とかいう意味合いで、目にみえない戦いといえば戦いだし、競り合いといえば競り合いなんですけど、今でもそういうのがあるんですよ。これは口でいうと変なことになっちゃうんですけど、心の中ではそう思ってます。「あそこにああいうやつがいて、こういうことを考えてるけどこれは駄目だ。間違ってるんだ」と。それは競り合いとしてもありますね。僕は、外国のことは知らないんですよ。言葉も知らないし、どっかに行ったこともないし。だけど「こいつはこういうふうに考えてる」というのはいつも頭の中にあって、それと対抗していますね。これは人に告げようのないことなんですけど。

それから、もうひとつは、やっぱりこれは全面的な戦いだと思ってる。日本の社会というのは「俺とお前は敵だ」と思ってたって、いざ遇ったら「おはようございます」っていうでしょう(会場笑)。心の中では、原理・思想の中では「あいつは敵だ。もう口きかねえ」と思ってるんですけど、日本って狭いですからね。海外より狭いですから。そこで遇った場合、変な顔をして「嫌だな」という感じを見せるのもなんだから「とりあえず、挨拶しておこうか」というふうになっちゃう。だから、そういうことはありまして。日本では「お前ら、全部敵だ」っていう生き方はものすごく難しいんですよね。難しいけれども、僕は根本的にはそう考えています。「みんな敵だ」と考えてますね。

でもそうしたら、たぶらかされてるということになる。たとえば漱石が、そういうことを書いてるんですよ。「自分は頭がおかしくなって険しくなっちゃうと、細君から何からみんな敵だと思えちゃって、この世で生きているのが苦しくなっちゃう」と。漱石は胃病になって、修善寺で血を吐きますよね。漱石の奥さんは献身的に看病しますし、子どもたちも気遣ってくれるし、友人たちも心配していろいろやってくれたりする。漱石はそれを見て、改心するわけですよ。この社会は、自分が考えているほど険しいものじゃないのかもしれないな。いいところなのかもしれんなと。修善寺の大患の後、漱石がそういうところがあるんですね。あれは、とても分かりやすいんですよ。

日本の社会というのは、そういう感じがしますね。いい人ばっかりいますしね（会場笑）。心の中で「あいつと俺の考え方は、天地ほど違う」と思ってても、いざ人間関係の中にいくとそうじゃないんですね。わりとあったかくて、いい社会になってるんですよ。そうすると「いやぁ、俺はちょっと考えすぎかな」って思ったりして。ようするにそういうことですよ（会場笑）。

質問者　日本では「あ・うん」みたいな感じだけど、海外では明らかに□□□□。

いやぁ、そうかなぁ。僕は、日本はいい社会だなと思いますけど。

質問者　ふわっとした□□があるわけですけど。

アメリカとかヨーロッパに一週間ぐらいいた人によると、カメラを持ってたら引ったくっていっちゃうやつがいるそうですよ。そんなものを持ってたら、かっぱらわれちゃうって。日本って、そんなことはないですからね。そういう場合、「日本の社会のほうがいいんだよ」っていえばいいのにさ。でも得てして日本のインテリは、それでも「フランスのほうがいい」とかいうじゃないですか（会場笑）。その人は「とにかくちゃんと押さえてないと、持ってっちゃうんだから」っていってましたけど、それならお前、そんなくだらない社会はないっていえばいいじゃないかと。僕は、日本の社会っていうのはそんなに悪くないと思ってますけどね。日本には、険しさみたいなものを解体させられちゃうような温和さがある。善良で温和な社会と、「悪党っていうのはいるもんだな」っていう社会がある。厳しい社会も決して悪くはないでしょうけど、日本の社会を悪いといったら、ちょっともったいないんじゃないかと思いますけどね。□□のとき、そういうことも理解したんでしょう。「いい社会」と思ったり、改心させられたり。それを繰り返してやってるんですよ。

（下関市　梅光女学院大学マッケンジーホール）

〔音源あり。文責・菅原則生〕

【前橋市・煥乎堂主催】――――――――1992年11月24日

新・書物の解体学

質問者　たとえば向田邦子の『あ・うん』では（聞き取れず）

最後のところから申し上げます。完璧あるいは充分な情況でいうとすれば、その前のことにお答えしなきゃいけないんですけど。文学における主題性は、本当は文学のすべてでも何でもないと思うんです。健康さ・不健康さについても、分かりやすくするためにわりあい主題性に則した面でいったきらいがありますけど。文学の芸術性にとって、どういう主題を取ったかということはあんまり意味がない。それがいい考え方だと思います。もっといいますと、主題が積極的であるとか消極的であるとか、主題として不健康を選ぶか、健康を選ぶか、そういうことはさして問題にならないので。文学に立場という概念があるとすれば、あらゆる限界の不健康さ、限界の悪もなお許容することができる。世間的な、社会的な常識に反して、文学はあらゆる不健康さ、あらゆる悪を包括することができる。それが唯一、文学が持っている立場だと思っています。

そして、歴史の中には階級制があった。今あなたがおっしゃった司馬遼太郎の歴史小説というのはかなりな程度、いい歴史小説だと思いますけど、本当は全部「嘘つけ！」っていう感じなんですよ。司馬遼太郎独特のフィクションのつくり方で、真実らしさを見せていると思います。たとえば森鷗外の史伝小説と比べてみれば、それはよく分かると思います。森鷗外の史伝小説と比べたら、司馬遼太郎の歴史小説っていうのははるかに通俗的ですよ。通俗的というのは、ようするにパターン的だということです。パターン的でないように非常にうまく、あたう限りやってありますけど、しかしよく読めばやっぱりパターン的ですよね。

またトルストイの『戦争と平和』っていうのは一種の歴史小説なんですけど、これと比べても非常によく分かる。司馬遼太郎の歴史小説は、これとは比べものにならないぐらい通俗的です。僕は通俗的か通俗的じゃないかという言い方で歴史小説を片づけますけど、これはかなりの程度、歴史小説の本質的な部分に属するだろうと思います。

ルカーチみたいな人にいわせると、そこに階級あるいは階級意識みたいなことが入ってくるわけですけど。僕が若いときにはルカーチみたいな人の影響を受けましたけど、ああいうのをいかにして克服するかということが課題で。僕は「社会主義リアリズム論批判」っていうのを書いたんですけど、そういう批判だけじゃいけねえっていうことで、『言語にとって美とはなにか』っていう自分の文学理論を書いた。僕はこれでもって完全に、ルカーチ流の考え方を克服したと思ってますけどね。ルカーチの書いたものに比べて、僕の書いたものがいいっていってるんじゃないですよ。書き物としていいっていってるんじゃないですよ。そういうふうに理解するにはルカーチっていうのはたいへんな人だと思うけど、そういう意味でいってるんじゃなくて。どっちが真に近いかといえば、僕のほうが真に近い。「完全に超えたよ」と思ってます。それは、僕なりに苦心したんですけどね。とにかく僕は、『言語にとって美とはなにか』っていうのはその種の論議を超えたなと思ってます。そういう意味では、あれは世界的な本なんですよ。僕は海外なんて知らないんですけど、たいていそうだと思いますよ。

だから僕は、あなたがいうようには思ってなくて。司馬遼太郎の歴史小説はかなりいいんだけど、かなりインチキだよなと。僕は、そういうものとして読みますけど。俺も好きだからかなり読んでますけど、そういうふうに読んでますね。本格的にいったら、そんなことはないよ。いい歴史小説っていうのはたくさんあるよと。どうしても、そういうふうになっちゃうと思うんですよね。

それから、向田邦子さんの作品もいいんですよね。読み物っていいますか、エンターテインメントみたいなものの成り立ちからいうと、とても質の高い作品だということになるわけですけど。でもエンターテインメントでは、パターン認識で物語が展開される。それが大きな特徴として、前面に出てきちゃうんですね。向田さんの作品がそのパターン認識を完全に払底しきれているかというと、そうじゃなくて。やはり、類型的なパターンがどうしても最後に残ってしまうわけです。

それからエンターテインメントのもうひとつの特徴は、主題主義だということです。どういう主題を描いてるかということが、かなり大きなウェイトを占める。それがやっぱり、エンターテインメントの特徴だと思います。しかし文学の中にはエンターテインメントもあれば非エンターテインメントもあるし、詩歌みたいなものもある。文学というのを全体的に考える場合、主題がどうであるかということは決して作品の大きな要因にはならない。そういうほうが正しいように思います。ですから向田さんの作品の持つ健康さ・不健康さっていうものの理解の仕方も、類型性と主題の積極性という二つの要因を完全に払底するところまではいってないんじゃないかなと思います。これは僕の評価ですけどね。

僕は先ほど、あなたがおっしゃることを聞いて「しまった!」と思いました。やっぱり「文学にとって、主題というのは必ずしも大きな要素じゃありませんよ」ということをいうべきだったかなと。やや主題主義的な読み方・批評の仕方をしちゃったかなと考えて、ちょっと「しまったな」と思ったんですね。それから、文学の立場についてもそうなんですけど。僕は、階級的立場とかどれそれの立場なんていうものは一切ないと思ってます。一切それは駄目だと思います。

文学・芸術が立場を持っているとすれば、ようするに、文学・芸術である限り、どんな悪でも、どんな退廃でもちゃんと受け入れられる世間的・社会的・時代的な常識が何を指そうと、あるいは時の支配者が何をよしとして何を悪いとしても、それは関係ないことであって、文学自体の立場としては悪も善も退廃も全部包括する。主題は作品のよし悪しを左右するものでは決してない。

もし人間に、何物にもまして包容力のある場所が可能だとすれば、それは文学・芸術しかないよと。僕はそう思ってます。本当は宗教みたいなものがそうあってほしいんですけど、宗教は概してそうじゃないですから。本質に近いところまで行くものほど、包容力があったほうがいいと僕は思ってますけど、なかなかそうはいかないんですね。

犯罪を犯したことがある人は文芸家協会に入れないといってみたり、あるいは「入れないのはおかしい」といって脱退してみたり。そういうことがあったじゃないですか。つまり、その程度なんですよね。どちらも駄目だと思いますね。文芸家協会に入ろうなんていうやつも馬鹿だし、駄目なんですよね（会場笑）。そんなんじゃなくて、もう初めから全部包括していくと考えるのがいいと思いますね。

僕が『言語にとって美とはなにか』っていう文学批評で潜在的にいい切ったのは、そういうところだと思うんです。それをいい切った人はなかなかいないので、たぶんいいことだと僕は思ってますけどね。文学の立場っていったら、それじゃないのかと。つまり、どんな立場でも入れちゃう立場といいましょうか、それが文学じゃないのかと僕は思ってますけどね。

（前橋市　前橋テルサ八階けやきの間）

〔音源あり。文責・菅原則生〕

【デゼスポワアル(稲葉延子・伊藤洋・高嶋進)主催】——1992年12月20日

甦えるヴェイユ

質問者1　だれも質問しませんが、つねづね疑問に思っていることがあります。先生は初期論文の宮沢賢治から出発されて親鸞にいたりつかれるということで——昨日のシモーヌ・ヴェイユの延長になるんですが——結論から申しますと親鸞における横超ということと西欧的自我ということの角逐というか、錯綜というか、そういうものになるんですけど、そういうものの比較と、西欧的自我が救われるには道元における自然法爾［発言のママ］、般若心経(はんにゃしんぎょう)における般若□□の論理、および鈴木大拙(だいせつ)における無分別智的自己、西田幾多郎における絶対矛盾的自己同一というものと、親鸞における横超ということは同じだと思うんですが、だから十八—十九世紀に西欧の最盛期があって終わっているということで、どこからか文明が起こらなければいけないということが先生の頭のなかにはあると思うんです。そのところで先日、シモーヌ・ヴェイユの話を聞いて、戦争を考え、人民を考えた（ヴェイユが）結局、ランボーが「地獄の季節」を通りこして砂漠に行ってしまったと同じような次元で、みじめな西欧的自我の死というものをきかされて、今日はその延長でアジア的ということが、東洋的あるいは東洋的叡智において展開されると思っていたのですが、それが序論に終わったのか、もしくははしょられたのか力を抜かれたのかということですね。ちょっとがっかりしたんですが。

ところでヴェイユが救われる道があったらそれはどういうものなのか。また親鸞における横超と西欧的自我とはいったいどうちがうのか。またどういう文明のところから先生の論理が起こされているのか。そこらへんを端的にうかがえたらと思うのですが。

あの、これは□□だよね。べつに昨日とあれはないんですけどね、僕だけが連続しているだけなんですけどね（二日連続で講演「甦えるヴェイユ」が行われた）。

その問題というのは、昨日も質問した人がいて、これは日本における仏教の受け入れ方の問題なんですが、親鸞における自然法爾でもいいんですけど、それから西田幾多郎の絶対矛盾的自己同一のもとになっている道元の考え方でもいいんですけど、それらに共通にいえるのはアジア的思想だということなんです、根本にあるのは自然原理だということなんです。

たとえば西田さんは道元の影響が強いですから、わかっちゃうんですよ。つまり自然原理なんですよ。道元でいえば、山とか川とか、小鳥でも川の水でもいいんですけど、そういうものが人間の声のように聞えるという、つまり山川草木がことごとく仏であるというばあいのその仏という概念のなかに、自己が自然のなかに――しかも山川草木だから無機物なんです――無機的な自然のなかに自己の内面性が入ってしまう、移し植えられてしまう。そうすると同時に、自然のほうがいわば人間化してきて、それがなにか声でささやいているとか、歌っていると。そのひとつの自我と自然とのあいだになにも区別できない、そういう状態になったところが、たとえば道元なんかの仏という概念なわけなんです。

だから仏という概念は要するに自然という概念、つまり内面化された自然という概念なんです。そういうところにいかにもっていくかということが、東洋的な思想のひとつの基本的なパターンなんです。基本的なタイプなんです。

僕はあなたのいうように、西欧近代、つまり西欧の考え方とか西欧の思想、制度とかが世界の制度なんだ、世界普遍性をもっているんだ、西欧でとられた方法こそが世界の方法なんだといえるのは、二世紀か二世紀半ぐらいだといいましたが、それはたとえばさまざまな体制を生みましたよね。体制を生みましたし、さまざまな欠陥、さまざまな文明、さまざまな科学も生み出しました。先進的な資本主義国をみれば、その欠陥から何から、文化であろうが頽廃であろうが、いい点であろうが、ごらんのとおり博物館や博覧会のように見ることができるわけです。

だからといって、西欧じたいにとっての基本的行きづまりとか、西欧じたいが世界的な普遍性をもちうるかというのは、西欧あるいは西欧的思考にとって反省的な材料であるけれども、それを救済するのが東洋的な思想だなどとは、僕はちっとも思ってないですね。

東洋的な思想というのは、それは道元や親鸞でもいいんですけど、道元や親鸞が依存している仏教という思想は、すでに数千年前にアジアで発生したんですよ。数千年前に発生して、もうそれっきりなんです、それっきり進歩なんかしてないんですよ、ちっとも。部分的な進歩しかしてないんですよ。

道元の思想の根源になり、親鸞の思想の根源になり、西田幾多郎の思想の根源になっている仏教の思想は、数千年前にもう完成しているんです。ところがアジアが数千年前に——アジア的段階の時に生み出したものは世界的だったんですよ。十八世紀末以降、われわれは現在、ヨーロッパの思想を世界的だと思っているでしょう、あるいはヨーロッパの文明を世界的な文明だと思っているでしょう。それと同じように数千年前は、仏教の思想、儒教の思想が世界思想だったんですよ。その時のヨーロッパの思想は、ほんの微々たる地域的な思想だったんですよ。

その時の世界思想は仏教思想だったんですよ。だからいくら数千年前に生み出されたものといえども、世界思想であるかぎりにおいて、それはそうとう根源的なことをいっちゃっているわけですよ。

つまり、根源的なことというのは、人間の意識にまつわることから、生き方にまつわること、それからもちろん自然にまつわること、それから儒教をとってくれば、政治制度にまつわることなど、いうべきことはいっちゃっているわけです、いいえているわけです。人間の内面から政治制度にいたるまで、数千年前に仏教の思想や中国の儒教の思想はみんないっちゃっているんですよ。

だからこれは、世界思想としてのそれだけの迫力があるんですよ。今でもあるんですよ。だからあなたは、今でも東洋的叡智なんていってられるんですよ。

今だって、坊主はたくさんいますけれど、たとえば禅宗の坊主もいますし、日蓮宗の坊主もいますし、真宗の坊主もいますよ。坊主が偉そうなことをいってるけれど、みんな口真似ですよ。数千年前にいわれていることの全部口真似ですよ。

それをなぜいえるかといったら、それが世界思想だからですよ。世界思想の条件は、人間の内面性を律する問題から外面性、つまり天地山河から政治制度にいたるまで、全部言い切っているということが世界思想の条件なんですよ。

だから、仏教でも儒教でもそれは言い切っていますよ、それなりの叡智がありますよ。数千年前に生み出されたという意味では古い思想なんですけれど、しかし、世界思想としての貫禄はあるんですよ。人類の歴史のなかで貫禄があるんですよ。その貫禄が今の坊主やなんかを生きさせてるんですよ。坊主はなにも独創してないんですよ。なにも生み出してないですよ。みんな貫禄で食っているわけですよ（会場笑）。

だけど、アジアの思想が世界思想であった時期は、残念ですけど数千年前に過ぎてるんですよ。そのことははっきりさせなければいけない。だからそんなものをそのまま復興しても、なにも救済にはなりませんよ。ただ、そのなかで救済になりうる部分があると思います。これは全部捨てるべきか。そうじゃないと思います。

それが何であるのかを選りわけるのは、僕らの現在の課題ですよ。それをはっきりさせるということは。それをけっして真似したらだめなんですよ。それを受け入れただけではだめなんですよ。ただの停滞なんですよ。

だけど、かならず世界思想というもののなかには、どんな欠陥があっても、やっぱり人間の内面から制度にいたるまで言い切っているものがありますから、その言い切っていることのなかには、かならず生きるものがあるんです。

だから僕は、人によってちがうでしょうけれども、ヨーロッパの世界思想、つまり十八世紀末から現在までの世界思想のなかで、ヘーゲル、マルクス系統の思想がもっとも優秀だと思っています。なぜなら、人間の意識から外的制度・政治制度・経済制度にいたるまで、とにかくいちおう言い切っているからです。全部について解答しています。その解答はもちろん古かったり、間違っていたりすることはたくさんあります。それが具現したもので間違ったりすることは部分的にはたくさんあります。しかし言い切っているというかぎりでは、それはかならずそのなかから生きるものがあるんですよ。これはだれが否定しようと生きるものがあると僕は確信しますね。

だからそういう世界思想はばかにすることはできないんですね。しかし、そんなものはどうってことないじゃないか、その時期か、時代が過ぎたらそれまでよということは、これは思想の運命ですからね。

だから東洋的叡智っていいますけど、そうじゃないと思います。それはかつて数千年前に、東洋的だけじゃなくて世界的叡智だったわけです。だけども、今そうかといったら、けっしてそのままそうでないと思います。だからどこが今でも通用する世界的叡智なのか、ということはこれから選りわける必要があると僕は思います。僕はそういうものとして理解します。

だから西田さんだって、立派な人ですよ。つまり僕は、西田さんは、そういうなかで西欧の哲学、近代哲学を一所懸命受け入れて、そのなかから一歩でもそうじゃないものを、つまり受け入れているだけじゃないものをつくろうと粒々辛苦した人ですよ。だから、日本の哲学者でほんとうに哲学者という名に値するのは近代以降、あのひと一人ぐらいですよ。あとの人は、全部向こう（西欧）のいっていることを書いているだけじゃないですか。それで頭よくまとめただけじゃないですか。そんなのは哲学者じゃないんですよ。西田さんは、それはいえるよ、たしかにそういうように。

しかしその根柢になっているのは、そんなに新しいもんでもないんですよ。つまりそれは、ほんとうは数千年前にいわれた世界思想なんですよ。それはたしかにアジアが生み出したんですよ。たとえばエジプトやユダヤ、中近東が生み出したものとしてはキリスト教があるでしょうし、インドが生み出したものとしては、仏教があるでしょうし、中国が生み出したものは、儒教がありますけど、これはいずれも当時の世界思想ですよ。つまりどこに行っても通用する世界普遍思想だったんですよね。

だからそれだけの貫禄があるということと、貫禄があるからといってそれでつくらなくていいのかといったら、そうじゃないと思います。それを選りわけないで、今も生きられるかといったらそうじゃないと思います。あなたはイントロダクションというけれども、おれはそうとういったつもりなんですけどねえ。

（渋谷ジァンジァン）

〔音源不明。文字おこしされたものを誤字などを修正して掲載。校閲・築山〕

【森集会（笠原芳光主宰）主催】――――1993年1月23日

シモーヌ・ヴェイユの神――深淵で距てられた匿名の領域

笠原　私はこの「森集会」を主催しております笠原芳光と申します。今から少し吉本さんにご質問いたしまして、その後、みなさんから提出された質問を吉本さんにぶつけようと思います。非常にたくさんの質問が来ておりますので、私の質問をひとつだけにしまして、あとはできるだけみなさん方の質問を取り上げたいと思います。でも非常に多いので、全部お答えしていただけないことをあらかじめご了承いただきたいと思います。

質問はだいたい四つぐらいに分かれております。まず最初に話された幼児体験、病気などにかんする問題があります。もうひとつは国家・社会、マルクス主義にかんする問題があります。それからもうひとつは、最後に強調された、シモーヌ・ヴェイユの宗教観をめぐる問題です。さらにもうひとつは、その他の質問でございます。私もまだ時間が足りなくて整理できていないんですが、そのなかからいろいろご質問したいと思います。

では最初に、私の質問を申し上げます。シモーヌ・ヴェイユは神の問題を宗教の問題としてだけではなく、所期の新しい社会を求めて、マルクス主義あるいはアナキズムと非常に格闘した。神というのは宗教のみならず、社会・国家の理想的なイメージにもなっているのか。ヴェイユは一種の宗教体験を通して、神という概念を先天的に得たような気がするんですが、これはイエス・キリストや仏陀などといった具体的な人物を介することなく、観念としての神に出遇ったということでしょうか。そういったことについてお答えいただきたいと思います。

人間の身体的な行動と精神的な行為・表現、つくりあげた文明とは、最終的には全然ちがうところに、ヴェイユは神という概念をつくったと僕は思っています。ですから、ヴェイユの考える神が、なんらかの意味で地上の人間の制度や文明のモデル、模範になることはないんじゃないかと。神という概念を、人間の築いた文明や精神的な業蹟の外側にあるものと考えたのではないかと思います。だから、それとはあまり関係ないところに神を設定したかったのではないか。

ヴェイユは、ソレム修道院で修道士たちといっしょに生活していたとき、頭痛のあげくにキリストの姿が現前するのを見て、キリストが自分の手に触れるのを見たといっています。その後、ナチのユダヤ人排斥があって、ヴェイユはアメリカに行くわけですけど、アメリカでもそれと同じようなことがあったと書いています。それがヴェイユの信仰において決定的な役割をはたしているると思えますが、もしそれがなかったら、ヴェイユの神学、神についての考え方はできなかったとまではいえないんじゃないかと思うんです。

ペラン神父との往復書簡のなかでも「自分は神秘的な見神体験の伝説・伝承にあまり信を置いていない」とくり返して述べていますし、ヴェイユの考え方はとても論理的ですから。そのような神秘的な体験は、「キリスト教は被支配者・奴隷の宗教だ」と感じたっていう体験の積み重ねよりは、それほど大きな役割をはたしていないと思うんです。

笠原　では彼女はなぜ、神という言葉を使ったのか。いわゆるキリスト教の神ではないにもかかわらず、「神を待ちのぞむ」とか、あるいは恩寵というカトリシズムの用語を使っておりますけれども、そういったことを超えた神であるならば、もう少しちがった表現もできたのではないかと思うんですけど。

ユダヤ教の旧約の基本的な考え方あるいは宇宙観によれば、神が自然物を造り、人間も造ったという発想になります。その根源に神を設定します。「ナチュラルなものすべてこれ神」なんです。私たちが「自然」というばあいはこれと逆で、「自然」に人間の名前をつけるわけです。だから「自然」とは天の生き物と同じで、たとえば風の音は人間の声と同じですし、水の流れは人間の音楽的な言葉を支えているのと同じですし、岩のような無生物の自然物でも、岩にくっついている神の存在があって、その存在の現われなんだというふうに考えます。

それにたいしてヴェイユのいう「自然」は、旧約の「自然」という概念に、そこが神を見たか見なかったかということに関係すると思うんですが、人間の心情的なものとか感覚的なものを加味してもいいものとして神を設定していると思います。だからキリストが現われてじぶんに手を触れたという触神、見神体験とか、見知らぬ男がやってきて、自分にかつて体験したことのないことを体験させてやるからついてきなさいといって、屋根裏部屋でいっしょに暮らしていたが、「彼」はなにも教えてくれない。ただ古くからの友だちみたいにとりとめのない話をしていたが、ある日、「彼」は「さあ、もう行きなさい」といって、自分は「もっといさせてくれ」と懇願したが、階段の方へ放りだされたという体験をアメリカでした、とヴェイユは書いています。夢遊状態のさなかの体験なのか、実際に行動した体験なのか、その種の体験がなければつくれなかったと思うんです。

　僕はヴェイユの神にたいする考え方のいちばんの特徴は、神を実在と考えるなら、人間は実在じゃないと徹底的にいっていることや、〈悪〉とか〈不幸〉を介してしか神に到達できないという神と人間的領域との徹底的な二律背反を設定しているところだと思います。この神のなかに万物の力を配置しているとは思えない。そういう意味では旧約の神のほうが万能の力を配置しています。ヴェイユの神の特徴は、人間とは相容れないといいましょうか、人間的領域のまったく外側にあります。あっちを求めるなら、こっちはないほうがいい。だから自分は存在しないほうがいいんだ。自分が天地のあいだに息をしているとか、なにかしていることは天地を汚すことなんだ。完全に自己抹殺というところにいかないと神に到達しないんだ、というところまでいっていると思います。

ただヴェイユの考え方には救いというのがあるんです。神の愛と、切実さとか痛切さとが同じなんだと思っているところがあります。そこがヴェイユの徹底性にたいするひとつの救いなんじゃないでしょうか。たとえば僕の家に猫が五匹いるんです。その猫が死んじゃったとするでしょう。そのときの痛切さがあると思うんです。ある人が亡くなって、「おまえのとこの猫が死んだときとどっちが悲しいか」っていわれたら、こっちが悲しいですよ。なぜそんなことがおこるんだろうか。こっちは動物で、そっちは人じゃないか。それは、痛切とか、切実とか、悲しみとか、不幸とかと、愛とか、哀れみとか、恩寵とかと、どこかで混同しているというか、同じだと思っているところがあるから、なんとなく赦されるんだと思うんです。だから、そういったっていいじゃないかと肯定される気がするんです。ヴェイユのばあい、それがあるんじゃないかと思うんです。

笠原　ではみなさま方の質問のなかから、いくつか選んで申し上げたいと思います。まず最初におっしゃった幼児体験、病気の問題についてです。では質問を読んでみましょう。

「胎児期、乳児期の育ち方の失敗が、その人の生涯に影響するという考え方は体験的にはうなずけるのですが、その失敗をどのように生かしたらよいのかが分かりません。影響下に一生を終えるというのはあまりにも残念な気もします（会場笑）。私自身、育ち方をしくじったらしいと思っています（会場笑）。失敗を自覚してからの生き方をどう考えたらよいか、教えていただきたい」

そのほかには、次のような質問がありました。

「先生は、ヴェイユにおける幼年期の欠如体験の影響を重視するといわれました。しかし欠如を指摘すれば、欠如していない状態、健康を基準としてしまうことになると思う。欠如なき健康とは、ファシズム・スターリニズム的イデア、観念であり、開かれていくことをモチーフとする吉本さんの考え方とは矛盾するような気がするんですが、この点についてご意見をうかがいたい」

あるいは、次のような質問もありました。

「ヴェイユは乳幼児期の生活を精神基盤として思想を展開したのではないかとおっしゃいましたが、特異な乳幼児期をもたない者は思想をもてないと思われますか（会場笑）。特異な原体験をもたない者は、表現すべきものをもたないのですか」

ひとつひとつの質問に答えるのではなく、だいたいイメージとしてお答えいただければ幸いです。

乳幼児期というのは母親と密接にかかわり、まだ言葉をしゃべれない時期ですね。授乳期に母親あるいは母親代理との関係がうまくいかなかったという経験は、その人の心を決定的に規定する。その規定はおそらく、生涯にわたってその人に影響を及ぼすだろうと思います。心を規定することと精神を規定することはちょっとちがうので、人間の心の働き、精神の働きというように二つに分ける。ほんとうはそんなに厳密に分けられないんですが。人間の精神の働きは心の働きと感覚の働き、すなわち五感の働きからできている。そのうち心の働きだけは、乳幼児期に第一義的に決定すると思います。

心の働きは思春期まではかなり全面的に出てきますけれども、それ以降は一種の無意識の領域に入っていく。自分にはその気がないのにそうしちゃったとか、そういう考えにもっていっちゃったとか。半分無意識の体験として、そういうものが出てくる。一方で、感覚の働きは後からどんどん発達したり増えたりして、大脳皮質の上にどんどん重なっていきます。人間の精神の働きとは、これらがすべて混合、融合したものです。心の働きが決定されればすべて決定されるというわけではありませんが、これが人間の精神の働きにおいて大きな部分を占めることは間違いない。

僕も自分の人生を振り返ってみて、「これはうまくなかったな」と思うことがあるんですが、それはもうどうすることもできない。一生涯引きずっていくわけですし。自分のなかに抑えこんだり、修正したり否定したりしながら生きていくより致し方がないわけです。だけれども結局、人間が生きるとは何なのか。心の働きは第一義的に決定してしまい、無意識のなかにしまい込まれているのでどうすることもできないんですが、その規定を自分で意識的に抑えたり、修正したり否定したりしながら超えていこうとする。これこそが生きるということで、だれもがそういうふうにやっていると思います。乳幼児期、とりわけ母親との関係づくりに失敗したと思っている人は、人にはいえないところでずいぶん苦労しているだろうと思います。それをたえず超えようとして、意識的に抑えたり修正したり、「ああ、いかん」と思ったりすることをくり返してやっているんだと思います。そのことはマイナス面、不幸な面でもありますが、逆にそれをバネにして、人よりもなにかを余計にやっちゃうということもありうるわけなんです。ヴェイユにもそういうところがあります。

それでまた価値観の問題になりますが、人よりも余計にやっちゃった人は偉いのか。それとは逆に非常に健康で夫婦仲がよく、子供を立派に育てて老いた人は偉くないのか（会場笑）。けっしてそんなことはないですよね。これは致し方がないんじゃないでしょうか（会場笑）。乳幼児期における母親との関係づくりの失敗というのは、それぐらい重要なわけです。ある意味ではそんなものは超えたり否定したりすればいいんですけど、そういうものとしてあらわれてくるだろうと思っています。

ヴェイユみたいに、ちっとも楽しくなくて授乳された人っていうのは、そういう体験をもっている乳幼児っていうのは、晩年のヴェイユがそうでしたが、その症状は拒食症的なかたちであらわれてくる。動物の子供にも、そういう経験は吸い込まれる。人間の子供であればなおさらで、そういった経験をすべて吸い込んでしまう。しかし不幸や苦痛があっても、それをバネにして人一倍なにかをしちゃうということもある。一方で、そういう辛い経験をせずに無事に過ぎた人がいたとすれば、それはたいへんいいことじゃないかと思うんです。でも僕は、そういう人にはあまりお目にかかったことがない（会場笑）。口でいうかいわないかはべつとして、たいていの人は心のなかでそうとう苦労しているわけです。その源泉は乳幼児期にあるんだから、どうしようもないんですよ。だからずいぶん苦労して、我慢したりします。そういう辛い経験がなければ、これほどいいことはないんですけど。

六割がた子供といい関係をつくることができたという父親・母親がいれば、たいしたものです。さらには七割、八割いい関係をつくれたのであれば、立派なものですね。たいていは三割、四割ですから。そういう人は、「自分の子供はどんな不幸な目に遭っても頭がおかしくなったり、なにかまずいことをしでかしたりすることはないよ」という自信をもっていいと思います。親と子供の関係性は、そのぐらい響きますね。精神を病んでいる人のほぼすべてが、乳幼児期における母親との関係づくりに失敗している。しかし、そういう人が百パーセント精神異常者になるわけではない。不幸や苦痛を克服することがすなわち生きることで、それができてしまうばあいもありますから。でもその逆は、百パーセント正しいと信じています。病院に入院するぐらい精神のおかしい人がいたら、その人の乳幼児期の育ち方は百パーセントだめです。乳幼児期における母親との関係づくりは、そのぐらい重要なわけです。

笠原　いちばん多いのは、労働・社会・国家についての質問です。全部は申し上げられませんので、ちょっと選んで読ませていただきます。

「精神労働と肉体労働の差異の問題と、政府をリコールする選挙制度の問題ではまったく位相がちがうのではないか。民衆の政府にたいするリコール選挙は、現在の日本の選挙制度と大差ないと思われる。精神労働と肉体労働では質的差異が大きすぎ、交換不可能と思われます」

あるいは、次のような質問もあります。

「国家を開いていっても、民族主義はいつまでも残るのではないか。普遍理念でもって民族主義は超えられると思われますでしょうか。将来的には、肉体労働者の数は限りなく少なくなっていくと思いますが、現在では日本でのサービス業従事者が六〇パーセントを超えている。東南アジア各国で現地生産したり、不法入国者を使ったりして労働力をカバーしているわけですから、問題を他国に押しつけているだけではありませんか」

いささか埴谷雄高ふうの発想ですが、そういう質問もあります。また、次のような質問もあります。

「みんなが自由にいろいろな国家観や宗教像をもって気軽に生きていくことが、開かれた国家へいたる経路ということでしょうか。民衆にたいして開かれた国家の民衆とはだれですか。国籍のない人、外国人労働者も直接無記名投票ができなければならないと思いますか。失業問題の面ではなかなか難かしいものがあります。具体的な展望はいかがですか」

ちょっとこのへんで切らせていただきますが。

全部うまく丁重に答えられるかどうかわかりませんけど、耳に残ったところからいいます。まず「国家を開いたって、民族主義は残るんじゃないか」という質問についてですが、そのばあいの民族主義は、「日本人は着物を着ることをやめないよ」というような習慣・風俗としては残るけれども、イズムとして残るとは思いません。国家が開かれていれば、民族主義は徐々に解体していくだろうと僕には思われます。

そして、「精神労働と肉体労働の差異の問題と、政府をリコールする選挙制度の問題ではまったく位相がちがうのではないか」という質問がありましたが、そんなことはないと思います。国家の頭脳機関である政府が、法律をつくったり命令を出したりする。その下に国民・大衆がいるわけですから。政府と国民・大衆という区別があるとすれば政府が頭脳労働を象徴し、国民・大衆が肉体労働を象徴する。命令・被命令、支配・被支配という関係から見れば、位相の異なる問題ではないと思いますけど。

また町会議員選挙・市会議員選挙・県会議員選挙・国会議員選挙をして多数決で決めるというのは現在の代議員制度ですけど、これと直接無記名投票ではまるでちがうと思います。直接無記名投票ではだれに気兼ねすることもなく、「この政府はほんとうにだめだ」と思えばそのとおりに投票しちゃえばいいわけですから。反対票が多ければ、政府はやめなきゃいけない。自民党が「いくら多数決で決まったとしても、ひっくり返らないよ」といっても、そんな言い分は通らない。これは国民全員がデモに出かけていって「内閣やめろ」ということに匹敵すると思います。それをやる代わりにリコールするわけです。選挙と直接無記名投票では、そのぐらい意味がちがうと思います。

もし、ソ連がレーニン時代から労働者国家を名のるだけの実質をもって、リコール制を認める法律をつくっていれば、二、三年前みたいな体(てい)たらくに陥ることもなく、もっと前にリコールされているわけですよ。そういう法律がなかったから、ロシアの労働者や民衆はぎりぎりになってはじめて自らの意思表示をしたわけです。そういう法律がつくられていたら、もっと前に政権はリコールされていただろうと思いますね。直接無記名投票とはすなわち、「だれが宣伝・煽動しても全然効かないんだよ」ということを意味します。その人はだれに気兼ねすることもなく、自分の思っているとおりに投票しちゃえばいいんですから、それは今の代議員制とはまるでちがうだろうと思われます。それをもう少し具体的にいって、リコール制ができるということと何が対応するかといいますと、国民・一般大衆・市民はそれぞれ、自分こそがこの社会の主人公であることを自覚することを意味すると思います。今でも、実際にはそうなってるんですよ。

昨年（一九九二年）の統計によると、日本の民衆の九一パーセントが「自分は中流生活を営んでいる」といっている。アンケートを取ると、そういう結果が出てくるんですよ。これはすなわち、社会のちょうど真ん中程度の生活程度・収入・文化程度で生活し、自由を享受している人が九一パーセントいるということを意味します。九一パーセントといえば、五〇パーセント以上で、一〇〇パーセント近くですよね。それだけの人が「自分は中流だ」と思い、日々生活していれば、彼らこそが現代社会における主人公であるに決まっているわけですから、その意力・意思が今の政治に即座に反映されなければ嘘になるんですよ。それが反映されていないのはなぜかというと、民衆は自分たちが主人公であると自覚していないからです。そのように自覚していれば、リコールなんていつでもできることを意味しています。現実にはそうなっているにもかかわらず、それぞれの人が自覚していないわけです。

そう考えると、いろんなことがいえます。たとえば今の不況についての考え方は、極端にいえば全部嘘です。あれはすべて、政府・支配者の側から押しつけられた次元なんですよ。マルクス主義者でも、「これは複合不況だ」といってるやつがいますけど、そんなのは全部嘘です。つまり、支配者の立場から経済現象を考えようとするからそうなるんですよ。つまり九一パーセントの人が、自分は社会の中枢を占めていると思う、というのが一つの条件。もう一つは、僕が調べたところでは間違いなくそうなんですが、要するに九一パーセントの人は、たとえば所得が百万円あるとすればそのうち五十万円以上を消費に使ってるんですよ。消費のうち、光熱費や家賃など月々かならず使うものを必需消費、旅行や遊び、食事などで自由に使えるものを選択消費といいますが、後者が消費の六〇パーセント以上を占めている。中流の生活をして、所得が百万円であれば、五十万円の消費のうち二十五万円以上を選択消費に費やしている。これは厳然たる事実ですよ。何だかアジテーションみたいですね（会場笑）。

九一パーセントの人が、それぞれ「自分こそが社会の主人公である」と自覚し、いっせいに選択消費を控えれば、日本の経済規模はすぐ四分の二から四分の三に縮小します。そうしたら、政府なんかすぐに潰れます。自民党がやろうと共産党がやろうと、政府は潰れますよ。民衆の九一パーセントの人たちには、それだけの実力があるんです。でもあなた方は知らないでしょう（会場笑）。それを知っていたら、なにも要らないんですよ。もちろんリコール制があればいちばんいいけど、そんなものがなくたって、「おれは択んで使えるお金を使わないぞ。あなたも使うな」といえばいい。択んで使える部分を差し控えればいいんですから、その人の生活水準を下げる必要はない。つまり米粒を減らして、パチパチ電気を消して歩いたりする必要は全然ないんですよ。一年なら一年、みんながいっせいに「おれは絶対に使わないぞ」と思って、映画や旅行に行くのを我慢すれば、政府は潰れますよ。だれがやっても潰れます。九一パーセントの人にはそれだけの実力があるにもかかわらず、それを知らないだけなんですよ。

経済学者が不況という時には、上のほうから考えている。金融措置がどうしたとかそういうところからつかまえていって、「なぜ不況になったか。これは複合不況だ」とかいっている。冗談じゃないですよ。そんな経済学はだめなんですよ。マルクス経済学も近代経済学も全部、支配の経済学なんですよ。ほんとうはそうじゃないんです。簡単ですよ。不況であるかどうかをどこで測るかなんてことを、いっさいやめにしたらいいんです。あなた方はすぐに測れるんだ。たとえば、あなた方が今年の一月の選択消費、択んで使える消費を、去年の一月よりも何パーセント減らしたか、あるいは何パーセント増やしたか。そこを調べれば、不況であるかないかはすぐにわかる。不況なのかどうか知りたいんだったら、そこを調べたらいいじゃないですか。だけど経済学者はそうしないで、金融措置がどうしたとか、銀行、バブルがどうしたとかそんなことばかりいってるでしょう。

しかし、バブルがどうしたとか、そんなことは九一パーセントの民衆の生活水準には何の関係もないんですよ。だからあなたたちは、電気や水道を節約する必要なんてない。生活水準を落とす必要はないんですよ。ただ旅行に行くのを控えるなど、選択消費を減らせば、今の不況なんてだれでも乗り越えられる。それはよく知っておいたほうがいいですよ。政府や経済学者がどういおうと、それは嘘ですから。政府筋がそうしなければいけないと思っているだけですから、あなたたちがそうする必要はべつにないわけですよ。

あなたたちが自民党の政府は面白くないと思うなら、いっせいに選択消費をやめればいい。たしかにそれは辛いけれども（会場笑）、生活水準が落ちる辛さじゃないんだから、少し欲望を我慢してみる。ずっとじっとして、一年間もやってごらんなさい。たちまち大恐慌をきたしますよ。だって、日本の経済規模が半分ないし四分の三に減っちゃうわけですから。そうなれば、政府はかならず責任を取ってやめますよ（会場笑）。そのことをよく知っておかれたほうがいいです。自民党がやろうと、共産党がやろうと同じです。共産党がいくら偉そうなことをいったって、あなたたちがそういう態度を示せば終りですよ。それをどうすることもできやしない。それをできるのはあなた方自身なんですが、あなた方はそれを自覚していないだけですよ。みなさんは電気をパチパチ消して歩いたり、水道を少し節約したり、こたつをつける時間を少し減らしたりしているでしょう。それは全然ちがうんですよ。

そうじゃなくて、いまいったようなことを全部やってごらんなさい。「おれは旅行や映画に金を使わない」といって、そのお金を貯金する。でも貯金すると使われちゃうかもしれないから、一年ぐらい押し入れに入れておく（会場笑）。九一パーセントの人がみんなそれをやったら、政府はもうお手上げですよ。

景気をよくするには、二つしか方法はない。支配筋はあなた方にお金を使わせようとする。皇太子の結婚式を見ていていい気持になって、「おれもいい着物を着よう」と思ってお金を使ってくれることを期待している。皇太子にあやかって、あなた方が「おれも少しいい着物を着よう」なんて思えば景気がよくなる。現に、民衆の六〇パーセントぐらいにはそういうことが影響します。

また企業にたいしては、「金をたくさん貸すから少し設備投資しろ」といい、建設業にたいしては、「住宅費を少し援助するから家を建てろ」という。さらには公共事業に金を使う。結局はみなさんが選択消費してくれることを期待して、それを景気対策だといっているわけです。いい気なものですよね（会場笑）。みなさんが主人公であることをほんとうに自覚して、「そんなばかなことをいったって、おれはいうことを聞かないぜ。おれは金を使わないよ」といえば、それでもう終りなんですよ。

日本やアメリカ、フランスは先進国ですよね。所得のうち消費の額が半分を超えてしまった人たちの役割はものすごく重要だということを、みなさんが自覚していないだけなんですよ。それを自覚しさえすれば、もうなにも要らないんですよ。よけいなことはなにも要らないぜ、ということになります。社会を変えるには、ただ脇を引き締めればいいんですよ（会場笑）。それだけのことです。そういうことがわからない反体制なんていうのはインチキですから、絶対に信用しないほうがいいですよ（会場笑）。

あとサービス業などといった第三次産業では、一人の人が肉体労働と精神労働の両方をやらなきゃいけない。先進国では第三国の人に来てもらい、肉体労働をやってもらう。彼らは低い給料で肉体労働してくれるわけです。とくにヨーロッパではこれが社会問題化していて、日本でも徐々にそうなりつつある。だけど、そういう考え方をするとスターリン主義と同じになってしまうから、非常に危険だと思うんです。下層の肉体労働をして、低い給料をもらう。その給料を本国に送ると、通貨の価値の差異があるから、ものすごい金額になる。ひと月稼げば、本国で一年暮らせるぐらいの金額になるわけです。だから、東南アジアや中東から日本へやってきて、肉体労働でお金を稼ぐ人が増えてきた。彼らは日本人の代わりに肉体労働をやってくれています。今後、そういう人はもっと多くなると考えられますが、その格差をどうすればいいのか。

僕らが考える唯一のことは、そのような格差が生じることは必然的で避けがたいだろうということです。僕らは外国人労働者から搾取しているんじゃないか、資本家は日本の労働者のみならず、外国人労働者からも搾取しているんじゃないかということになるわけです。世界的規模でいえば、アジア・アフリカ地域は依然として貧困に苦しみ、そこから天然資源・労働力を搾取している先進国は金持ちになっている。また産業でいえば、アジア・アフリカ地域の人々がもっぱら農業や漁業に従事する一方で、先進国の人々は第三次産業に従事している。先進国の人たちはあまり手を汚さないで儲かり、いい気持になってるんじゃないか、ということになるわけです。この格差は避けがたいだろうと思います。

国内的にいえば、安い給料で肉体労働をする第三国の人たちが増えていけば、日本の労働者はそういうところから徐々に手を引いていく。それは避けがたいだろうと思うわけです。では、どうすればいいのか。たとえば、既成の左翼は「立て、万国の労働者」で、そういう人たちを組織して革命をやろうとするかもしれませんが、そうやると嘘になっちゃうんです。彼らはなぜ日本に来るのか。低い給料の肉体労働であっても、日本でひと月も働けば故郷で一年暮らせるぐらいのお金を稼げるから働きに来ている。それは非常に重要なことなので、僕だったら彼らのために、外国人贈与手帳みたいなものをつくりますね。それを役所に持っていけば、外国人でも月々年金をもらえて、格差が解消される。おそらく、そういうことをやると思います。

世界的な規模でいえば、アジアは全世界の農産物をまかなう基地となり、アメリカやフランス、日本などといった先進国は手を汚さずに儲けていい気持になる。今後、そうなっていくだろうと思います。かつて既成の左翼は「帝国主義が搾取している。おまえらはいったいどうするんだ」といったわけですが、どうしようもないからソ連なんかは潰れちゃったんですよ。つまり、彼らがいったことは結果的に嘘になったから潰れちゃった。そうじゃなくて価値概念を拡張し、贈与していく以外にないだろうなと僕は思います。贈与交換ということを価値交換のなかに入れていくということ、つまり先進社会は贈与していく以外にないだろうなと思うわけです。

現在でも、もちろん、日本やアメリカ、フランスなどといった先進国は、アフリカやアジアの国々にたくさんお金を支出しています。政府のみならず民間からも支出しているので、「帝国主義的侵略で経済的におさえている」という見方もできますけど、逆にいえばそのお金を返してもらえるあては全然ないんですよ。それらの国の年間GNP（国民総生産）よりも、借りた金のほうがずっと多いわけですから。先進国はお金を返してもらえるとは思ってないけれども、いちおう貸すというかたちをとっている。そうじゃなくてお金を贈与し、なんとかして格差を解消していくという考え方をとる以外にないだろうなと思います。

旧来の左翼の観点からすれば、先進国の政府・民間企業がアフリカやアジアの国々にお金を支出するのは帝国主義的侵略だという考え方もありうるんですが、その考え方はだめだと思います。そうじゃなくてお金を返してもらおうと思わないところの価値概念でもって、格差を解消していく以外にないと僕は考えます。国外のみならず、国内で起きていることについてもそう考えます。第三国から来て安い賃金で肉体労働をしている人たちは、必要に迫られてそういう生活をしている。ですから、一種の外国人労働者手帳みたいなものをつくって、それを役所に持っていけば年金みたいにお金をもらえるようにする。僕ならそうやって、なんとかして格差を解消するやりかたをとると思いますね。僕だったら、彼らに向かって、「おまえらはいちばん下層の労働者だから、団結してこの社会を変えよう」なんていわない。そうではなく、外国人向けの年金手帳みたいなものをつくって、格差を解消しようとしますね。

レーニン以降、ロシアやそのほかの社会主義国で失敗しているようなことをあえてくり返す必要はない。それはだめだと思いますね。マルクス主義経済学を専門としている官立大学の先生で、そういうことをいったやつがいるんですよ。「おまえは大学から給料をもらっていながら、ジャーナリズムでいろんなことを書いてちゃらちゃらしてる。おまえはおれたちの税金を搾取してるんだぞ」っていわれたら、彼はどう答えるんですかね。あいつらは民衆の税金を給料としてもらってるんだから、それは嘘じゃない。もちろん官立大学だからそれは嘘じゃないんだけど、そういうことをいわれたらいい気持はしないでしょう。そこでは「いや、そういうふうにいわれると困るんだ」というに決まっているわけですよ。自分がいわれて困ることを、人にたいしていうなということですね（会場爆笑）。そんな汚い経済学は嘘だからよせと。自分は官立大学で税金を給料としてもらい、なにか書けば原稿料をもらう。そういうことをしていながら、マルクス主義経済学を専門としている以上、「帝国主義は後進国から搾取している」っていわなきゃ済まないものだからそういっている。自分を振り返ってみれば、そんなことはすぐにわかるわけだよ（会場笑）。それはもちろん嘘じゃない。政府はさておき、民間は後進国から搾取して儲けているわけだから、嘘じゃないことはたしかです。しかしそれと同時に、先進国は後進国に寄与している部分もある。借金は永久に返してもらえないだろうし、パアになっちゃうかもしれないのにあえて貸しているわけですから。僕だったら、やはり贈与という問題を非常にあからさまに打ち出して、解決していくやりかたをとると思いますね。僕の考え方はそうです。

笠原　私の勤め先が官立大学でなくて幸いです（会場笑）。いまお答えくださったことと類似した問題について、もうちょっとだけお聞きしたいと思います。これには簡単にお答えいただきたいんですが。次のような質問があります。

「ヴェイユが工場労働したことの意味を、身体を通じた思想の進化の方法と捉えたらどうでしょうか。そうすると、工場労働が単なるエピソードとは考えられず、重要な意味をもつのではないか。宗教思想を考えるばあい、身体という契機を抜きにできないのではないか。重力という言葉にもそれを感じますが」

あと、自立という問題について、次のような質問があります。

「思想・政治に圧倒的な力をもっていたスターリニズムやナチズムにとらわれることなく、ヴェイユはドイツの政治情況を分析した。その分析は現在も生きた言葉としてある。自立するとは、奇妙な情熱をもつ人間集団や政治的マヌーバーの言葉が密集するなかでも、自分の課題を白い紙と鉛筆を持って考えようとする意志であると、私は解釈しているのですが、吉本さんの意見をうかがいたい」

あるいは、

「中央集権から地方分権について、どう思われますか」

という質問もあります。まあ、適当にお答えください。時間がだんだん少なくなってきていますし、これから宗教の問題についてもお聞きしなければいけませんので。

自立についていまいわれたことはたいへん立派で、僕がいうよりもずっと立派な言い方だと思います。もちろん、人間が自立するための方策はあるんですよ。まず「あらゆる公的な政党に属している人間は、労働組合員たりえない」という規定をもった労働組合をつくればいいわけです。今の労働運動では元・総評（日本労働組合総評議会）よりも連合（日本労働組合総連合会）のほうがまだましということになってるけど、連合はスターリン主義を水で薄めることばかり考えている。共産党を支援していたけども社会党を支援し、社会党を支援していたけれども今度は民社党を支援する。そういうふうに思想をゆるくしているだけなんですよね。てめえたちは「公的な政党に入ってるやつは労働組合員たりえない」と定義するような労働運動をやってみろ。僕はそう思うわけです。連合にはそういう気持がないから、自立してないんですよ。でも、そういう労働組合をつくれるようになったら、たいしたものですね。そこからはじまると僕は思ってます。

ヴェイユの工場体験は、彼女の思想にたくさんの寄与をしていると思いますけど、僕はあまりそれと結びつけて考えたくない。ヴェイユというのは肉体が弱くて不器用で、頭のよさしかない人ですから。そういう人は頭の巨大さを発揮すれば、それでいいんだと僕は思う。そういう人が肉体労働するためにわざわざ工場体験をするという発想にたいして、僕だったら、「よせよせ、それはよしたほうがいいぜ」というと思いますね（会場笑）。それもヴェイユのひとつの特徴です。日本でいえば、宮沢賢治なんかもそうなんですよね。インテリで体が弱いくせに父親が残した小屋を改造し、畑を耕して自給自足の生活をはじめたんですが、そこでまた病気になる。そんなことをしても何の意味もない。そんなことをするよりも、立派な童話をたくさん書いてくれたほうがずっといいわけですよ。だけど、ご当人たちはやみがたいものがあって、そうしているんでしょうね（会場笑）。その考えを止めることはできないですけど、普遍化することもできない。それと同様に、ヴェイユの考え方も普遍化することはできない。「みんなそうしろ」といってしまえば、スターリン主義、毛沢東主義みたいになっちゃうんですよ。つまり下放（かほう）というか、若者を強制的に農村へ派遣することになってしまう。僕らも戦争中、軍部からいわれて工場へ行きましたけど。とにかくそれだと、ファシズムやスターリニズムのやりかたと同じになっちゃうんですよ。

宮沢賢治の「稲作挿話」という詩に「テニスをやりながら教える先生から教わる学問なんか身につきゃしない。それよりも君たちが畑を耕し、土をこねたりして身をもって刻んでいく学問こそが本当の学問なんだ」（これからの本当の勉強はねえ／テニスをしながら商売の先生から／義理で教はることでないんだ／きみのやうにさ／吹雪やわづかの仕事のひまで／泣きながら／からだに刻んで行く勉強が／まもなくぐんぐん強い芽を噴いて／どこまでのびるかわからない／それがこれからのあたらしい学問のはじまりなんだ）というくだりがありますが、それは嘘だと思いますよ（会場笑）。先生がテニスをしながら教えようが、かっぽれを踊りながら教えようが、生徒は教わったことだけを受けとればいいのでね（会場笑）。学問の授受というのはそういうものですから、それに価値観をつけてはいけないと思いますね。僕だったら「いや、それはちがうよ」といいます。そこが、宮沢賢治のなかでいちばん息苦しいところだと思います。僕だったら、そこまでは普遍化できないと思いますね。それがだいたい僕の考え方です。

笠原　はい、ありがとうございました。それでは続いて、宗教関係の問題に移りたいと思います。いくつか質問を読みます。

「ヴェイユの神学思想についてのお話、非常に興味深く聞かせていただきました。私にとっても切実な問題です。最後に話された収斂する一点、無名の世界にかんしては、吉本さんの二重否定の論理によってどれほど理解をたすけられたか知れません。私自身も、神の恩寵は認識の問題として捉えています。自我が自我を逆照射する時、それは普遍の世界へと通じる道を予感させます。そして認識の実、智慧の実を食べた原罪としての否定のうちにキリストが死んでいったということにおいて、はじめて恩寵と呼ぶ『新約聖書』の世界が生まれたのではないでしょうか。またヴェイユの重力についての概念は、物質性・安定性・死と密接な関係にあると思われます。ということはマルクスの価値物とヴェイユの価値は、価値物を包含しつつ、超えた概念といえるのではないでしょうか」

ちょっとわかりにくいんですが、そういう質問があります。それから、次のような質問もあります。

「シモーヌ・ヴェイユのお話を聞いて、キルケゴールの思想との関連を考えた。キルケゴールも絶望、死のなかから神を見ようとしました。吉本氏が最後におっしゃっていた第一級のところとは、神であると考えます。『旧約聖書』の詩篇に〈愚かな者は心のうちに「神はいない」と言う〉とあります。ここから中世のアンセルムス、近代のカール・バルトなどといった神学者は神の存在証明をしています。しかし人間の考えでは、神を語ることは不可能であります。晩年のヴェイユはこの神と出遇い、神の存在証明を試みようとしたと考えますが、いかがでしょうか」

また、次のような質問もあります。

「キリスト教にかんする捉え方がC・G・ユングの「ヨブ記」「ヨハネの黙示録」の捉え方と非常に共通していると思うが、シモーヌ・ヴェイユとユングはおたがいに影響しあうようなことがあったのか。シモーヌ・ヴェイユが「ヨブ記」についてもっとくわしく話しておれば、それが知りたいです」

そのあたりでいかがですか。

今のはご質問とはいえなくて、僕よりもずっと立派な考え方のような気がします。僕はただ拝聴しているだけで（会場笑）、それ以外にあまりないくらい、立派な考え方じゃないでしょうか。僕がヴェイユに惹かれるのは、わかりやすくいえば党派でない思想だからです。どういう角度からも見えるひとつの場所というのは、僕自身が考えていくうえでの憧れの点です。ヴェイユはその憧れの点について考え、僕らよりもはるかにはっきりといっちゃってる。「そういう領域はあるんだよ」と考えてもよさそうな感じがするので、とても惹かれるわけです。だけど僕はヴェイユよりも、まるで手前のところにいる。とうてい考えることも行くこともできないところにいるので、それを押し殺してなにかをいってしまうと、なんとなく嘘をついているみたいです。僕はそれ以前のところにいますから、いま具体的におっしゃったことを聞いて、僕なんかよりもはるかに立派な考えを述べておられるなと思いました。

宮沢賢治にたいしても、それと同じことを感じます。『銀河鉄道の夜』のなかで、ジョバンニがいっしょに乗り合せた女の子と言い合うところがある。

二人は、「おまえの神様はほんとうじゃなくて、おれの神様がほんとうだ」(「そんな神さまうその神さまだい。」／「あなたの神さまうその神さまよ。」)という感じで、おたがいに自分の神様がほんとうだと言い張る。しかしそうであるにもかかわらず、自分とは異う神を信じている人がやったことでも感動することがあるわけです。たがいに異う神を信じていても、わかりあえる領域がどこかにありうる(「みんながめいめいじぶんの神さまがほんたうの神さまだといふだらう、けれどもお互ほかの神さまを信ずる人たちのしたことでも涙がこぼれるだらう」(同書異稿・ブルカニロ博士の言葉から))。

宮沢賢治は一面ではそういっています。もう一面では、自分の党派である法華経信仰がいちばんいいんだといいたいわけですけども、どこから見たってわかりあえる領域が、どこかにありうる。そして、異う神を信じている人がやったことに感動することがありうる。それは相互にありうるんだと。

僕はそういうことを糧、媒介として、非常に普遍的でだれでも了解可能な宗教的、非宗教的な思想があるのではないかと考えるわけです。ヴェイユの神学思想はそれにたいして、非常にたしかなことをいっちゃってるなという感じが僕はするので、それはそうとう身にこたえます。ただ自分はそれをいうだけのところにいないわけですから、そのことについて必要以上にいっちゃうと、「あいつ、つまらないことといってる」ということになってしまう。ですから僕は、いまいわれた人の考え方でよろしいいんじゃないかなと思うんですけどね。

笠原　次のような質問があります。

「ヴェイユが現代に生きる理由、それはキリスト教でも仏教でもない、革命思想でもない、どこからでも行ける場所を提供したことである。この点をもう少し具体的にお話しいただきたい」

「ヴェイユにおけるヨーロッパの徹底的かつ理念的な生は、ヨーロッパの父系的な家族のありかたと深い関係があるのではないでしょうか。アジアにおける母系的な家族を伝統としてもっている私たちとの違いについて、どのようにお考えでしょうか」

「マルクスの労働概念の拡張と、不幸などを通して真実の神に近づく、あるいは逆に神がわれわれに近づくこととの関係についてどのように考えますか」

ヨーロッパは父系的な社会だから、ヴェイユの考え方には父系的なところがあるんじゃないかというのは、僕もそう思います。ヴェイユは永年、持病である頭痛に苦しめられていて、「うんと頭が痛くなると、相手の頭の同じところをぶん殴ってやりたくなる」といっているところがあります。これは僕には合点のいかない考え方なんですが、ここにこそ父系的な潔さがあらわれているのではないかと思うわけです。

僕が頭痛に苦しんでいるとき、相手の頭の同じところをぶん殴りたくなるなんていうことはないですよ。「相手もおれと同じぐらい痛いといいな」と思うことは、正直いってあまりない。「瞬間的にもないか」といわれるとちょっとあやしくなってきて、そういうこともあるかも知れないけど、それはすぐ消えちゃう程度のものです。瞬間的にそう思ったとしても、次の瞬間には、「そういう考え方をしちゃいけねえんだ」と思う。それは人間がもっている弱さじゃないかと僕なら思うんですけど、ヴェイユはそういう解釈のしかたをとっていません。

ヴェイユはかなり本気で、「あまり頭が痛くなると、そこにいる人の頭も痛くなればいいなと思って、同じところをひっぱたいてやりたくなっちゃう」と、別段ヒステリックになることなくそういうことをいってるんですが、これは僕らの感覚とはちがうなと思います。そのわからなさの根源を探っていくと、やはり父系的というところに行き着くのかもしれない。日本というのは徹頭徹尾母系的な社会ですから、だいぶちがうんですよね。日本人的な考え方でいけば、「それは人間の弱さだから、あまり出さないほうがいいよ」ということになってしまう。これはたいへん母系的な考え方ですよね。

日本の神の概念は、『旧約聖書』の神の概念とはまったくちがう。日本では、自然のあらゆる部分をみんな神として擬人化してしまう。これは日本の原始的な考え方なんですけど、ヨーロッパにはそんなものはない。ヨーロッパでは、唯一の創造主たる神があらゆるものをつくったと考える。父系的な考え方を突きつめていくと、どうしてもそうなっちゃうと思います。われわれ日本人はこの両方の神を知っているんですが、どこまでも本音をたどっていくと、かなり母系的なものが出てきてしまう。僕はそれまで、自分もヨーロッパ人になりきったようなつもりで翻訳された書物を読んでいたけれども、ここ数年は読んでいる途中で、「おや？　おれはやられているほうの人間らしいぞ」と、感覚的になっちゃうところがあります。近頃は僕も、ヨーロッパと日本の考え方の差が気になってしょうがないんです。

それで、ヴェイユは不幸とか苦痛を介して神につながる、あるいは宇宙につながるといっていますが、労働はべつの意味で、不幸の極限だと考えています。「肉体労働は毎日の死である」ともいっています。不幸と労働とをいっしょにしているところがあります。労働、死ないしは不幸きわまれるものだけが、人間の霊的な精神生活の中心になるという、このヴェイユの労働についての考え方が、マルクスの対象化行為の労働の考え方とつながるときの役目をはたしていると思います。

笠原　「ヴェイユの家族の宗教・宗派について教えてください」

という質問があります。ヴェイユの家族はユダヤ人ですけど、宗教人ではないですね。

そうですね。

笠原　これは今までとはちがった分野についての質問ですね。

「他者・情況にたいしてはたらきかけなければ自己は存在しなくなるという考え方と、すでに自分は存在しているということの矛盾についてどうお考えになりますか」

これはちょっと哲学一般的な考えですが。あるいは、次のような質問もあります。

「お話の最後にあった普遍理念の領域に関連して、バタイユにふれていただければ幸いです。ギリシア悲劇のテーマを労働者へはたらきかけるという行為がありましたが、ヴェイユはギリシア悲劇を通して何を語ろうとしたのか、展開してください」

最後の質問についていいますと、ヴェイユはギリシア神話、あるいはギリシア哲学、ギリシア文学のある意味での専門家です。それらをキリスト教的な解釈のしかたに変えています。もうひとつは、権力がもっとも露骨に現われる近親のあいだのドラマとして読んでいます。その読み方の延長がヨーロッパの古典劇、たとえばシェイクスピアとかラシーヌとかコルネイユとかの古典劇の読み方につながっていきます。それはエディプス・コンプレックスということで説明してもいいわけですし、また近親間における愛憎という問題に関連づけてもいいわけです。たとえば「エディプス王物語」がある。親から見れば子供の存在は自分の権力にたいしていちばん邪魔な存在として理解するしかたがあります。逆に子供から見れば、親は自分の憧れにたいしていちばん邪魔な存在だということになります。これがギリシア神話のいちばん根本のところで、ヴェイユが抜き出している問題だと思います。ヴェイユはシェイクスピア劇のなかで『リア王』だけが一流の劇の価値があって、他は三流だといっています。ラシーヌは二流だが、コルネイユは三流以下だともいっています。これがヴェイユの考え方です。

『リア王』は何が根本かというと、近親間における愛憎の読みちがいなんです。つまりリア王は娘たちにたいして、だれがいちばん自分のことを愛しているか試したくなります。姉娘たちはうまいことといって、「自分たちはお父さんをたいせつにしている」といいます。末娘のコーディーリアだけがわざとらしくいえないで、「ごくふつうに親として尊重したい」とだけいいます。そこでリア王は怒り、自分の領地をうまいことといった姉たちにやってしまいます。そして姉たちの住居を順ぐりに移って暮すわけですが、みんなに冷たくあしらわれ、しまいには乞食のように落ちぶれて放浪します。そういう段階をへて、末娘のコーディーリアは身をやつして入り込み、父親を助けて、やがて父娘二人は死んでしまいます。

それは一種の古典劇、神話のパターンです。つまり主人公たちがひとたび近親たちをたいへん思いちがいしたり、誤解したりするため、一種権力の行使のしかたをまちがえることで、自分が落ちぶれ、観念するが、やがてそれを回復して、口だけで冷たいあしらいをしたやつはひどい目にあうというパターンが、古典劇または古典神話のひとつの典型としてあるわけです。ヴェイユが尊重していたのはそういう面です。権力というのはどういう働き方をするかということをギリシア劇を通じて、知識として、教養として、思いあたる問題として、労働者にわかってもらいたいというモチーフがあったんだと思います。近親の愛憎や誤解などを介さないで、権力一般の問題として考えると、うまく労働者に入っていかないということがありますから、自分の専門で得意とするギリシア劇をやさしく言い直して、パンフレットみたいなものを作って、それを読んでもらうようなことをしたんだと思います。

笠原　次のような質問があります。

「ごく個人的に、吉本さんのヴェイユへの傾倒のモチーフは何でしょうか。最後の無名・匿名の領域というのは、大衆の無名性としての日々の営みというあの思想でもあるのでしょうか」

あるいは、

「普遍的宗教への接近の方策は如何」

とか、

「人間が現在、地上に存在するのは進化論であるとお考えでしょうか」

とか、妙な質問が来ていますけど。失礼（笑）。いかがでしょうか。

ヴェイユのみならず宮沢賢治や親鸞のばあいもそうなんですが、僕は宗教的思想あるいは宗教に収斂していくような思想でありながら、宗教という一般的な概念をどこかで壊しているような思想が好きなんだと思います。宗教にたいする信仰と不信は、ちょうど境目を中心に背中合せになっている。そういう考え方に関心・執心が深いものですから。宗教にたいする信仰と不信がちょうど背中合せになっているところを手探りすると、宗教的な思想のみならずイデオロギー的、理念的な考え方にも普遍性が開けていくんじゃないかと思います。ヴェイユも宮沢賢治も親鸞もそうですけど、僕は「信と不信が背中合せになった境界領域みたいなところには、きっとなにかあるぞ」と思っているわけです。

しかし、先ほどもいいましたように、僕は全然そんなところに行っておりません。「ふつうの人がふつうの生活をしているのがいちばん価値ある生き方なんだ」という価値観の領域は、第一級の人たちが切り拓いている領域よりもっと手前にある。一方で、ヴェイユがいっている領域は、第一級の人たちが切り拓いている領域よりもっと彼方にある。しかし僕はごくふつうの考えをもっているので、ヴェイユの考えとは全然ちがうところを指している。これは全然ちがうので、同日には論じられないいんじゃないかなと。僕らがうろうろしている領域から非常に長い射程をとったとき、そこをわかってみたいなと思っているだけです。

笠原　さっきの質問のなかに「普遍的宗教への接近の方策は如何」というのがありました。ヴェイユは最後のほうで普遍的宗教みたいなことをいっているので、こういう質問が来たんだろうと思うんですが。

そうですね。人類はだれしも歴史が残した第一級の人たちの業蹟を仰ぎ、模倣しながらやってきた。しかしほんとうの第一級の世界は、深い淵を隔てた向こうにある、といっていることはもう、ヴェイユが少なくともキリスト教的な神学を超えちゃったところで思考していたのではないかと思えるんです。僕のモチーフは、党派的な思想・理念にさんざんもみくちゃにされながらやってきて、「どうもこいつはだめなんじゃないか」という感じをもっていた。それでは党派的でなくて、「みんな調和がとれてよろしい、よろしい」というのも、つまり「民衆の九一パーセントが中流意識をもつ社会になったから、これでもう大満足だ」といわれると、「いや、それはちょっとちがうぜ」といいたくなって。僕らは、そういう意味での調和を求めているわけじゃない。党派思想と同様に、調和思想もだめです。民衆のために法律・宗教をつくったり、政治運動をするよりもむしろ、民衆が主人公でありうる条件、理念についてたえず考える。そのなかで普遍的な理念、思想が可能となり、ものをいう時が来るだろうなと僕には思えるわけです。

今では民衆の九一パーセントの人が、自分たちは中流だと思っている。何年か後にアンケートを取ったとき、九九パーセントの人が「おれは中流だ」と答えたとしたら、全員で本気になって考えないといけない。そのとき、九九パーセントの人は「自分は中流で、この社会には何の文句もない」と思うのか、それとも「いや、そうじゃないぞ。こうなってきたら逆に、社会全体を精神病院に入れたほうがいいんじゃないか」と思うのか。おそらく、そのどちらかになるのではないかと思うんです。そういう時にちゃんとものをいえる普遍的理念があったらいいなと僕は思っています。党派的思想というのは現在ではもう無効で、意味はほとんどないんですよ。

先進国では、九一パーセントの人がいっせいに脇を締めれば、それで終わるよっていう社会になってるんだから、党派的な思想はもう終わっている。ほんとうをいうと、そんなものはもう要らないんですよ。数年後、九九パーセントの人が「自分は中流だ」と答えたらどうするか。「まだなんかやることあるの？」と思うのか、それとも「いや、九九パーセントの人が「おれは中流で、この社会には何の文句もない」と思ってる社会はおかしいんじゃないか」と思うのか。おそらく、そのどちらかだろうと思います。その時にはやっぱり、中流の人が本気にならないとだめだと思いますよ。「だれがこういったからやる」という受け身の姿勢ではなく、本気にならないとだめじゃないかと思います。そのとき、「こう考えたらいい」という指針みたいなものがあったらいいなと。それが僕のいう普遍的理念なんですよ。

笠原　ありがとうございました。このあいだ東京でシモーヌ・ヴェイユの戯曲（クロード・ダルヴィ台本・演出『シモーヌ・ヴェイユ　1909-1943』）が上演されたとき、吉本さんは会場で講演されたんですよね（「甦えるヴェイユ」①②『吉本隆明〈未収録〉講演集2』〈二〇一五年〉所収）。最後につまらない質問なんですが、戯曲のご感想をうかがえればと。

その戯曲はいわゆるレーゼ・ドラマ（読むための戯曲）ですね。ヴェイユが節目節目で書いた文章をアレンジしながら、その生涯を劇にしている。ですから言葉がわからないとたいへん辛いですね。動きだけでは全然わからない。

笠原　対訳がないわけですね。

ええ。彼らは「観客には言葉がわからないだろうから、これが通用するかどうか非常に心細いです」といってきたんだけど、僕は「対訳なんて、ないほうがいいんじゃないですか」といった。僕も言葉はわからないんだけど、退屈はしなかった（会場笑）。観客のなかには、言葉がわかる人もいたでしょう。ヴェイユのピカイチの言葉が全部出てきて、それによって生涯が描かれているわけですから、そういう人にとってはたいへんよかったんじゃないかなと思います。

さっきいいわすれましたけど、ヴェイユの古典劇にたいする考え方にはひとつ特色があって、ヴェイユは「ドラマには動きなんかないほうがいい」といってるんです。

笠原　突っ立ってやるんでしょう。

そうそう。ですからその戯曲でも三人突っ立っていて、そのうちの一人がヴェイユを演じて、あとの二人はヴェイユの言葉を註釈する役割を担う。ほとんど突っ立ったままで、それだけをやるんです。これは日本でいえば能ですね。「能ならもうちょっと動くのにな」と思うんですけど、能だってあらかじめ謡本(うたいぼん)を読んでいかないと、何をいってるんだかわからないですからね。その戯曲も見ていて退屈はしないんだけど、「肝心なところはわかってないんだろうな」と思う。「フランス人というのはやるよな」といったらいいのか、「やっぱり図々しいよな」といったらいいのか(会場笑)。「日本人だったらもう少し、なんとか工夫してくるのにな」と思うんですよ。でも、みんなやってましたね(会場笑)。とにかく「やってるよな」という感覚だけはちゃんと受けとりました。

笠原　なんか、ロングランなんですって?

ええ、向こうではそうなっているようです。日本だと、言葉がわかる人にとっては面白いだろうと思うんですけど。「動きがないほうがいい」というヴェイユの劇概念に忠実にやっているから、動かないんですよね。でも言葉がわからなければ「わあ」といって見ているしかなくて、「やるよな」という感想しか出てこない(会場笑)。

笠原　せっかく質問を出していただいたんですが、取り上げなかった問題もあります。その点をご容赦いただきたいと思います。今日は吉本さんがいかに深い思想家であるかということと、いかに偉大なアジテーターであるかということがよくわかりました(会場笑)。最後に文学者としての顔もちらっと見せていただきまして、改めてたいへんな人だと思っています。今日はこれで終わりますけれども、また数年後にお招きしてこういう会をやりたいと思っておりますので、その時を楽しみにしていただきたいと思います。それでは最後に、吉本さんに絶大な拍手をして終わりたいと思います。どうもありがとうございました。

（原題：シモーヌ・ヴェイユの現在／兵庫県芦屋市　芦屋市民センター）

〔音源あり。文責・築山登美夫〕

【川崎市立麻生図書館・麻生選挙管理委員会共催】――――1993年3月13日

社会現象になった宗教

質問者1　社会現象的な面を少し退けて個人のばあいを考えますと、宗教というのはたいへん趣味の世界に近いのではないかと思いました。たとえば病膏肓（こうこう）に入るほど魚釣りをするとか山登りをするとか、パチンコをするとか、そういう世界に非常に近いのではないかと。先生は先ほど、宗教は徒党あるいはグループを組んで社会現象として生じるとおっしゃいましたが、これは非常に私の心に残りました。

私は、先ほど先生もふれられましたシャドウ・ワークであるところの公立初等・中等教育現場に勤めています。私立にはキリスト教の教会や礼拝堂をもった学校、あるいは仏教系の歴史をもった学校がございますが、公立では宗教的なことをいっさい教えません。宗教を趣味の世界に近いものと考えるのであれば、魚釣りやパチンコのやりかたを教えないわけです。要するに、宗教については一種のタブーになっております。私は日頃からこのあたりのことについて考えあぐねているんですが、この機会に先生から一言でもご感想をいただければと思っています。

中学校に勤めておられるとおっしゃいましたが、僕なんかの感じ方でいえば、今の中学校というのは隘路（あいろ）というか、いちばん問題の多いところなんじゃないかなと思うんです。中学から高校へ移っていくところがたいへん狭くなっていて、そこでさまざまな問題が起きている。たとえば登校拒否というのは、中学から高校へ移っていくところでいちばん多くなっている。そしてたいていの子供は、高校受験のために中学から塾に通いはじめますよね。どこの高校へ行ったかによって、行ける大学がだいたい決まってしまう。このように中学から高校へ移っていくところは一種の隘路になっていて、いろいろな問題が生じてくる。

中学というのは本来、遊び方でも宗教でもなんでもいいからいろんなことを教えて開いていかなきゃいけない時期だと思うんですが、現実には反対に狭く狭くなっている。ですから、中学でなにか起こるんじゃないか、爆発しちゃうんじゃないかという気がしてしょうがないんですけどね。遊ぶことにしても何にしても、中学ではいちばん開いたほうがいいんじゃないかと僕は考えています。中学の先生というのはいちばん難かしくて、「だれがやったってそんなにいい先生になれっこねえんだよ」と思われる場所なので、僕にはちょっとなんともいえない気がするんですけど。

この問題にかんしては、中学の先生にはどうすることもできない。これにかんしてはむしろ、大学の先生を変えないとだめな気がするんですよ。大学の先生を変えるのは簡単なことです。たとえば立教大学の先生は最低四年間、東京大学へ行って学生を教えなきゃいけない。そして東京大学の先生は最低四年間、法政大学なら法政大学へ行って教えなきゃいけない。そういうふうに義務づければ、隘路は終わるんじゃないかと思うんですけど。そうすれば受験の競争はなくなりますし、大学の先生だって損することもない。

東京大学の先生は「子供はみんな頭がいい」と錯覚していますが、そうじゃない学生に教えることは彼ら自身の役に立ちますから、ぜひやったほうがいい。一方で立教大学や法政大学の先生は呑気にやっててもいいと思うのか、内職のほうに精を出していたりする。最低四年間は東京大学に行って講義をし、卒論まで引き受けることを義務づければ、彼ら自身も目の色を変えて勉強するだろうと思うんです。

そこから変えていかなければ、教育の制度というのは変わりようがない。あなたのような中学の先生は、現行の教育制度によってできた隘路をもろに引き受けている。その被害者はもちろん中学生です。ですから、何をどうやっても結局はだめかもしれませんが、あなたがおっしゃるように中学という場所では釣りやパチンコなど、あらゆることを教えて開いていったほうがいいと思います。それをやらないとだめなんじゃないかなと。とにかく今の中学生を見ていると、そのうち爆発が起こるんじゃないかと思うんです。いずれにせよたいへんな情況になっているわけですが、僕にはなにもいえない。あなたはたいへんなところにお勤めしているわけですから、「まあ、頑張ってください」というよりしょうがない気がするんですけど。こんなんでいいでしょうかね（会場笑）。

質問者２　最近見たテレビ番組で、面白かったものがありましたら教えてください（会場笑）。テレビ番組全般についての感想でもいいんですが。

現在のテレビ番組は、一般的にどのような傾向にあるか。日本のテレビは当初、映画の代用品として出発しました。僕らも、映画に行くかわりにテレビを買ったことをおぼえています。全般的な趨勢として、今のテレビ番組は情報番組化しつつある。そのなかで番組の構成や出演者の人選に工夫を凝らしているところが、比較的にいい番組をつくっているように思います。

簡単明瞭にいいますと、情報番組がややドラマ化しつつある一方で、ドラマは逆に情報番組化しつつある。たとえば旅情ドラマ・観光ドラマといったほうがいいような番組がありますよね。ドラマの筋はさておき、所々の景色を見せる、登場人物に名物料理を食べさせるなどといった要素がかならず組み込まれている。情報番組がどんどんワイド化・ドラマ化していく一方で、ドラマはむしろ情報番組化している。このような趨勢においてはよく情報化されているドラマ、もしくはよくドラマ化されている情報ワイド番組がよい番組といえるのではないかと思います。

しかし全般的にいうと、テレビ番組の制作現場はたいへん苦しい情況に陥っていると思いますね。テレビ番組には原則があります。まず、ビートたけしよりつまんねえことしかいえないようなインテリはもうテレビに出てこないほうがいいと思いますね。たとえば舛添要一さんや栗本慎一郎さん、西部邁君ははじめこそ面白かったけど、今のテレビ番組にはもう適応できなくなっている。つまり、そこで停滞しちゃってて、それ以上にやりようがないんですよ。そこでは、もっと自分を壊す以外に方法はないんです。

たとえば舛添さんだって、この情況を打開するにはもっと自分を壊すしかない。壊して芸能人化する以外にないんです。たとえば彼が奮起して、ある局で、「おれをメインにした三時間番組をつくらせろ」と直訴するとか。彼がそういうことができるのか、僕は知りませんけど。舛添さんが国際政治学者としての能力を遺憾なく発揮し、最新の情報を詰め込んだ三時間番組を自らつくってしまう。それ以外にもう生きる道はないのに、相変らずデレデレとテレビに出ている。舛添さんでさえそうなんだから、他のやつらはなおのことそうです。ときどきテレビなんかに出てくるインテリの大学教授にはろくなやつがいないので、これはもう全部ビートたけし以下だと思いますね。インテリでビートたけし以下のやつは、出てこないほうがいいと思います。そのぐらいのことをしないと、テレビはよくならない。

それじゃあ、ビートたけしというのはどうなのか。いまいいましたように、テレビ番組の制作現場というのはかなりきつい情況になっている。おそらくあの人は流しながらやって、そのきつさをしのいでいるのではないかと。なにしろ、頭のいいやつですからね。それと、あの人は週一回ぐらいの深夜番組で無茶苦茶なことをいってますよね。高田文夫を相手にして無茶苦茶なことをいって、ときどき音声や映像を消されている。おそらくそうすることで、頭がおかしくなったりいらついたりしないように自分なりに耐えているんだと思います。

ビートたけしもタモリもそうですけど、話芸に秀でた芸能人はかなりきつい情況に置かれている。ふだんの彼らは流してやっているけれども、ちがうところでかなりラディカルかつきわどい発言をすることによって自己解放し、ようやく均衡を保っているのではないかと思います。そういうことすらわからないようなインテリがのこのことテレビに出てきてなにかやるというのは、全然ナンセンスだと思います。「そんなところに出てこないで、勉強したらどうだ」といいたくなります。

そして、テレビを見ているほうも、だんだん苛立ってきている。芸能人やインテリがテレビでしゃべっているのを見ながら、「こんちくしょう」「あのやろう」と毒づいて、かろうじてフラストレーションを解消している。僕らは、「ばかなやつばっかりだな」「ばかなことばかりいいやがって」などといいつつ、我慢してテレビを見ている。もちろん、テレビに出ているほうも我慢しているわけですが。

テレビの情報網化というのは、これからも続く趨勢だと思います。テレビは情報発信という面においてもっとも重要なメディアですから、今後も注目していたほうがいいでしょう。今のような過渡期において、いい番組とそうじゃない番組の定義がはっきり決まっていくんじゃないでしょうか。だれが見てもいい番組というのは、なかなかないんですよ。とくに鋭くはないけどべつにつまらないわけでもなくて、だれが見ても平均して「よくやってるよ」という部類に入るのは『ズームイン!!朝!』(日本テレビ)という番組じゃないでしょうか。これは朝七時頃から4チャンネルでやっている番組で、初代司会者の徳光和夫さんが長らく司会を務めていたんですが、今では二代目に代わっています。僕が「いいとも悪いともいえないけど、まあよく続いてるな」と思う番組はそれぐらいですね。テレビでは出演者それぞれが勝手に解放感を感じてやってたり、我慢してやってたり、見るほうも「こんちくしょう」などいいながら我慢して見てる。それが今の趨勢じゃないかと僕は思いますけどね。こんなとこでいいでしょうか(会場笑)。

質問者3　今日の話に直接関係ないんですけど、最近二・二六事件の新しい資料が発見されたことが話題になりましたよね。二・二六事件には青年将校のみならず、軍部の最高幹部も関与していたことなどが明るみに出つつあります。それと先日(一九九三年二月十九日)、元連合赤軍幹部の永田洋子の死刑判決が出ましたね。軍の権力と北一輝、青年将校の関係と、国家権力と永田洋子、およびその仲間の関係。これはちょっと見逃せない事態だと思うんです。これについて、吉本さんの所感をおうかがいしたいと思います。

連合赤軍事件について、そのときすぐに、数ヵ月の範囲内で、感想を書いたのをおぼえています。もしよろしかったらそれを読んでくだされぱと思います。それから最近、ここ一週間ぐらい前、石神井川で矢の刺さったカモが発見されたでしょう。僕はこれと連合赤軍事件の判決を関連づけ、地方の新聞に「矢負いガモと連合赤軍」という文章を書きました(『北日本新聞』一九九三年三月二日付)。そこで僕なりの感想を申し述べていますから、ごらんくだされぱと思います。

矢負いガモを捕まえて、矢を引っこ抜いたのは二月十二日ですよね。僕はそのニュースを見ていて心から、「ああ、よかったな」と思ったんですよ。あれだけ騒いで死なせてしまうよりは、助かってほんとうによかったなと思った。ところが、その一週間後に連合赤軍事件の最高裁判決が出たとたん、僕の気持は非常に重くなった。

その地方新聞には、連合赤軍事件の判決を聞いて僕が即座に感じたことを二つ書きました。まず、死刑には反対であるっていうことがひとつあるんです。連合赤軍のみならず、僕やみなさんもそうで、例外はまずないと思うんですが、人間は人を殺害すべき情況になればだいたい殺害できる。人間はだれしも、そういう情況に置かれたら人を殺せるというのが僕の考え方で、これには例外はないはずだと思っています。殺害すべき雰囲気を人工的につくらなければ、死刑なんかできないですからね。これはものすごく残酷なことで、絶対にやるべきではない。人間はだれしも、殺害するような雰囲気・環境・情況ができれば人を殺害する。これにかんしては、例外の人なんているはずがないと思っています。そういうことから死刑には反対であると書きました。

そして、もうひとつ書きました。新聞に出ていた判決理由は全文じゃないんでしょうけど、そこにはだいたい次のようなことが書かれている。彼らは仲間を十二人殺し、警察との撃ち合いで警官二人・民間人一人の合計三人を殺した。永田洋子と坂口弘は人格的欠陥者、つまり意地悪で根性悪なので仲間を殺すという残酷なことをしてしまったと。幹部であった永田洋子と坂口弘の人格的欠陥を強調することで、「こんなことをしちゃったやつは死刑に値する」と断じる。そういう判決になっているわけですが、僕は「それはちがう。そんなばかなことはない」と思うわけですよ。あるイデオロギーや宗教において一致している人たちが、閉じられた環境のなかに追いつめられれば、仲間で殺し合う情況を免れない。そういう情況に置かれたら、だれだって例外なしにやりますよ、ということがあると思うんです。宗教あるいはイデオロギーによる集団が追いつめられて閉じられて孤立していけば、そこにいる人たちはだれしも仲間を疑ったり、殺害したりする可能性がある。人間にはそういう猜疑心が活発になったりする可能性があるのはなぜだろうということが、判決理由のなかで述べられていないかぎり、死刑を宣告する資格がないと思うんです。

もうひとつ、被告についてですが、新聞の記事によれば、坂口さんのほうは懺悔しているわけですよ。彼はそこで、「おれは悪いことをしたから、死刑になってもしょうがない」といっている。永田さんのほうはそうじゃなくて、「やりかた・方針が根柢的に間違っていたのかもしれない」という反省になっている。志あるいは信仰を同じくする人であればあるほど、追いつめられて閉じられて孤立していけば、仲間どうしで猜疑心にかられて殺し合うことがありうる。これには例外はありませんから、解明してしかるべきです。被告は懺悔するのではなく、その理由を解明してほしい。それを解明しえないのであれば、死の宣告を受ける資格はないと思うんですよ。

連合赤軍事件の判決についてはいろいろといいたいことがありますけど、僕はさしあたっていまいったような二つの感想をもちました。もっといえばきりがないんですけど、さしあたって僕がいいたいことはその二つです。地方新聞でごらんになれますから、もし機会があれば読んでくだされればいいいと思います。

それから矢ガモですけどね、「とにかく矢ガモが助かってよかったじゃないか」といわれていますが、タモリが昼の番組で二回、矢ガモについていっていて、「あんなにばか騒ぎしてるけど、一方ではカモを撃ち殺して食ってるんだよ。天皇家にはカモ猟場っていうのがあるんだから」と（会場笑）。タモリはそれがよっぽど癪に障ってたらしくて、二回いっている。それを見て、「そうだそうだ」と思うとともに、「やっぱりこの人は優秀な芸能人だな」と感心しましたね。皇太子と小和田雅子は結婚前、カモ猟場でデートしたんですよ（会場笑）。そういうニュースを聞いて喜んでるくせに、なにをいってやがる。「そうだ。おまえのいうとおりだ」とつぶやきながら、タモリの番組を見てたんですけど。でも一方で、僕はときどきあの矢ガモが飛んで行った不忍池にポップコーンをやりに行くんですよ。ふだんはあそこにいる鳥にポップコーンをやりに行っている。すると、ほかのおじさんも来てて。今日のお話でいいますと、それは僕のささやかな解放感なんですけどね（会場笑）。

ふだんからよく行っている不忍池に矢ガモが飛んできたということで、僕はすごく関心をもっていた。せっかくこれだけ騒いだんだからムツゴロウさん（畑正憲）でも呼んできて、カモの習性をうまくとらえたうえで捕まえて、矢を抜いて助けられないかなと思ってたらそうなったから、よかったよかったと思ってたんですよね。ところがその七日後、連合赤軍事件の判決が出たのでまた重たい気分になっちゃって。これについてはどうしても書いておこうと思って、「矢負いガモと連合赤軍」という文章を書いたんですけど。それが現在の僕の考え方の状態ですね。これでよろしいでしょうか。

（原題：社会現象としての宗教／川崎市　麻生文化センター大会議室）

〔音源あり。文責・築山登美夫〕

【風馬の会（小川太郎主宰）主催】――――――――――1993年4月10日

物語性の中のメタファー――短歌からみる寺山修司の思想

質問者1　寺山の場合、母親と家からの脱出というテーマがあるので、『家出のすすめ』などといった作品があると思うんですけど。吉本先生は先ほど「現在はある意味で、寺山がいったようなかたちで脱出されちゃったんじゃないか」とおっしゃっていました。その場合、寺山が考えている脱出の仕方と今の現実は違うんじゃないかと。寺山の脱出の思想の先にあるものは、何だったのか。現在は脱出しても、袋小路になるところがある。そのギャップから、寺山にたいする再評価が出てきていると思うんですけど。若い人は脱出したけれども、やっぱり寺山に惹かれる。自分は封印しちゃったけれども、寺山に惹かれる。それはいったい何なのかなと思うんです。そのへんのことについて、先生はどうお考えになっているのかなと。

寺山さんの家にたいする一種の破壊的ラディカリズムっていうのはひとサイクル回って、たいていの人に実感できてしまいつつあるような気がするんです。寺山さんが一生懸命いったことはひとサイクル回っていて、今の人の大部分はひとりでにそうなっちゃってる。僕にはそう思えるわけです。

寺山さんは、田園ということ、農村ということ□□□□。勉学するためか何のためか分かりませんけど、とにかく家っていうのは精神的に、そこから脱出しなきゃどうにもならない、人としてそこから脱出しなければ、どうにもならないものなんだ。寺山さんがそう考えて脱出してきたときの田園と今の田園とは、やっぱりひとサイクル違っちゃってるような気がするんです。寺山さんがそういうことをいってた頃、田園・農村と都市には明瞭な一種の対立関係があった。それはたいへん大きな問題として、まだあった。寺山さんが家を捨てて東京に学問をしにくる、あるいは何かやりにくるときには、それが主たる大きな対立点だった。しかし今の田園はそうじゃなくて、もっとモダンな田園になっている。そして田園性っていうのはなくなっちゃってて、田園としての基盤はもう薄れてきつつある。

都会といえば東京がいちばん典型的だと思うんですけど、寺山さんが「田園を逃れ家を捨て、親きょうだいを捨ててとにかく東京へ出てきた」っていったときの東京と今の東京では、またひとサイクル違っちゃってて。本来的にいえば、ここには人は住めないっていうか。人が住むところとしての東京みたいなもの、都会みたいなものっていうのはだんだん滅びつつあって。東京・都会・大都会っていうのはビジネスするところ、何か食べるところ、あるいは何か娯楽をやるところという意味合いは持つけど、少なくとも住みかとしての都会っていう意味合いはだんだん減じつつある。現在の都市っていうのはそういう情況に追い詰められているというか、そういう段階に入っちゃってるような気がするんですよね。

寺山さんが一生懸命考えたことは、もう大部分の人が体験的に感じちゃってる。そういうことからいえば、ひとサイクル回っちゃってる。こういうことを考えて、こういう生き方をしてきた人がいるんだな。生き方の表現は詩の表現だったり、散文の表現だったり、ドラマであったり、映像であったり、多岐にわたる。こんなふうに多様な表現をしたやつがいたんだな。そういうかたちで寺山さんが検討される段階に入っちゃったんじゃないでしょうか。それはちょっと止められないような気がするんですけどね。たぶん、寺山さんの作品を新しい古典というかたちで、寺山さんの再評価が起こるとすれば、そういうかたちで起こってるんじゃないかなと思いますし、これからも起こりそうな気がするんですけどね。そこが違うんじゃないでしょうか。もう、できちゃったといえばできちゃった。

質問者1　寺山が考えた究極の脱出のかたちっていうのは、いったい何だったのか。今は現状とのギャップがあるわけですが、それに続く□□□。寺山が考えたのは、こんなもんじゃなかっただろうという気持ちが強いんですけどね……。（雑音で聞き取りにくい）

寺山さんが生きておられたらどういうことを考え、どういう表現をしてどういうことをするのか。それはちょっと分かりませんけど、たぶん映像表現ということを追求していったのではないかと。ハイパーリアリズムといいましょうか（会場笑）、超都会的なことを映像表現でやってみせるのではないかという気がしますけどね。これは、ドラマでは難しいですよね。現在、ドラマとか小説とか詩とかでそれをやろうとするのはものすごく難しい。これからの時代、どこへ脱出するかを考えてやるのはたいへん難しいような気がします。

僕は、映像表現っていうのは可能性があるんじゃないかなという感じがしますから、「そういうところで脱出しようという思いがあるのかな」という気がするんですけどね。でも、それは難しいんですね。そんなことは、僕らにもできないわけですよ。文学の批評みたいのをやってるから分かりますけど、何ていうかなぁ、「文学っていうのはちょっと難しいところに来たね」っていう感じが多いんですよね（会場笑）。そういう感じが多くて、どうすりゃいいんだと思ってて。「どうすればいい？」って人に聞いてもしょうがないんですけど。「この人はちゃんと脱出口を表現してるよ」というふうには、なかなか思えない。今、思うとすれば村上龍とか村上春樹とか。彼らは何かしでかしそうな感じがする数少ない人たちなんでしょうけど、でも今のところ、彼らがそれをしているとは思わないですね。だから、本当に難しくなっちゃってるなと。そういうことなんじゃないでしょうかね（会場笑）。寺山さんが生きておられたって、やっぱりそうとう難しいんじゃないかなと（会場笑）。そういうことになっちゃってるような気がしますけどね。

質問者2　寺山は本当は、□□であると思うんですけど。この比喩はかなり□□で、ある意味では経験をあまり上回っていないと思うんですね。自分で選んでまた□□と思うんですけど、それがちょっと□□□で。□□□□□にした人で思い浮かべるのが、□□□□□さんなんですけど。決定的に違うことと似ていることを、簡単にいっていただければと。（はっきり聞き取れず）

具体的な定義は□□といいましょうかね。

質問者2　もし似てなかったら、まったく似てないということでいいんですけど。

あなたには俵万智さんの歌で知ってる歌、暗唱できる歌はないですか。僕はちょっと言葉を忘れちゃったんだけど、「缶チューハイ一杯ぐらいで、俺のところへ嫁に来いっていっちゃってもいいの？」みたいな歌があるでしょう（会場笑）。俵さんというのは世代的にいえば寺山さんの後の人で、物語性のある歌をつくる。「缶チューハイ一杯ぐらいで、俺のところへ嫁に来ないか、みたいなことをいっちゃっていいの？」っていうのがなぜいい歌かっていうのは、やはり物語性があるからだと思うんです。男の子が缶チューハイ一杯で少しほろ酔い加減になった女の子に「俺のところへ嫁に来ないか」っていっていいの？　そういういいかげんな感じでいっていいの？　と。そういう感じは、若い人みんなに通ずる。その物語の中には、若い人なら誰もが思うようなことがある。だから、この作品はいいんだと思うわけです。この作品をいいといわない歌人もいると思いますけど、それは問題外だと思います。僕はいいと思います。いいと評価するのが、いい評価だと思います（会場笑）。

純文学の小説家と同じで、「こんな歌はくだらない」っていう歌人は自己偽瞞に陥っていると思います。自己偽瞞を処理することが、なかなかできない人だと思います。「これは悪いよ」って評価する人は論外で、僕はいい短歌だと思うんです。この短歌には物語性があります。男の子がいい加減なことをいったら、「なんて男だ」っていいたくなることがあるでしょう。女の子のそういう心理状態をものすごくよく表現してるということが、いい作品だという、この歌の評価のもとになると僕は思います。

だけどこの作品には、比喩性はないんですよ。つまり、そのままなんですよ。缶チューハイ一杯ぐらいで「俺のところへ嫁に来ないか」みたいにいったやつが本当にいて、「なんて野郎だ、こいつは」と思う。「お前、そんないい加減なことをいっていいのか？　あたしはそんなに安っぽくはねえぞ」と。あるいは「あんた、そんなこといっちゃっていいの？　あたしが全面的にあんたに寄っかかったらどうするの？　逃げちゃうんじゃないの？」っていうことをいいたいわけですよ。ここには物語の感覚があるんだけど、実際を指してるから比喩じゃない。この背後には何か比喩があるっていう作品じゃないんですよ。

物語性のある作品っていうのは啄木の時代から始まり、今も、福島泰樹もそうだし、俵万智さんもそうだというかたちであるわけです。寺山さんの『田園に死す』っていう歌集をもう一度よく見ていただきたいんですけど、物語性を持った短歌っていうのと同時に比喩なんですよ。つまり、何かの比喩になってる表現なんですよ。「こんなことをよくもやったね。よくも比喩性と物語性を二重に実現したね」と。よくお考えになると、こういうことをやった人はちょっといないんですよ。これは、寺山さん以外にない特徴なんですよ。そういうところが違うんじゃないでしょうか。

寺山さんが生きているときから、今も岡井隆さんや塚本邦雄さんは昔ながらのいい作品を書いている。それを見ると、比喩になってたりはしますよね。だけどメタファーであると同時に物語にもなっている作品っていうのは、実現していないように思います。つまりただ本当のこと、リアルなことをいっているということになっちゃってる。だから物語性と比喩性を同時に実現しちゃってる短歌の表現っていうのは、どう考えてもこの人しかいないぜと。この人も全部そうじゃないけど、『田園に死す』で実現してるところはいちばんそうなってる。

でも、それがいいか悪いかっていうことはまた別です。それじゃあ比喩と物語性が二重に実現されてる短歌はいい短歌かっていったら、それはまたちょっと違うことになります。比喩なんか何もなくて、現実だけしか指してない短歌にだっていい短歌、いい作品はたくさんあります。そういうことはあるんですけど、「これはユニークだよ。類例がないよ」という意味合いでは、やっぱり寺山さんの実現したことはちょっと類例がないんじゃないんでしょうか。『田園に死す』は、類例のない作品だと思いますけどね。そういうところじゃないでしょうか。

質問者2　□□で比喩が□□で、それが□□□。何に似ているとか、そういうことはいえないんでしょうか。（聞き取れず）

僕は、初期の天井桟敷の公演を見たことがあるんです。それは比喩になってるんだけど、物語性はかなりの程度犠牲になっていて。後のほうの作品は知らないんですけどね。初期の天井桟敷の劇では比喩性は非常に旺盛なんだけど、物語性は相当犠牲になってるなと。僕はそういう感じを持ちましたけどね。初期の頃は、そうだったんじゃないかなと思うんですけど。

質問者3　先ほど、寺山さんは砦の中に籠り、そこからたくさんの言葉を放ったとおっしゃいました。寺山さんを砦に閉じ込めたのは誰なんですか（会場笑）。

いや、人のせいにすることはいろいろできるわけですよ。既成の劇団とか既成の歌壇とか、いろいろな人のせいにすることは容易にできるわけですよ。寺山さんを天井桟敷っていう集団はあいうふうにしちゃって。文学座でもないし俳優座でもない。寺山さんがそういうところに行きづらいようにしちゃったのは、日本の劇団だ。日本の劇の世界が悪いんだと。だけど人のせいにしなければ、やっぱり自業自得ということになりますよね（会場笑）。やっぱり自業自得だと思います。自分がどうしてもどこかに思い入れがあって、どうしてもそこに同化できない。それだったら、自己表現がどこまでの可能性を持つかを追求していく以外にないじゃないか。そういうふうに決心しちゃうというかたちになるわけですね。

だから、いろいろなせいにできるわけですよ。人のせいにもできるし、自業自得だということで自分のせいにもできますし。いろんなせいにできるんですけど、それを全部含めてやっぱり寺山さんの資質的な宿命なんだといっちゃえばそうですし。あるいは「文学・芸術の表現の中に、それはどうしてもつきまとうんだ」といっちゃえば、そういうことだと思うんですけどね。だから、いろいろなせいにできるんじゃないでしょうか。あるいは「お前が読まなかったから悪いんだ」ということになっちゃうかもしれないし、分からないんですけど（会場笑）。とにかく、いろいろいえると思いますね。

質問者4　寺山を世に出してくださったのは、中井英夫さんですよね。

中井英夫？　はい。

質問者4　中井英夫さんは今も自分の作品を書いてらっしゃいますけど、ブームにはなりませんね。

はい（会場笑）。

質問者4　寺山の場合、仕掛けられたものと一般の人たちの求めるものがたまたま合っていた。でもわたしとしては、中井英夫さんのほうがずっと素晴らしいと認識してるんですけど、いかがでしょうか。

そうやって二律背反的にいわれると、困っちゃうんですけど（会場笑）。僕は中井英夫さんの作品もいいと思いますよ。だけどおっしゃるような意味合いでは、寺山さんの作品のほうがいいと思います。大ざっぱなことをいっちゃうと、文学の表現というのはどこから始まるかということになるわけですけど。まずひとりの例外もなく、文学の表現というのは自己慰安から始まると思います。つまり自分を慰安するために文字を書き、詩や日記を書き始める。そういうことを始めるのは、自己慰安のためだと思ってます。自己慰安の前にはいろんな不足があったり欠如があったり、不幸であったり幸福であったりいろいろあるでしょうけど、文字なら文字、会話なら会話、他の何でもいいんですけど、表現をしたいという欲求が始まるのは、まず自己慰安からだと思います。自己慰安から始まった表現がどこで他者と出遇うかということになるわけです。そしてその他者との出遇い方には、偶然があるわけです。

中井さんの他者との出遇い方と寺山さんの他者との出遇い方にはそれぞれ、たくさんの偶然があると思います。だけど偶然のせいにしないとすれば、もうひとつ必然っていうのがあると思うんです。寺山さんが意識してイメージする場合と、無意識にイメージする場合があるんですが、無意識にイメージしていた読者像があった。つまり簡単にいっちゃえば、誰に読んでもらいたいと思ってるのか。あるいは、誰にも読んでもらわなくてもいいと思ってるのか。自己慰安の場合はそうなんですよね。誰に読んでもらわなくても、自分で自分が読めばいい。そこから始まるわけですけど、どこかで「誰かが読んでくれたら」ということを意識的・無意識的に考えていくわけです。その場合、中井さんと寺山さんでは自分が読んでもらいたいと思ってる読者のイメージがたいへん違っていた。そして偶然の要素で、寺山さんが流行っちゃった。そうすると流行っちゃうと悪いと思ったりするんですけど、流行る流行らないということは偶然の要素なんです。だからまともに考えるときには、偶然の要素というのは排除したほうがいい。

どういう読者のイメージを無意識的・意識的に描いていたか。それがどういう読者と出遇ったかということの違いになるんじゃないでしょうか。中井さんの描いてる読者っていうのがあって、やっぱりそういう人とよく出遇えてるんだと思います。それは、やっぱり自業自得なのであって。読者が少なくても多くても、それは自業自得なんであって（会場笑）。それは別に、どうってことないんじゃないでしょうか。読者が少ないから悪いっていうこともないし、少ないからいいっていうこともない。また読者が多いから悪いっていうこともないし、多いからいいっていうこともない。それだけじゃないでしょうか。僕のあれでいえば、読者のイメージっていうのはそういうものだと思います。

詩とか短歌とかっていうのは、読者を思い浮かべてるゆとりなんか全然ないんですけど。たとえば僕が批評文を書く場合、思い通りにはいってないんですけど、そこでどういう読者を思い浮かべてるかっていえば、都会のサラリーマンで二十代の後半ぐらいの人で、会社ではいちばんきついことをやらされている、給料もあまり良くなくて、いちばん損な役割をしてるみたいなんだけど、会社ではいちばん力があるのかもしれない。そういう人が読んでくれればいいなと、僕は思ってますけどね（会場笑）。でもアンケートみたいなのを取るとだいたい、それよりも十か十五ぐらい年齢が高いですね（会場笑）。だから、思い通りにはいかないんですけど。散文の場合には、ある程度読者をイメージするんじゃないでしょうかね。

中井さんもそうじゃないでしょうか。おそらく、読んでもらいたいと思う読者のイメージがあるんじゃないかなと思います。そして実際に、そういう読者に読んでもらいたいんじゃないかなと思いますね。中井さんはおそらく、「教養あるサラリーマンみたいな人が読んでくれたらいい」とは思ってないでしょうね。中井さんがそう思って今の作品を書いてるんだとしたら、それは中井さんの間違いであって（会場笑）。やっぱり、そのためには工夫したほうがいいんでね（会場笑)。でも中井さんは、そう思ってないだろうと思います。中井さんは「それでいい」と思っておられると思います。いい作品だと思います。そして寺山さんの作品もいい作品だと思いますし。それはやっぱり、読者のイメージ違いじゃないんでしょうかね。僕はそういう理解の仕方を取りますけどね。

質問者4　ありがとうございました。中井さんのことは□□□(会場笑)。

司会者　そろそろ時間になりますので、最後のひとりとしてわたしがうかがいます。ちょっと変なことをうかがいますけど、寺山修司の思想・作品は、現在形の現実とか今生きる人間にとって何らかの武器になり得るんでしょうか。武器という表現はおかしいんですけど、生きていくうえで、あるいは現実とかかわるうえで何らかの武器になるのかなと。

先ほどからいっていますように、古典として、新古典として「おや?」という意味合いでの評価はこれから始まると思います。そういうことからいけば、武器といういい方もできるかもしれませんけど。あなたがおっしゃることに即座に答えられるほど簡単な意味、単純な意味での武器を考えると。僕だったら寺山さんのどういうところが武器になると思ってるかっていえば。今はアンケートを取れば、九割一分の人が「俺は中流だ」と答える。去年なんか、そういう結果が出たんですけど。そう思っているのは悪かないけど、「ああ、そうかそうか。九割一分の人が中流だと思ってるのか」と。

統計によれば、働く人たちの給与所得を五段階に分けた場合、貧富の差が世界でいちばん少ないのは日本なんですよ。僕の計算だったらだいたい四対一で、□□□□の本を見たら四・七対一になってましたけど。つまり日本は、貧富の差の少なさにおいて世界一なんですよ。日本の次はオランダなんですけどね。貧富の差が四対一しかなくて、九割一分は中流だと思ってる。でもある意味からいったら、「これで文句あるか?」っていうことになっちゃう。自民党政府でいいじゃないか。文句あっか? 他の政権はこれ以上豊かにすることができなかったじゃないか。どうしてもできなかったじゃないか。ちゃんと実現してないじゃないかと。比喩でいいますと、そうなると蓋が閉まっちゃうんですよね。「じゃあ文句ない」っていう感じが横溢しちゃうわけですよ。そこで「ほんとか? ほんとにそうか?」ともう一度考える。そうすると「それはちょっと疑問だぜ」というのが出てくるんです。

九割一分の人が、自分は中流だと思ってる。おそらく十年足らずのうちに、九割九分の人が中流だと思うようになる日が来るだろう。僕はそう思ってますけど。九割九分の人が中流だと思ったらどうなるか。「貧しくも豊かでもないけど、まあちょうどいいじゃないか」と思ってるやつが九割九分いたら、もう文句のいいようがない。「天国だ」っていうことになっちゃうとも考えられる。でもそうなったら「いや、今の情況にはいろんな悪いところがあるぜ」と、誰でも気がつくようになるんじゃないのかなと。

九割一分の人が中流だと思ってたら、文句はないよ。貧富の差は少ないし、文句はないよ。世界でこれほどいいところはないんだから、しょうがねえよ。そういうふうにいってると、蓋が閉まっちゃうんですよ。あるいは幕がはられちゃって「はい、さようなら」っていうことになっちゃう。でもそこでどうしても「いや、待てよ」と思わざるを得ないんですよね。もちろん、一面ではいいんですよ。僕も九割一分の中流意識を享受してて、けっこうだらけてる。張り切ってるわけじゃないですから、だらけてたりする。いい気になったりしているわけだから、あまり文句もいえないということになるんですけど、どこかで「待てよ」ってなることは重要なんじゃないかと。それが本当に重要だったら、誰でも分かってくれるんじゃないか。つまり、そう思わせるということですよ。寺山さんは書いたものの中で、人々にそう思わせようとしている。蓋が閉まっちゃいそうになるのを、いつでもブワーッと開ける。蓋を開けて、「そうじゃねえぞ」みたいなことをいう。寺山さんの作品の中には、そう思わせちゃうものが今でもたくさんあるんじゃないでしょうか。それこそが、寺山さんが今生きているいちばんの要因のように思えるんですけどね。

（原題：寺山修司を語る／新宿区　早稲田奉仕園レセプションホール）

〔音源あり。文責・菅原則生〕

【奈良県吉野・藤谷山瀧上寺主催】――1993年5月3日

現在の親鸞

質問者　学生運動が盛んだった頃、先生は多くの著作を出し、いろいろな立場から発言もされたと思います。一九七〇年代の初め頃、ドイツの作家・詩人・批評家であるエンツェンスベルガーは「はじまりに忠実であれ。はじまりは、いまだはじまりつくしてはいないのだ」というようなことをいっていました。あの頃の僕たちは、日本の社会に新しい思想的な芽が出てきて、そこからなにかがはじまるのではないかと考えていました。先生は共同幻想という言葉を使っておられますけど、あれは世俗的な意味での共同幻想だったのか、もはやああいうものを、社会的なひとつの要素として考えることはできないのか。

そしてたちが悪いことに、僕たちはああいう共同幻想的なものは自分たちだけのものであって、他のジェネレーションとは共有できないと思い込んでいる。いま、こうして先生のお話を聞いているときも、門徒の人のお仏壇の前、あるいはお寺の中で仏さまに向かってお念仏しているときも、つねに他のジェネレーションとのギャップを感じている。僕自身、これはまずいなと思っています。あと、学生運動の時に僕たちが抱いた共同幻想的なものがどこかで脈々と続いているのであれば、それは親鸞もしくは浄土真宗の思想となんらかの関係をもっているのか。もし関係があるとすればどういうところで結びつき、僕らの思想的な手足になりうるのか。そういうことを先生にお答えいただけたらと思います。

七〇年代から八〇年代、九〇年代、いまは九三年になるわけですが、その間に何がちがったかといいますと、ロシアをはじめ東欧の社会主義国の社会主義者たち（社会主義者というのは理想の社会を追い求めたという主観をもっている人たちだと思います）の政府が崩壊してしまったという歴史的な事件がありました。それは考え方はよかったんだけど、やりかたがまずかったんだということではすまされない、真理にたいしてどういうふうにだめだったのか、あるいはどういうふうに考えればほんとによかったのか、もう少し考え方じたいを根本的に問い直さなければいけない事態になったということが、大きな変わりようだとおもいます。これは二十年来の変わりようだというだけじゃなくて、二十世紀の全部にとってとても重要な大事件であるし、いまもまた、その変わり目にさしかかっているというふうに思われます。

それで僕らはなんべんも反省したり、だめだったりということをくり返してきたなと思いますが、いちばんいい考え方は、ロシアや東欧の社会主義国をはじめ、アジアの社会主義国も同じようにこれからそうなるでしょうけど、僕の言い方をしますと、それは平和な戦争といってもいい、あるいは親鸞がいう十方の衆生、つまり民衆ということでもいいんですが、その民衆を助けようということの理念において、社会主義国の方は主観的に資本主義国に及ばないということによって敗戦になった。そういう考え方をすると、自分の体験と近い体験ができるんじゃないかと思って、僕は一種の「第二の敗戦」というふうに考えたんです。もし僕のなかにあそこは天国なんだってことで社会主義国を多少でも信じている部分があったとしたら、自分はその部分の敗戦の体験をしているんだ。これは根柢的に考え直さなきゃいけないことに当面しているという理解のしかたを現在もっています。

それで、何が問題なんだということをいってしまいますと、社会主義的な考え方から見ると、世界はこういうふうに見えるという見方があるとします。またヨーロッパ・カトリック的な、バチカン的な見方からすれば、世界はこういうふうに見えるという見方があるとします。もちろん日本でいえば、西欧におけるカトリックと同じようにいちばん大きな宗教である浄土真宗なら、浄土真宗から見れば世界はこういうふうに見える、あるいは民衆はこういうふうに見えるという見え方があると思います。僕が考えていることは何かといえば、浄土真宗の見方からしたら、社会主義のやっていたこと、あるいは見えていた見え方はこうだめなんだよ、こういうふうにちがっているんだよ、また社会主義の見方からすると、浄土真宗という宗教はこういうふうに見えるからだめなんだよ、という見え方がある。ローマ・カトリックから見れば、浄土真宗はこういうふうだからだめなんだというそれ固有の見え方がある。それぞれの宗教によってそれぞれの民衆の見え方あるいは信仰の見え方がちがっているわけです。僕はそんなにたくさんのことを考えたわけじゃないですが、自分が社会主義の理念とか、戦争中の理念とかから考えて、やっぱり自分の理念の何がだめだったかということを考えていくと、党派といいますか、宗教的にいえば宗派ですが、宗派の見方によって見え方がちがっちゃうという見え方は、結局だめなんじゃないかなあというのが、僕が「第二の敗戦」として現在痛感していることです。

つまり、宗派あるいは党派の見え方のいかんによって、見え方がちがってしまう理想、あるいは真理の見え方でもいいんですが、そういう見え方はだめなんじゃないかと考えるわけです。どの宗派の人たちが、あるいはどういう信仰や思想をもっている人たちが、どういうふうに見えたって、やっぱり民衆は同じように見えるという見え方があり、また真理あるいは宗教でいえば神とか仏ですが、それの見え方は同じように見えるという見え方で見える場所がどこかにあるんじゃないのかなっていうことを考えるわけです。そういう場所とは何なのか、あるいはどこなんだということを自分なりに見つけたいというのが、いまの自分の中心的な考えなわけです。

そうすると親鸞が「正定(しょうじょう)」というふうにいっていることが、ものすごく示唆に富むような気がするんです。それぞれ信仰はちがったり、あるいは思想はちがったりしても、ここから見れば同じように人間は見えるよとか、同じように真理とか信仰とか見えるよという見え方をする場所がどこかにあるんじゃないのか、それを見つけるのが今の課題なんじゃないか。その場所は、いつどういうふうに見つかるのか、いつということを問うことも課題なんじゃないかなと、大袈裟にいえばそういうふうに考えています。

それでもっと具体的にいいますと、データというか、数字だけを取り出して日本社会を見てみますと、まず、日本社会における人々の所得を五段階に分けるとします。そうすると、いちばん所得が少ない人と多い人の格差は、一対四から一対四・六〜七ぐらいになっている。みなさんは意外に思われるかもしれませんが、日本というのは世界でいちばん格差の少ないところなんです。僕は自分で計算してみて、改めて驚きました。

僕はさすがに社会主義国を天国だとは思っていなくて、そうとう批判的ではありましたが、わりと信じていた部分があったので、ああいうところは貧富の格差が少ないんだろうなと思っていました。でも実際に調べてみたら、一対四・いくつぐらいで日本がいちばん少ないんです。その次がオランダですね。西欧諸国はだいたい八位か九位ぐらい、社会主義国はもっと下で二十何位ぐらいです。いずれにせよ、現在の日本は格差が非常に少ないのです。

これは新聞などによく出るからご存知でしょうけど、日本で「あなたは自分を中流だと思っていますか」というアンケートをとりますと、九割一分の人が「そう思っている」と答えています。もちろん、理想的な社会は遠い未来にあるんでしょうけど、このアンケート結果を見るかぎり、現在において日本というのはそんなに悪い国ではないということがわかります。人々の所得の格差は世界でいちばん少なく、中流だと思っている人が全体のうち九割一分もいるんですから、そんなに悪い社会ではない。では今から十年後、今度は九割九分の人が中流意識をもっていると答えたとしたらどうでしょう。僕はこれもまたひとつの転機になるだろうと思います。その時にこれは天国だと思うか、あるいはこれはちょっとおかしいんだよと思うのか、そのどちらかしかないわけなんです。その時までに、どの考え方、どの信仰からみても、この考え方は正しいんじゃないかっていう場所があるんじゃないか。その場所がその時までに見つかっていなければ、だめなような気がするんです。それが今の僕にとって、いちばんひっかかって考えている、中心のことになるんです。

もちろん、そんなことは考えなくてもいいんですよ。九割九分の人が中流意識をもっているということは、「おれはもういいよ、それ以上欲張らないよ」という人がそれだけいるということですから、そのような社会も、けっして悪くないと思います。でも、「そんな社会はおかしいよ。これからどうするんだ」と思ったとき、いかなる宗教、思想をもっている人から見てもこの考え方は正しいよっていう場所が見つかっていなければ、また同じような混乱、インチキが出てくるんじゃないかという気がしますね。

その時はまた七〇年代のように、「こんなばかな社会はない。大暴れしちゃえ」というふうになるのかも知れないし、あるいは「九割九分の人は今の暮らしに満足してるんだから、いいんじゃないの」というふうになるかも知れない。でも一方で、「その満足は嘘だよ。正面から見ればほんとうに見えるけど、還相のほうから、向こうのほうから見たら全然だめだぜ」という人も出てくるかも知れませんね。その時までに、いろんな人が智慧をはたらかせて、その場所を見つけておかねばならない。少しはそれに寄与できたらいいな、と思っているのが精一杯なところなわけです。

（原題：現代に生きる親鸞／奈良県吉野郡下市町　藤谷山瀧上寺）

〔音源あり。文責・築山登美夫〕

【京都精華大学主催】——1993年6月17日

新新宗教は明日を生き延びられるか

質問者1　私には三十年ぐらい前から、人類の最期を見届けたいという変な希望があるんです。「ノストラダムスの予言」によれば、一九九九年の七の月に人類は滅びる。もしそれが事実であるならば六年後、「こうやって人類は滅びるのか」と思いながら死ねるのでありがたいと思うんですが。でも若い人たちのなかには、「ノストラダムスの予言」を真面目に受けとって、「一九九九年以降のことはなにも考えられない」といっている人もいるらしいんですよ。僕は冗談でいっているんですが、ほんとうに予言を信じている人もけっこういるらしくて。そのへんのことはどう思われますか。

もし人類が滅亡することがあれば、遺伝子的に滅亡するだろうと僕は思います。従来でいえば、動物でも植物でも滅亡しなかった種（しゅ）はいない。僕は原子爆弾をめちゃくちゃに落とし合うなどといった外からの原因で人類が滅亡するとはちっとも考えていないけど、遺伝子的にいつか滅亡することはありうるだろうと思っています。でも、おっしゃるような意味あいでは人類の滅亡を信用していない。滅亡というのは、そういうかたちで来ないと思っていますから。種として遺伝子的に滅亡することはありうるかもしれないけど、外的な理由によって人類が滅亡するとは全然考えていないので、その予言は全然間違いじゃないかと思うんですね。とにかく、ちょっと信じがたいことのように思いますけど。

僕の家にお風呂場を直しにくる大工さんがいるんですけど、その人は敏感で、ある種の超能力をもってるんですよ。うちの塀の向こうがお墓なんですけど、そこを歩いているといろいろ見えたり聞えたりするとしょっちゅういっていて。今から五、六年前、その人が、「吉本さん、今から十三年以上もつように家を修理する必要なんてないです。十三年経ったらかならず戦争が起こってだめになっちゃうから、それ以上もつように直したってむだですよ」といってたんだけど、僕はゲラゲラ笑いながら聞いていた。その大工さんは要するに、「十三年ぐらい経ったら、中国を起点とした世界的な混乱が起こる」といっていた。そのとき中国は何の気配も見せていなかったから、僕は「へへへ」なんていいながら笑って聞いてたんですけど、その一方で半分ぐらいは当たってるんじゃないかなと思ったんです。そうしたらその後、天安門事件というのが起こったので、「やつはそんなにばかなことをいったわけじゃないな。完全に当たったわけじゃないけど」と思った。ですから、予言というのは、全然否定するわけにはいかない。やっぱり敏感すぎる人というのはいますから、全然否定するわけにはいかないと思います。

僕はそういった予言を全然否定する気はないけど、たとえば大核戦争みたいなのが起こって、外側から滅ぼしあって人類が滅びちゃうということはないと思っています。もし人類が滅びることがあれば、遺伝子的、生物学的に滅びるのではないかと思っていますけど。その予言は僕にはちょっと受けとれない考え方なんですが、かといって全然当たらないわけではない。大工さんですら僕に「らしいぞ」という感じをもたせたんですから、そういうことはありうるような気もしますけど。

質問者1　その大工さんみたいな人はあまりいないから（笑）。

そうなんですよね。僕の親父も船の大工さんだから、大工さんの悪口はいわないいんですけど（会場笑）。予言が当たることはありうるかもしれないけど、僕だったらそう思わない。そうではなく、内在的に滅びることはありうるだろうと思っていますけど。

質問者2　簡単に申します。講演の結論のところで、私はちょっと戸惑っています。思想として、今の新新宗教に拮抗しているものはないということはわかるんですが。私は若い頃、吉本さんから「自立という論理を考えればずっといける」ということを学びました。今までの宗教および観念の世界で支配的だったのは信徒が教祖に教わり、それを信じるというコミュニケーションのありかたで、これが長らく勢力を保ってきた。それにたいして自立という考え方のばあい、吉本さんなら吉本さんがバッと出した考え方を信じるのではなしに、全面的かつトータルに自分の考えをぶつけ、そこでなにかいろいろ練ったうえでまた自分なりの考え方を出す。それが一致したばあい、ちがうコミュニケーションとして影響力をもつのではないか。もちろんそこで全面的かつトータルな考え方ができるかどうかはわかりませんが、そういうやりかたが有効なのではないか。私はそう思っているんですが、それについてはどうでしょう。

積極的に「そういうやりかたが有効だ」といっちゃうと、ちょっとちがっちゃうかもしれないんですけど。そうじゃなくて、しかたなしにといったほうがいいですね、しかたがないから非常に消極的になりますが、やはり自分で考え、手探りしていくというのが唯一のやりかたなんじゃないかなと。どこかに救済があると考えると、手数を省くというところに行っちゃわないと安心立命にはいたらない。安心立命にいたろうとすれば、やっぱりどこかで短絡する考え方を受け入れてしまいそうな気がするんですよね。消極的なんですけど、それを避けるには「安心立命というのは、そう簡単じゃないぞ」と思って、きつくても自主的に粘りついていくよりしかたがないんじゃないかと僕自身も考えていますけどね。

ただ、どこかですっきりしたいという思いはいつでもやってくるでしょう。そうすると自分で、「いや、だめだ。いますっきりするのは間違いだよ」という感じでそれを打ち消して、やってきているわけですけれども。人間というのはやはりすっきりしたいですから、どうしてもそういう考えが起こってくるんですね。それを否定して、また否定して、「いや、それはだめだ」と思う。進んでも地獄、退いても地獄と考えて、あまり救済は考えずにやっていく。それがいいんじゃないかと思うんですけど。積極的な意味をつけられるほど僕の考えも熟していないからあまりいえないんですけど、それがいちばんいいような気がするんです。

もっと極端にいえば、僕自身がもっている考え方の大部分は滅茶苦茶にやられてだめになっちゃったように思うけれども、かろうじてしかたがないからという感じで残っている部分にかんしては、「まだ、なんとなく生きてるぜ」という感じがしている。そういうことにすぎないんだと思いますけど。まあ、そんなところじゃないかと思ってます。

（原題：なぜ新宗教か／京都市左京区　京都精華大学）

〔音源あり。文責・築山登美夫〕

【大阪市梅田・書砦・梁山泊（運営協力・吉本隆明研究会）主催】――１９９３年９月18日

ハイ・イメージ論と世界認識

司会　休憩に入ります前に進行係のほうから質問用紙についてもう一度説明させていただきます。

進行　手短に説明させていただきます。質問用紙を入れる箱を手前に二つ用意しましたので、書かれたかたはこちらに入れてください。それから直接の質問も受け付けますので、手を挙げていただくか中央のマイクのところまでいらしてください。

質問者Ａ　わたしは第二次産業の労働者で、実は来週から失業者になります。第二次産業を選んだのは、価値とはこういうものだというぬきがたい観念があったからです。

そこで現代の第三次産業への構造の推移とわたしたちがもっている富や価値の概念、それと都市の発達との関連についてどうしてもお聞きしたいと思います。私は、第三次産業は虚業である、つまり広告、宣伝である、パッケージや手段としての情報通信である、そして富や価値の本来の形態は生産的労働であってその実体は産業生産物にあるというイメージをどうしても引きずってきました。きょうのお話を聞きますと実際はそうではなくなっているようで、わたしたちが富や価値を考えるうえでの内容をお聞きしたくて質問しました。

質問者B　第一次産業、第二次産業がこれから減っていくだろうというお話でしたが、吉本さんは以前『ターミネーター』や『ロボコップ』などの研究をされていました。そういう映画を見ていると必ず古い廃工場が出てきて、各シーンの大きなイメージを占めているような気がします。それは未来というより今を、そのまま映画の中に反映しているのかと思いますが、どうでしょうか。それがもし未来でなく現在だとすれば、たとえば富士通や任天堂などの工場がつぶれた跡でシュワルツェネッガーのような俳優が活躍するシーンが、もう一つ先の未来の像であると考えていいのでしょうか。

質問者C　わたしは第三次産業、具体的には金融機関に従事していて、今のところ給与も悪くなく失業も免れています。そこにいて感じるのは、先ほどの虚業という言葉のとおりお金を捨てているような無駄な気がするのです。小さな部署でも平気で二億円くらい捨てていて、まったくばかげたマネーゲームです。しかし、これが現実に起こっているのです。そこで、そうした第三次産業は将来どんな方向へ向かうのか、お聞きしたいと思います。

それに、わたしの住んでいる高槻では日本たばこ産業の跡地にバイオテクノロジーの研究所ができ、賛否両論ありますが、このまま進めば第四次産業として遺伝子工学などが中心になってきてクローン人間なども現実になりそうです。そうすると自分の存在はどうなるのかちょっと怖い気がします。

次にこれは農業問題でもあるのですが、島根県のチベットのようなところの実家も一級河川はヘドロでいっぱいです。洗剤などでひどく汚染されています。今わたしは『過疎からの脱却』というのを書いているのですが、人口推移を見ると昭和四十二年ころから一気に半減して、あと二十年もすれば、まったく人がいなくなると統計予測には出ています。そんなふうにゴーストタウンが次々とできてきそうです。過疎の問題は、政策的・人為的になされた結果のように思えるのですが、いかがでしょうか。

エネルギー問題に関することですが、昭和三十年代に石炭から石油に変わっただけで炭鉱がいくつもつぶれていきました。また、湾岸戦争のような犠牲を払いながら、石油産油国のクウェートを守るために、国際政治の舞台になぜ日本が登っていかなければならなかったのか。そして一方では、核エネルギーについてもチェルノブイリのような惨憺たる事故が起こっています。日本で今原発が爆発したらおしまいだろうと思います。それでいいのでしょうか。誤解かもしれませんが、吉本さんのお話から、核エネルギーの肯定論者のような気がしましたので、そのあたりのお話もうかがいたいと思います。

最初のかたの富や価値や第三次産業をどう考えればいいかというのは、いわれたことに集約されていると思います。これは確か『ハイ・イメージ論』でやった覚えがあります。第一にいうべきことは第三次産業が大部分になってきたことと関係します。たとえば資本主義社会が興ってきたマルクスの時代、工業都市の労働者が公害病である結核の蔓延でひどい目にあっていた状態で、しかも資本主義はどんどん発展していくという時代です。

『資本論』の価値論の中で、潜在的基盤になっているのは、空気や水は使用価値はあるが交換価値はないものだということです。日本では一九七二年ごろに初めて水が交換価値をもち、天然水が売られ始めました。そのとき資本主義は新たな段階に入った、必要なのは新たなる『資本論』なのだと思いました。誰だって水はただで飲むのが普通だし、ただで空気を吸っているのが当然で、使用価値は旺盛にあるが交換価値なんかないのだというのが、マルクスの価値論の根柢にある段階意識なのです。今はまだ空気が売られたり買われたりしていませんが、もう少ししたらあり得ることだと思います。ビルのたて込んだ部屋には空気をボンベに詰めて売る、という日は近いのではないかと思っています。水はすでに交換価値をもって、いろんな天然水が瓶に詰められて売られ、みなさんもウイスキーを飲むときに使ったりしているでしょう。これは資本主義がひとつのサイクルを回ったことの象徴ではないかと考えました。

一九六〇年をちょっと過ぎたころに『マルクス紀行』というマルクス論を書いたことがあります。農村が絶滅したときこの論理は組み換えられなければならないということを、ちょっとだけ書いたのを覚えています。このときはそういう言い方をしたのですが、先ほどの例でいえば、水や空気は使用価値はあるが交換価値はなにもないのだといわれていたのに、現代では価値あるものとして売り買いされています。空気も酸素を圧縮したボンベがすでに売られているわけですから、資本主義が次の段階に入ったのだといえます。

マルクスの時代では、第一次産業と第二次産業が競り合い、第二次産業のほうが旺盛になって農業が圧迫されてきた段階で、『資本論』が書かれました。現在すでに第三次産業が主体になって、労働者もそこで多く働いている段階です。第二次産業はコップ一つ作るのに一時間かかった、二つ作るには二時間かかると、生産物と生産にたいする労働の成果がはっきり目に見えてわかる段階でした。第三次産業はどれだけ働いたからなにが何個できたということが非常にわかりにくい。いくら働いてもその成果が目に見えない段階になっています。どれだけ働きすぎているかもわからない。それがどれだけ身体に障っているかもわからない。

第三次産業の公害病の典型を考えれば精神障害ということになります。正常と異常のボーダーがよくわからない。二十四時間の内のある時間帯だけはおかしいがそうでない時間帯はそれほどおかしくない、という境界性の精神障害みたいなものが第三次産業に伴う公害病になると思います。それも目に見えないものなので、今どの程度そのようになっているのかとか、働いている人たちがどのくらい疲労しているのかとか、非常に測りにくくなっている段階です。

おっしゃるとおり労働価値説を目で見て、こうじゃないかという指摘がしにくくなっているけれど、だから労働価値説が通用しなくなったといえるのかというと、僕はそこまでとは考えていません。ただ新しいマルクス主義が必要なのではなく、マルクスが『資本論』でやったのと同じような新しい『資本論』がなされなければ、マルクス主義ではありません。一人の天才がいてそれをやるか、たくさんの人がいろんな角度からとりかかって新たな『資本論』をやってしまわなければ、駄目な段階なのではないかと思います。それは労働価値説が危うくなったのとは違うと考えています。対応をつけるのはたいへん難しいのですが、可能ではないかと思います。『資本論』をやった段階からひと回り高度になったというか、わかりにくくなったというか、あるいは悪くなったのかわかりませんが、現在の段階の資本主義のあらゆる角度からの解剖が必要なのではないかと思います。

『ハイ・イメージ論』をやったとき、マルクスの『資本論』における価値論を拡張できないかなと考えました。その動機は悪い動機で、第三次産業あるいは高次資本主義に伴う公害病は免れられないのではないかということでした。そして価値の普遍化が必要なのではないかと思いました。マルクスの価値論を普遍的な形にいい直すと、自然界あるいは外界があってそれに人間が対象的行為をする、つまり労働をする、対象に手を加えることはすべて労働であると考え、労働という概念を少し大きくとって、人間の身体の行いでも精神の行いでも対象に働きかける行為をしたところから、天然自然も人工自然も自然というものが価値化される、ということになるのではないかと思います。マルクスの労働価値説を普遍的な言い方にすると、天然自然あるいは外界に、人間が身体的にか精神的にか対象的行為をしたら、対象化された自然のほうは価値化されてしまうということになると思います。そういう価値論の展開をしたのです。

そういう展開をすると憩いがなくなってしまいます。精神だろうと身体を動かした行為であろうと、人間がある対象になにか働きかけをしたら、その天然自然はみな価値化されてしまうのだと普遍化すれば、マルクスが水や空気に価値なんかないのだといったように、行為をしても価値にならないような対象はなくなってしまうのかと考えていきました。文学、芸術に類するものは、価値だと思おうとすれば価値であるかもしれないが憩いでもある、その両面性をもてるのではないかということを真っ先に考えました。価値であることが憩いである娯楽だとか、精神の一時的解放だとか、そういうものとして文学、演劇、広い意味で芸術に類するもの、それは憩いであって同時に価値である二つのものとして考えられるのではないか。そこまで拡張していけば、目に見えない心の働きの表現のようなものも価値という概念の中に含められるのではないかと考え、論を展開したことがあります。そこらへんまでは考えたことがあります。

適切な解答にならなかったかもしれませんが、そのように考えました。

二番目のかたも、『ブレードランナー』のような映画の中の廃墟は現在なのか未来なのかについて、廃工場というのは第二次産業が衰退したところの跡に残るものですが、それ自体は現在と未来との両方にまたがるものといえます。これから第二次産業が減っていくと実際に廃工場が現れてくるだろうと思いますが、そういうところでなら人工都市が可能だと考えれば、そこは未来性のある場所と見ることもできると思います。第二次産業が衰退したらそこは廃墟といえば廃墟ですが、そこで新しい意味での都市化が可能だと思えば未来性も考えられないかと思っています。

三番目のかたは金融的なお仕事で第三次産業に入るので、論議にいちばん直接的に関係するお仕事ということになります。マネーというのは価値なんですが、岩井克人さんという経済学者の貨幣論を読むと、労働価値説は貨幣の働きの段階が進むにつれ破綻してしまうといっています。しかし僕はそう思っていません。貨幣、マネーというものにたいする考えが少し違います。マネーというのは露骨に労働価値説に該当するところももちろんありますが、そういう意味ではなく、労働価値説の非常に珍しい貫徹の形というふうにいっていいのではないでしょうか。僕は「共同抽象」という造語をつくりましたが、つまり貨幣とはなんであるかといったら共同抽象なのだ、という論議なのです。

岩井さんの論議もマルクスの論議も簡単で、一着の上着がいくらかの布切れと等価であり、マルクスは「二エルレの布＝一着の上着」と書いていますが、それは二エルレの布切れの交換価値は一着の上着の交換価値に等しいと読めばいいのです。その場合マルクスは、二エルレの布切れを相対的価値形態、一着の上着を等価的価値形態といっています。しかし僕は何故そんなことをいうのかよくわかりません。だったら逆に一着の上着を先に出して「一着の上着＝二エルレの布」とやったら上着が相対的価値形態になるのだから、よくわかりません。岩井さんはそうではなく、この場合、等価形態にあたる一着の上着を第三のものと交換するとき、欲しくないものが相手だったら交換できない。ここで貨幣というものを等価形態としておけば何とでも交換できるではないか、ということをいっています。ここの論議はマルクスも同じなのですが。そうなれば貨幣は等価形態もとれれば相対的価値形態もとれる。循環論的にいえば、自在にそこを循環できるのが貨幣の特性だ。ものとものの交換の内部にいつでも留まっているのが貨幣の本質なんだ。それでは循環の内部に入り込めない労働は、ここには面影がなくなってしまうではないか、だからマルクスの労働価値説はここで破綻するのではないかと、岩井さんはいっているのです。

僕はそういうふうに『資本論』を読まなかったので、上着のほうを先に持ってきて二エルレの布を後にもってくれば布が等価形態ではないか。そうしたらあらゆるものが等価形態も相対的価値形態もとれて貨幣とちっとも変わらないと解釈しました。

どこが違うかというと、違うところは二つあります。貨幣はなにかというと、たとえば金貨ならつぶしてしまえば金ですから、労働価値説として見れば労働価値をもっています。もう一つは額面価値です。マルクスがまたそういう論議をしていますが、四分の一オンスの金が入っている金貨を使っているうちに減ってしまって五分の一オンスになってしまうことがありえるわけです。また悪いやつがいて、金貨の金を減らして取ってしまうこともありえます。それでも金貨はその額面で通用します。

そのように考えると、貨幣というのは二重の価値、商品価値と額面価値の両方をもっていると理解するのが正しいのではないかと思います。どんな商品だって貨幣と同じ機能を果たせます。要るものと交換すればそうなるのだから、それを違うというのはちょっとおかしいと思います。額面価値があってもつぶして純粋な金にしたら使い古して含有量が減っているという論議をして、岩井さんはそんな論議はおかしいといっているのですが、僕はそれでいいのではないかと思っています。

それでは額面価値とはなにかということになります。貨幣の額面価値は実質に金が減ってしまっても規定された額面が通用するわけですが、それはなにかというのを指した言葉を僕は「共同抽象価値」としました。抽象的な価値でもなければ共通の価値だけでもない、両方がくっついた共同抽象価値という概念をつくればそれが貨幣の額面価値というように考えればいいのではないかと思いながら『資本論』を読みました。共同抽象価値と考えれば、貨幣には二重の価値があって、つぶせば商品価値、つぶさなければ地金の価値は減っても額面価値は減らない。それは何故かといえば共同抽象価値だからといえます。共同抽象価値とはなにかというと、たんなる交換価値でもなく単なる使用価値でもなく単なる抽象的な架空の価値でもない。けれども共同性で抽象性があるという価値の概念をつくれば、これは労働価値説で結構いけるのではないかというのが僕の考え方です。

マネーゲームとおっしゃいましたが、マネーゲームは今は金貨でなく紙切れや、極端なのは映像です。コンピューターで操作して、額面が映像で出てきて交換が成り立っています。貨幣形態がさまざまな形になっていて今では映像と化していますが、依然としてそれは、銀行かどこかでこれを金貨や金塊に替えてくれといえばちゃんと替えてくれることを前提としています。だからいくら額面が映像になっていても共同抽象価値はあるし、金貨に替えたときの地金の価値もあって二重の価値をもっていますから、やはり労働価値説は通用するのではないかと思っています。

コンピューターのキーをちょっと押すだけで取引が成り立ってしまうマネーゲームというのは、はかないなと思われるかもしれませんが、立派な高度な職業だといえるのではないでしょうか。目に見えないものはみなバブルだと思われてしまいますが、目に見えないものの背後にすぐ金塊を想像できるというのが、いちばんよい想像力の働き方ではないかと思います。貨幣の形態は紙切れになったりただの映像になったり、これからどうなるのかわかりませんが、映像で取引していると思っていても、その背後では金塊が動いているよとか、それに該当する金塊がどこかにあって、いつでも替えられるんだという想像力をもって、第二次より高次の産業ではそういう想像力を働かせたらいいのではないかと思います。

金融ばかりでなくほかのこと、たとえば教育でもそうです。学校の先生をして給料をもらっているのだけれど、教えても相手の頭に入ったかどうか全然わからないのだから、こんなはかない仕事はないといえばいえるわけです。お医者さんだってきょうと同じように明日も働ける健康な身体にしたとき、初めて「治った」といわれるわけです。病気の人を、毎日同じように普通に働ける身体に治すのが労働なのです。そして労働の価値なのです。

「せっかく治してあげたのにまた病気になっちゃって」とか「不養生なんだから」とか「中毒になっちゃって」とか、いろいろあるじゃないですか、「無駄なことをしているな」と思うことが。けれどそれは、そういうことを生み出しているんだと思えば思えるように、金融業だってマネーゲームに違いないけれど、その背後にいつでも替えられる金塊のイメージを思い浮かべる想像力があればいいんじゃないかなと思います。

でもこれから先の未来において、金塊はないんだけれど貨幣形態と貨幣価値だけがひとり歩きしちゃって、その了解がどこで成り立っているのか、誰と誰が納得してそうなっているのか、いっこうに突き止められないことになる可能性があるような気がするのですが、現在までの段階では、いくらマネーゲームで紙切れや映像だといっても、その背後にはいつでも替えられる金の保有量が必ずどこかにあることを前提としているわけですから、想像力を働かせていれば、はかないということもないんじゃないかと思います。第二次産業以前にあった職業にたいする考え方が異質になってしまったのはどういうことなんだろうと考えると、不安でしかたがないとか強迫観念に憑かれてしまうとかいうことも、ありえるわけです。

人間の生命だって、内臓を人工的なものに取り換えてしまうことが、これからたくさんありうるわけで、そうなると人間という概念を変えていかなくてはいけないんじゃないかとも考えられます。やってはいけないんじゃないかな、というのがほんとうの問いなのに、われわれはみんなできるだけ騒ぎたくないものだから、生命の尊厳は尊重されねばならないとか内臓移植はいけないだとか死の尊厳だとか、いろいろなことをいってみたりしているけど、ほんとうはその部分に触りたくないわけです。人造人間になってしまうことについて考えたくないのです。できることならそこに触れずに了解が成り立ってしまえばいいんだけれど、ほんとうは内臓が全部換わってます。

もその人はその人だとか、人間は人間だという考えに変えなければいけないんじゃないかと思います。

たとえば文学の領域ですと、厳密には内臓が換わると心の表現の仕方が変わるのです。胃が悪くなってものすごく鬱になってしまうことがあるでしょう。自分の内臓でも、悪くなるとまるで気分がよくないことがあるわけでしょう。そのこととほかの人の内臓に換わることは、あまり変わらないといえるのです。心の働きが、胃が悪くなるとあまりいい気持ちではないという働き方に変わるのと同じように、内臓を他人のものに換えてしまうと心の働きが変わります。言語論では自己表出というのですが、自己表出が変わってくることは歴然としています。

内臓についていうには、自分は自分なんだということをいわなければならない。今はそこにあまり触れたくないから、できるだけ触れずにいろんなことをいってみている段階のような気がするのです。

僕の考えている職業概念というか価値概念は、だいたいそんなところですがどうでしょうか。よろしいですか。

また、石炭から石油へ代わった第一の要因ですが、もちろん資源的にということもありますけれども、石油は燃料としてだけでなく化学合成の原料としても使えます。石炭を掘るなんていうのは鉱業だから、今の言い方でいえば石炭産業は第一次産業なのです。石油産業も第一次産業に属すると思うのです。ただその精製とか成分の合成とかいうことになると、第二次産業の不断の連結網がものすごく膨大につなげられます。石炭コンビナートとはいわれないけれど石油コンビナートといわれるように、原油をもとにした産業の連関性は緻密に高度につくりやすいために、そっちへ移ってしまったというのが僕の唯一の解釈、理解の仕方だと思うのです。

石炭産業に従事していた人から見れば面白くないことだと思いますが、ヤジ馬的にいってしまいますと、そういう段階になったら炭鉱に入って石炭掘って給料もらうよりももっと悪い職業はめったにない、といえる状況になるのは確かだと思うのです。だから半分は人為的のような気もしますが、半分は産業の段階で連結する必然性が、石炭産業より石油産業のほうが非常に多かった。連関性がたくさんあって、高次な産業につながる可能性がより多かった。それはかなりな程度、人為的ではなかったんじゃないかというのが僕の考えです。

それから核エネルギーのことですが、これはなかなか確定的な論議がしにくくて、僕も確信を持っていえないけれど、エネルギー産業だけでなく学問も技術も実際の工業も、一般的に科学技術的なものは全部、少ない費用で多くのエネルギーを得られるもの、より安全でより精度の高いものを科学技術が生み出せば、今まであった産業は衰退してしまう。これが自然科学や技術の趨勢というか、一般的なあり方だと思うのです。だから原子力エネルギーよりも効率的で公害が出なくて、あらゆる面でこれよりよいエネルギーの取り方が可能になれば、原子力発電というものはひとりでに衰退していくだろうと思います。仮にいくら核エネルギーに固執しようとしても、より経済的でより安全なやり方が生まれてくれれば、原子力発電みたいなものは直ちに衰退に向かうだろうと思っています。

現在の段階では国家によって違います。フランスのように大部分が原子力発電になっている国家もあります。日本はたぶん四〇%くらい原子力発電に頼っている状態だと思います。これの安全性となると先ほどのかたがいわれたように、エネルギーが核爆弾的に一発噴出してしまえば大変な被害を被ることになります。ロシアでありましたように、日本でも戦争中の広島、長崎でありましたように、人命にたいしてもその他のことにたいしてもたいへん絶大な被害と恐怖を与えています。だから原子力を平和に使うといっても、こうした危険性を伴っているのは確かなことだと思います。

けれども僕は、原子力発電に反対だといっている人たちほどは反対していません。肯定論者ではないけれど、科学技術はもっといいものを必ず生み出せると決まっているから、そうなればひとりでになくなってしまうと思っているわけです。現在のところ、日本では三〇~四〇%が依存していますね。それが行われているのだと思って、僕は了解しています。

それは危険を伴います。人命に関わります。日本国であった人命に関わる核エネルギーの被害は広島、長崎と、焼津の久保山さんがオセアニアのほうへ漁に出かけて第五福龍丸が被爆して亡くなったというようなことがありました。これらは厳密には日本国の責任によるものが非常に少ないのです。広島、長崎は、戦争をした責任は日本国にありますけれど、原爆を落としたのは日本国人ではないのですから、そういう意味では責任がないわけです。久保山さんの場合も日本国の核実験で被爆したわけではないですから、そういう意味での責任はありません。僕の知っている範囲では日本国の責任だといわれているものはありません。反対、反対といっていますが、あなたが死ぬまでに日本において核エネルギーによる人命に関わる事故は、まず起こらないと思っていいです。そういうことをいっては怒られますが。

もうひとつ、科学技術というのはいつもそうですが、原子力装置だけでなく、どんな装置でも小事故というものはいつでもあって、そこを直して新しい部品に取り換えてというようなことは、いつでもやっています。原子力発電関係者と反対している人たちが現場に行って、今こういう状態であるという説明をいつでも聞けるように、情報交換を頻繁にすれば、なにがどう悪くて機械の寿命がどのくらいかということまでわかるようになると思います。

以前、僕の責任現場で死ぬか生きるかの事態がありました。高圧釜でほぼ全身火傷になって「今晩越せるかどうかわかりません」と医者にいわれて、家族と一緒につきっきりでいながら平謝りに謝っていました。科学技術装置にはその種の問題は必ず伴います。そういうことがあると今度は同じ条件で自分もやりますというんです。そこらへんまでは科学技術者の良心を僕は信用しています。僕もいいましたし、同じ条件でやりました。へっぴり腰ですぐ逃げられるような姿勢で高圧釜に油を入れて、というようなことをやりました。事故があるともう一度同じ条件でやってみようということを技術者は、たぶん不文律としてもっていると思います。そのあたりまでは技術者を信じていいと、自分の経験から思います。

半世紀に一度とか一世紀に一度の大事故、人命事故というのはあるかもしれません。一〇〇%ないということはないと思います。そのくらいのことはやってしまえということを人類はしてきたと思っています。

違う例を出しますと、マラソンで世界的な選手がいますよね。人間が一生のうち何回四十二キロを走れるか、大体決まっていると思います。五回とか六回とか。なにもそんなに無理してマラソンの選手になることはないじゃないかと、スポーツの嫌いな人は思うかもしれません。人間というものはそういうところに価値を見いだして、遊びでありゲームであり、別の意味で憩いであることをやるんですね。何故そんなことをするのか、僕には説明できないところがありますけど、そういう本性があるように思います。僕はいちばん無駄なスポーツは新体操とかシンクロとかだと思ってます。なんだか脚だけ出して息をしないで我慢して、苦しくて鼻をつまんで、「きれいだきれいだ」といいますけれど、脚があんなふうに動いたってきれいじゃないですよね。なんでこんなことをするのか、やめたほうがいいよ、と思うけどやるじゃないですか。人間には阿呆なところがあって、たいていの人が阿呆なことをしながら一生をつぶすというようにできていると僕は思います。どこかで阿呆なことをしていると思いますよ。あいつは羨ましいことをしているというのは、決してないんじゃないでしょうか。

だから核エネルギー肯定論者でもなんでもないですけれど、科学技術というのはもっといいものを必ず生み出します。蒸気機関車から段々進んできましたし、石炭から石油になったようにエネルギー問題も段階が進んできました。必ずいいものはできますから、ある期間だけ日本は四〇%使う、フランスは九九%使ってるというふうになってますけど、それは危険でもありますけれど、技術者がものすごく気をつけて、反対する人がその情報をよく疎通させて、少し危ないとすぐ指摘できるようなシステムをつくっておけば、ある程度はそれでやれるし、やむをえないこともあるんじゃないかなと思いますから。

僕は核エネルギーにたいしてやみくもに反対していないことは確かです。そういうことでいつも怒られています。「あいつはけしからん」といつも怒られています。危険なことをわざわざやらせているわけでもないし、やらせる立場でもない。僕がいってべつになにが変わるわけでもないですけれど、自分の経験と考えではこういうことです。日本国がある期間、原子力発電に四〇%あるいは六〇%になるかもしれませんけれど、頼っている時期があるのもやむをえないという意思を疎通させて、危険は絶えず修正していくようにすれば、やれるんじゃないかというのが僕の考え方の基本です。核エネルギーの肯定論者といわれてもいいですけれど、厳密にはしかたがないんじゃないかな、と思っているというのが率直なところです。よろしいでしょうか。

質問者D　東京の女子高校生が使った下着を売るブルセラ（ブルマ&セーラー服）ショップというのがあるそうで、汚れた下着も交換価値をもつということを発見しました。倫理的な観点がどんどん違ってきていると感じます。また、今の生徒が読んでいる漫画はほとんど理解できません。わたしたちは望月三起也や石森章太郎の世代ですけど、今彼らはほとんど大人向きの漫画しかかいていなくて、もう高校生向けにかく意欲をもってないんじゃないかと思うのです。

それに生徒たちを見ていると、人間関係の希薄さが目立ってきています。『ブレードランナー』を見るとそれが露骨で、映像からは索漠とした印象を受けます。脚本家の倉本聰さんは『北の国から』で、そういう方向にたいして明らかに「NO」と主張する劇をつくっておられます。それから井上ひさしさんが米の文化的価値を強調する意見や、ほかに西尾幹二さんの外国人労働者に対して徹底した鎖国で臨むべきであるという意見も出されていて、これら三者に共通することは、僕が子ども時代にもっていた日本人としての一種の共同性なり人間性なりに対する危機意識とそれに対する防御本能のような気がするのです。

それに比べて吉本さんは村上春樹さんをかなり評価されていますね。アメリカあたりの作家が村上さんの作品を読んでも違和感がないらしく、たしかにある種ベタベタした日本的感性をかなり意図的にはずして文章を書いている。吉本さんがそれを積極的に評価されていることは、西尾さんや井上さんや倉本さんなどのいわれる、日本人としての強いこだわり、帰属性の問題に対して違う視点で見ておられるんではないでしょうか。その視点をはっきりと聞かせていただきたいと思います。

質問者E　きょう吉本さんが話された中で、アジア的という言葉をいわれました。アジア的段階という概念、少し理解しにくいように思うのです。発展ということに関して、最近は疑義もあると思いますし、また世界史レベルの観念とはヨーロッパ側からの見方ではないのか、それにアジアには岡倉天心のようなアジアは一つだけでなく、千のアジアがあるという言い方があります。それに対して吉本さんのアジア的概念は、どこまで包括性があるのか、なにか腑に落ちないのですが。

また、日本の近代経済学者は市場経済という言葉をもちいますが、M・ウェーバーのように、資本主義の原動力になったプロテスタンティズムのエートスということがあると思います。それと日本資本主義の独自の発展の問題ですね。山本七平さんなんかの仕事もありますでしょうけれど、資本主義の発達と逆にそのブレーキになるような諸問題についてなにか考えておられることがありましたら、お話しいただきたいと思います。

質問者F　先ほどの『資本論』のお話の、価値形態の第一形態のところですけれど、X軸上の商品Aの価値がY軸上の商品Bの市場価値で表現されて、これを逆にしてもいいんじゃないかというのがどうもわからない。とくにここに貨幣を入れてもいいというのはなぜなのか。貨幣というのは相対的価値といった台に立つことはないと思うのです。たとえば百円の価値が三枚のパンツで表されることはあり得ないわけですから、先ほどおっしゃった議論のそのあたりがよくわかりませんでした。

それと不換紙幣と兌換紙幣の問題です。兌換紙幣であれば、その基盤に金塊があるといえるでしょうが、不換紙幣の段階になってきたとき、岩井さんが貨幣というのはみんなが使うから使っているのであって、一種のババ抜きゲームのようなものだといわれていました。先ほど銀行員のかたがおっしゃった二億円をボンボン捨てているとか、そういう労働現場の実感みたいなものをもっともっと聞きたい気がします。そのあたりも含めて、貨幣の問題を教えてほしいです。

最初のかたは、都市が発達してしまったり第三次産業が発達してしまったりするのは、あまりいいことではないんじゃないかといっておられると思うんです。

どうしていいことではないかというと、例を挙げられたのでいえば、女子高生が下着を売ったり、それを買ったりする。下着だって使い古したら価値がなくなってしまうのがほんとうなのに、別の意味で価値になっているという現象とか、個々の生徒さんの人間関係が希薄になっているんじゃないかとか、生徒が読んでいる漫画が以前の教師の読んでいるものとは違うものになってしまったとか、そういう現象は、立派だとかいいとは思えないものがある。だけど、僕の言説を聞いていると、それにたいして肯定的ではないか、どうしてだろうということでしょう。

反対の例としては、倉本聰さんなんかがそういうのはよくないと批判している。また倉本さんは北海道に根拠地みたいなものをもって、俳優さんを養成したりしていて一種の田園主義者のようなことをやっているし、そういう考え方ももっています。そして井上ひさしがお米について書いている。僕はこれを読んで批判しようと思って本を探しているのですけれど、まだ見つからないのでどんな内容かわからないのです。この人のほかの言説から、米は大切だ、百姓が大切だ、農家が大切だというふうにいっていると思うのです。僕はこの種の人たちがいっていることは違うんだと思っています。直接話さないとわからないかもしれませんが、なにが違うと思っているかというと、僕もある時期までそうだったのですが、この人は農村と都市の矛盾・対立が日本の社会の主たる問題だという認識を根柢にもっていると思います。倉本さんは直接には関わらないドラマの世界ですけれど、これは倉本さんも井上さんもそうだろうと僕は思っているのです。だけれどきょう申し上げたように、イメージがまったく違うのです。日本の社会はそういうふうにできていないんです。農業をやっている人の生産は二、三%なんです。その中で専業農家は、数年前に僕が調べたところでは九%しかないんです。あとは兼業農家なんです。そして製造業が三十数%で六〇〜七〇%は第三次産業で働いています。

ですからお米が大事というのはいいですが、それを普遍化するのは無理じゃないかと思っているのです。こういう言い方をして悪いですけれど、専業農家がわずか九%しかいなくて年々減っていく状況でお米が大切、農家大事といっても、あとの九一%の労働者のことはどうなるのか、と僕は思います。全体の重さ、軽さを考えていたら、そういう論議は成り立たないと思うのです。

もちろん主観的にはいいわけです。井上さん自身がお米は大切だと思っているのはいいんです。自分の家が農家だった、だから農家は大切だと思うというのはいいんです。誰だって自分の考えはいいという権利はあるんだけれど、それを普遍的に社会的に意味があるがごとくいうと、それは問題です。

たとえば柳田國男が調べたようなずっと昔の日本の農家では、自分は雑穀を食べてお米は他人に食べさせていたとか、文化的な祭りや行事にお米を使っていたとかいう時代があって、それからもちろんお米を食べるようになった時代もありますけれど、さて今は農業で働く人が一〇%以下になってしまっている。それでもお米が大切で農家が大切だということは自由だし、そういう思想は悪くないと思いますけれど、個々の人が主張する意味あいでは、絶対悪くないですよ。お米が大切だといっても魚が大切だといっても、なにをどう主張してもいいと思いますし、どのように何々こそ大切だといっても文句のつけようがありません。ただそれを社会的に意味があるかのごとくに、社会的にそうならなければならないというニュアンスを含めて主張するならば、それは全体のもつ重さが絶対違うということを見落としていることになります。

倉本さんのことでいえば、倉本さんのテレビドラマはいいですね。倉本さんや山田太一さんが演出したり監督したドラマはたいてい視聴率が高い。とてもいいドラマ作家ですよね。けれどもいいテレビドラマだって、それでは批判はないかといわれれば、批判はあります。批評家として、文芸批評家として批判があります。この人のドラマがもっている倫理性は、古い倫理性だと思っています。倉本さんは古いと思います。もう少しなんとかならないかと思っています。山田太一さんはそれほどでもないと思っています。この人は現在ということをはるかにわかっていると思います。倉本さんはドラマとしてはよくできているけれど、やはり古いという批判を僕はもっています。

僕は村上龍とか村上春樹は今のところいい作家だと思います。この次にどんな作品を書くかなといつでも思える。けれど肯定的といいながらも批判はあるわけです。気になるのはこの二人くらいのものだと思いますが、村上龍さんだって世界観光小説じゃないかという批判はあります。そこに住んでめし食うために働いた経験と、そこを少し観光旅行したのとはちょっと違うよ、そこまでしないとちゃんとしたものにはならないかもしれないぞ、というような批判はありますけれど、概してこの人も次に何を書くか気になる人ですね。それについては肯定的ですね。もちろん否定的な面もあります。今いったこともそうだし、自分でもここまでやってしまったらいけないんじゃないかと思ったり、反倫理的というか非倫理的な作家だと思われないかと考えたりして、ときどき『坊っちゃん』のなりそこないみたいな小説を書くでしょう。夏目漱石の『坊っちゃん』に似たような小説を書くでしょう。やめればいいのになと思うのです。悪というのを本当に書けばいいのに、そうすれば第一級の作家になるんじゃないかと思いますけれど、自分でも遠慮してしまって、『坊っちゃん』みたいな小説を書いてみたりするでしょう。坊っちゃんみたいな善人がいてすっきりさせる通俗的な小説も書いて中和してるようだけど、そんなことをする必要ないんじゃないかと、もっと本当の悪を書いてみろといいたいところはありますね。それは批判ですね。現在の日本国の成り立ちをはっきり把握したほうがいいですよ。そうでないと見当違いをしますよ、と僕は思っています。

井上さんがお米のことを書いている本を何度も探すのですが、ないんですよ。あれば読んで批評しようかなと思っているのですが、なかなかないですね。中野孝次の『清貧の思想』というのは見つけましたから、やりました。ああいうことは、いかにも日本人ですね。一般の人がちょっと贅沢できるようになったり、使い古した下着を売って遊ぶ、昔でいう不良少女的女子高生が出てきたりすると、清貧が大切だとかいい出す人がすぐに出てくるわけです。いかにも日本的風景でやりきれないと思います。こういう人たちがいるからかなわないよ、ちょっとどうかと思うから批評しますが、批評されると今度は、僕の本をちゃんと読んでいるのかといい出したりして。冗談じゃない、ちゃんと読んでますよ。

大衆が贅沢できるのはいいことなんですよ。僕らが子どものころは食べるために働いていた段階だったけれど、それを離脱して今は食べることには二〇％しか使ってない段階になって、そして選択消費の部分でなにか贅沢なものを買ってみたりできるようになったのは、たいへんめでたいことです。これを肯定しないでなにが進歩思想かと僕は思います。けれどこの人たちはそれが面白くないから、「清貧の思想が……」といいだすのです。僕は決して読み間違いをしていませんよ。この人の心の中にあるのはそういうことですよ。つまり、一般大衆が贅沢するようになった、贅沢が蔓延した、それが気にくわないといっているわけです。僕にいわせれば、先進地域の仲間入りをして所得の半分が選択消費になり、贅沢できるようになったんですから、これほどめでたいことはないですよ。人類にとってめでたいんです。この人はそういうことが気にくわないわけですね。

気にくわない人はいわゆる進歩的な人です。井上さんもそうだし倉本さんもそうです。進歩的な思想は反動的なことをいうのです。その人は反動的なつもりはなくて、ただあまり贅沢するなよ、見苦しいよ、といっているつもりなんだけど、そんな気がするんですよ。一般の人たちは自分が豊かになったらそれでいいですよね。なかに清貧を選んだ人がいても、そんなことは知ったことではないし、自分がするんだからやればいいじゃないかと思うんです。民衆は贅沢ができないよりできるほうがいいですよ。明日食べるお米がないくらい貧乏だったところから贅沢ができるところにまで、日本の民衆はなったんです。それを肯定しないでなにが進歩思想だと僕は思います。この人たちは進歩思想家のようにいっていますけれど、それは全然違います。

第三次産業が半分以上を占めてから自分は進歩的だと思っていても、実は半分転向した時点にいるんです。そのくらい思想というのは怖ろしいものです。進歩的な政党が自分の周りにいるから私は進歩的思想だと思えば大間違いで、ある時点で自分は変わらないで外側から反動に転向するということがありうるのです。

僕らが戦争中にさんざん体験したことです。悪いことなんかちっとも主張してない、民衆が解放されればいいと。とくに農民ですよね。戦争までは日本は農業国家でしたから農民が危機になってはいけないと思って、そういうことを主張するのはいいんだと思うから二・二六事件を起こしたりして、その人たちは悪い人だとされたわけです。けれど気持ちとしては、主観的にはそう悪くないことをいっていたのです。僕らはそう思うから、これでいいんじゃないかと思っていたけれど、戦後これらは悪い人だということになった。ファシストだということになったわけです。それくらい難しいことなんです。

戦前、日本の左翼だった人たちはみんなファシストになりました。何故なったかというと、困っている農民たちが困らないようにと思って同じような主張をしているんだけれど、そう主張すると右翼になってしまうのです。日本の左翼は何故右翼になっちゃったんだろうか。右翼になって戦後には左翼になって、どうしてそうなったんだろう。戦後にそれを死に物狂いに考えることから僕らは出発したので、いくらボケたって一般大衆が贅沢するのが悪いとはいいません。いいことだといいます。

そして反省したのは、世界ということ、世界認識ということを知らなかった。これを正確に摑めなかったらみんな間違う。進歩思想のつもりでも反動になってしまうということ。それくらい思想というのは怖いものです。みなさんの中に吉本はおかしなことをいいだした、とか思った人も多いかもしれないけれど、僕のほうから見ればおかしいのはそちらのほうですよ。そちらのほうが進歩のはずが反動になっていますよ。それが怖いところだと僕は思っています。基本的にはそういうことなんです。

もうひとついいたいことは、文学、文芸批評というものも自分の批評を根柢に置いていますから、文学の立場がなにかあるわけです。文学の立場というのはなにかというと、悪とかデカダンスとか反倫理とか、全部包括するということです。つまり全部包み込んでしまうのが、文学の立場じゃないかと思います。ですから自分の下着を売ったお金で遊びに行ってしまう女子高生を、僕はそんなにいいとは思いませんけれど、そんなにけしからんという観点にもなりません。文学というものはいんちきなものだという気がします。ものの役には一向に立たないものだと思いますけれど、そのかわりあらゆる悪でもデカダンスでも包括できる、全部包み込むことができるというのが、文学の利点じゃないかと思っています。基本的には僕はあまり悪いと思っていません。そういう人もいるでしょう。そういうものを買う人もいるでしょうね。いるけれど、それがいいか悪いかという問題は、女子高生の半分以上が下着を売るようになったときに考えなければ。高校教師だったらやめたほうがいいというでしょうけれど、まだ何%かの、いるかいないかくらいの段階では、そんなに切実に感じないというのが本音のところで、僕はそう思いますね。

二番目の人では、あなたがいわれたことによりますと、アジア的とかアフリカ的、ヨーロッパ的といったとき、確かにヘーゲルの世界史の理念、段階理念に依存しているように思います。またそれを、そっくりではありませんが大きな部分で受け入れたマルクスの考え方に依存していると思います。それがいいか悪いかという論議はたくさんされていますし、フランスあたりでは段階という考え方はやめたほうがいいという意見が出ています。日本でもそういうことを真似ている人もたくさんいます。

でも、マルクスやヘーゲルが段階というとき、僕の考えでは段階は三つにしか区切ってないんです。アフリカ的、アジア的、ヨーロッパ的というような、段階の概念というのはありうるのです。この段階の概念をマルクスなんかが使っていますけれど、この茫漠とした世界史のさまざまな動きをどこで摑まえるかというときに、僕がアジア的とかアフリカ的とか平気でいっていると「おまえのいってることは少しあやしいぜ」と思われてしまうくらい大したことないわけです。僕の感じ方では、こんな簡単なあっさりした摑み方で、よくきっちりとものをいってしまうなと、驚嘆に値します。マルクスもそうですけれど、僕はその考え方を使っているのですが、自分で発見したものではないので、使っている人の弱みで「あの人のいってることは、そうとういいかげんだぞ」といわれることがあるから、今のような問題が出てきたのだと思います。

マルクスは独創的に、大雑把にいってしまうとヨーロッパ的でないもの、その時における人類の文明史のいちばん先端でないところ、あるいは西欧の植民地になっているようなところは、相対的にアジア的という概念でひっくるめたところがあります。それはすごく特徴的です。この動きだけを見ていれば世界史がわかると考えて。ではどこを見ていればいいか。それはイギリスを見ていれば、いちばん盛んで栄えている段階だからいい、とマルクスは考えて、そのほかはアジア的という概念で括ってしまえと考えたと思います。

アジア的概念の基本としてマルクスがいっていることは、ひとつにはアジア的専制という言葉がよく使われますが、ようするに貢納制なんです。貢納制というのは貢ぎ物を納めるということです。税金の代わりに農民が農作物を集めて、天皇家のある京都へ運んでは納めるという。それができなければ肉体労働で代償するとか――これがアジア的特徴になるとマルクスはいっていると思います。もうひとつは農業における水利灌漑というのはだいたいにおいて専制君主が司ってやる。その二つがアジア的ということの根幹にあると、マルクスはいっています。それもとても便利でいい考え方だと思います。それをまた細かく分けていっている人がいるようですが、細かくする必要はないと思います。

日本も徳川時代までは農家は現物で税を納める貢納制になっていて、明治以降に地租改正があって初めて農業市場ができて、お金で税金を払っていいことにしたのです。それ以前は日本もアジア的貢納制のシステムが特徴になっています。もうひとつの特徴は、日本は狭いから該当しないですけれど、大陸では農耕の水利灌漑を皇帝およびその周辺が司っていましたから、君主が追っ払われたり交代したりすると、今まで栄えていた都市がたちまち廃墟と化してしまうのです。これは工業が衰退するとたちまち廃工場ができるのと同じで、君主同士が戦争をして他の君主に入れ代わったりすると、昨日まで栄えていた都市がフッと廃墟になってしまうことがあるのです。

それはなぜかというと、水利灌漑をする人がいなくなってしまうからです。アジアの人たちは、農家が自分たちで水利灌漑をやるんだという考えがなかなか浮かばないんですよ。君主がそれをやって一般の人に分けて、そのかわりできた作物を税金としてもってこいというのが特徴なんです。だからアジアでもアフリカでも、南米のインカ帝国なんかも廃墟になっているでしょう。何世紀かくらいまではひじょうに栄えていたのに、一挙に廃墟になってしまうのは、灌漑をしている王家が滅んでしまったからなんです。つまり水を司る人がいなくなってしまう。畑を耕そうとしても水がなく、自分が代わりに灌漑をしようという人がいないのです。そこが特徴なんです。

段階説が便利というのはおかしいけれど、世界史ということでこういうことはなかなか考え難いので、やはり段階説はいいものじゃないかと思っているのです。もう少し自分の言い方で特徴を説明しますと、ヘーゲルの世界史ではアフリカ的段階をわりあいばかにしています。ちゃんということはいっているのですけれど、アフリカ的段階というのは、ようするに宗教になっていない段階だ。人間にとっての自然が、動物にとっての自然と同じような意味でしか存在しないのが、アフリカ的段階の大きな特徴であるとヘーゲルはいっています。だから動物とあまり違わないのだといっているのです。マルクスはあまり宗教的ではなく、貢納制とか農業の水利を誰がやるかとかに着目して、皇帝がやるからそこに都市ができるのだといっています。だから皇帝がいなくなるとたちまち廃墟と化してしまう。水利灌漑を司るのは皇帝であって、住民は一向にやろうとしない。できないということもありますけれど、住民はやろうとしないで支配者がやるのです。だからすぐ滅んだり興ったりするのです。

もうひとつのご質問は日本的資本主義みたいなものはありうるのか、ということでしょう。資本主義に日本的もヨーロッパ的もあるかと、基本的にはそういうことだと思います。ただ運営の仕方には違いがあるように思えます。どういうことかというと、法律では選挙区で選出された代議士が国会議員として審議をし、与党から出た大臣は政府として国家を司るものだとなっています。けれどやり方に違うものがあるんじゃないでしょうか。

アジア的で典型的なのは、引退した田中角栄という人や、金丸信さんもそうかもしれません。違法でないかぎりにおいて、出身地に立派な道路や会館をつくったり、自分の郷里に恩恵があるようにするでしょう。本当はそれはおかしい。国会議員として選ばれたのだから、国家のことだけをしてればいいじゃないか。出身地にとくによくするなんておかしいじゃないか。だけどアジア的な政治では、法律ではそうなっていなくても、そうなっているのです。自分の出身地を重んじてしまう。いんちきの場合は摘発されて汚職だといわれるのです。摘発されなかったら、郷土の人からはよくやったといわれるのです。根拠地をもっているというのは、アジア的な政治家の特徴なのです。そして合法、非合法、どちらもありえるのです。

たとえば、明治十年の西郷隆盛ですよね。西郷隆盛は国家の重要な高官である。それが郷土に帰ると郷土の人たちに従うというか、肯定的になるのです。郷土の人たちが征韓論を唱えて、ここで反抗しようではないかというと、西郷さんは「いいよ、好きなようにやってみな。責任は俺がとるから」とアジア的太っ腹でいうわけです。そして政府と戦うのです。西郷さんは負けて死んでしまうのですが、これがアジア型の典型なんです。今の中国はわりあいそれに近いです。中国政府を構成していた人たちだって自分の郷土に帰ると、場合によっては軍を率いて中央軍と戦争をしてしまうことがありえると思います。政府首脳だからそんなことはどうでもいいはずなのに、根拠地というものをそれぞれがもっています。それがアジア的の特徴なのです。日本の資本主義なんてないはずなのに、政治の中にも企業の中にもそういうところが微妙にあると僕は思います。

田中角栄がまだ現役のときに田原総一朗がインタビューしていて、田中角栄に「金権政治で金をばらまくから人気があるのだ」といわせようとするんです。僕が読んでいるかぎりでは、田中角栄のほうはそうではないといっているんですよ。大蔵省とか通産省とかの官僚は頭のいい人ばかりですし、こういう人たちが法律をつくったり計画を立てたりしている。そういう人が計画を立てたときに聞きにくる。たとえば法律のこういう条項をつくったら、どういう影響が出るだろうか、ということを指摘してみてくれといいにくる。それには俺は即座に答えられる。俺に存在価値があるとすればそれであると、田中角栄は大真面目にいうんだけれど、田原総一朗はばかだから、金をばらまいてるとばかりいわせたがるんです。田中角栄でなくても政治家はばかじゃないですから、「そんなことじゃない。政治の運営の仕方になってきたら、俺には答えられるだけのものがあるのだ。俺の存在理由はそういうことだ」といってるわけです。つまり、いくら頭のいい人がいい法律をつくったって、それで世の中通ると思ったら大間違いだということがあるんです。そういうことについては秀才というのはばかなんですよね。世間知らずでばかなんですよ。逆に田中角栄なんて学校もまともに出てないけれど、もとをただせば新潟で町会の金集めに行ったりしてた人だから運営の面では自信があって、よくわかっているわけですよ。そういうことが特徴なのです。

官僚はそれができないのですよ。計画はできるけど、運営はばかだからできないのです。田中角栄はできるけれど、やりすぎてロッキード社から賄賂をもらったという。それを自分のポケットに入れたかどうかは知りませんけど、えてしてもらってしまうわけですよね。「僕が使うのではないからいいだろう」というようにしてもらってしまうのです。そしてなにかの費用に充ててしまう。それを誰かがさすわけでしょうけど、司法が動かざるをえないから動いて、容疑者として呼ばれて起訴された、ということになるのです。それだって日本的といえば日本的ですよ。それで「おまえがやっただろう」「俺は知らない」で突っ張っていれば長引くだけでどうなるかわからない。「知らないといってもこんな証拠があるじゃないか」「こいつがこう話してるじゃないか」とやって裁判が長引いていくのです。そうして「もらったよ。だけどそれは自分で使わず、政治資金に使ったよ」「でもやったことは確かだろう」というような話で執行猶予で終わってしまうのです。そこのところはまたそういうやり方であって、さした人に対する意地もありますから「僕は知らない」と突っ張ったりするのが、アジア的政治家の弱点だったりするのです。

だから考え方によっては、その運営の仕方で日本型資本主義というのが成り立つんじゃないでしょうか、というのが僕の考えです。

三番目の方は、貨幣が相対的な価値形態をとることはありえないんじゃないかとおっしゃるけれど、それが僕には解せない考え方です。僕の考えはそうではなく、あらゆる商品が貨幣と同じだということです。貨幣は商品と動き方が違っていて、等価形態と相対的価値形態のあいだを循環的に留まっているのが貨幣の本質だ。そして内部に留まって循環する限りは、貨幣は労働価値説に従わないというのが、貨幣論の根本にある問題です。しかし僕はそれは違うと思っているのです。

僕のいいたいことは、あらゆる商品は貨幣と同じだということです。あらゆる商品は相対的価値形態も等価形態もとりえるといっているのです。循環しているあいだに商品というのは、交換価値の表現体として、価値循環の外に出てしまうのです。そこが貨幣と違うところなのです。けれどそれは、機能や役割が違うということで、本質は変わらないというのが僕の理解の仕方です。岩井克人という人の言い方は機能主義的だといいたいのです。『資本論』の読み方も機能主義的ですね。僕はあらゆる商品は価値と同じ動き方が可能だといっているのです。違うのは、商品は価値の表現体ですから価値自体ではない。ですから純粋の価値循環というのを考えに入れると、循環の外に出てしまうのです。貨幣もつぶしてしまって金の含有量だけでいえば商品になってしまいますが、岩井克人がいうのは、額面価値というのは価値循環の内部に留まる。それが価値の特徴であり貨幣の特徴だといっているのです。貨幣にはそういう機能的特徴はあるかもしれないけど、本質的な特徴というのはないと僕は思います。商品と同じだから、上着でもいいという農家の人がいれば、上着とお米を交換することは可能です。僕らは戦争中にしましたけれどね。衣類をもっていってお米と交換しました。つまり相手が望むものであれば、その機能はまったく変わらないといいたいのです。

機能と本質は違うんだよ。ヘーゲル、マルクス流にいえば明らかに違うことなんだ。だから違うんだよといいたいのです。ようするにおまえの考え方は立派なように思っているが、本当は機能的なんだよ、機能的な『資本論』の読み方だよ、と僕はいいたいです。これが僕の本心なんです。

質問用紙を全部読ませていただきました。全部にお答えできればいいんですけれど。読んでいて引っかかることがありましたので、まずそれを主体にして申し上げます。残念ですけど、あとのことは時間が許しましたらお話しします。

なにが引っかかったかというと、きょうお話ししたり今まで書いてきたりしたことと、少し考え方が違うかなあと思われることが書かれていたのが、いちばん引っかかりました。

たとえば経済的に裕福であることが人間の幸福の前提であるということです。これは『清貧の思想』を論じたときにやっぱり同じようなことで引っかかった覚えがあるものですから、ちょっと申し上げてみたいと思います。経済的に裕福であることと人間の幸福、あるいは幸福の概念、精神といってもいいです。この二つは矛盾するんだという観点が『清貧の思想』の非常に大きな観点です。それは僕が読み違えているのではなくて、僕はその観点がまるで違うんだと考えるのです。経済的に裕福であることは人間の幸福の必須条件の一つ、あるいは必須前提の一つだと考えています。人間の経済的な裕福と、中野孝次さん風にいえば精神的に貧弱だということと対応させて、しかもそれが矛盾するという考え方がなされていると、僕は猛然と何かいいたくなっちゃうんです。経済的に裕福であるということ、あるいは誰もが裕福になるということは、幸福であることと直接関係ないけれど、大前提としてあるんだと。個々の人間にはさまざまな問題がつきまといますけど、それができたら人類全体にとっての問題は、全部なくなっちゃうと僕は思っています。裕福になって、しかも平等に裕福になることが実現したら、集合的にはもう何の問題も残らないと思っています。

それから、これはあんまり質問と関係なくなっちゃうんですけど、中野孝次の場合、ある国家が富むと別の国家は貧しくなる。あるいは吸い上げられて、必然的に貧しくなっちゃうんだという観点があります。それにはまた、僕には猛然と何かが湧いてくる。それは嘘だ。そんなことはないんだと僕は思います。なんの関係もないことなのにそういうふうにいわれ方をして、社会におよぼしてきた影響は計り知れない。中野孝次がそういうことをいっているのは許しがたいと僕は思って、猛然と怒りが湧いてくるもんですから、質問とひっからめて問題にしてみたいと思いました。

質問のかたのは、きょうおしゃべりしたことがどう受け取られたかのひとつの表れなんですから、いいんですけれど。

不景気というイメージが、個人の選択消費を左右して脇を締めさせていると理解していいんだろうか、というような質問もありました。申し上げたと思いますが、そういうことを問題にするには条件があります。所得または家計の半分以上が消費に使われている社会であることを前提にしています。そこでは個人の選択消費が全国家規模でたいへん重要であると理解することです。消費が所得の半分をオーバーした地域であることを前提として考えると、一見なんともないように思える個人の選択消費が、ものすごい重要な役割を果たしている、影響をおよぼしているんだといいたかったんです。個人だからそんなに重くないと考えることは、消費が所得の半分以上を占めてしまった社会では成り立たなくなっちゃったんだという認識が、現在ではとても重要なんだということを強調したかったわけです。

個人が脇を締めて消費を節約しちゃっているのは、不況だ不況だといわれた影響でそうしているんだろうか、というご質問でした。僕は不況であるとか世紀末であるとか、そう思い込むことはそんなに重要ではないと、以前は考えてました。けれども誰がいいだしたのかわからないまま、不況だ不況だっていう冷えた心理状態になりうるんだということを、現在の不況から学びました。

子どものときに、誰が始めたのかわからないうちになんとなくベーゴマが流行り出しました。ベーゴマは学校で禁じられていて先生が見回りに来るから、路地の外れに見張りのやつを置いといて、「来たぞ」っていうと道具全部かついで逃げちゃうんです。それで先生がいなくなるとまた始める、なんてことをやっていました。いつも感じてたんだけど、そのベーゴマを誰が流行らせたんだろう。近所の誰が一等最初にやり出したのか。それもわからないうちにわーっと流行って、どうしてかわからないけどなんとなく消えてしまう。流行らなくなって、それで自分もベーゴマをする気が失せてしまう。その手の流行りすたりというものが、そのときもわからなかったですし、後々考えてもわかりません。いったい誰が、いつ、どうしたのか、わからないのに熱中して、いつのまにか冷めてしまうことがたくさんありました。子どものときのベーゴマのように、何々新聞とか何々テレビとかが不況だといいだして影響を受けたわけでもないのに、なんとなく冷えた雰囲気になってくることがありうるんだなあってことを、今度の不況で学んだような気がします。質問されたかたは、そういうことがたいへんな疑問になったんだと思います。僕が考えたことは、だいたいそんなことでした。

もうひとつ僕がしきりに考えていて、本や文章の中で太宰治を引き合いに出したりしていっているることがあります。愛された経験がない人は人を愛するようにはならない、という考えはどうなんだろう。それから、現代において母性が薄れてきてると考えられることには意味があるのか、という問いがあります。愛された経験のない人間に人を愛することができるはずはないと考えられるのか考えられないのか。胎児とか一歳未満の乳児とかですと、主として母親か母親代理との関係になりますが、そこで愛されたか愛されなかったかわからない時期に愛されたかどうかということが、重要な問題になるんじゃないかと僕は考えています。それ以降に、例えば思春期に愛されたか愛されなかったかということは、これは愛された経験がなかったらなおさら人を愛するかもしれません。そういう感じ方もありえますから、もうそれほどの意味はない。自分が意識をもった以降に愛された経験があったかなかったかということは、そんなに意味はないと僕は思っています。自分が愛されたか愛されないかわからない時期に愛されたかどうかということは、たいへん重要だと思います。

太宰治にはそういう経験がなかった。主として乳母にあたる人に育てられて教育もされています。そのことは太宰にとって、決定的に重要だったんじゃないかなと僕は思っています。乳児とか胎児とかというときのことは、なかなかわかりようがないので難しいんですけど、そこで愛されたか愛されないかは、わかりようがないにもかかわらず、ものすごく重要な問題だと思います。

思春期前期になったら母親が、過剰な教育ママになったり過剰に子どもに執着したりというようなケースがあったとしたら、大部分の母親はたぶん、子どもが意識していないときに愛さなかった事情があったんだなあと解釈するのが妥当だと、僕は考えています。

無意識に入ったその問題は重要だけど、判断も分別もついてからの問題だったらあんまり重要じゃないと考えています。愛されたことがないから人を過剰に愛するかもしれないし、愛されすぎたので人に対して激しくなれないこともありえますから。意識しだしてからなら、分別がついてから以降は、大して問題はないんじゃないかなあと考えています。

ほかに精神の問題みたいなことに触れていたのもありました。丸山圭三郎さんが、死は非常にうっとりするような、恍惚とするみたいなことを書かれていて、それをどう思うかというのがありました。僕は丸山さんは、特別なんじゃないかなと思っています。非常に特異な人だと思いますから、一般論として死とはどういうものかという問題には、あんまりならないんじゃないかと僕は考えました。丸山さんは変わったかたで、一般的な話ではやっぱり通じないんじゃないかという気がします。

死について、僕にはっきりいえることがあるかといわれれば、あんまりないのです。ただ真宗の教祖である親鸞の考え方に敬意を表しています。死についての考え方、死は恍惚なのか、死後の世界は浄土であるのか、そういうことは測り難いけれど、人間は力なくして終わるときに死ねばいいんですよ、というのが『歎異抄』に表れた親鸞の考え方です。死についての考え方では、僕はいちばん敬意を表しています。それがいいなあって思うくらいです。

死についてその他のことはわかり難い、いい難いなあと思っています。近親の死に立ち会ったときも特別なことは何も考えられませんでした。すこぶる不明瞭なんですけど、親鸞の考え方でいいんじゃないかなあっていうのが僕の考え方です。

都市問題について、僕のいうことが都市あるいは第三次産業を主体にした一種の生態史観だと考えるとすると、大都市が現代のようになってしまったところで、都市生活者はなにを目指して生きるべきなんだろうか、そういう目標が浮かんでくるだろうかというご質問がありました。なぜ人が都市に集まって過疎地帯ができちゃうのかという問題と関連するわけですけど、それにはいくつも要因を挙げることができます。その都市にいるとほかのところにいるよりも、同種の企業に勤めても給料がはるかにいいとか。所得格差が大きければ、人はだいたい高いところに集まっていきます。なにかをしようとしても都市が非常に便利であれば、便利でないところよりも都市に集まってきちゃうでしょう。ほどよい人間関係が保てる地域があれば、そこへ人が集まることもありうるのです。

都市に人が集まる要因は、数え上げればいくらでもあります。都市なら遊びたければ映画館もあるしスポーツ施設もある、そういうところに集まってきます。集まる人が多ければ、ますます大都市になっていきます。その人にとっての暮らしやすさを経済から精神まで全部含めて、いいものをもっていると人が集まりやすいし、不便、不都合なものをもっていると過疎地帯になってしまうと思います。

それはおかしいじゃないかってへそを曲げていってみたくなりますけど、人間の本性にはそういうところがあるよなって肯定したほうがいいように思います。なんとなく都市と過疎地帯ができてきちゃうことがあると思います。過疎地帯はそれで終わりだなんてことはなくて、妥当な計画性をもった人工都市をつくるならば、そこは理想都市になって、また人々が帰ってくることがありうると思います。これは個人の好みでいっているのではありません。そうじゃなくて一般論として、そういうふうになっていくのが自然だと認められるんじゃないかなあと思います。過疎地帯が非常に理想的な按配で人工都市をつくれば、そこに理想の都市ができあがってくると思います。

そこはわりあいに錯覚しやすいんですが、僕は以前、筑波という都市に行ったことがあります。今はまた変わっているでしょうけど、僕が行ったときは建物の中はあらゆる設備が整っているんですが、いったん外へ出ますと茫漠たる平地なんです。公園もつくってあるんですけど、人工的に木を集めて植えてあるというだけの公園なんです。中には至れり尽くせりの新しい設備があって、気持ちも非常に盛り上がっているんだけど、外へ出たらいっぺんにふわあっと消えちゃいます。今までやってたことが全部消えちゃう。僕が行ったところはそうでした。これはなにかが間違っていると思いました。予算の関係とかいろんな事情があるんでしょうけど、たとえばものすごい都市の中の公園ならものすごい人工的な公園をつくればいいと思うんです。そのほうが自然なのに、逆に原っぱに生えてる木を集めてきてちょっと植え込んだのを公園としてるんですね。それは見当違いじゃないですかと思います。そんなことしないで、ものすごい人工的な遊び場でもなんでもつくって、それを公園ですってやればまだいいのになあって思いました。

理想的な人工都市をつくるには衆知と金を結集しないと、なかなか思い通りにできないでしょうけど、第三次産業以降、つまり都市が工業都市を離脱していく、今もう離脱してますが、それ以降の都市のあり方の視点として、過疎地帯はたいへん有益な場所だと僕は思います。都市の問題というのは、そういうふうなめぐりあわせになるのではないかと思っています。そういうふうにしないなら、先ほど申しましたとおりアフリカ的段階はどうなるかというと、アジア的段階への発展の仕方になるでしょう。自然の森林を伐採して田畑になって、しばらくすると工業都市ができてくるっていう具合に、いわゆる先進地域が体験したことを時間をずらしてもう一度体験するのが自然の発展の仕方だと思います。それは駄目です。それはいやだっていう問題意識があるんなら、ほんとうに人工的につくっちゃうのがいいように思います。しかし、なかなかそれは難しい。衆知を結集するのもお金を結集するのも、実現するには難しい問題がたくさんあると思います。でもおおよその通路は今までにわかっていることが多いと思います。わかっていないことのほうが少ないんじゃないでしょうか。

僕がやってきた表現の仕事は、原則的にヘーゲルや初期マルクスの発展史観に基づいています。それと「ハイ・イメージ論」とがどう関連していくのかという質問がありました。今も続いている「ハイ・イメージ論」は、先進地域の一つのあり方として現在の日本の社会をモデルにした場合、現在をどこで摑まえればわかるか僕自身がわかりたいというのが主題になっているんです。ですけど主題を展開するには、ヘーゲルや初期のマルクスの発展史観というか段階史観を僕なりに考えたことが原則になっていると思います。発展史観というより、むしろ起源論とか初期論というところで考えをまとめてるんです。

先ほど質問に出ました労働価値説を使ってわかりやすくいいますと、確かアダム・スミスが『国富論』の中でいってたように思うんですけど、たとえば所有者が決まっていない野原にリンゴの木が一本あって、リンゴの実がなっていたとします。そのとき、なにがリンゴの実の価値なんだろうか。それは一人の人間が木に近づいていってリンゴの実をもいでどこかに置いて元のところへ帰ってきた、それまでにかかった労力がリンゴの価値になるという説明です。所有者とか資本家とかの問題が入らないいちばん単純な喩えで、スミスは労働価値説を説明しています。それを僕は初期論的な説明と呼ぶのです。一般的に資本主義社会では、土地の所有者と労働者、それに雇い主の三種類の役者が出てきます。三種類の役者が現れて、労働価値説の問題はだんだん複雑になっていきます。けれどほかの役者の登場を必要としないで、ただリンゴをもぎたいやつと誰の所有ともわからない野生のリンゴの二つだけで労働価値説を説明すると、労働価値説のいちばん初期を彷彿させます。あとはそこに加える条件を複雑にしていけば、複雑な機構をもった高度な社会における価値説も解けるじゃないかというのがヘーゲルやマルクスの考え方だと、僕はそういうふうにとりまして、主題ではなくて「ハイ・イメージ論」の展開の中で頻繁に使っているると思います。

日本で「マルクスとは関係ないよ」という形でその考え方をしている人が、数年前に亡くなった解剖学者で三木成夫さんという人でした。それから国文学者の折口信夫さんもそうだと思います。間違ってるかもしれないけど、このお二人はどう考えてもマルクスなんて読んだことあるはずないと思えるんです。けれど同じような考え方をされていました。

三木さんは生き物を植物から動物、人間にいたるまで、どこにも空白がないように見事に全部つなげています。つまり、こういう種類の動物のここがこう発達したからこうなって、海に帰っちゃうやつと陸に上がってくるやつがいて、両生類から哺乳類になって、だんだん発達して人類みたいなものが生まれた。魚は水生動物として存在してて、人間もはるか昔からだんだん魚の段階を過ぎていっちゃったんだという発想をしています。人間も海の中に住んでいたんだけど、だんだん海水を体の中に入れちゃうように発達してきたために、女の人の体内の羊水はだいたい海水の成分と同じなんだ。胎児はその中で魚と同じようにえら呼吸で泳いでいるんだ、という調子です。植物からどうして動物になるんだ、どうして哺乳類になって人間になるんだということが、間にわからないことがないように全部つなげてあります。僕は数年前に初めてその人の著書を読んでびっくりしました。日本にこういう人がいるのかと驚きました。途中が途切れてるんじゃなくて、見事に連続的に、はっきりと世の中こうなっているといっているわけです。

折口信夫さんの仕事を見ますとやっぱり同じです。奈良朝以降の日本語はわりあいわかっています。『古事記』とか『日本書紀』とかの古典を読んだりして、奈良朝以降の日本語はわかっているわけです。折口さんの仕事を見てると、奈良朝以前の日本語はこうだったんじゃないかとか、奈良朝時代の普通の人はどういうふうにしゃべっていたのかということも、この人はわかってるんじゃないかと思わせる力量があります。まことに見事なもんだと思います。この人は日本語というものをほんとうにわかってるんだなあと思わせるだけの力があります。それは全部初期論とか発生論のような考え方からきています。マルクスなんかもそうなんですけど、そういう考え方をひとりでにとって、結論を導き出しています。

僕はいちおうヘーゲル、マルクスから学んできましたから、いまでも原則的にはそういうやり方をとっています。「ハイ・イメージ論」の主題は現在の日本の社会と、世界史的に発達した部分の一つとしての両方から日本の社会とを見ていきまして、なにが問題かという視点で自分の主題を選んでいると考えております。

質問者G〔省略〕

質問者H　吉本さんが中上健次さんについて書いておられたところで、差別と被差別の問題は中上健次の文学によって理念の言葉としては終わってしまった、あとは現実が文学を追うだけだとありました。そのことについて教えていただきたい。同じところに、彼の文学作品の中にあるよれよれの男たちが、みな高貴な魂や聖なる精霊や血を、心や身体に吹き入れられた神聖な存在だということも書いてあるのですが、現在の路地の消滅の実態の中ではこういうことも消え去っていくような気がするんですが、いかがでしょうか。

質問者I（前半略）吉本さんが「対幻想」の概念を提出された時代は、六〇年代の後半で対幻想のモデルを古典的な家族のイメージに置かれていたのではないでしょうか。そうすると、現代のように政治や国家といった共同幻想が相対化されたり死に到達しているなかで、「対幻想」の将来像をどんなふうに描いておられるのでしょうか。

質問者J　きょうの講演のなかで、第一次産業、第二次産業、第三次産業が地域別に分かれていくとそこで起きる諸問題を解決していくには、高次産業国から農業をベースにした後進の第一次産業国に贈与するかたちしかないんじゃないか、というのが吉本さんのお話でした。でも、黙っていたら高次産業国から農業国への援助や贈与はあてにできないので、いずれ地域的な権力争いが起こってくるんじゃないかと思うのです。それでは、これからの国家・地域間の利害調整はハイパー資本主義の世界ではどんなふうになされるとお思いですか。

質問者K　国家間で、第一次、第二次、第三次産業に分化していった場合、高次であるほど儲かり、そうでない国は儲からないという図式ができあがってしまいます。それに高次産業に進歩した経済は後退はしないという原理があるとのお話でした。そうすると、どの国もこぞって高次産業国になりたがって、地球のなかで第一次産業（農漁業）を受けもつ国がなくなってしまい、論がなりたたなくなってしまうようです。そのあたりのことを。

質問者L　吉本さん、あのう、ご病気ですわね。糖尿病患っておられますわね。原発ってんですか。エネルギー問題なんですけど、わたし宝塚に住んでいるんですけど、宝塚中国縦貫道ってのが通っているんですよ。

そこでね、プルトニウムを原発に運んでいるんですよ。で、先日その縦貫道で玉突き事故が起こったんですよ。もし、プルトニウムのトラックが事故にでもまきこまれていたならばですね。あのもしですね、事故が起こった場合に吉本さんご自身のご意見としては被爆したら、みんないっしょに被爆しよ、ということなんでしょうかね。原発の事故は五十年に一度の確率で起こるんやないかといってはりましたが、もし被爆したら、わたし貧乏人なんですけど。

質問者M　現状認識についてですが、わたしたち日本の市民は今国際化のなかでどういうふうに生きるか非常に問われているとはいえます。で、自民党政府（この時点では連立政権）がPKOを踏み切ったということは、経済大国から軍事大国に踏み出したってことはあきらかだろうと思います。そしてわたしは、日本の経済・政治がアジア、アフリカ、第三諸国の富を収奪するなかで、国際的に第三世界の人々とどのようにして生きていくかが問われていると思います。わたしは、JVC（日本ボランティアセンター）に加盟しているのですが、わたしたち市民が自分たちの政治のあり方、国際的なあり方を問われているという形で、NGO活動を進めていくべきだと思っていますが、そのあたりの考えをお聞きしたいのです。

質問者N　学校では、今まで儒教精神でだいたいできたと思うのです。で、吉本さんのお話を聞いているると非常に倫理観がないようで、まあうちの親父をふくめて大正生まれの人はそうなんですが。戦争責任なんかまったく語らないし、ゴルフで楽しめばいいとかね。なにを基本にね、資本主義も社会主義もないとか、市場経済で日本は動いているとか、土地が安くなっても誰も買わないとか、ちょっとおかしいような気がします。やっぱり倫理観的なものを最後にいいますけど、貧しくなるべきだと思います、日本は。

最後のかたは、あなたがいくら貧乏になったって構わないですから、貧乏になってください。だけど一般的に日本国民全体が貧乏になったほうがいいとはちっとも思わないから、あなただけのことにしてほしいっていうのが僕の考えですね。

これは、どういうふうに生きたらいいかってことでしょうかね。市民としてどういうふうに生きたらいいかっていう質問なのかな。僕は好きなように生きたらいいと思います。政治家になりたかったらなれ。政治運動家になりたかったらなれ。そんなことに遠慮はなにもいらないと思うから、なんでもいいんです。好きなように生きたらいいんじゃないですか。自由っていうのは、少なくとも自分の周りだけは確実にある、ほかのことは全部奪われても自分の周りだけにはまったくの自由があることを確信して生きたらいかがでしょうか。なにやってもいいと思います。やらなきゃいけないこともなにもないんですよ。まったく自由であって、誰からも拘束されたり支配されたり指示されたりしないというふうに生きられたらいちばんいいと思います。

プルトニウムを運んでて事故になったらどうなんですか、事故で被爆したらどうなんですかってご質問だと思うんですけど、それはそのときにならなきゃわからないと思います。そしたらお医者さんにでも行ったらくらいしかいいようがない。それで原発について曖昧なことしかいってないというけど、僕はあれほどはっきりしたことはないくらい、とことんまでいったと思います。やみくもに反対だといってる人のほうが曖昧だと思いますよ。これからどういう事故に遭うか、後のことは……。

質問者　事故はマスコミが自粛したんですよ。

いやいや僕はそうは思わない。人命に関わる事故は、戦争の広島、長崎、焼津それしかないと僕は思っています。生命に関わる事故はほかにないと僕は思います。そういうことをいってるんです。それともうひとつ勘違いだと思うのは、可変ですね。変換が可能なんです。そういうことが誰にとっても交換可能なんだっていうことは、とても重要だと思います。あなたのおっしゃることについては重要な気がします。

世界中の全部が高次産業になったらどうするんだってことは、僕にもわかりません。わからないけれど重要な問題だと思います。そんな大げさなことといわなくても、たとえばこういうことなんですよ。一昨年日本でとったアンケートで、八七%の人が俺は中流だといってます。ところが去年になって九一%の人が俺は中流だといってるんです。三%か四%増えてるわけですよ。一年でそうなんだから、九九%の人が俺は中流だっていう社会になるのはそんなに遠い話じゃなくて、僕にも想像できることです。日本の国民がみな中流だといいだす可能性が近い将来にあって、そのときどうすればいいか僕にもわからないけど、それは重要なことだと思います。考えなきゃいけないことだと思いますし、これから十年前後のうちにそういうことになってくると思います。そのときどうするんだということをちゃんと考えとかないといけないと思います。

ひとつにはそれでいいじゃないかという考え方があります。自分の生活から心の自由な状態までみんな平均値を保っていて、九割九分の人たちが自分は中流だと思えるんなら、もうなにもいうことはないんじゃないのという考えは妥当だと思います。

だけどもうひとつ、ちょっとおかしいんじゃないの、という考えもあります。具体的にそうなってみないとわかりませんけど、九割九分の人が俺は中流だといって、もうやることはねえよって思うのはおかしいんじゃないかと思います。そういうことに限界ってものは人間の歴史のなかにないと僕は思います。九割九分が中流だっていう社会自体がおかしいんじゃないかという真剣な問いが、そのときには立てられないんじゃないかと思ってます。見通しのきく問題ですから、そのときどういうふうに答えられるか、理念でも倫理でも現在からそれを考えなきゃいけない。それはマルクスだったらきっと考えるにちがいないと思いますし、誰にだって結論を下す能力はないだろうし、そういう社会でいいかどうかをひとりひとりが本気で考えなきゃいけないと思います。そのときになったら今通用している倫理はたぶん通用しないといえる気がします。党派思想も通用しない。それじゃどうしたらいいんだってことが真剣な問いとして現れてきます。じゃあマルクスやめたとかいってすむような問題じゃないと思います。九割九分の人が問題を突きつけられるでしょう。その解かなければならない問題にじりじり接近していかなければならないと思います。これからも怠らないつもりでおります。

今の日本国社会は俺は中流だという人が九〇%以上いるし、貧富の差も世界でいちばん少ないんです。それでいいんじゃないかといえばいいことであり、事実いい部分もあります。しかしどこかの部分で九割九分が中流の社会はいけないぞっていう予感があります。目に見えにくい精神の課題も含めまして、よくない兆候はまだたくさん見つかります。九割九分で満足して、これでいいじゃないかといってすむ場合もありますし、そういう部分が自分にもあります。これはちょっとおかしいぞって考えられなきゃ駄目じゃないかと思って、じりじり接近していこうとするモチーフを自分なりに持ち続けていることも確かだと思います。これくらいが僕なんかが答えられる精いっぱいのところでしょう。

対幻想ということで、普通の言葉でいえば家族のほうが国家よりも残ると書いたことがあります。この問いで僕の気にかかったのは、そういうことの問題だと思います。具体的にいえば、家族とはどういう形になっているかということと、どういう壊れ方をするのかという問題が大きいと思います。たとえば西洋で非常にラジカルな考え方で、「連帯」と翻訳されますが、そこでは男女の問題は点々としか考えられてないですね。人間というのは点々だ。もっとおしつめた考え方をしますと、点々の人間は果たしてどういう連帯の仕方が可能かと問われています。やっぱり点々になることがありうるような気がします。それが対幻想の崩壊、解体の形になるかもしれないし、解体に見えてもそれは対幻想のひとつのあり方かもしれないとも思います。それは女性が現在の延長線上でどこまで解放されてどういう考えをとるかが大きな要因になりそうな気がしています。それがどうなるかは知らないけれど。

点々になったらしかたがないっていう言い方をすれば、無意識はつくる以外になくなりますね。無意識はみんな同じになります。同じであることを気にしすぎるし、経済的にも九割九分中流だと思っているから、貧乏のためにこうなったなんてことはほとんどなくなります。そうなってくると無意識のつくられ方はある程度現実化されてきます。現実化されると同性愛なども均質化されてくるように思います。このまま展開するならば、無意識はつくられる以外にないんじゃないでしょうか。何を基準にしてつくるかが問題になって、それが対幻想の問題のゆえんになりそうな気がします。なにを基準につくるかが対幻想あるいは異性愛とか同性愛の問題の根幹になります。なにを基準にするかが新しく問題になるかもしれません。

そうじゃなくて日本式育児法といいますか、子どもが生まれたら、そばに寝かしておいて、お腹が空いたらおっぱい、お尻が汚れたらおしめを換えてって、少なくとも母親は、産褥から離れるまでは子どもをそばに置いている。そういうやり方がいいってことになるかもしれません。ある意味では理想的な育て方で、でも、ある意味では駄目なやり方で、どうしてかというと母親が世界だというところで無意識がつくられるからなんです。母親がもし、父親との関係や経済的な貧困などで満たされないで、いつでも不満や強迫感をもって生まれたばかりの子をそばに置いていたら、世界が悪かったら生きられない気がします。理想的な環境が備わればたいへんいい育て方といえるかもしれません。測り難いところですが、アジア的なものが必ず西欧的な方向にいくのが自然の成り行きと考えれば、点々になっていくんだろうなと思いますし、異性愛と同じくらいに同性愛が増えてきますし、エイズも増えていくことになると思います。存外、そうならないかもしれません。問題が出てきてそれは無意識はなにかを基準にしてつくることになるんじゃないかなという感じをもちますね。

第一番目の問題にいきますと、中上さんの被差別部落の問題が現実よりもスムーズに解けちゃったことは、中上さんの文学のいちばんいいところじゃないかと思うんです。中上さんの文学に出てくる被差別部落は、少なくとも身辺だけは自由に野放図に生きている人物が登場しますし、それにおまけもついてくる。こういう野放図に生きている人にこそ神聖な意味が与えられていて、たとえば明治末の島崎藤村の『破戒』のおっかなびっくりに生きている登場人物（丑松）しか描けなかったときに比べれば雲泥の相違です。ある意味では段階の相違でもあります。路地みたいな存立が非常に危なくなっている。それは平等性が実現されたから存在が危なくなっているということではないんです。平等性は実現されていないけど野放図に振る舞うことだけは許せる、ある程度の経済的基盤、精神的基盤ができちゃってるというところを、小説の中で解いているように思います。だいたいこれは、現実の問題よりはるかに先を進んじゃってて、その進み方もよく考えられた形で文学上実現したと思いました。

ほかのことだったらいろんな言い分があります。中上さんの小説だって、晩年のものは繰り返しが多くてつまんないなと思ったりしますけど、この点に関しては文句のいいようがない。文学として、こういう意味ではみごとに究極の壁を突き崩していると僕には思えます。そういう観点から評価をしています。

何がいい作品かというならば、やっぱり一つの系列として『岬』『枯木灘』とか、もっと前の『一番はじめの出来事』という小説はじつに見事な作品だと思っています。『千年の愉楽』などもたいへんいい作品だと思います。この二つの系列がいい作品だと思います。晩年のはちょっと繰り返しが多くなった感じで、少し批評をもってますけど、中上さんの文学はそこで尋ねられたかたのいうことで評価したら、非常にみごとなもんだとしかいいようがない、僕はそういうふうに思っています。

司会　ありがとうございました。いろいろな角度からお話をお聞きしてきましたが、そろそろ時間が切迫しております。吉本さんから最後に一言いただいて終わりにいたします。

きょうは大変ありがとうございました。かなり時間をとってもらったつもりなんだけど、やっぱりまだ……。

司会　そうですね。まだ数時間話さないと。

そういう感じがして。以前二十四時間やったことがあって、長いから眠たい人はかってに眠るし、酒飲みたい人は飲むし、しゃべるやつはしゃべるし。そのときはみんないいたいことはいったな、喧嘩もしたなって思えました。やっぱりこれでももの足りない感じがします。またなにか機会をもうけてください。またやってきますから。

（原題：ハイ・イメージ論199X／大阪府豊中市　協栄生命ホール）

〔音源あり。文字おこしされたものを誤字などを修正して掲載。校閲・菅原〕

【京都新聞社主催】――1993年9月28日

私の京都観

柳原　吉本先生、どうもありがとうございました。ほんとうに勉強になりましたし、ある面では京都にはいろいろな見方がありまして、先生がおっしゃいましたように、京都は難しい。けれども京都を美しいと見ているわけですが、その美しさにたいしてもいろいろな見方があります。まさに二重性ということが、先生のきょうのメインテーマであると思ったわけです。

わたしなどは、京都は非常に弁証法的な考え方をして発展してきた街だと思っています。たとえばある問題が起こったときに必ず反対が起こる。正反合を繰り返してきた。ですからある面で合のところを見ると二重性が映ってくるし、またそれにたいして必ず反が出てくるという形で繰り返してきているようになっているわけです。そのなかで、きょう先生がおっしゃったことで非常に感銘を受けたのは、まさに数字の問題です。京都の場合は非常にユニークな街ですから、われわれもそういう意識を早くからもっているわけです。それは伝統産業、革新産業といいながらも、一次、二次、三次の分け方はまさに京都の場合は難しいわけです。ある面ではつくって売ってという発想が非常に原始的に近いものもあるわけです。そうなると、どちらに入れるのかという問題も出てきます。その面では京都はそういう数字だけで判断しえない街。そういうことはわれわれもとくに勉強になったと思います。

それからまさに四季という言葉、これは京都から出てきたのではないかということ。先生のお話のなかでは『源氏物語』という形で出てきましたが、四季のうつろい。ある面では輪廻といいますか、絶えず移っていきながら、それがずっと元に戻っていくようなそういう一種の輪廻思想といいますか、私は決してそれが専門ではありませんが、そういう考え方が京都の根底にあるような気がいたします。

そして町衆という言葉をおっしゃいましたが、わたしは日本と欧米の都市の違いはなにかということを基準にするときは、まず城壁があるか、ないかという考え方なのです。ヨーロッパでは、たとえばドイツ語のブルグ、ブルガー（市民）という言葉があります。あるいはフランス語ではシュトワイヤンという言葉があります。中国も都市の場合には全部城壁があったわけです。それは異民族という問題もあったでしょうが、長い城壁のなかで安泰した生活をしなければならなかったわけです。日本の場合は、京都の場合には城壁はなかったにしろ、たとえば羅城門という形での一つのシンボルは置かれたわけです。ただそれが城壁につながらなかった。こういう問題は、やはり京都はある面では、奈良から引き継いだという自然そのもののなかに同化しようとする面も、まだまだあの時代にはあったのでしょう。そういうものを含めながら京都を見てみますと、まだまだこれからいろいろな問題が、完全には解決できないのではないかと思います。しかしほんとうにわれわれは勉強になったと思います。

小野　先生のお話をたいへんおもしろくうかがわせていただいたのですが、本質論になると非常に難しいので、わたしが先生のお話をもっと理解するためにご質問したいのですが、たとえば日本以外の国で京都と同じような本質、そういう似たような問題点をもっている街は存在するのでしょうか。

わたしは行ったことがないので、よくわからないのですが、ただきょう申しあげました京都の特色、平安京の特色のようなものを違うところから見ますと、アジア地区とかアフリカ地区にできた都市というのは、だいたい帝王が代わってしまうと、○○王朝とよそから来た△△王朝が争って、今まであった王朝を追い払って、新しい王朝がそこの帝王になったということがありますと、都市はすぐに廃墟と化してしまうというのが、アジア地区、アフリカ地区における都市の特徴だと思うのです。どうしてかといいますと、いろいろな原因があるのですが、いちばんの原因は都市とその周辺の水、灌漑用水とか川を掘って荷物を運ぶとか、そういう流通用の川などの水を管理して、うまく水利、灌漑を設けることが王室の専一の仕事であるということが、アジア、アフリカ地区の特徴なのです。

ですから今まで栄えていた都市の王室が他の王朝にやられていなくなってしまうと、その都市は水を管理してくれる人がいないものですから、すぐに廃墟になってしまうわけです。それはインドや東南アジア、アフリカというところでいえば、ヒマラヤ山脈のどこそこに大きな文明が築かれた時代があって、それが今は廃墟である。どうしてそんなことになってしまうかというと、水を管理する人がいなくなってしまうので、人間は散っていくよりしかたがなくなってしまうということが、アジア地区とアフリカ地区の都市の成り立ちの特徴だと思います。

そこのところで、平安朝では帝王の仕事には違いないのですが、帝王の仕事はそれだけ大規模にしなくても、池を掘ったぐらいのことで灌漑事業はすんでしまうということで、たいした規模はいらなかったわけです。それから日本の場合には、ぜんぜんなかったかどうかは議論の分かれるところでしょうが、王朝の交代はほとんどなかったといっていいと思いますから、その王朝がなくなったから、その都市が滅びてしまったということはないわけです。それに近いことはあるのですが、日本の場合に都市が移るのはいつでも女系、母系、皇后になる人のふるさと、根拠地に近いところに都を移してしまうということなのです。奈良盆地でも方々に移ったことがありますし、それから都が奈良から京都に移った場合の非常に大きな要因なのです。

奈良王朝と京都の勢力とが争って、京都が勝ったから京都が都になって、奈良の都が廃れてきたということではなかったということは非常に特別なような気がします。

アジア、アフリカ地区では大規模な灌漑、水の管理をするのは王朝に決まっていますから、それが交代したら、昨日まで人がたくさんいて栄えていた都市がたちまちのうちに人がいなくなって、砂に埋もれてしまう。そういうことが都市のあり方だと思うのです。

ですからおっしゃることを宗教的なことに限定してみれば、王朝がもっていた宗教性というものが、都の宗教性とか伝統性をつくってきたものの要因なのだというぐらいのことはいえそうだと思いますが、普遍的にいうことは非常に難しいと思います。水を誰が管理したかで都市の盛衰は決まってしまうということが、アジア地区とアフリカ地区の一般的な形ではないかということぐらいしかいえないように思いますし、わたしが実際にどこかに出かけていったということはありませんからわかりませんが、頭のなかで考えていえることは、そのぐらいのことのような気がします。

日本の平安朝の場合もそうですし、奈良時代以前でいろいろと王宮のある場所は交代するわけですが、それは皇后の家の近くに交代するということが一般的な常道だと思います。母系性ですから、はじめのころは皇后のいる場所に天皇のほうが通っていて、どこに王宮を設けるかというと、おそらく皇后の出身地に近いところに王宮を設けるということで、王宮が転々と移ったというやり方しかしていないと思います。都市の特色のもち方も、そういうもち方ではないかと思います。京都まで、平安京までできての問題は、ちょっとアジアやアフリカの都市のあり方とは違います。王朝交代はありませんし、灌漑は大規模でなくてもよくて、池を掘ったり斜面に土を盛って、そこに水が溜まって灌漑用水になるという程度のことをやればすんだわけです。町衆ならば井戸を掘ったぐらいですみましたから、それほど無理な灌漑を王朝が引き受けたことはなかったと思います。そこが、日本の場合には非常に都市の成り立ちの特徴になっているのではないかと思います。

上村　先ほど京都は二重性を、両方ともどちらかに偏ることなくもっている、対立概念ではないというお話がありました。片一方の平安京以来の都としての天皇を中心とした共同体というものは、悪用という言葉でいうと語弊があるかもしれませんが、あまりにも日本的なものと一緒に戦前の全体主義、ファシズムが行きすぎた結果、逆に戦後は、そういったもの、日本的なものをぜんぶ否定しなくてはいけなかった。否定をして解体すべき対象であったと思うのです。それがかなり行きすぎているのが今だと思うのです。建都千二百年という問題にしても、建都千百年のときは、吉本先生のいわれる国家共同幻想ということでいうならば、まさしく国家共同幻想がひとつにまとまっていて、なおかつ推し進めていくということが建都千百年であったと思うのです。

そういったものが解体している今の現象を、いいと見るのか悪いと見るのかはいろいろなご意見があるかと思いますが、それにひきかえ建都千二百年は、二重性のものの片一方のほうが国民的なひとつの課題、テーマになりえなくなっている状態。それは新しい国際化の時代に、あまりにも日本的であるものを否定しすぎたために起こっている現象だと思います。しかしそうではなくて、われわれが保ち続けていかなければならない伝統である日本人としての民族のアイデンティティがあるとするならば、それはいったいなんなのか。そして、もし日本文化自体が戦前のような形ではなくて世界に貢献できるものとして普遍的なものがあるとするならば、ぜひ京都から発信していかなければならないのではないかということを考えているのですが、先生のお考えをおうかがいできればと思います。

日本的な伝統ということ、それから日本人ということ、日本語ということもぜんぶ含めまして、率直にいってしまうと、「そういうものが、わからなくなってきた」ということが問題意識なのです。ですから日本人もわからないし、日本語もよくわからない。それをぜんぶひっくるめて日本的といってしまうと、日本的というのはなにかということがわからなくなってきたということがあるのです。戦前、戦争中ぐらいまでは、なんとなく日本的ということはわかっていたように思っていました。

わたしは今、日本的なものとかいっているものは、だんだんわからなくなってきたということが、わかりたいということも含めていえば、そこがいちばん肝心なところになっているのです。ですからおっしゃるところの伝統的なものというものは、少なくとも奈良朝以前の問題にまでいってしまえば、あるいは平安京以前の問題までいってしまえば、ほんとうはよくわかっていないから、そこは自分自身にわからせないと駄目なのではないかと思っているのが、わたしの問題意識なのです。そういう問題をかかえたうえでの伝統的なものということですから、わたしはこれまでに伝統的なもの、日本的なものといわれているもの、日本人といわれているもの、日本語といわれているものは少し疑わしいと思います。ほんとうはよくわかっていない。もとを正せば、よくわかっていないということなのではないかということなのです。そこのところを少し突ついていかないと駄目なのではないかと思うのです。

伝統を問い直すということには二つありまして、モダンな文明の観点から伝統を保存すべきか、保存すべきでないかという突つき方ももちろんあるわけでしょうが、もうひとつは一般的に日本的といわれているものよりも、もっと以前のところから突ついたら、今、伝統的だといっているものは、どういうことになっているのであろうかという突つき方もあるように思います。わたしが主に引っかかっているのは、そこのような気がするのです。

もっと以前までいってしまって、日本人はわかっている、日本語はこういう言葉で、古典ではこういう言い方をしていたと、万事わかったようにいわれていることは、ほんとうはわからない、疑わしくなってきている現状ですから、わたしは以前にやったものから見ると、伝統と思ってきた日本人とか日本語、日本文化というものがどのように見えるのかという問題意識から照らし出す方法をしないといけないのではないかと思っています。その場合に思っていることは、伝統ということは近代、現代というところから伝統を問い直す、つかみ直すというやり方ではなく、伝統的と思われるものよりも、もっと以前のところから問い直すというやり方、これは現在から、これからあとの問題を問い直すということと同じだという考え方をもっているのです。

ですから先ほどの話でいえば、伝統と思われたもの、日本の自然は美しくて、四季さまざまなものがあるのだということは、日本列島の南と北を削って、できるだけ中央とか中部を取ればそうかもしれませんが、南と北を入れたらどうなるかというと、四季もあまり移り変わらないし、冬からすぐに夏に近くなったり、夏からすぐに冬に近くなりますし、南のほうならいつでも暑いではないかとなってしまいます。削り取ってしまいますと、四季折々のきれいな自然があってということがいかにも妥当な日本的のように見えますが、ほんとうは南と北を削っているのだというように思ったほうがいいわけです。ぜんぶ含めて、あるいは時間的にその延長線まで含めていえば、本当は日本の伝統はよくわかっていないし、日本語もよくわかっていないし、日本人もよくわかっていないということになるのではないかとわたしは思っています。

伝統以前のところから眺めるという眺め方を伝統にたいしてすることは、これから文明を未来にたいして突き進めていくかということとまったく同じことなのだと思っています。そこが問題意識になるのです。

ですから四季折々の美しい自然があってということを、もう少し壊すといいますか拡張してしまって、北は北海道からサハリンまで入れて、南は沖縄からオセアニアに近いところまで入れるとか、大陸でいえば東南アジアのインドに近いところまで入れるとか、日本的なものをもう少し拡張する、拡張したところから日本の伝統的なものといわれているものを眺め直す。わたしなどの問題意識として、現在そういう考え方にいっているのです。ですから、そこが問題ではないかと思うわけです。

日本の場合は南と北はいいかげんで、なにがいちばんわかっていないかといいますと、たとえば日本人とはなんなのかということでわかっていないことは、沖縄の人は南のほうの人で、アイヌの人、東北の蝦夷地といわれたところも含めて、そこの人たちは北のほうの人という固定観念をもっていますが、それはまったく逆かもしれないわけです。アイヌの人は南の人かもしれないし、アイヌ語も南のほうの言葉かもしれないわけです。そういうことまでずっと切り捨てないで、もう少し広い範囲で伝統を検討して照らし出していくということをすることが課題なのではないかと思っています。そういう課題を追究することは、現在からあと、将来の文明のゆくえはどういうことなのかと考えることと、同じなのだと思っています。ぜんぜん別問題ではなく、同じことなのだという考え方なのです。そこなのではないでしょうか。

私はやじ馬として、外から京都のもっている伝統的なもの、日本文化的なものをどう検討したらいいのかといいますと、文明のほうから検討しようとすると対立概念になってしまうことが多いのです。対立概念になって、「伝統と近代」とか「伝統と現代」ということになってしまうので、逆のほうから、もっと前から、平安、奈良朝以前から日本の伝統を見直す。そういうやり方をしますと対立概念は出てこないし、それは一種の未来性だと思っています。それは、未来を考えることとまったく同じことだと思っています。考え方の転換のようなものが、問題になるのではないかという感じがするのです。

わたしはここ数年来、そういうことが引っかかってきてしかたがないのです。どこか突破口をつくって、突ついてみたい、問題に取りかかってみたいということがあります。気にかかってしかたがないのです。

伝統以前から伝統を検討して眺めるようなひとつの観点、見方はわりあいと自然に出てくるような気がします。そのあたりのところが面倒だと思っているのです。以前はわりあいと無邪気に、自分は日本が明治以降に近代的な西欧の考え方を受け入れたなかでの近代的な教育を受けて、育って、工科大学などを出ていて、サイエンスに関するかぎりはきちんと勉強してきたのだと、自分ではモダンのほうに位置づけてものごとを考えていましたが、このごろは自分自身が二重性だということが感じられるように、実感として入ってくるようになったのです。ですから伝統とは、伝統以前から見るという見方をするという視点がなんとなくわかりかけてきたといいますか、そういう感じがするわけです。たいへん面倒くさいことだという気がします。

たとえば北のほうでいうと、北のほうに住んでいた人でいえば、アイヌの人がいるわけですが、わたしはアイヌの人は民族を構成しないと思っています。今、先住民の問題のことがしきりにいわれていますが、わたしはアイヌは民族を構成しないと思っています。アイヌの祖先は、縄文日本人のなかのひとつの種族だったのではないかと思っていまして、民族は構成しないと思っています。そのことと関連するわけですが、アイヌは北方の民族からきたのだという考え方がありますが、それは非常に疑わしいことで未定のものだと考えたほうがいいと思います。沖縄の人は南の人だと決めてしまうのも未定だと考えたほうがいいと思いますし、アイヌ語はアイヌ民族の言葉だと考えないで、縄文日本語として話されていたいくつかの言葉があって、そのなかのひとつだと考える。それを風俗・習慣も含めてわりあいと根強く壊さないで保存してきた人たちと考えたほうがいいのではないかと思っています。

なぜ風俗・習慣を強力に保存してきて、異民族であるかのような様相を呈するようになってしまったのかというと、東北の人たちもある程度はそうですが、アイヌの人たちは国家をつくれないのです。どのように固まっても共同体、せいぜい種族ないしは部族、部族連合という次元までしか共同体をつくれなかったということです。つくれないということはいいことなのですが、悲劇的だったと思います。

つまり、平安京をつくった人たちは大陸から国家のつくり方を勉強してきたわけです。ですから国家を先につくってしまったのですが、どういう種族、部族が国家をつくれて、どういう部族がつくれないかといいますと、いちばん大きな要因は、部族とか種族の連合の次元とは違うところに、獣を捕るために武器をつくったとか、隣の部族とケンカになって、そのために槍をつくったとか、そういう自然に出てきた次元での軍隊に似たもの、武器をもった人間、そういう人間とは違う次元で、上にいる首脳部の長老たちが自分たちだけで武器をもった人たちをつくるようになりますと、それができる部族は国家をつくれるのです。つまり国家をつくれるということのいちばんの要因は、住民がもっている自然発生的に武器をもって隣の部落と争った、ケンカをしてきたという次元とは違った次元で武器をもった集団をもつという発想を取った。そういう人たちが国家をつくるわけです。日本の場合でも奈良朝時代の天皇家の祖先は、それができたのです。

住民たち、土着の人たちが争いごとのため、獣を捕るためにつくった武器で自分たちの部落は自分たちで守るということで、濠を掘って部落を防衛するとか、環濠集落のようなもの、都市国家のように城壁をつくってしまうということを住民の次元でやっているうちはいいのですが、そうではなくて部族の首脳たちが自分たちを守り、自分たちが自由に使えるような自分たち固有の軍隊、武器をもった集団をもってしまうと、それは国家をつくるいちばん最初の契機になると思います。

米倉　伝統とモダンが共存して、併存している。京都に景観論争というものがあります。高いビルを建ててはいけないとかいう話がありますが、吉本先生の考えでいくと、そういう論争は実にくだらない。建てるものは当然建てたらいいという考え方になるのですか。

非常に簡単にいうと、伝統的なものを保護したいならば、そういう京都市の条例のようなものをつくって多数を獲得する。そういう条例をつくってしまえばいいのではないかと思います。つまり、それは経済の争いにもっていけば観光資源がなくなって、収入がなくなってしまう。すると寺は荒廃するに任せる以外にないではないかとなってしまいます。文明の観点からすると、そういってもしかたがない。文明とは、そのように発達するのだといえてしまう問題になってしまいます。片一方のほうからいえば、やたらに高いビルを自分たちの儲けのために建てて、お寺に迷惑をかけたり、つぶれていくようなやり方を平気でするのはけしからん。京都の特色がなくなってしまうというのは、お寺さんとかの観点になると思いますが、その観点はどちらからどう見ても不毛きわまりない観点でして、伝統を守るやり方と伝統とモダンなものを併存させるやり方は、手段としては非常に簡単だと思います。

了解がつかないということは簡単ではないのでしょうが、論理的に、理屈からいえば非常に簡単ではないでしょうか。条例のようなものをつくって保護をすれば、それまでです。どのぐらいの高さはつくらせない。つくるのはいけないという条例をつくれば、それまでだと思います。

米倉　条例をつくること自体に議論があるわけでしょう。

それはあるでしょう。条例でもって伝統を保護するということに反対だというのは、それは成立しないと思います。それは文明一本やりの観点にしかすぎないことで、それからいけば、絶対的にビルは高層ビルになるし、京都はいずれにしても伝統的なものはなくなってしまうという方向にいくに決まっているわけです。

それはわたしは成り立たないのではないかと思います。その観点は、伝統を守るためには高い建物を建てるなということと同じぐらい成り立たないことだと思っています。ここの範囲内は駄目だということは、双方が話し合いで納得する段階でないということならば、条例でつくればいっぺんで、それで解決するのではないかと思います。その条例をつくる側がしっかりと京都のもっている二重性をわきまえていれば、非常に簡単なことで……。

米倉　それが簡単なことではないようです。

そうですね。そう簡単ではないというのは、経済的な発展とか欲望ということが入ってくるからであって、そういうことではなくて、どこまで文明は伸びていくのかということについてのきちんとした認識があって、しかし伸びていくにもかかわらず、お寺とか神社は保存するべきなのです。保存するべきという理由は、京都しか保存する根拠、理由がある都市はないわけです。実際問題ないわけですから、保存することは条例でも決めれば絶対に……。

米倉　保存する、しないという議論はないのですが、保存のなかに、ビルなどを含めた全体の景観まで入るかどうかがポイントになるわけですね。全体の景観を保存するべきだという論争だと思うのですが。

景観ということにたいして、人間は文明にたいしてなにかをいうことはできないのではないでしょうか。つまり景観がなければならないということはないと思います。景観の問題ではなくて、伝統をどう保存するかとか、伝統は保存しなくてもいいという観点もあるのでしょうが、京都しかないのだから伝統を保存するという観点と、しかしそれにもかかわらず文明というものは着々と進んでいく。都市は着々と発達していく。日本のような地形なら、ビルは高層化する以外にないということも肯定する以外にないと思います。つまり両方を肯定する以外にないのです。

つまり伝統を守るべきなのだ。なぜならば、これがなければ日本国には伝統的なものはどこにもなくなってしまうから、どうしてもこれだけは保存するのだということは京都の問題だけではなくて日本の問題であるわけですから、それは保存する。しかし、それにもかかわらず文明はどんどん発達していって、ビルが高層化していくことは文明の一種の必然というものだから、これを否定することはできない。その二つともできないという観点さえあれば非常に簡単に妥協は成り立つわけです。妥協といいますか、保護も成り立つし、高層ビルを建てることも成り立つわけです。そんなことは非常に簡単ではないでしょうか。それが簡単でないというのは、極端にいうと理念が駄目だから、そうでなければ欲得ずくが入っているからか、どちらかだと思います。

つまり欲得ずくというのは、個人がいくら欲得ずくを発揮してもいいわけですが、全体的な観点、社会的な観点として欲得ずくが入ってくるのはおかしいことなのです。それは欲得ずくを抜きにして両方とも成り立たせるべきで、保存すべきだし、また都市は発達していくに決まっているのであって、誰が防ごうにも防ぎようがないということは必然なわけです。その両方が必然だし、保存する気だという理念さえあれば、これは非常に理想的、論理的にいえば妥協は簡単だと思います。

米倉　それができないのは、吉本先生がおっしゃる二重性を京都のかたが理解していないということですか。

理解していないか、欲得ずくが入っているかのどちらかでしょう。それ以外に考えようがないと思います。京都以外の人から見て、あんなばかばかしいことはないわけです。片一方では大きなビルが個人の所有であって、個人の所有する土地に個人がお金を投げうって、企業でもいいのですが、そこがビルを建てて、それがどんなに高いビルであろうと自分の土地に建てるのですから、人からなにかいわれる筋合いはないといわれれば、その原則は非常に正しいと思います。

しかし正しいにもかかわらず、ここにある伝統的な財というものは日本国にはどこにも求めることはできない。これを保存する以外にないならば、京都的な規模だけではなく、日本国的な規模で保存すべきだということになれば、法的に規定して、何キロか何十キロ以内には、これ以上高いものは建ててはいけないという法令をつくる。仮に京都盆地を取り巻いている山をぜんぶ削ってビルを建てたとしても、そんなことは一向にかまわないし、きっとそうなるに決まっていると思います。もっと文明が発達すれば、そうなるに決まっているわけです。しかし神社、仏閣というものが保存されるのも、まちがいないと思います。

景観がどうなるかということは、人間がいうことはできないと思います。景観についてなにかいえるというのは、ひとつの場合しかないわけです。つまり、それは人工都市ということです。たとえば京都の製造工場がぜんぶつぶれて、そこがぜんぶ空き地になったとして、空き地に誰か、個人か京都市かが理想的な人工都市をつくろうということで衆知を結集して設計して、理想的な人工都市をつくるということはできるわけです。そういう場合以外には、景観というのはちょっと考えられないことになるのです。両方とも保存することは、両方とも成り立つことは簡単ではないですか。

法令、条例いかんによっては、京都の周りの山は削ってしまえばいいわけです。今だって削っているわけですから（会場笑）、不動産屋さんとか削ってつくっているではないですか。比叡山だって、途中まではみんな家になってしまっているわけです。それは放っておけば、つまり個人の家であるかビルであるかは別として、そうなるに決まっているわけです。それを防ぐことはできないし、止めることは文明にたいして成り立たない考え方なのです。ですから、そうなったらいい。しかし、それでどうして日本国のほかにはないという伝統的なお寺とか伝統的な財を壊してしまわなければならないかというと、それはまったく理由がないことで、それを保存することは条例さえやれば、非常に簡単に保存できるわけです。片一方では、お金があればいくらでも高いビルを建てればいいということになっていくと思います。

簡単にいかないと思いますが、簡単にいかない理由こそが簡単なので、ようするにお互いに欲が突っ張っているということと理念が駄目だという、考え方が駄目だということではないでしょうか。ようするに伝統と超高層ビルは相反するものだと思っているから駄目なのです。そう思っていることが根本的にまちがいです。それは二重性にすぎないのであって、これから十年、二十年も経てば、京都の周りの高くなっている丘もぜんぶ削られて超高層ビルが建ったりすることになります。そんなことは誰も防げないのです。それは当たり前のことです。けれども、そのときに京都の伝統的な美、財がなくなってしまっているかどうかは、自分たちの責任です。それをなくさないで、超高層ビルを京都に建てて、今は産業は中間ぐらいですが、日本一の産業都市にしてみせるということは理屈ではできるわけです。

数字だけからいえば、産業、経済だけからいきますと、京都がいちばん似ているのは香港とシンガポールなのです。香港とシンガポールはご覧のとおり、都市としていうならば世界一発達した都市です。京都はその構成から見ても、それと非常に似ているのです。数字だけからいえば、そうなるのです。わりあいに人工的なところ、つまり農村で農家が機織りをしていたのが分業になって、それに携わる人たちが多くなって、都市ができたという自然発生的な都市の発生の仕方と、伝統的に都に付随してそれにたいしていろいろな道具をつくる人たちも一緒に住むようになって発達したのと、先ほど申しあげたように二重性をもっている。香港、シンガポールは人工的な、農業から発達したのではない都市です。それで今は世界一発達した都市です。産業的に見ればそうです。わたしは全世界の産業都市の構造を第一次、第二次、第三次産業と分けてみたことがありますのでわかりますが、非常に発達しています。

京都をそうすることは理屈上は可能です。そして、それが伝統を少しも壊さないでするということは可能です。やり方いかんでは、日本でもっともトップで、もっとも産業の発達した都市に京都をもっていくことは簡単だと思います。そのようにしながら、しかし伝統が少しも壊れていないとすることも、理屈では簡単です。

そうではなくて黙っていれば、放っておけばもちろん伝統はどんどん減っていきますし、廃れていきます。それはまちがいないことです。超高層ビルは増えていきます。周りの山を削るのも増えていきます。放っておけばそうなりますから、それは覚悟といいますか見識の問題であって、いっそのことやってしまえばいいのです。

みんなが納得ずくの法令で、この何十キロの範囲内にはそれほど高いビルは建てるべからずと条例で決めて、伝統を保存するのだという観点は非常に重要なわけです。なぜならば、ただそれ自体が重要なだけではなくて、日本国にとって重要なのだという観点で守るというやり方を徹底的にやればいいのです。それはいわゆる理屈は理屈なのですが、わたしは別に京都市長ではありませんから、「口だけでなにをいっているのだ」といわれても困るわけですが（会場笑）、口だけでいうとまちがいなくそういうことになるのです。そういうことについては口だけなのですが、かなりの程度よく見通せるわけです。よく勉強していますから、どうなのかはだいたいよくわかっているのです。

ですから、こうなるだろうとわかっていると思うのです。ただ放っておけば、自然においておけば京都において伝統はだんだんつぶれてきます。それはまちがいないことです。それをやりたくないのなら、全日本的規模で保護対策を、そういう世論にもっていってやってしまう。その代わり超高層ビルを何キロ以上向こうに建てようが、山を削ろうが、そんなことに誰も文句はいわないと考えて、それは徹底的にしてしまえばいいわけです。けれども京都を産業・経済都市であり、なおかつ伝統もきちんと保存している都市なのだというようにしなくても別にいいといわれてしまえば、そう張り切ることはないといわれてしまえば、それまでの問題なのです。理屈のたどりつくことをいえば、どうしてもそうなってしまいます。

福山　今のお話でおうかがいしたいのですが、超高層ビルがたくさん建つのは文明の発達としてはしかたがないことだとおっしゃっておられましたが、ほんとうにこれから先の文明の発達が超高層ビルを建てることと定義できるのかどうかということなのです。

なぜかというと、先ほど先生がおっしゃられた、自分は日本人だとか日本語がわからなくなってきた。それは平安朝の四季折々のことではなくて、それ以前の文明、自然と人間は一緒だと感じていたような縄文時代ぐらいからの話があって、そう考えてきたときにわからなくなってきて、それがずっと引っかかっているといわれました。それから自分はモダンの人間だと思っていたけれども、実はパプアニューギニアでケーススタディをされるような人間かもしれないといわれたわけです。その部分では、ひょっとすると先生は今の文明の発達の方向性に疑問をもっておられるのではないかと承ったわけです。けれども、それと今の超高層ビルを建てるのは文明の発達としてやむをえないというお話にたいして、若干おさまらなかった部分があるので、お話をいただければありがたいと思います。

いわれることは少し違っていまして、わたしがわからなくなったというのは、日本人とか日本語がわからなくなってきたということは、パプアニューギニアでフィールドワークされるほうの自分が浮かんできたということも含めて申しますと、私は「伝統と近代」「伝統と現代」という対立のさせ方がわからなくなってきたということと同じことなのです。ですからパプアニューギニアのフィールドワークされるほうの人間かもしれないという問題を掘り下げていくことは、違う言い方をすれば伝統を伝統以前のところから眺めわたして検討していく仕方をするということなのです。これは文明の発達は自然の発達と同じで、人間の力では止められないわけです。今までは二、三階建てのビルですんでいたものがどんどん五階になり十階になり、超高層ビルになっていくという方向性は止められない。たかだか遅くできるか、早くできるかという加減はできるけれども本質的には止められないことだということで、わたしの観点はパラレルなのです。同じことなのです。

逆のことをいってもいいのです。これを止められなければ、この文明はいったいどういうことになるのだということを考えていくと、なんとなく昔はどうだったのか、原始、未開の時代はどうだったのだろうか。あるいは人類といわなくても日本人といってもいいのですが、日本列島の昔の住民はどうだったのかということを考えていくと、今までは少なくとも奈良朝ぐらいまでは、なんとなくわかってきているように思えますが、ほんとうはもっと昔のことまでわかってからやらなければならないと思います。超高層ビルを建てるのには地下をそうとう強固にしなければいけないのと同じように、この文明の方向は避けられないと思いますが、避けられないとすれば、これはいったいどうなってしまうのだということをはっきりと自分が腹に入れるためには、平安朝、奈良朝時代まではわかっていたのだけれども、ほんとうはもっと以前までわからないと不安になってしまうのではないかと思うのです。

ですから、わたしのなかではわりあいにパラレルなのです。そういう感じ方は矛盾なのです。発達することはしかたがないことである。これは自然過程であって、止められるものではないということなのです。

ですからわれわれが考える場合に、自然という概念を天然に限定するという考え方もなくしてしまって、もっと人工的な自然のようなものも入れて自然と考えたほうがいいと思います。たとえば人間の肉体とか生理の考え方も、臓器を取り換えたら、「これは人間か」ということがあるわけです。そこのところは儒教的な、「身体髪膚これを父母に受く。あえて毀傷せざるは孝のはじめなり」ということを、三千年か四千年前に孔子がいっているわけですが、少しそれから離脱しないと、人間の身体のなかで臓器が他人のものであったり、人工的な臓器になったり、そろそろそういうものが現れてきているわけです。それは人間という概念、人間の身体という概念を変えないといけないのではないかということが問われているのではないかとわたしには思えるのです。いずれにせよ専門家の論議は倫理に反するとかいう次元でいっていますが、ほんとうはそういうことをいうよりも、人間とはなんなのだ。人間の身体とはなんなのだということがいわれているように思えるのです。

景観問題も、景観ということにたいして文句をつけることはできないけれども、京都の伝統的なものと超近代的なものとをどう両立できるかということの問題として考えれば、両立させたほうがいいわけです。両立しなくてもいいといえば、いいこともあるのですが、しかし日本国ぜんぶをひっくるめてもこの伝統は価値がある。これがなくなったらぜんぶなくなってしまうのだということになれば、事の間際でいうならば、一方で法令をかけても伝統を保存することをやって、一方で超高層ビルを建てることは自由であるという観点をつくっていくことができそうに思います。

京都をものすごいハイテク産業にすると思う人がいるならば、伝統を壊さないで、それをすることは可能だと思います。ですからわたしは伝統を先へ先へと掘りくり返すことができるようになることと、現在から未来へどんどん触手を伸ばせることはあまり矛盾はない、同じことだと思います。同じことを別にいっている、ただこちらを向いていっているか、あちらを向いていっているかというだけなのだと思っているのです。

上村　きょうは京都についての本質的な問題、京都のもつ二重性は欲得ぬきで、かつ理念をもてば両立するのではないかという非常に根源的なことをご指摘いただきました。また過去を見ていくことが、そのまま未来にどう進んでいくかを考えることと同じことなのだという非常にご示唆にとんだお話を、どうもありがとうございました。吉本先生の胸をかりて、また新しい京都に関する一つの認識が生まれてきたと思います。

（京都市上京区　京都ブライトンホテル）

〔音源不明。文字おこしされたものを誤字などを修正して掲載。校閲・菅原〕

【ゲーテ自然科学の集い主催】――1993年11月13日

三木成夫の方法と前古代言語論

質問者　三木さんがゲーテの創始した形態学を発展させていったさいに、空間的のみならず、時間的視点を取り入れたことが重要と思います。自然史から文明史への時間的展開のなかで、環境など多くの問題が生じましたが、これからの文明のありかたについてどのようにお考えでしょうか。

世界中の国家で、天然自然を相手にする農業、漁業、林業などに従事する人々の数は減少し、その収益も減少しています。これは、一種の自然史的な成り行きだと思うんです。文明と自然との関連の問題は、大都市と地方、先進国と発展途上国との不均衡な関係にもあらわれています。そこで不均衡を解消する唯一の方法は、僕は贈与であると考えています。意識的な贈与というか、平等とか均衡を保つしかたをつくりだすべきではないでしょうか。また、現代文明が超文明に進んでゆくことが不可避の事態ならば、逆に天然自然のもっとも原初的な情況を、農業や漁業以前の情況を、つまり超未開とか超原始を追求することがじつは必要なのではないかと思うんです。

超文明と超原始とを見つけだすことは同じなのだという観点をどこかでつくりたい、そこに結局は帰するんじゃないでしょうか。

質問者　生物は、三木さんのいうとおり、「性の相」と「食の相」にあるとおっしゃいましたが、そのばあい、性の相とは生殖とつねに結びつくのでしょうか。人間の性の相はかならずしもそうではないかも知れない。文明化や価値化と当然かかわる問題としてうかがいたい。

文明化していくとセクシュアリティも多様化し、反自然化は避けられないと思うんです。けれども避けられないから、それを肯定するというのではありません。それは文明史の責任でもありますよね。性愛と生殖とを兼備するのが健康な性のありかたなのだから、それぞれがそう考える相手をさがしたらいいじゃないですか、というふうにしかいいようがないんです。

文明化と価値の問題ですが、交換価値だけが価値だという考え方はやはり否定できないと思うんです。マルクスが労働価値説をこしらえた時代は、まだ牧歌的で、農業と工業の対立しかなかったわけで、空気とか水のように使用価値だけあって、交換価値がないというものがあった。けれども現在はそうではない。第三次産業といわれるところに、労働者が移っているわけです。天然水も商品として売り出されていますよね。使用価値と交換価値とが、心臓と脳じゃないけれども、どこかで相通じるみたいな、そういう段階の価値なんです。使用価値と交換価値とを機能的に区別できないのが、現在です。経済学でも無意識にそれを知っているのでしょう、使用価値のみを価値とみなし、その大小だけを考えています。時代はたしかにそういう段階にあるんだけれども、それだとちょっとまちがえちゃうよ、と思うんです。

使用価値に差異論と機能論をあてはめるから大小をいうけれども、ほんとうは使用価値に大小なんてないんです。要するに、三木さん流に両方をからめあって、ミックスしている価値をとらえるべきなんです。だから、天然自然のことでいえば、自然よりいい自然をつくってしまえばいいとも思うほどです。今ある森林をまもるのではなく、今のそれよりもっといい森をつくってしまう、ということですね。それが超文明的な意味での自然だと思うんです。

質問者　いい自然という問題は発展的な手がかりになると思いますが、具体的にお話をいただければ。

植物学でいえば、いい森林をつくるときにどの樹とどの樹をその土地で組み合わせればよいか、ということはもうわかっていますよね。それならば、森林をまもるという発想を転換して、植物学のそうした知識を実践して、いい森をつくってしまう、自然の森よりもすくなくとも少しいい自然をつくれる、ということです。稲作の冷害がありましたが、宮沢賢治の童話にあるように、冷害が来そうになったら天空の温度を少し上げる細工をしたらいいんですよ。今日、それは可能な時代になっていると思うんです。

（原題：三木成夫さんについて／慶応義塾大学）

〔音源不明。文字おこしされたものを誤字などを修正して掲載。校閲・築山〕

【本郷青色申告会主催】――1994年11月24日

顔の文学

質問者　今日のお話のことじゃなくてもよろしいですか。今日はびっくりしたんですけど、先生は工業大学のご卒業で技術屋でいらっしゃると。今日のお話と技術屋との結びつきは、どういうことなのかなと（会場笑）。何科を専攻されてご卒業されて、現在のような道を歩まれたんでしょうか。

本当は、大学の中では分けないほうがいいような気がして。社会へ出てから分けたほうがいいと思うんですけど。

結局、ひとつは戦争なんですね。僕らみたいなのは、戦中派とか呼ばれているわけですが。僕は小学校を出たらすぐに工業学校へ行きまして、化学をやりました。それから高等工業高校、大学でも同じように化学をやってきたわけです。それで会社に就職しまして。青砥に東洋インキっていう印刷インキの製造会社があって、そこに就職したんです。そこに五、六年いたんですけどやめまして、特許事務所へアルバイトに行ってたりして。

工業高校の頃から趣味で本を読んだり、何か書いたりということはしてたんですけど、三十一、二くらいになったときにちょうど、何か書いたときの収入と特許事務所からの収入が半々になって（会場笑）。それで何か書かざるを得なくなってきて、アルバイトをやめることになったわけです。別にやめなくてもいいんですけど。

戦争のときに思春期・青年期を過ごしてますから、何かが壊れちゃってるんですよね。そのとき、もっと上であるか、あるいはもっと子どもであったらまた別なんですけど。ちょうどそのころ思春期・青年期だったものですから、戦争にたいして一生懸命気持ちをのめり込ませ、身体ものめり込ませてやってきた。ところが敗戦でそれがパーになっちゃったということで、もう嫌になっちゃったんですよね。生きるのが嫌になっちゃったっていうぐらい、何もかも嫌になっちゃったわけです。

ですから集中して何かをポンとやっていくと、どこかで壊れちゃうというか。大学を出て会社に勤めてれば、「お前は黙ってても偉くなれるよ。重役とか社長になれるよ」と。当然そうであるはずなんだけど、そういうことが分かっちゃうというか。そういうところにはまり込んじゃって、そういう軌道に入っちゃうと、もう嫌になっちゃうんですよね。それは戦争のおかげだと思います。戦争の影響だと思いますけど。

そうなってくると「なんか嫌だな。こういう生き方は嫌だな」と思っちゃう。そうするとまたやり直しということになって。そうやってやり直しみたいになっても比較的に影響を受けないで残っているのは、ものを書くことで。「ああ、今日は嫌な日だった。こういうのは嫌なことだ」とか書いているいることだけは、なんか残ってるわけです。気持ちが嫌になっちゃったり、生活が嫌になっちゃったりしても、ものを書くことだけは残ってる。三十いくつごろにはそれが収入の半分を占め、生活のものをいうということになって。あとはもう自分で決心して「俺はもうやめたぞ。技術関係はやめたやめた」ということになって。それで書くことになって、それが収入源にもなっちゃった。そういうことなわけですね。

自分の体験からいえば、ようするに、先ほどいった「もののあはれ」と顔をどうするかという問題と同じように、大学を卒業するころには、自分は理工系・文科系のどちらの会社に行くかを決める、そのくらいのことができていれば、大学なんていいいんじゃないかなと思っています。それ以上のことをやってても無駄だぜ、と思ってます。

それは大学を出て会社に勤めたり、研究所に勤めたりすればすぐに分かるので。学校で習ったことなんか、七割がた要らないんですよ（会場笑）。そのときに初めてぶつかって対処していけば、けっこうそれでやっていけるわけです。また、そのほうがいいかもしれないですから。僕は工業学校のときからずっと理工系ですけど、自分ではそんなに分けて考えてないんですね。「自分は理工系の学校に行っていたからこうだ」ということはないので、極めて消極的にやってきて。もちろん何か事情がなければ、それでずっと行ったかもしれないんですけど。でも戦争で早くから工場へ行って、旋盤工や大工さんの真似事をしたりということをやっちゃいましたから、なんか「おおよそのことは分かったよ」っていう感じがあって。体験上、分かってるんで。そこから「また学生さんになって、一生懸命勉強しろ」っていわれたって、もうそんなのは嫌だよと（会場笑）。そういう世代です。戦争が終わったとき、一年だけ学校が残ってたので、かろうじて卒業できるぐらいは勉強しましたけど。でも、本気になってはやらなかったんですよね。「もう出ちゃえばいいや」っていう感じだったんですよね。そんな世界だから、専門的な学校だからという意識はあまりなかったんですね。

質問者　どうもありがとうございました。たいへんぶしつけなことを申し上げまして。

いやいや、そんなことはないですよ。

（文京区　本郷青色申告会館）

〔音源あり。文責・菅原則生〕

【地方小出版流通センター主催】――1995年2月10日

知の流通――『試行』刊行から34年……現在

司会者　少し時間がありますけど、吉本さん、ひとつかふたつ質問があったら受けてよろしいでしょうか。

はいはい。

司会者　どなたかご質問があるようでしたら、どうぞ。

質問者　実は先月も吉本さんのお話を聞きまして。今日もほんとうは、八つくらい質問があるんです。一月十八日の講演（『二十五年目の全共闘論――「全共闘白書」』）では九個ぐらい質問した人がいましたけど、僕も負けずに八個ぐらい質問しようかなと。でも時間がないので、それはやめておきます。

まずひとつは、知の流通ということに関連した質問です。もう吉本さんはどこかの新聞等で書かれたかもしれませんけど、例の雑誌『マルコポーロ』の問題にかんしてひとつコメントをいただければありがたいと思います。

それと明治以降、坪内逍遥や漱石等が欧米文学を翻訳しましたよね。その翻訳はほんとうに当たってるのかなと。僕は若い頃から、ずっと疑問に思ってたんですけど。吉本さん自身も『超西欧的まで』という講演集を出しておられます。西欧にたいする日本の文学・思想情況のかかわり方という意味合いで、正しい文学が流通されているのか、欧米と日本の間で、知の流通はほんとうになされているのか。その二点についてお答えいただければと思います。

『マルコポーロ』の廃刊と関連させてということでしょうか。

質問者　いえ、お答えできる範囲でいいんですけど。

『マルコポーロ』の廃刊というのは、西欧におけるユダヤ人問題にたいして異を唱えるような、あまり情報が正確でないところで、ナチスがユダヤ人をガス室で殺したという事実はないというに近いことを記事にしたことで問題になって。これは、日本の明治以降の近代西欧文化への死角みたいなことになるんでしょうけど。雑誌にそういうことを書かれた人がいるわけですけど、僕はそれについてなにかいうだけの資料や材料をなにも持ってないから、あんまりそれについてなにかいうことはできないんです。

ただ、「お前だったらどういう判断をするか」ということになるんですけど、それはヒトラーの理念の問題になると思うんです。僕は『マイン・カンプフ（Mein Kampf 我が闘争）』の完訳版を読んだことがあるんです。戦争中も読みましたけど、それは日本に都合の悪いことを抜かしてあって。完訳版によると、ヒトラーっていうのは明らかに病的なところがあるんですよ。あの人は人が触ったものに触ったら、アルコールで手を洗わないと収まりがつかない。もっと極端なところでは、オキシフルで消毒しないと不潔で収まりがつかないという人がいるとします。僕らは「そこまで行ったらちょっと病的だろう。それじゃ清潔感じゃないぜ」と思っちゃう。そういうところを見ただけで、そう思っちゃうわけです。『マイン・カンプフ』を読むと、ヒトラーがユダヤ人にたいしてそれと同じ感情を持っていることがわかる。血液の中にユダヤ人の血が流れていたら、もう身体中穢れてしょうがないとか。そういう神経症的なところがあるんですね。『マイン・カンプフ』を読んでいて病的だと思うのはそこなんです。だから、それはやりかねないぜと思うんです。ユダヤ人を絶滅するのももちろんそうですし、なんでもやりかねない人だぜと。僕はそう感じますから、そこでならなにかいえるような気がします。

ほんとうにそういうことがあったかどうかということが確かめられないかぎり、いうことはできないけれども、「この清潔感はちょっと病的でしょうがないね」っていうことはいえる。『マイン・カンプフ』を読みますと、そういうことはすぐにわかります。それだけが、ものすごく響いてきます。だからこの人は、そういう意味合いでは病気だと思います。「病気だったよ」と思わざるを得ないわけです。つまり、そんなことをやりかねない人だということはいえそうな気がします。僕の判断はそうです。そういうことを確かめもしないで、「ガス室がなかったのは当然だ」という言い方はできないように思います。

つまり、今おっしゃったあれでいえば、西欧の文化にたいして現代は万国共通だとか、同時性があるとかいいますよね。ある部分ではまことにそうなんですけど、非常に微妙な、微細なところでは、今でもそれと同じことがいえるんじゃないかと思います。たとえば、三島由紀夫の作品がなぜ西欧で読まれるかっていいますと、市ヶ谷へ行って腹を切って首はねて死んだという衝撃が、三島由紀夫を読む原動力になっていると聞いてますけど。まずは、その程度だと思ったほうがよろしいんじゃないかと思います。西欧文化はなんでもわかってるし、こっちの文化もわかられていると思ったら、それは大間違いです。ほとんどわかられてなくて、「通じねえよ」というのが本音のところだと思います。今でもそうだと考えたほうが、僕はいいような気がするんです。

ユダヤ人問題というのは、西欧における大問題なわけです。マルクスなんかも一生懸命、ユダヤ人問題について論じていますし。当時のユダヤ人の排斥の仕方にたいして異議を申し立てると同時に、ユダヤ人擁護の言説にたいしてもマルクスは異議を申し立てています。つまりそういう言い方は不正確だといっていますけど。ロシアも含めた西欧において、抜き難く潜在的なところまでいったら、ユダヤ人問題というのはまだなかなか解決しにくい深みのある問題だと思います。これは深い問題でまだまだ突っ込む余地があるものですから、具体的にどうだというところからいくのは難しいように思えますね。よほど実証からいかないと駄目なんです。

だから、原則原理的にいうならば、いえそうな気がします。ナチスドイツのイデオロギーというのは、とにかく病気なんですよ。ヒトラーは、神経系の病気だといわれてもしかたがないようなことを書いています。ですから、「これはちょっと病気だぜ。なんでもやりかねないぜ」と僕は思ってます。

西欧文化と日本文化の問題も、これからだんだん本格的になっていかなきゃいけないんじゃないかと思いますけど。でも、それはちょっと簡単じゃないなと。僕はそれを、いろんなことで実感していて。たとえば欧米の人が、日本の誰かの小説を翻訳したとします。個人が好きで翻訳したものを本国で出せないだろうかと考えた場合、出せる可能性はほとんどない。たとえばフランスには賢人会議というのがありましてね。その賢人会議で許可を取りますと翻訳されたり、出版されたりするわけです。そういうのを通さなければ駄目です。個人が好きだからということで一生懸命翻訳しても、出版するのはまず不可能に近い。それが現状だと僕は実感しています。ですから、文化とか芸術というのは微妙なところになってきますと、非常に難しいと思います。まだ交流は難しいし、西欧で日本文学を紹介するということも難しい気がします。

明治時代、欧米に留学していた人たちは日本へ帰ってきて、西欧はみんな統一が取れてて、文化的単一性があるという変なイメージを振りまいた。ソビエトについても同じで、そういう間違ったイメージを振りまいてきた。ソ連邦崩壊を見ていると、「こんなところでこんな喧嘩をしてるのか」と思うでしょう。国内戦を盛んにやっていたりしますから。どうも日本の西欧留学生っていうのは、なにも見てこなかったんじゃないかと思えるわけです。この人たちは学校と下宿の間を往来してるだけで、なにも見てこなかったんじゃないか。イメージがまるで違うじゃないかと。そう思えてしょうがないわけです。そうするとまた違うやつらが「いや、ナショナリズムがまた復興してきた」とかいうわけです。そんなことはない。それは復興してきたわけじゃなくて、もともとあったものが出てきただけでしょうとしかいいようがない。あるいは、強制力で隠したんだとしかいいようがないわけですよ。つまり西欧にかんしてはそれぐらい、不充分な情報しかないんだということを僕は感じるんですね。それは『マルコポーロ』の事件についても同じです。僕は『マルコポーロ』の編集長だった花田紀凱（かずよし）さんっていう人にひでえ目に遭ったことがあるから（会場笑）。もともと、いい感じを持ってないんですよ（会場笑）。

今、どこだってそうでしょう。たとえば嘘がまことになるというぐらい、真のことが二分ぐらいあってあとの八分は嘘だっていうことをバンバンやるでしょう。その手のすれすれのことをやると、本気になってしょうがないわけです。ところが「本気になるまでもないのにな」と思うと、「ええい、いいやいいや」っていうことになっちゃう。そうしたら泣き寝入りになるわけでしょう。だけど今回の場合、たまたまユダヤ人協会かなにかが泣き寝入りしたくなかったわけですよね。だから文句をつけたわけなんだけど。文句をつけてみたら花田さんもあっさり辞めて、雑誌までやめちゃったでしょう。それを見て、向こうはびっくりしてると思います。

なんかものすごく張りきっちゃって、危険すれすれのところで話題性のある伝え方をすれば、雑誌の売り上げは伸びますから。そういうことはやっぱり、競争でやっているというのが現状なんじゃないかと思うわけです。そういうことにかんしては、西欧なんかより日本のほうが発達してると思います。西欧の人たちは、日本の人のやり方をだんだん真似してくるんじゃないかなと思います。それで嘘八百とはいわないけど、嘘八十、本当二十ぐらいのことを平気でやりだす。そういうことにかんしては、日本のほうが先覚者であって。日本のほうが先にやってて、西欧のほうが真似してるに違いない。僕にはそう思えるんですね。

日本では昔からっていうか、田中角栄のときから嫌いでしょうがなかったんですよ。政治家を失脚させるにはふたつの道があるわけです。ひとつは金銭問題で、もうひとつは女性問題です。そのふたつについて必ず清潔ということはないから、本格的に追及されると政治家は成り立たなくなる。しかし社会主義も含めまして、そのふたつにかんして清潔な人がいるかっていうと、そんなのはいるわけがないんです（会場笑）。いるわけがねえのに、どうしてそんなことをやるんだと。これはやっぱり、学校の教育が悪いんじゃないかと思うんです（会場笑）。あるいは、大学の教育が悪いんです。つまりほんとうは、世の中のことがなにもわかってないんですよ。世の中はいい加減だっていうことじゃなくて、わかってないなと思うんです。僕はそういうのを見てて、嫌だなと思いますね。金の問題と女性の問題で失脚させるというやり方はアメリカから移ってきたものですけど、こういうやり方はものすごく悪いと思います。やっぱり、嘘つきをたくさんつくりますから。そういう嘘のつき方がうまいやつほど平気で歩いていけるということになるわけでして。もしかすると新聞記者や雑誌記者の人たちは、そういう清潔な政治家がいると思ってるのかもしれない。なぜそんなことを思うのかというと、それは教育が悪いからですよ。あるいは大学の先生っていうのは馬鹿ですから、生徒にそういうことを教えるのかもしれない。だけどそんなことじゃない。ようするに、社会主義国だって成り立ってないんですよ。そんなことはちょっと調べればすぐわかるわけです。だけどそう思うから、そういう追及の仕方をする。

自分を棚に上げれば、どんな批判でもできるわけですよ。だけど、「お前はどうなの？」っていうところまで自己相対化すれば、非常に難しいことになってくる。それが現状じゃないでしょうか。政治問題からジャーナリズムみたいな出版界に至るまで、きりがなくそういうやり方が続いていってるというのが現状です。それはなかなか難しい問題じゃないかなと思います。それを規制しようなんていうことを考えると、またとんでもないやつらが入ってくることになりかねないのです。それは難しいことですね。今のところ、この問題にたいする最終的な解決法は考えられないぐらい難しい問題だと思います。

明治以降の日本の西欧化が近代以降の根幹だとすれば、それは西欧のことをどの程度誤解しているのか、あるいはどの程度錯覚しているのか。そういう問題も含めて、たいへん難しいんじゃないでしょうか。大江さんがノーベル賞を受賞したときの「あいまいな日本の私」っていう講演を読んだことがあります。大江さんは、川端康成がノーベル文学賞を受賞したときの「美しい日本の私」という講演を風刺して、そういう題をつけたんでしょうけど。僕がこれについてまずいいたいのは、西欧化という問題です。大江さんというのは、過剰な西欧化主義者なんです。だからどうしても、内側の思想を犠牲にするんですよ。つまり、内側からみると「こんなことまでいわなくていいだろう」っていうことまでいうわけですよ。それは過剰な西欧化なんですよ。

それからもうひとついいたいことがあります。川端康成を風刺するっていうけど、僕は大江さんの作品批評の次元では、川端康成の作品のよさはちょっとわからないんじゃないかと思うんです。僕らは批評の専門家だからわかってますけど、川端康成の作品というのは通常考えられているよりも非常にいいんですよ。たとえば『山の音』みたいにゆっくりして、非常にわかりやすく書いてある小説があります。日本語の無意識の文体とその微妙なニュアンスがわからないと、あの作品は評価できないですよ。大江さんの評価の次元では、この小説はとても駄目ということになります。彼は、川端康成の作品のよさをほんとうにはわかってないと思います。もっと浅い次元で、イデオロギーを中心に論じている。川端さんはなんとなく伝統主義者・保守主義者だけど、俺は進歩主義者だ、大江さんはそういう次元でいってるんですよね。これは非常によくないと思うけど。これは明らかに、過剰な西欧化だと思いますね。

ですからあれは、別な次元での修正を要するんじゃないでしょうか。そうすると、大江さんの小説の文体はだいぶ変わるはずだと思います。大江さんの小説の文体は、日本語の無意識までさらっていけるものではない。そうではなく、翻訳小説の日本語の文体を真似て小説を書いたという次元でもって解けるような文体です。とにかく大江さんの文体は、ほんとうの日本語の無意識まで入ってこない。大江さんの作品に奥深みをつくるためには、やっぱりそこまで入っていくことが必要なんじゃないかなと思います。

　でも今の西欧の人たちには、そんなのはちゃんと評価できないですから。彼らはわかってないから「いいですね」とかいわれないかもしれないけど、そうなってきたら内側からは「あっ、なにかあるな」と思われる。だけど今の大江さんの過剰な西欧化・近代化という概念は、内側から見ると「みっともないな」と思って（会場笑）、そこまでいわなくたっていいのにな、そこまで「日本人は世界的だ」なんていわなくてもいいよ。西欧なんかで知られなくてもいいよ。そうまで過剰に西欧化・近代化していうことはないんだよと、僕ならそう思っちゃいますね。

　日本の芸術家はみんなそうですよ。映画でいうと、大島渚の『戦場のメリークリスマス』なんていうのはもう恥ずかしくて見てられないですよ（会場笑）。軍隊にいた人ならわかるでしょうけど、僕らが見ると「そんな馬鹿な」と思っちゃうんですよ。そうまでしちゃっていいのかなと。そうまでして西欧からの評価を得なくたっていいじゃないのと思っちゃうわけ。今村昌平の『楢山節考』も同じです。やっぱり「よせやい」と思っちゃう。『楢山節考』は外国で賞をもらったかどうか知りませんけど、あんなのこっちから見たら、日本はまだ原始未開で、腰に簑をつけて原始人みたいな恰好をした人がうろうろして、犬でもなんでも強姦したりしてると思われちゃう（会場笑）。そのぐらい過剰な西欧化をしてる。

　僕が、「これは世界的な映画だな」と思ったのは、森田芳光の『家族ゲーム』です。あと最近だと、ビートたけしの『3-4x10月（さんたいよんえっくすじゅうがつ）』もよかったですね。この二本は世界のベストいくつに入るであろう、ものすごくいい映画だと思いました。日本の映画で掛け値なしにいいと思うものは、そのぐらいですよ。黒澤明にしても、みんな過剰な西欧化ですよ。ああいう映画は、エキゾチシズムで売っちゃうわけですよ。エキゾチシズムで売っちゃって、それが評価の中に入ってきちゃう。「それを批評することはねえぞ」って思うんだけど。

僕は、その二本の映画こそが世界的だと思ってますね。だから、それぐらい西欧化・近代化っていうのは難しいように思っています。僕が日本の明治以降の代表的な知識人を挙げるとすれば、柳田國男と折口信夫ですね。そういうよりしかたがないなと思うんですけど。

（原題：「知」の流通――「試行」刊行34年……現在／千葉市美浜区　幕張プリンスホテル）

〔音源あり。文責・菅原則生〕

【教育研究会（藤井東主宰）／山梨日日新聞社主催】――1995年9月3日

現在をどう生きるか

会場　吉本さんと芹沢さんが特にいっていたのですけれども。キーワードとして市民社会というのが出ていたと思うのですけれども、□□□基本的に戦後社会といいますか、戦後の個人が生きる、□□□などという言葉をよく使うと思うのですけれども、現在を肯定して、□□□人生を認めるじゃないですか。そういうことをおっしゃったと思うのですけれども。

今、吉本さんのお話だと、市民社会の論理とそれを超える□□□たぶん同じような□□□けれども（聞き取れず）。

聞こえない。

会場（聞き取れず）

こういうふうに答えればいいのかなと思うのですけれど。つまり、僕は、二ついいますと、一

つは要するに、思想というのはいつでも、そのときどきということになるのですけど、大衆というもの、僕の言葉でいえば大衆というものの原像、つまり元のイメージというものは絶えず、思想というのは繰り込んでいなければ駄目だというふうになるのが僕の基本的な考え方で、それでいっているわけなのですけれども、そのことをつまり、一体感としてではなくて、大衆ということと、それからそれを繰り込んでいく思想ということとは別なんだよ。別なんだよということはおかしいですけど。やや違うんだよという。だから、それを大衆の原像というものを繰り込んでいくということは、思想の基本的な問題なんだというふうに、僕はいっていることに、ややきつい衝撃といいますか、分裂をやや強いられたなというのが僕の危機感なわけです。

ところで、僕の理解、考え方では、非常に俗な言葉でいえば、要するに、つまりオウム真理教といっても、麻原彰晃という人になるわけですけど。この人に負けたくないなというのがあるんですよ。負けるというのは、ちょっとややおかしな言い方なんですけれど、つまりそれを察してほしいわけなんですけれど。つまり、うかうかとこの人を否定する考え方というのはいっぱい出てきているわけです。特にテレビなんかではいっぱい出てきているわけで、これは全部負けているというのが僕の感じ方です。

つまり、これは負けているよ。こんな否定の仕方をしたって、本当はそんなことしていないかもしれないけれど、僕の俗な言い方で、みんな笑われているよ、これは。つまり、麻原さんが笑われているわけじゃなくて、オウム真理教の真面目な分子というか、部分の人たちには、こんなことをいったら笑われるよというふうに思っているわけですね。

これは幅があるんですけれど、つまり、要するに麻原という人が例えば、裁判か何かの途中でね、つまり自分の世界観を述べて、それでわれわれは要するに市民社会の倫理、および法律的な倫理観でいえば、無差別殺人ということであるということを認めると。それはいかようにも市民社会において断罪されて、刑に服するし、命を落としてももちろんいいわけだから。しかし、自分らの世界観からいえば、それはそういうことにならないんだということをちょっと解明してくれないとね。

つまり、思想的な世界観を闡明にしてくれないとね。ちょっと、最終的には何も出ないのですけれど、現在までのところで。要するに、うかうかしたことをいうと、負けるよなというように、つまり思想としての僕は、やっぱり負けたくないよな、こいつにはな、というふうに思っているから。思っているし、まあ思っているわけです。

つまり、思考の問題だけとしたら、この人は相当すごい人だよというのは思う。つまり、嫌な例を引きますね。昭和天皇が亡くなったときにね、その前後にね、大岡昇平とかね、手塚治虫とかね、一緒に亡くなったんですよ。それはただ偶然に一緒に亡くなったわけだけど、違う見方をすると、因果応報の見方からするとね、あれはみんな昭和天皇に抱え込まれて、あれ殉死したなというふうに僕は、そういうふうにも見えるくらいに一斉にそうだったんですよ。僕はテレビの批評をしたからよく分かるんですけどね、あれを見ていたのですよ。

つまり、それと同じで、うかうかとしているとね、あれはあいつに抱え込まれて、嫌だからな、あいつが死んだら俺も死ぬというのは嫌だからと思って、それは死んだという意味はいろいろあります。思想的な意味もありますよ。あいつが死んだって俺は死なないよという、そういう意味合いです。勝ちたいわけです。つまり、負けたくないわけですよ。だから、そういうことだけでも、あれは相当な人ですよ、やっぱり。相当抱え込んでいますよ。

例えば、テレビに出てくるなんか宗教批評家とかいろいろいるじゃないですか。つまり、そういうのは全部抱え込まれたというふうに僕は思っています。つまり、ああいう批評の仕方をしたら負けだよというふうに思っています。ただ、そういうことでしかし、この人は相当な人だな、つまり相当、もっと違う言い方をすると、相当業の深い人だなというふうに思いますね。

つまり、昭和天皇というのは偉大な、つまり日本における偉大な天皇の最後の人という、この人も業が深い人ですよ。相当抱え込まれて亡くなったというふうに思っていますけれどね。つまりそういう意味合いで、やっぱり相当な人だというのは僕の感じ方です。

だから、こんなうかうかとしたことをいったら、この人に負けちゃうんだよ。こいつに負けちゃうというか、こいつに取り込まれちゃうぜという感じ方というのが僕にありますね。しかしそれは、やっぱり相当な人だよという。相当考えさせるよという。つまり、自分が従来、思想というのは大衆の原像というのを絶えず繰り込まなければいけないというふうにいってきた、その問題に対してね、かなりな程度のくさびを打ち込んだなというふうに僕は理解しているということ。それを、要するに□□□という言い方でいったわけです。ちっとも僕は困っていないです。困っているわけじゃないけど。

しかし、やっぱり相当な、この人は相当な影響力というか、相当な、業の深い人だねというふうには思っていますね。この業の深さというのは、例えば、いろいろいえるわけです。あなたに分かりやすくいうためにいうけれどもさ。例えば、島田さんという宗教学者がいるけどさ、この人はもう、僕の感じ方では取り込まれたというふうに思っているわけね。こういうことをいった、こういう言い方とか、こういう分解の仕方をしたら、負けだよという。

さて、これは噂話だから、本気にしないでいただけると……。ビートたけしなんか、ちょっとノイローゼになっていると僕は聞いていますけれどね。つまり、そこに取り込まれるわけですよ。それだけのあれを持っているわけですよ。例えば、中沢新一さんという人がいるけれど、この人は、はじめのころは、これはいかんと僕は思いましたね。こういう言い方をしては駄目だという、そういうふうに僕は思いましたね。だから、これはあれだなと思ったけれど、途中であの人は、なんていうか、自己解析しだして、そして相当そこのところは、□□□でいえば負けないぞというか、そういうあれがすごい出てきたなというふうに、僕は思っていますけどね。

僕は全然負けていないと思っているからね。本音というか、あれをいいますと、内心までいうと、この人は相当な人だなというのが僕の実感ですね。それは、今、分裂というのはあなたに質問されたけど、要するに、やっぱりくさびを打ち込んでくる力がありますね。思想的な力がありますね。べつに念力じゃなくても、思想的な力があります。だから、相当な思想だというのと、これなら負けないさという、これに負けたたら、やっぱり、戦後日本の全左翼と全宗教はみんな終わりさというふうにいっていますけれどね。

つまり、仏教というものは、例えば、浄土□□□□を除いたら□□□ですよ。その□□□□よ。だから、本来ならばそういう仏教の長でも何でもいいから、専門家と称する人はね、きちっとこれに対して、これはこうだとか、これは違うとかちゃんといわないとね、それは負けるんですよ。それくらいこの人はね、宗教と思想、両面にわたって、相当な、徹底的なことをしていますね。それはいいですよ。市民社会の面でこれは悪、無差別殺人、それはそのとおりだといってもいいんだけれど。

だけど、それではすまされない□□□□ということを考えに入れればね、この人は相当なことをね。だって、戦後、日本の思想的、あるいは思想的行動のね、総ざらいというか、総括というのをこの人はしちゃったなと思っています。だから、すごくきつくあれしないと、対決しないと、やっぱり負けちゃいますね。そのくらいこの人はつまり、浄土宗ないし浄土真宗を除いたほかの仏教の坊さんがやっていることは、全部この人たちはやっているわけです。それから、そういうことは、いつだって、いわゆる市民社会でいう、善悪でいえば、悪という、無差別悪というのと、いつだって結び付けるということを実践しちゃったわけだから。だから、弁解はしつつあってしかるべきだと思うのに、ちっともやらないでしょう……。

していないでしょう。つまり、それは駄目なわけ。そんなことは全部超えられちゃっているんですよ。つまり、オウムに超えられてしまっていますよ。オウムにということをいうのが嫌だったら、麻原彰晃という人に超えられちゃっていますよ。だから、超えられてないつもりだったら、何かいってごらんなさいと僕は思いますけれどね。□□してごらんなさいよと思いますけれど、それはできていないですよ。一人もできていないですよ。どの宗派もできていないですよ。それは駄目です。もちろん浄土真宗系のやつだって、理屈をいうやつはたくさんいるはずなのだけど、いえばいい、おまえ、自分の考えをいってみろといいたいところなのだけど。いっていないです、今までのところ。

それから、キリスト教なんか、……俺の悪口なんかいっているけれどさ、おまえの教祖は何だといったら、自分はユダヤ人の王だと主張してさ、そして死刑になっちゃった人ですよね、キリストなんていうのは。それを教祖にして、何をいっているんだというのが、僕の……。つまり何もできていないのですよ、既成の宗教というのは。だから、全部そんなの駄目ですよ。だから、それはね、それくらい力がある人ですよ。力というか、あれがある人。だから、うかうかとしていたら駄目ですよ。取り込まれちゃいますよ。

ですから、やっぱり……負けないですよ。こっちだって戦後の五十年、何かものを考えることでさ、あれしてきた人間なんだ、そんなたやすく負けやしませんよ。だけど、要するにしかし、かなりな衝撃を与えたねって、自分の考え方にね。そのことを、先ほど……申し上げたのですけど、結局、いいたいことはそういうことなんです。そういうことなんですね。これは答えになっているのかなと。

司会　ちょっと予定している時間より大幅に過ぎてしまったのですけれども。最後にということで、芹沢さんにもというあれでしたけれど、今の吉本さんのお答えでよろしいでしょうか。最後に、もし何かありましたらあれですけれども。

女性　質問ではないのですけれども、最後の締めくくりとして感想を述べさせていただきます。去年も来させていただきました。最後まで質疑応答を聞かせていただきました。私は、ヨシモトリュウメイ、ここにありという姿を、私も全共闘世代でありましたので、本当に懐かしく拝見できることができて、ありがとうございました。

そして、去年とちょっと感想といいますか、ちょっともうちょっと考えていただきたいなと思ったのは、オウムに取り込まれちゃったのかもしれないですけれども、なんか言葉がすごく難しくて、□□□□ちゃったお母さんというか、そういうお母さんなどもちょっといらっしゃったのです。せっかく一生懸命やってくださって、最後にこういうことをいいたくはなかったのですけれども、本当に、もしできたら、もっと簡単に分かりやすい言葉でいえるようなことがあったら、そういうふうな表現もしていただきたいなというふうに感じました。

本当にありがとうございましたということと、ちょっと感じたこと。申し訳ありません。こんなことを申し上げて。

司会　いいえ、これは僕たちの、言葉をいかに開くかということでもあるかと思うのですけれども、しっかりと受けとめて、なんとか、そういうふうに言葉を開いていけるように、僕自身のことといえば、そういうふうにしたいと思います。どうも。

今の、少しお話で、しゃべれるかどうか分からないですけれども。吉本さんの、取り込まれちゃうという話を考えながら、僕はイエスの箱舟という宗教集団というか、聖書の研究家に関心がありまして、一冊の本を書いたのですけれども。それで十年経ったので、文庫にしてやろうという話が出たものですから、久しぶりにイエスの箱舟、千石剛賢さんという方なのですけれども、その人の書いたものというか、しゃべったものとかというのを読み直してみたのですね。

（省略）

（甲府市貢川　山梨県立文学館講堂）

〔音源あり。文責・菅原則生〕

【群馬県高崎市・高崎哲学堂設立の会主催】――1996年5月11日

いじめと宮沢賢治

質問者1　質問というわけではなくて、感想になると思うんですけど。わたしは、宮沢賢治の熱心な読者というわけではありません。吉本さんの本を二十年来、申し訳ないんですけどつまみ食いのように読んできた者です。そんなところで、今日はこの講演会に来させていただきました。

わたしは小学校・中学校の教員をしています。幸いといいますか、今のところ大きないじめには出遇ったことがない。ただ、ひとりひとりの子どもにとっては、ちょっとしたいさかいでも非常に大きな問題だろうと思います。これは、自分の経験からも分かるんですけど。いろいろとトラブルがあったとき、子どもたちを集めてこのような部屋で話をしたことも何回かあります。話をしていて、子どもたちの心に沁みとおっていくときにはなんとなく実感で分かるんですけど、なんとなく上を通り過ぎていっちゃうこともあって。いくらこっちが真剣になってそういう関係の映画を見せたり、いろんなことを話したりしてもなんとなくしっくり来ないというか、じっくり話を聞いてくれないなと。そういう感じをずっと味わってきました。

今日、吉本さんから「大人や教師が介入すると、あまりうまくいかないよ。おかしくなっちゃうよ」という話を聞いて、「ああ、そういうことだったのかな」と思いました。それでなんとなく腑に落ちたというか、分かったような感じもしました。そうすると「じゃあ、われわれには何もできないのかな」と残念な感じもするんですけど、今まで感じた齟齬・ずれはそういうことだったのかなと。でもここにいる先生方の中には「いや、わたしはそう思わない。わたしはいじめの経験について、子どもたちとすっと分かり合えた」という人もおられるかもしれません。そういう方々の体験を聞けたらわたしも参考になるし、みなさんも参考になるんじゃないかなと。つまらない話ですけど、そんなふうに思いました。

質問者2　今の時期に先生からお話をうかがえて、本当によかったです。ただ感想を申し上げますと、宮沢賢治の世界には現在のようないじめの世界はなかったのではないかと。宮沢賢治の世界は時代を超えて存在するとはいいながらも、やっぱり今の時代とは違ったものがあるような感じがするんですね。たとえば、昔はいじめを苦にした自殺というのはあまりなかったように思うんです。今のいじめには必ず、自殺がくっついてきますよね。われわれが子どもだった頃はいじめでもケガをするとか、その程度だったと思うんです。ところが今のいじめでは、最終的には自殺するということになってしまう。初めのほうで、いじめられた側にひとつの聖なるものがあり、宮沢賢治はそこにあるものを感じているのではないかというお話がありました。たしかにある意味において、いじめられるということは非常に尊い。これはいじめられた者にたいするひとつの声になると思うんですが、今のいじめにはもっと違うものがあるような気がするんです。もし宮沢賢治がこういう時代に生きていたならば、もっと生命の尊厳とかそういうことを取り上げたんじゃないか。新しいもうひとつの童話の立場・スタイルが生まれたんじゃないか。そういう感じがしたんですけど、いかがなものでしょうか。

いじめという具体的な問題には、時代によってそれぞれに様式っていいますか、変わり方や変化がある。だから宮沢賢治の考えるいじめと僕の子どもが体験したいじめには、違う要素があるに違いない。だからいじめにたいする処方箋があるとすれば、そこには「今いわなければ、こういう人間にかかわる問題は起こってこないんだ」という要素が入っていなくちゃいけないというのはたしかだと思います。僕には、自分の子どもがそこをくぐってしまっているという実感はない。二人ともぐれたことはぐれたんですけど（会場笑）、大過なく通っちゃった。これは偶然の僥倖かもしれないので、たいして参考にもならないと思いますけど。おっしゃる通り、生命の尊重ということは現代のいじめにたいする不可欠の薬の一種類としてあるのかもしれない。僕も、そういうことを感じないわけではありません。

まず、「子どもはぐれるにはぐれたけど」という問題がありますね。ぐれるにはぐれたけど、これ以上ぐれることはあるまいな。ないと言い切っていいんじゃないかなと、僕が実感的にそう信じられたのはどこなのか。育てるとき、五十五点ぐらいで合格ということにしたんです。四捨五入すれば、かろうじて合格する（会場笑）。それぐらいはやったという感じがあるんですね。結局、何を根拠に「子どもはこれ以上ぐれねえ」と思ったのか。ある程度はぐれてるけど、これ以上はぐれない。何を根拠にそう信じたのかといえば、五十五点ぐらいはやったという実感があったからで。

先ほどおっしゃられた生命の尊重ということと対応することで、実感的に思ってることがあるんです。僕は「五十五点ぐらいの育て方をしたな。それ以上はちょっとできなかったけどな」と思っている。もうひとつは、生まれてから一歳ぐらいまでの間、母親がおっぱいを飲ませますよね。あるいは、母親の代理の人が牛乳を飲ませるとか。そのほかにもおしめを取り替えたり、身の回りの世話をしますよね。それをしないとご本人がやっていけないのは、一歳ぐらいまでだと思いますけど。僕の理解の仕方では「そこまでの子どもの育て方が百点だよ」「九十五点だよ」ということになっていたら、いじめ・いじめられる世界を回避できるんじゃないかなと。これは先ほどおっしゃった「昔のいじめでは、自殺はなかった」ということと対応するんじゃないかと思うんです。ゼロ歳から一歳ぐらいまでの育て方が完璧に近かったら、あるいは親のほうに完璧に近いという自覚があったら、いじめ・いじめられる世界を回避できるんじゃないかなと。僕はそういうふうに思ってるわけです。

この問題は普遍的で、時代によって変わるということはない。時代によって一〇〇パーセントは難しいとかそういうことはありますけど、一歳までの育て方で一〇〇パーセントあるいは九〇パーセントやったという確信が親にあったら、その子どもはいじめ・いじめられる世界を回避できるんじゃないかなと。僕はそう思ってるんですね。

なぜいじめで自殺するかということと関連するわけですけど。いろいろと手本があって。僕らは、お粗末な労働者であるともいえる。たとえば、太宰治という文学者がいます。それから僕らと同年代だと三島由紀夫という同業者がいるわけですが、この二人とも自殺しているわけです。彼らは僕らとは桁違いの天才的な大才を持った文学者なんですが、逆な意味からいいますと、大才を持った文学者ということは欠陥でもあるような気がしてしょうがないんです。僕が調べた範囲では、この人たちの一歳未満までの育ち方・育てられ方はひどいものなんですよね。「親からこんな育てられ方をして、これで生きていけっていうのは無理だよ」というぐらい、二人ともひどいものですね。ひどいといっても、経済的にはちっともひどくないんですよ。むしろ、日本の上流に位する経済的に豊かなうちで。ただ親と子の関係、特に一歳未満までの親と子の関係を見てみると、これはちょっとひどいものだなと。こんなひどい育て方をされて、生きろといったってそれは無理だよと。そのぐらいひどいと思いますね。

幸いなことに僕の育てられ方はそれほどひどくなかったから、なんとかかろうじて生きてますけど。自分の育てられ方と比べても、彼らは「ちょっとひどいな」と思うような育て方をされていますね。これはあくまで僕の思い込みなんですけど、だからこの人たちは心の中で、人にはいえない葛藤を抱えていたんじゃないかと。「これは人にいったって、分かってもらえないよ」っていう無駄な精神のあがきを、人よりもたくさんやったと思うんです。それでかろうじて生きてきて、あるところまで行ったんだけどとうとう駄目だったよと。そういうことだと思うんです。

でもそれは、人にいうことはできないんです。これはもともと、一歳未満までの母親との関係でしか通用しないことですから。その間の育てられ方に関係することですから、人にいったってほとんど分かってもらえないですよ。そういう実感を持ってる人からは「そうとうひどい育てられ方をしたんだな」という分かり方をされるでしょうけど。とにかく、そんなことは人にいっても分かってもらえない。自分で処理するにしても考えあぐねるにしても、とにかく生きる方向へ行こう、それを乗り越えていこうと思う以外にない。そういうことで人一倍苦労しただろうと思います。人にいえない苦労、いっても無駄だという苦労をしたと思います。でもそれが、あの人たちを偉大な文学者にした。結果的にはそういうことになったんじゃないかなと、僕は思っているわけです。

でも逆に「それなら、ひどい育て方をしたほうが偉くなるのか」っていわれちゃうと困るんですけど（会場笑）。そういう育て方をされて、偉くなるとは限らない。ご当人にとっては、社会がどうだ、評判がどうだということはあんまり意味がないんですよ。もともとお金持ちですから、お金に困ってるわけではないし。いい作品を書くことによって人を慰めたり鼓舞したりすることはあると思うんですけど、自分にとっては、そういうことで評判を取ったなんていうことはあんまり意味がないんです。この人たちは、いってみれば無駄な、人にはいうにいえないような苦労を克服してきた。そういう意味合いでは、たぶん人一倍やった。その結果として、言葉においていい表現を残した。僕は、そういったほうがいいんじゃないかと思います。ですから、普通のほうがいいですよ（会場笑）。

やっぱり、一〇〇パーセントに近い育て方をされたほうがいい。たとえば一歳未満のときに夫婦仲が悪くて、母親がしょっちゅうイライラしながら子育てしていたとする。「こんな亭主の子どももなんか、育てたくもないわ！」と思いながらでも、見かけ上はおっぱいをやってる。そういう育て方をしたら、絶対に子どもに刷り込まれますから、それは思春期になったら、完全に現れるんですよ。動物だって刷り込まれるんですから、人間だったらもっと刷り込まれます。それは思春期になったら、完全に現れるんですよ。だからそんなの、いくらごまかしたって駄目です。学童期になりますと、たいていいい母親・いい父親になってる。なってない人もいるかもしれないけど（会場笑）、たいていはそうなってる。だけどそこでいくらいい母親・いい父親になってても、一歳未満までにどう育てたかということにたいして影響を与えることはできない。それはいってみれば、第一次的な宿命なんですよ。そのぐらい、たいへんなことなんですよ。だけど人間はそういう宿命を持ったからといって、ポカンとしてるわけじゃない。やっぱりそれを乗り越えよう、乗り越えようと思って生きるわけですよね。そうやって乗り越えよう、乗り越えようと思うことは人に告げられない苦労なんですけど、苦心なんですけど、それこそが人間が生きるということですから。三島さんも太宰治も、人一倍そうだったんですよ。それをやってきてかろうじて生きてきたんだけど、ある時期で「人生、つらかったよ」ということになった。二人ともそうなったというふうに、僕は思っています。

もっともご当人は、もっと違う理屈をつけてるわけです。三島さんだって「文化的な意味で天皇制を守るべきだ」とか、いろいろと主張しているでしょう。これは自分で考えた思想なんだけど、そうやって自分が考えてないところでものすごく苦労した。それを克服するために、うんと苦労しているところがあって。それでやっぱり「生きるのやめたよ」ということになった。そういう要素を加えて考えないと、あの人たちの文学とか生き方とか自殺とかを完全には考えられないと思っています。

おっしゃるように「生命は尊いものだ」ということももちろん大切だろうし、外からそう教育すればいくらかの効果を生むかもしれない。でも僕にはちょっと、それは信じられないんですよ。僕がそれよりももっと信じられるのは、生まれてから一歳ぐらいまでの間の授乳期にうまく育てられていたら、その人は大人になってそうとう困難なことにぶつかっても死のうなんて思わず、それを克服することができるだろうなと。思春期・青春期・青年期・壮年期を経てお年寄りになっても、そういうふうに生きていくことができるだろうなと。だけどそこの育てられ方で四十五点以下であれば、生きるのは無理だよ。よほど気をつけて、よほど自分で苦労していかないと生きるのは無理だよと。僕はそうなるように思います。つまりそれが、第一次的な宿命のように思います。

だけどそういうふうに育てられたやつがみんな自殺するかっていうと、そうじゃないんですよ。中には、それを克服し尽くす人もいるわけです。だけど得てして、そういう人は自殺しやすいですね。僕にいわせれば、いじめ・いじめられる世界の子どもにはそこの問題が関与している。一歳未満に父親・母親にどういう育てられ方をしたかということは、いじめの問題に関与してくると思ってます。

それは、一種の無意識のあり方というものに関連するわけですけど。太宰治も三島由紀夫も見かけ上、申し分のない立派な紳士なんだけど、無意識が荒れていたと思いますね。無意識が荒廃してどうしようもなくて、それを克服するのがたいへんだった。他人にはいうことができないし、きょうだいにもいうことができない。そして、親のせいにすることもできない。自分で克服するよりしかたがないという苦労だと思いますね。もちろん、死んだ人がみんなそういう育てられ方をしたとはいえないんですけどね。あるいは、そういう育てられ方をした人がみんな自殺するとはいえないんですけど。極端にいいますと自殺や精神の病、それよりも軽くいえばいじめ・いじめられることが入りますけど、こういった問題と一歳未満までの親からの育てられ方は密接に関係していると思います。一歳未満までに親からきちんと育てられていたら、人間社会でそうとう難しい局面にぶつかってもまず消えることはない。殺されることはあるかもしれないけど（会場笑）、消えることはない。これは、それぐらい重要なことだと思います。

おっしゃることに対応していえば、そこのところに問題があるんじゃないかなと考えていますけどね。いくら校長先生が「生命を尊重しろ」と説教しても、子どもが聞くなんていうことは考えられない。そんなことは不可能です。生徒のほうは「冗談じゃねえ。何いってるんだ。馬鹿をいえ」と思いながら聞いてるに決まってるわけですよ（会場笑）。それは実感上からもそうです。そういうことをいっても、大部分の人は「早くやめてくれないかな」と思うでしょう（会場笑）。そんなことといったって、聞けるわけないじゃねえかと。僕はそう思ってますね。

質問者2　分かりました（会場笑）。いやぁ、わたしも商売っ気が出て申し訳ございません（会場笑）。

でも新聞記事なんかを見ると、それは情報社会における一種の世論・常識になっているようですし。おっしゃることは、いちばん流通しちゃってるといいますか。いちばん人の目に触れやすいし、子どもの耳にも入りやすいんでしょうけど、そういう言葉はすぐに抜けていっちゃうんじゃないかなと思います。大人のほうから考えるならば、子どもにたいしていうことは何もないんですよ。俺の生徒になったときにはもう遅いよ。おめえら、もう遅いよ。だって、一歳未満までに決まっちゃってるんだから（会場笑）。もう遅いんだから、俺がやることは何もない。親には反省することがいっぱいあるけど、先生として関与することは何もねえ。そういって何も関与しない。

ただ子どもから真剣に「助けてくれ。なんとかこれを抜けるにはどうしたらいいのか教えてくれ」っていわれたら生涯の体験を出し尽くし、本気になってその問題の処理に当たる。そこでの原則は決まってるんです。つまり、できるだけ直接的にやるのがいいんですね。人の評判でどうというのではなく、直接それに当たって心から解決に向かう。それをやりさえすればいいんですよ。それは、いわれたらやればいい。いわれたら本気になってやればいい。いわれたらいい加減な説教ですまそうなんて考えないで、本気になって子どもに接してやってやる。「あの子は何もいわないで我慢してるんだろうけど、機嫌悪そうな顔してるな」「学校が面白くなさそうにしてるな」というくらいだったら、なんとなく分かると思うんです。そういう場合、いいやすい雰囲気をつくることは重要でしょうけど、何も口出ししないほうがいいと思います。そういう子には、まかり間違っても説教してはいけない。そういう子は追い詰められていますから、説教はものすごく大きく響く。だから説教なんかしたら、絶対に駄目だと思いますね。

黙って見てて、いいやすいような雰囲気をつくっていく。その代わり、子どもがいざ相談に来たときには自分の生涯の経験をかけて、子どもと一緒に問題の解決に当たっちゃう。何を置いても、その解決に当たっちゃう。会社なんて行かなくてもいいから（会場笑）、それに力を注ぐ。そのくらいやらないと駄目だと思いますよ。会社なんか、どうでもいいんですから（会場笑）。ひと月やふた月休んだってどうってことない（会場笑）。そんなことよりも子どもにそういう相談をされたら、本気になって子どもと一緒に問題の解決に当たる。その代わり、相談されなかったら何もいわずに見ている。僕は、それ以外にないと思うんですけど。

生徒が先生を殴っても何しても、先生には何もやることがない。そういうときには「お前ら、もう遅い（会場笑）。生まれてすぐに、いじめ・いじめられる世界に入るようにつくられちゃったんだからしょうがない」っていうよりしかたがないんですよ。その代わり先生だって、子どもに「どうしたらいいんだ」って本気で相談されたら、本気になって子どもと一緒に問題に取り組んでいく。もう授業なんかどうでもいいですから（会場笑）。周りのみんなを巻き込むぐらいに専念しちゃって、その問題を解決しちゃう。そのくらいのことをすればいいと思いますね。それ以外は「俺の責任じゃねえ。親の問題だよ。一歳未満までに決まっちゃってるんだから、しょうがねえよ」という感じで、あまり介入しないほうがいいんじゃないかと思います。

ましてや、校長さんが介入するなんていうのは無理ですよ。普段生徒と接触もしてないくせに、そんなときになって急に介入しようとしてもしょうがない。子どもたちを講堂に集めて「生命は大切なんだよ。よろしくな」とかいったって駄目ですよ（会場笑）。冗談めかしてそういうことをいうと、しらけさせちゃうような気もしますけど。そういうふうにいう中で、ちょっとだけ本当のことが入っていると受け取ってくだされぱありがたいですね。

司会者　分かりました。大好調ですね（会場笑）。ではもうひとつだけ、手を挙げて質問してください。

質問者3　具体的に、どういうことをいじめっていうんでしょうか。どんなことを指して、いじめをしたというんでしょうか。

それは当事者あるいはその年齢によって違うでしょうけど、今日のお話を延長すれば。Aという人物とBという人物には違いがある。違いがあるということは、いじめの原因になります。この人とこの人には、なんらかの意味で違いがある。その違いのところに、わざと意識的な要素を入れる。まず、わざと違わせようとする。あるいは一方のほうは意識してないかもしれないけど、もう一方のほうは違いを意識しちゃってる。そういうふうになったらもう、いじめの領域に入るんじゃないでしょうか。そこの問題までいった場合、話し合えば解決できる。たとえばAという人物が「お前は俺にたいして差別的な態度を取ってるけど、俺はお前より能力が劣ってるとは思ってねえんだ」という。そうしたらBという人物は「いや、俺だってそう思ってるわけじゃないけど、仕事しながらお前よりちょっといい給料をもらってるんだ」というかもしれない。とにかく話し合えば、解決しないまでも「あいつはああいうふうに考えてるのか」っていうことが分かる。

でもそういう違いがある限り、いじめ・いじめられる世界はなくならないと思える。ですから違いがあるっていうこと自体が、いじめの要因になるんじゃないでしょうか。今おっしゃったことでは、質問された人がいじめについてどのくらいの範囲で考えているのか分からない。もっと狭い範囲でいってるのかもしれないんですけど、いちばん広い範囲で取れば、違いがあるところにはいじめが出てきちゃうと思うんです。

僕はそういうことで、馬鹿馬鹿しいんだけど悩んだことがたくさんあって。僕、人相悪いでしょう（会場笑）。女の人はなんとなく、人相がいいやつのほうにシンパシーを持つんじゃねえかなと（会場笑）。被害妄想も含めて、そういう実感があって。「人相が悪いっていうのは俺のせいじゃねえからな。こんなので差別されるんじゃたまんねえ」と思って、これはいったい何なんだろうと考えたことがあるんです。それで解決したわけじゃなくて、今でも解決ついてないんですけど（会場笑）。

たとえば、顔が綺麗な女の人とそうじゃない女の人がいたとする。そういう場合、距離の問題じゃないかと思えてきたんです。ある程度距離があると、顔の綺麗な人のほうがいいんですよ。もう少し距離を詰めると話し方がいかにも丁寧だとか優しいとか、そういうプラスアルファのことが分かる。そうすると「あっ」と思って惹かれちゃう。だけど本当に距離を詰めたら、そんなことには何の意味もないよということになる。それこそ、一歳未満までに一〇〇パーセントで育てられた人がいちばんいい女の人・男の人でしょうということになる。学歴があるとか顔が綺麗だとか、人あたりがいいとか悪いとか、そういうことは全然関係ないですね。異性関係でも絶対に関係ないです。そこらへんのところで判断すると、たいていミスをします（会場笑）。そういうレベルで仲良くなっちゃうと、たいていミスをする。やっぱり触るぐらいに距離を詰めたときに「ああ、この人はいいな」と思えたら、それがいちばんいいんですね。そこまでいけば顔が綺麗であるか綺麗でないか、学歴があるかないか、非常に丁重ないい言葉で相手に対せられるかどうかということはほとんど無関係ですね。そういうことは無関係だっていうことが分かります。

本当はそこまでいけば、異性問題っていうのは終わりじゃないか。万人がそこまでいけば、それでいいんじゃないかと思いますけど。それはやっぱり距離の問題です。距離がある程度離れていたりすると「ああ、顔が綺麗な人がいいな」ということになっちゃう。会話をしてても、気の利いた会話のできる女の人のことを「ああ、いいな」（会場笑）とかいうようになっちゃう。そのうえにプラス美人だったら、なおさらいいなと（会場笑）。そういうふうになっちゃうんですけど、そんなのは全部幻想にすぎない（会場笑）。本当にその人の芯をつかんでみて、お互いによかったというところまでいけば、離婚とかそういうことは起こらないでまあまあいけるわけですけど。今は離婚が頻繁に起こってますけど、離婚というのは進歩した社会ほど起こりやすい。制約がなくて我慢する必要がないから起こりやすいんですけど、これにはまだ可塑的な要素があって。

人間が本当に異性というものをつかまえることができるようになったら、美貌や学歴、知性とは関係ない何かがその人のよさを決めているということになる。ですから、そこまでいけばいいなと思います。とにかく僕は、「人相のいいほうにシンパシーを持つなんていうのは、おかしいんじゃないか」ということを一生懸命考えまして。ある程度自分なりに考えを詰めたんですけど、最後のところで「そんなことといってるけど、お前だって同じことをやってるじゃないか」っていわれるとちょっと考えちゃって。もしかすると自分も、いい加減な距離感で人に対してるかもしれないなと。今でも考えたことと実際のことには、少しギャップがあるので。でも本当に距離を詰めたらどうなのかということについては、自分なりに相当考えたんですよ。たしかに馬鹿馬鹿しいんですけど、「それは本当のことだもんな」ということがいっぱいあって、それについては一生懸命考えたんですけど。そこで考えたことは頭にありますけど、実際問題としてそこまで実感が伴ってるかといわれたら、ちょっと疑問なんですよね。

それから異性との恋愛関係というのは、目に見えない広い権力関係でもあるんですよね。先ほどもいいましたように、僕らは馬鹿馬鹿しいことを一生懸命考えてきた。異性との関係の中には権力なんて何もないんですけど、権力関係みたいなものがある。たとえば立場的に優越してるとか、本当の意味での好き嫌いとは違う要素が入ってくると、自分でもって自己抑制しちゃうということがありますし。そういう一種の権力関係のようなものは、異性の関係でもある。

先ほどの質問のいじめ・いじめられる問題を非常に極端に広げてしまうと、違いがあるということ自体がその原因になっている。それは今のところ、個々の場合において防ぎようがないんじゃないかと。ただ、話し合って理解できれば防げる箇所だけは防げる。そういう意味で、いじめ・いじめられるということがあるのではないかと。成績のいい優等生が「おめえ、癪に障る」といわれていじめられる場合もあるし、あるいは逆にやたらと尊敬されちゃう場合もある。そういうこともいじめ・いじめられる原因になりますし。

そういうことは、自分の実感にかなってくるように思います。小学校のとき、僕らが理科を教わっていた女性の先生は担任じゃなかったんですけど、その先生は授業中になぜか、僕のクラスの美少年で優等生だったやつの顔ばっかり見てるんですよ（会場笑）。露骨にそうだったからみんな嫌になっちゃって、授業中に騒ぎ出して勝手にいろいろやって。先生はそれで怒って、帰っちゃったんですね。帰っちゃったのはいいんだけど担任の先生にいいつけられて、全員立たされたうえに殴られて。それで「ひでえ目に遭ったな」と思ったんだけど。特に僕なんかはひねくれてて、無意識が荒れてるほうですから（会場笑）。太宰治ほどじゃないけど荒れてるほうですから、「またあいつか」と思って勝手なことをしちゃって、それで怒らせちゃって、ひでえ目に遭ったなと。「お前、先頭でやってたそうじゃないか」っていわれて、これはかなわないなと思いましたけど（会場笑）。

違いがあるということが、いじめ・いじめられる要因となる。いじめ・いじめられる問題をそこまで広げて考えてみることも、とても大切じゃないかなと思います。もっと狭くいえば、心の底からの友達がひとりでもいたら自殺までいかないだろうし。それはもともと育ちが良くて金があって、すごく人が良くてということとは関係ない。一歳未満のときにたいへんよく育てられていたら、いくら物質的に困っていたとしてもいい子です。そういうふうに育てられた人は、たいていの困難を乗り越えていける。僕はかなりの程度、そう確信していますけど。これは、いじめに対する無意識の処方箋になりそうな気がします。先生はそこに関与できないけれども、親は関与できる。親はただ、そのことを反省すればいいので。

いじめで子どもを亡くした父兄が集まって、いじめ防止協会みたいなのをつくろうじゃないかという話を聞くと、僕は「それは違う」と思うんです。「それはまるで違うことだ」と思えてしょうがないんです。そういうことはしないほうがいいですよ。まして自分の子どもがそうだったら、しないほうがいいですよと。僕はそういいたいような気がしてしょうがないんです。そういう組織をつくって活躍しているというけれども、いったいどういうことで活躍してるのか。新聞はそれをさもいいことのように捉えて記事にしてますけど、僕にいわせりゃそれはよくないことだから「それはしないほうがいいですよ」という。心の底からそう勧めたいと思います。そういうことはするべきじゃない。自分の子どもが自殺したら自分が反省すればいい、あるいは自分の奥さんが反省すればいい。あるいは、自分たちの夫婦仲を反省すればいいので。そこに要因があることは間違いないんですから。「俺は子どもが自殺した他の父兄と一緒になって、いじめ防止協会みたいなのをつくろう」という発想は、僕にいわせりゃとてつもない間違いだと思えてしかたがない。しかしこれは、現在の社会の一般風潮としてありますからね。

僕がこんなことをいくらいったって、みなさんが承知するかどうか分からない。いくらいったってしょうがないと思うんですが、僕もまた頑強ですからね（会場笑）。そういうことはよく考えてきたと思ってますから、僕がいうことは絶対に……絶対にというのはよくないか（会場笑）。「俺のいうことは正しいよ。いいよ」といいましょうか（会場笑）。僕はそういう考えを変えたことがない。そういう風潮は本当に駄目だと思います。知り合いの子どもがいじめに遭って、それを苦にして自殺した。父親がそのことで目覚めて「俺はいじめ防止協会をつくろう」なんていったら、「お前、やめろよ。お前たち夫婦が悪いんだよ。お前の一歳未満までの育て方が悪いんだよ」といってやめさせたほうがいいと思います。極端ですけど、僕のほうが妥当だという考え方によれば絶対にそうなりますね。この考えを譲る気はないので（会場笑）。僕自身も、それについて考えてきましたしね。

うちの子も、高校生になったら両方ともぐれました（会場笑）。それで「学校なんか行かない」っていって。僕はうちにいる仕事ですから、ときどき「コーヒーでも飲みながら仕事しようかな」と思ってうちから自転車で上野のほうに行くんです。そうすると向こうから自転車で女の子が来るんですけど、よく見たら自分の子どもなんですよ（会場笑）。両方とも照れくさくてしょうがなくて、知らんぷりするんですけど（会場笑）。こっちも気がつかないふりして、自転車で走っていく。向こうも気がついたくせに、気がつかないふりして行っちゃう。そういうことはいくたびもありましたけど。ぐれるのは、その程度で止まりましたね。そこで止まったのは、一歳未満までの自分と女房の育て方がかなりな程度よかったからじゃないかと。そんなによくないか。かなりな程度いいっていっても、五五パーセントぐらいなんですけど（会場笑）。でも四捨五入で合格点だったから、そんなところですんだなと思って。もちろんそれだけじゃなく、ほかの要因も幸いしたんでしょうけど。とにかく、ぐれるのはその程度ですみましたね。

それから上の子は「つまんない大学に行ってもしかたないから、大学には行かない」っていったんですけど、僕は「大学には行ったほうがいいぞ」っていって。それで二人とも大学に行ったんですけど、勉強なんかしないで遊んでばっかりで。僕は「そんなことやってたら、統一教会に行っちゃうぞ」とかいっておどかしたりして（会場笑）。冗談でおどかすわけですけど、そのくらいのところでお互いの鬱憤がすんだという感じで。いじめ・いじめられが全然ないっていうのは不可能です。ぐれる人はわりといるかもしれないんですけど。僕が知ってる範囲では、ぐれてない子どもが同級生にいるということはほとんどないですね。たいていはある程度ずつぐれていって、そこで止まっている。それが普通であるような気がします。むしろそういうことが一切なくて、優等生で学業ができて東京大学でもいいし京都大学でもいいけど、大学の先生になったというような人は、ちょっと目も当てられねえやと僕は思うけれども（会場笑）。僕が「よくないなぁ、この人は」と思う人には、そういう人が多いですね。

あまり大っぴらにいえないんだけど、一緒に集まって同人雑誌をつくるというとき、「東大生や京大生を三人以上集めねぇようにしよう」ということになっていて（会場笑）。二人までならいいけど、三人以上集めたらもうどうしようもねえぜということになるから、集めねえようにしようじゃねえかと。僕らも半分ぐらいぐれてますから、そういうふうに決めて集めないようにしてるわけです。三人以上そういうのが集まってるグループとか職場があったらよくよく観察してごらんなさい。ろくなやつがいませんから（会場笑）。

いちばん典型的なのは大蔵省の役人ですよ。今、大蔵省は住専問題とかで叩かれてるけど、いくら叩いたって駄目ですよ。あんな叩き方をしたって、大蔵省の役人はめげないですよ。それはなぜかというと、彼らは頭がいいからです。彼らは自分で、頭がいいと思ってる。在学中に公務員試験を通ったりしているから、自分のことを頭がいいと思って役人になってる。怠け者だった政治家がなまじのことをいったって、必ず心の底では「何をいってやがるんだ。結局、実際の実務をやってるのは俺たちじゃないか」と思ってるから、あんな叩き方をしたって絶対に駄目なんですよね。「俺は大蔵省について何もいうことはないから、もっと経済政策をしっかりしろ。住専への公的資金投入とか、ああいう露骨なことをするな」という以外にないんだけど。

学校の先生にならいいたいことがありますよ。学校の教師にはえばってる人や、自己満足してる人がいるでしょう。たとえば東大の教授や京大の教授には、自分はいいと思ってるやつがいるわけですよ。みなさんが大きくなって文部大臣になることがあったら、大学の先生はまず四年間、つまり学生が入って卒業するまでの間は他の学校に行くことを義務づければいい。たとえば東大の先生は法政大学に行き、少なくとも四年間は学生を引き受けて卒論まで見てあげる。大学の先生になったら、最初の四年間は他の学校に行って講義したり、いろいろと学生の面倒を見たりする。文部大臣になったら、そう決めてくださいよ。そうすれば、彼らはみんなまともな人間になりますよ。つまり、まともな先生になると思います。

世の中には頭の悪い子どもがいくらでもいて、こいつらにはいくら勉強を押し込もうったって駄目だよ。でもその代わり、他のことをやらせたらちょっとすごいよと。そういう子どもは感覚が鋭いとか勘がいいとか、そういう特色を持っているに決まってますからね。そういう人はいるわけです。頭だけは悪いんだけど（会場笑）、他のことにかんしてはすごいぜと。東大の先生も四年間他の学校に行けば、そういう人がいるということが分かると思いますね。東大の先生には、そういうことが分からないから。分かってないから、ろくなことをしないわけです。四年間は義務として、必ずそうする。他の学校に行って、入学から卒業まで学生の面倒を見る。そういう学制を敷けば必ず、中学におけるいじめはなくなりますよ。おそらく、大部分はなくなると思います。それから受験勉強によるひずみもなくなります。受験のためというたまらない勉強の仕方もなくなります。そうすれば、学校の先生も利口になりますよ。

法政大学の先生には「俺のところの学生は頭が悪くて怠け者だから、遊びながらいい加減に講義したって通じるよ」と思って、高をくくってるやつもいるかもしれない。そういう人は東大に行って四年間講義し、学生を引き受けろと。制度上そういうふうにしておけば、そういう人は必ず「遊んでばっかりいられない」と思って勉強して、教えるようになりますよ。そうすれば誰も損しないし、いいことばっかりだと思うんだけど。

文部大臣になりたいやつはいっぱいいる。「なるんなら、それをやれよ」と思うんだけどやる人がいない。みなさんがなったら、やってくださいよ。あまり自分だけいい子になってほしくないですね。今の厚生大臣（菅直人）だって自分だけいい子になろうとしてるけど、それは見当違いで。エイズの問題にしても見当違いなところに的を置いてるから、お前はいいことをやってるみたいな顔をしていられるけど、本当に悪いのは厚生省なんだぞ。お前はそれについて役人行政の方法を変えるとか、そういうことをやったか。やってねえだろうと。そんなのは駄目ですからね。見かけがいいっていうだけですから。

やっぱり文部大臣になるんだったら、それをやってください。誰も損する人はいないし、誰にとってもいいことだと思うんですけど、それをやる人がいないんですよね。僕らにしてみればせめて、そんなことぐらいはやってほしいわけですよ。中学・高校から上がっていって直すという考え方は駄目です。やっぱり、大学の先生のところから直すのがいちばんいいんですよ。つまり、エリート校の先生から直せばいいわけで。そこから直せば、必ず直るわけです。それをやってくれれば、文部大臣っていうのはいいなと思いますから。みなさんが文部大臣になったら、それをやってくださいよ。僕はそう思いますね。それくらいやってください。それくらいのやる気がないんだったら、文部大臣になんかならないほうがいいと思いますね（会場笑）。それじゃあたぶんろくなことをしないだろうから、ならないほうがいいと思いますね。いやあ、いじめ問題から派生して余計なこんな話になっちゃったんですけど。そんなことで申し訳ありません（会場笑）。ひとまずこれで終わりにします。

（高崎市　高崎ビューホテル）

〔音源あり。文責・菅原則生〕

【文京区立鷗外記念本郷図書館主催】——1998年9月25日

安藤昌益の「直耕」について

質問者　逗子から来たAといいます。最初のほうに「直耕（ちょっこう）」についてのお話がありましたけど、私はこの言葉をはじめて聞いたんですね。このまま帰るとちょっと眠れそうもないので、一言訊いてから帰りたいなと思いました。

「直耕」というのは、ほんとうはもっと長い時間でお話しするような概念だと思うんですけど、農業をどんどん純化していきますと、たぶんそういう構造が人間にとっていちばん純なかたちなんじゃないかなと思います。最近、農業というのはあまり注目されてないので、僕もあまりいろんな背景はわからないんですけど、最近読んだ本のなかで、中沢新一さんの『哲学の東北』（一九九五年）というのがありました。今日、シモーヌ・ヴェイユの話が出ましたけど、吉本さんはいつも宮沢賢治のことを話していますよね。中沢さんはその本のなかで「農業の根本的ないいところは、無から有を生み出すことだ」といっている。農業から商業に移っていくというのは、ただ有から、ちがう有に移るだけなんだと。そして農業の本質というのはたぶん、いまいったようなところにあるんじゃないかなと。「直耕」という概念のほんとうにいいたかったところは、たぶんそのへんにあるんじゃないかなと思うんですけど。今日うかがったかぎりでは時間が短くてわからないので、そのへんをもうちょっと聞けたらなと思います。

あなたのいわれることはたぶん、「直耕」という概念のなかに入っていただろうと思います。いま、どうして農業のことをあまりいわなくなっちゃったのか。日本で農業に従事している人は、だいたい働いている人の七パーセントぐらいじゃないかと思うんです。つまり七パーセントぐらいの人しか、農業をやってないんですよ。日本でいうと岩手県と鹿児島県というのはまだ農業県といえて、まだ三〇パーセントぐらいは農業に従事している人、農業関係の人がいると思うんです。あとはどこの県も、五〇パーセント以下しか農業をやっていない。平均していえば数パーセント、つまり七パーセントか八パーセントぐらいしか農業をやってる人はいないんですよ。

今、そこを重点に置いて社会を考えたら、ちょっと狂っちゃうよ、ということになると思います。数年前、冷夏による不作で「お米がなくなっちゃう」とかいって大騒動をしたことがあるんですけど、そのとき進歩系の、つまり社会党とか共産党の人たちは「農業を守れ」みたいなことをいうし、「農業にはエコロジカルな意味あいの効能もあるんだ」みたいなことをいって、しっかりそれを保守したんですけど、それはほとんど無意味に近いんです。まだ井上(ひさし)さんみたいに、岩手県出身だから、「農業に従事してる人は、まだ三〇パーセントぐらいいるんだよ」と主張しても「まあまあ、いいじゃないの」ということになるけど、でもほんとうは平均して七パーセントぐらいしかいないんだから、「農業が主である」と今いったらちょっとおかしいんです。

そうすると、農業が主というのは何なんだってことになると、結局、食物をつくって食べるということは、人間の生活および生存にとって不可欠なものだということがあって、農業に携わろうがそうでなかろうが、農業がなくなろうがどうだろうが、なんとかして食糧は持ってこなくちゃならない。食べなきゃならない。そういうことは付きまとうわけです。そういう意味あいで重要だというんだったらアレですけど、働いている人が多いから主だという言い方は、現在では成り立たないと思うんです。

安藤昌益というのは近世の人ですから、少なくとも近世において、日本は農業国・漁業国であったわけです。つまり九〇パーセントから一〇〇パーセント近くは農業をやっていたわけですから、「直耕」という概念はストレートにそのまま通っちゃう。量からいっても質からいっても、人間は食べなきゃ生存できないよという意味あいでいっても、「直耕」という概念は人間の生き方の価値の基本なんだという、安藤昌益の主張はもうそのまま通っちゃうと思うんです。僕はそこを主として農業を考えないといけないんじゃないかなと、今でも思うわけです。

いまおっしゃった無から有を生ずるということは、どういうことか。ほんとうはそんなことはありえないから、有から有を生じてるんですけど。無と見える部分は、自然物そのままの変形で借りてきちゃってる。それが農業や漁業、あるいは林業になっているわけです。無から有をというばあい、無と見えるものは自然からあたえられた有であるといえば、そういうふうに言い直せちゃうのです。

たぶんそういう意味あいで主体であると考えることはできないんじゃないかなと思うんです。人間がどうやって生存していくんだというばあい、不可欠だということからいう以外にない。それから文明はどう行くんだといえば、農業が減っていく方向に行くに決まっているわけです。どういうふうに政策を変えようと、そうなっていくことは間違いない。

そうすると、そこをどうしたらいいのかということが大問題になってくるわけです。それは自分が言いだしっぺの部分だから。じゃあ、どうすればいいのか。文明が進むにつれて農業が少なくなっていくことは免れない。たとえば現在の英国では、農業をやっている人は二パーセントぐらいだと思います、データでいうと。日本ではまだ七パーセントぐらいいる。アメリカだと三パーセントか四パーセントだと思います。そうするとどんどん少なくなっていくということは、どう考えたって文明の必然で、「文明をやめにしようじゃないか」という人もいるんだけど、それは無茶です。僕は人間の力で農業をやめさせることはできないと思うので、それは無茶だよと。

そうするとどうなるのか。僕らが考えている解決のしかたは、ただひとつしかない。アジアの農業地域、アフリカの農業地域、その他未開のところの農業地域が農産物の生産を分担し、世界のいちばん先進的なところでは、極端にいうと農業がゼロになっちゃう。そうすると、農業地域の農産物をゼロのところにもってきて食べるということになる。そのかわり、見返りはどうするか。必要な工業生産物や日用品、無形のものや貨幣をそういうところに無償で提供して、そのかわり農産物を譲ってもらう。先進地域はそうやって食べて、後進地域はある程度農業生産を分担しながらやっていく。

それは一種の、未開、原始の時代にあった贈与というかたちですけど、ただでくれちゃうということですけど、贈与というかたちを新しいかたちで検討して、今みたいな等価交換、物と物との交換、貨幣と物との交換、手形交換、金融交換とかだけじゃなくて、その上の次元でもう一度贈与という考え方をとらないとだめなんじゃないかなと。そういうことを漠然と考えてますけど。ですから「直耕」という概念も、あなたがおっしゃるように無から有を生ずるというところで問題にすると、分母が減っちゃうことになると僕は思うんです。そこよりも、基本的に食べなければ生存ができないよ、動物もそうですけど、人間も食べないと生存できないよ——そういうところで自分が食べるものは自分で耕すとか、自分が捕るとか(以下、音源不明)

(原題:日本アンソロジーについて/文京区千駄木 文京区立鷗外記念本郷図書館)

〔音源あり。文責・築山登美夫〕

〔補遺1〕【学習院大学土曜講座運営委員会主催】——1970年5月16日

宗教としての天皇制

学生　それではいま吉本先生に講演していただいた内容を基本的にふまえながら、討論といったものをこの会場からつくりあげていきたいと思います。質問ですが、第一点、宗教性としての天皇制がどのように我々の生活にくいこんでいるのか。第二点、内法はなぜ統一国家法となることができないのか。この二点について、お答え願います。

現実にどういうふうにくいこんでいるかということは、個々の人間の内的な問題としていえば、少なくとも共同性をもった構造の中における個々のメンバーというものとの関係において、あるひとつの観念的なパターンが出てくると思います。つまりいうべきことがいわれないとか、いうこととやることが、建前と本音で違うとか、まあさまざまな形でそういうパターンというものがあるとすれば、それはわりあいに似ているものだと思います。具体的には、たとえば今ちょっと聞いていたら部落解放問題についてのサークルみたいなものがあるということですが、その部落問題というのはわりあいに天皇制問題と似ているところがあるわけです。定義や条件の違いはありますが、たいへんよく似ています。その似ている部分が支配的で、また似ているタブーが支配しているということは、一般社会に差別感として支配しているだけではなくて、部落の人自体の中にそういうタブーが存在しているということです。つまり自らタブーを保持しているがゆえに、一般社会との差別の要因が出てくるというようないわゆる内的原因というものはあるわけです。つまりたんに一般社会から区別されているということではなくて、〈自らを自らの手で破れ〉とか、〈自らのところを自ら暴露しろ〉とか、要するに自分の地獄を洗い出せという問題が内在的にもあるんだと思います。それでこういうことは天皇にお前のあれを洗い出せ、といったってそれは通じないですけども、部落の人達にならば僕は通用すると思います。つまり部落解放問題についての研究とか運動とかがあるぐらいですから、そういう人達を通して間接的にでも話し合っておくべきではないかと思うんです。やっぱり自分で自分のタブーを破らなければ、一般社会でのタブーを当然の差別として受けるということが逆に規定されているということ、そういう面がやはり僕は考えられると思います。

次の質問の村落内法というものがどうして統一国家法というものにならないかという問題ですが、村落内法というものは、いちおう法が是認する場面では、「第一条これこれ……」というような規定となって出てくるわけです。そういう場合その規定の中に、本来ならば法としてではなくて習慣軸として風俗軸として考えたほうがよいようなのが、あるいは本来ならばたんなる宗教としてまたは信仰として考えたほうがよいようなものが、あるいは本来ならば心の通った人の家族の問題で解いたほうがよいような問題があるわけです。たとえばお前のところの自動車はちょっと俺のところの土地にはいっている。だから酒一升持ってこい。すると片方が酒を持ってきてそれで済む。という、いわばそういうふうなものでも、村落内法というのは法的なひとつの条文を入れてしまいます。そういう意味あいで本来風俗的なもの習慣的なもの宗教的な信仰の問題にすぎないものがことごとく法に規定されています。そういう規定というのは推し続ける限り、法としての本質を貫徹できる次元にはどうしてもいけないということがあります。法としての次元を貫徹するとどういうことになるのかといいますと、たとえば部落なら部落内、村落なら村落内の個々のメンバーに対して法がさかさまになっていくことなんです。つまり初めに村落内で協議の上、そのメンバーが決めて村落法としたことであっても、法としての本質を貫徹した場合には、それを決めた村落の人々自身に対して、さかさまになっていくというそういう契機が必ずあるわけなんです。そういう契機というのは風俗習慣を引きずっている限りあまり本来的なところまで法自体が展開できないということが、おそらく法自体が□□から部族関係という形で統一国家の法としては成り立っていかないということの根本原因だというふうに思われます。つまり風俗習慣を包摂している限りは、だいたいだれでもやることだという意味あいで肯定的なものになる。つまりさかさまになる契機がないわけです。つまり風俗・習慣を引きずっている限りは、法が法として自分を貫徹するところまではいかないだろうと思われます。おそらくそういうことが、村内法的、あるいは部落内法的なものが統一国家の法にまで普遍化されていくことがないという最大の原因じゃないかというふうに思われます。

学生　橋川文三氏が指摘されたように記憶していますが、日本においては実感主義というものは天皇制肯定に収斂するということを、日本人の一人としてどのように考えておられますか。

実感というのは人間の思考作用の非常に根本的なもの、最上のものなのですから決して馬鹿にすべきことではないのです。しかしその実感的要素というものは、あるところまで論理化できなければ普遍化しない、ということがあると思います。だからその面ではたいへんナンセンスになってきて、決して実感からそのままでは、普遍的な論理にまで展開していかないという要素があると思います。とくにわれわれの思考の方法の中にはそういうものは残っていると思います。つまり本来ならば個人が、あるいはベースになる共同体というものがやらねばならないこと、あるいは本来そこから検出されるべきことが、ことごとく大権力をもつ連中によってやられてしまった、ということの中に、実感がなかなか実感以上のところに発展していかない、ということの理由があるのではないかと思うのです。つまり我々のところでは、実感でわかったものについて改めて論理的に問うという習慣は非常に希薄なわけです。だから一般的に科学といわれているものが、社会科学にしろ自然科学にしろ、あまり発達してこないんです。発達したとしても自発的に発達してないいんです。

たとえばちょっとコンピューターについて考えて欲しいと思うんです。これはどういう考え方から出てきたかというと、人間というものを動物と比較することによって得られるいろんな問題がありますね。それと同じように、人間というもの、特に人間の脳の働きというものを、機械と対比させたらいったいどういうことになるのか、ということから始まったと思います。そうすると我々の勘あるいは実感では、人間の脳の作用、あるいは人間の思考作用とか行動作用とか、そういうものを、機械と類推するとはまったく馬鹿げたことだ、つまりこれは間違いに決まっているんだ、となるのです。だけれどもそういうことを実感としてわかれば、それを論理的にやってみようというようなことは、我々の思考習慣の中にはないわけです。そういう人間の作用を電気中心の機械作用と比べてみようじゃないか、というような一見馬鹿げた問題意識から出発して、これをやっぱり論理的にねばり強く展開していきますと、何十年か後には電子計算機みたいなものとして実現するわけです。そして実現した電子計算機を有効に使えるということは実感としてわかるから、我々はそれを受け入れるということをいつでもするわけです。しかし当初、人間の作用を機械と比較するなんてことは馬鹿げている、ということが実感としてわかると、われわれの思考習慣ではそれを論理的にやってみるということはしない。なぜならば無駄であるからということになる。しかし無駄である、というよりも、無駄であると思ってもやってみろ、ということでやってみますと、それがある段階までいくと非常に何か有効性のあるもの、少なくとも機能的には有効なものがそこから出てくるということはあり得るんです。だけれどもそういうことは、実感主義の思考方法になれているところでは絶対にやらない、ということがあると思います。

そしてそういうことの原点というのは、日本統一国家つまり天皇制国家の当初からあるわけです。というのは実感から論理へ、論理から科学へ、科学から技術へというようにいくべきものを、ことごとく権力でもって、大陸からの輸入技術を使って自分らの手でやってしまう。そして一般の人々は、実感として感ずるだけで、論理的に展開して技術に実現するというところまでやらなくても済んでしまう、というふうになっていたのだと思います。そういうことが、おそらく実感主義の根柢にあって、それが言い換えれば天皇制に収斂していくというようなところにいくんだと思います。

また逆の面でもうひとつの例をあげてみると、先ほどいいましたように人間を高等動物と比較したらどうか、というようなことがあるわけです。この研究は京都大学でよくやっているのですけれども、この研究が馬鹿げているというのは初めからわかっているわけです。何が馬鹿げているかというと、人間社会あるいは人間集団に当てはまる概念を猿集団に適用していますが、人間的概念を使っている限り本来的にはちっとも猿社会をつかんでいることにはならないんです。そしてまた、そこには方法論的な観点というものがないから猿の社会から類推して人間の社会はこうだということをいってみたりするわけです。そういうのは初めから駄目だというのはわかっているわけです。だから馬鹿げているわけです。しかしそれにもかかわらず、僕が依然として評価したいのは、馬鹿げているし馬鹿げた方法論しかもっていなくても、大の男、大の研究者が三年も猿の集団を観察しているということなのです。そのことはやはり僕にいわせれば相当なもんだというふうに思われます。しかし無駄なことをやって出てきた成果というものが、人間の社会のモデルに対して一定の有効性をもつだろうということだけは確かなことだと思われます。つまり一見方法論としては無駄である、実感として無駄であるということを、やはり三年もやっているということの中には大変重要な問題が含まれている。つまり日本人のやりたくないことをやっているという意味あいは大変重要だと僕は思います。そのことのやられた成果が一定の有効性をもつだろうということはいえると思います。つまりそういうようなことが、実感主義というのがどうしても実感主義に終始している限り発達することができないということの問題だというふうに思います。おそらくそういうことは、天皇制統一国家の成り立ってきた歴史というものとの間には、ある基本的な関係がある、ということは確かだろうと思われます。

学生　ヨーロッパにおいてはキリスト教、日本においては宗教としての天皇制という形で、精神文化の根柢に影響する民族的超自我があるが、それを先生はどういうふうに把えられているか。

それは僕らの概念に直すと「規範」ということだと思います。個人に対する「個人規範」というものではなくて、「共同規範」ということだと思います。そのことを民族的超自我というんだと思います。たとえば天皇制の歴史自体を考えてみると、天皇が自ら固有宗教というものを持っていながら——固有宗教というのはわりあいに自然宗教ですから、そういう意味あいではわりあい万能的なところがあります——仏教徒であったという時代もありますし、儒教の影響をたくさん受けたという時代もあります。また現在みたいにカトリックの嫁さんをもらったという時代もあるわけです。そういう意味ではわりあいに融通なわけです。そのことは、根柢にある問題が自然宗教だから、わりあいに土俗宗教だからだというふうに思われます。

宗教というものが世界性を獲得していく条件は、一般にわりあいはっきりしているわけですけれども、それは土俗性から離れる、ということなんです。これは法律の場合も同じことで、たとえばキリスト教がなぜ世界宗教としての普遍性を獲得したかということを考えてみますと、ユダヤ教が本来持っていた、神話と宗教が区別できないという旧約聖書的な、あるいはそれ以前の土俗宗教の要素の中から、キリスト教がわりあいに観念的、抽象的にひとつの教義をつくりあげた。つまりキリスト教が、その教義が生まれた土壌であるユダヤ人の土俗的な習慣とか風俗とかしきたりとか——そういうものを「共同規範」から切り離して教義を確立していけたということ、つまりそういうことが宗教として世界性をもった理由だというふうに思います。

それに対して日本においては、天皇制の宗教的構造がもっている土俗性というもの、これを抽象的理念とすることは不可能ではないと思いますけれども、そうはしなかったのです。それをする前に天皇自らが仏教徒になり、仏教徒になることによって固有信仰と仏教が混合した形で存続するか、あるいは天皇自らが儒教的影響を受け、そのために儒教の倫理と原始信仰とが混合した形になってしまう、そういうような形で変えてしまうわけです。つまり自らの土俗宗教というものを、世界的宗教の教義あるいはイデオロギーに仕立てようと努力したということはないわけです。そのことがおそらくいま質問者がいわれた民族的超自我、つまり民族的な「共同規範」というものがその範囲を出られなかった理由だと思います。そしてこれからも出られることはないという理由だと思います。それに対してキリスト教の場合にはわりあいに優秀な人が初期にいて、それが発生した基盤である風土性とかを切り離しても、なお教義として独立し得るようなものにしました。つまりそのことが、紀元一、二世紀のころにはすでにキリスト教が世界宗教として確立した一番の原因だと思います。

それに対して日本の土俗信仰の教祖としての天皇制はあまり賢明じゃないんです。だからすぐに自分が仏教徒になってみたり、あるいは儒教の影響を受けてみたり、たやすくやってきちゃって、これからもそうするでしょう。したがって宗教として世界性を持つということはちょっと考えられない。それよりも融通な面を使って何でも受け入れる、というような形で存続していくんじゃないかと思われます。それはまあ宗教という形、宗教とはいえない形で存続するかもしれませんけれども、そういう面で存続するだろうと思われます。

学生　質問ですが、第一に全共闘運動において「日常性の否定」ということが主な要素としてあったわけですが、それについてどうお考えでしょうか。それから第二に、天皇制における無関心の関心はあぶなっかしい、と先ほど先生はいわれましたが、そのあぶなっかしさを具体的に戦後二十五年の情況の中で、我々がどのように把えていかなければならないのでしょうか。

あのあれでしょうか、全共闘運動は「日常性の否定」から出発したんでしょうか?（会場笑、拍手）天皇制の問題というのが、共通の課題というのではないのです。天皇制というのは戦後憲法の規定でも国民統合の象徴となっていて、これは旧憲法と雲泥の相違なんで、つまり政治に関与しないということは明瞭に規定されています。だから政治権力の問題という意味あいでは、天皇制そのものの問題が緊急の問題となることはあり得ないと思います。これはたびたび書いたりしてきましたから、そうだと思います。ただ天皇制の問題をどう考えて、つかんでいったらいいか、という問題の中には、地域性と世界性という問題とか、地域性と時間性という問題があって、そのひとつの軸を考慮しないような考え方というのは問題だと思います。だから天皇制の宗教的な構造というものを、もちろん戦後世代も問題にしていかなければ解けない問題があるのだと思います。それからそういう問題というのはわりあい普遍的にさまざまな場面に通用するのです。たとえば後進国革命論だとかアジア・アフリカ革命論みたいな形で、地域性自体が即物的に何かの起爆点みたいに考える考え方が一般的にありますが、そういうものは本当は駄目なんです。そういうものを、どのように歴史的な段階といいますか、どういうところに転換して考えたらいいかという意味あいでわりあいに緊急な課題ではないかといったわけなんです。

「日常性の否定」というのはよくわからないんですけどね?　「日常性の否定」ね？　具体的に「日常性の否定」という言葉でいわれている内容がよくわからないんですけどね。あの僕は全然違う意味でとっているかもしれないけど、日常生活をやってる、だれでもいいですよ、学校の前の薬屋さんでもだれでもいいけれどもね、そういう人達は日常的に生活して、考えることもわりあいに日常的なんです。つまりもっと利己的にいえば、この薬はあまり売れない、売れるようにするには景品か何かつけたほうがいいんじゃないか、というようなことを考えて、明日からは景品をつけてみるとか、毎月何日は大売り出しで何割引きにしたほうがいいんじゃないかと考えてそうしてみたりする。あなたと違う意味でかもしれないけど、日常的な生活をやっているそういう人は、僕はわりあいに尊重するんですよね。たとえば全共闘なら全共闘がデモをやって石を投げてどこかの家のガラスに当ると、「俺の所のガラスを割ったのをどうしてくれるんだ」と文句をいってくるでしょう。そういう奴というのは僕はおもしろいと思う。おもしろいというのはどういうことかというと、そういうのがある意味では現代の政治的な支配とか、社会的な構成とかのわりあいに率直な代弁者といいますか率直な象徴だという意味あいで、そこをほりさげると現代の社会構成とか支配構成とかがどうなっているかというのがわりあいによくつかめる、という意味でおもしろいということなのです。また無イデオロギー的な脱イデオロギー的な大衆の中に最後に権力を移行しなきゃならないということは、権力にとってみれば究極的な課題であるわけですが、そういう意味あいでもたいへん興味深い、おもしろいと思っています。ただしそこへ到達するには、政治とか政治運動とはたいへん無縁な道をひとつひとつたどっていかなければだめだ、ということがあるでしょう。つまり手前の生活の儲けばかり考えているくそおやじ――こういうことは確かなんですけども――そのくそおやじが究極的に象徴しているものがあると思うんです。つまり逆説的に象徴しているもの、つまり権力が最後に移行しなければならないその形態の典型を、そういう奴は持っている、というようなことも僕はいえると思うわけです。

だから石を投げたらたまたまそこに当ったということで文句をいう奴は馬鹿だ、というわけでいくら説得――つまり非日常的な論理化で説得しようとしても絶対にいうことをきかないでしょう。それで絶対にいうことをきかないということはこれは距離なんですよ。これは大変な距離なんであって、その距離は一見するとすぐにそこに手が届きそうであって、なんでもないおやじだとみえながら、実は大変な道を通らなければそこにはいけないという距離の象徴としても僕はあると思います。だから、そういう人たちに向って非日常的にあるいは政治的に説得したって絶対にきかないと思います。きいたらおかしいんで、きかないのが当り前なんであって、それがきくようになったら、この世は天国ってえやつで、だからそういうふうにはなかなかならないということがあると思います。そういう意味あいの象徴でも、たいへんおもしろい問題であるというふうに僕は思っているわけなんですけどね。僕がいった非日常というのと、あなたのいったのとは違うことかもしれないんですけども……。「日常性の否定」ということの内容がよくつかめないのですけれども。ちょっとわかんないですけどね……。

学生　今の問題は非常に曖昧だと思うんです。「日常性の否定」といった場合、たとえば労働者が職場において働いてその職場で仕事を一生懸命やっている。そういったことを告発していく、ということが僕は「日常性の否定」だと思います。たとえばベトナム戦争とかああいったことが日常的なんであって、だから日常的とかいうことの中にはふたつあるわけです。アジアにおいて戦争があって何万人かが死んでいる、そういった日常と、それから日本において一人の労働者が毎日働いている日常性と、そのふたつの日常性があると思うんです。僕達はいったいどちらの日常性をとっていくのか。そうするならば日本の日常性というものを告発し否定していく中で自身が闘う。そういった論理を追求してきたのが全共闘運動だと思うんです。

あれですね、政治運動家としてはまことにもっともな弁だと思います。でも労働者が職場で毎日働き、くれた金をもらってマイホームをつくるというのを、僕は否定しないんですけどね。もうひとつは労働運動というのは社会運動だというふうに僕は思っているわけです。社会運動だと思っているということは、社会運動を含まなくてはいけないという意味ではなくて、社会運動を本質とするという意味なわけです。だから経済闘争、賃上げ闘争もっともだと。つまり、それは当然のことだと思っています。それで、政治闘争という場面に労働者あるいは労働者運動というのが登場した時には、必ず悪いことをする、と思ってるわけです。悪いことをするというのは、必ずマイナスのことをするという意味です。だから労働者運動が政治革命の時点に登場する時には、どういう登場の仕方をしたら一番いいかというと、何もしないことだというふうに僕は思います。何かしたら必ずマイナスなことをやらかす、と僕には思えます。だから政治革命に登場する、あるいは登場したいときには、職場における組織労働者というような形ではなくて、階級としての一労働者として参加するなら別だと思います。しかし政治革命に、もし組織労働者が登場したら必ずマイナスなことをする。まあ黙っていたほうがいい。何もしないことが一番いいと思います。だからあなたのいうのとは違って、労働運動の本質というのは社会運動であって、別に政治運動でもないし政治運動を本質としないというふうに僕は思っています。地域あるいは職場の組織労働者が、ベトナム戦争に無関心であるとか、マイホーム主義だとか、賃金が上がればいいと思っている、ということをあながち否定の材料にはしないいんですけどね。

学生　そうするとマイホーム主義を否定しないということになると、さっき吉本さんがいわれたように、タブーというものに対する関心とかあるいは宗教的な天皇制というものに対する行動とかはぜんぜん個人の内面に加えられないんですね。

いやそういうことはないでしょう。だってそういう人はベースとしての役割を果すのですから。天皇制というのは本質的に何なのかということを考察するというのは大なり小なり知識人ですよ。そういうことを考察する、あるいは問題提起することができる、あるいはそれを追求することができる、というような存在とは知的な存在あるいは知的な人間としてのある存在なんですよ。知的な人間の存在としてはゼロであり、生きて喰って最少限の生活を続けていくという生活の仕方しか知らず、天皇制の中でまったく何も考えない存在であっても、そういうふうに、ある基準ベースとしての存在の役割と価値をもっているんではないでしょうか。

（原題：国家幻想と叛逆の論理　Ｉ　国家論／豊島区目白　学習院大学）

〔音源不明。文字おこしされたものを誤字などを修正して掲載。校閲・菅原〕

〔補遺2〕【文京区立鷗外記念本郷図書館主催】——1971年10月14日

鷗外と漱石

質問者　今の高橋（和巳）さんのことなのですけれども、吉本さんは前に、磯田光一さんとの対談でも、高橋さんがあの学園闘争で、ときどき刻々に対応していく、その対応の仕方をあまり好きではない、つまり倫理性の深いものではないということ。つまり、冷静に見ておったわけですね。それはつまり、高橋さんの倫理性の中に、一つの盲点があるのだということをいわれたわけですけれども、やはりその盲点というものが、今お話ししたこと、高橋さんが『道草』を書かなかったというようなこと、奥さんとの関係性ですね。そういうものにやはり□□□でしょうか。そのへん……。

つまり、具体的にいえば、そういう問題というのは入っていると思います。だけれども、僕がそのときにいいたかったのは、『半日』とか『道草』に該当するものを書かなかった、あるいは書く発想がなかった、そのことは、そういう言葉でいえば、場所の明晰さというのがないということだと思うのです。なかったということだと思う。

高橋さん、京都大学の先生、助教授でしょうか、知りませんけれども、先生ということは、一般に例えば、雲泥の、普通のごく平均的な、そこの草履屋のおばさん、そういうものと比べると格段に隔絶した社会的な位置とみなされているわけです。

事実、そのことと学生さんの位相とは、社会的には、もう天と地ほどの違いがあるはずなのです。だけれども、高橋さんはその場合に、どういうふうにあれするかというと、学生さんに、つまり思想的近親性から近づこうとするのだけれども、どうしても社会的な場所といいますか、それが格段に違うということがどうしてもやってくるものだから、あるところまで来ると、逆に今度は学生さんのほうから「だいたいあいつはわれわれに同情しているようなこと、あるいは理解しているようなことをいうけれども、教授は教授だぞ」というような言われ方をするでしょう。そして、高橋さんはまた思い悩むわけですよね。

仲間の教授会の決定なんていうのは、どうしても納得できないと。俺は、どうしてもそういうのに同意することはできないというふうになって、そこへ行けないわけです。しかし、学生さんの思想に共鳴して同感しようとするのだけれども、どうしても隔絶したあれがあって、そこへ行けないわけです。これは、単に思想的に行けないという面もあるかもしれませんが、つまりああまではいけないという面もあるかもしれませんけれども、それ以上に、本当をいえば、大学教授ということがいかに社会的なあれを受けているかということがあるわけですよ。

京都なんて特にそうですよね。例えば、僕ら、祇園かどこかで遊んでこようじゃないかというふうに思ったたって駄目ですものね。だけれども、例えば、それは京都大学助教授であれば、祇園に連れていったらフリーパスみたいなところがあるでしょう。それほど違うわけですよ。だから、場所の認識というのは決定的に明確でなかったということがいえると思う。

場所の認識が、例えば、学生さんと自分らで違うとすれば、その場所の違い方、あるいは位相の違い方というものを、やはりちゃんと自分を踏まえた上で、紛争に対する展開の仕方というのを当然するべきだと思う。いわばそこのところの場所の認識が非常に曖昧であるし、甘いから、ただ思想的な、ある程度の共感から、ふっとこっちに近づけていこうと思うのだけれども、どうしても入り込めない。

それは、単に、高橋さんの思想に境界があるということというような問題だけにとどまらないのです。境界があるというのは、ああ無鉄砲なことはいくらなんだって、いい年してできないというような境界があるということだけじゃなくて、それは必然的に、自分が、社会に存在する客観的な位置づけとして、自分で明瞭でないということ、それがそうさせているというふうに僕には思われるのです。

それが、ある場所へ来ると極度のヒューマニズム、あるいは倫理性みたいなものとして出てきて、それも一貫してそれは出てこられないで、やはりそれはこっちはどうしても行けない、ここまで行けない、こっちに行こうたってこっちも行けないというようなかたちで出てくるでしょう。そういう解体というものがくるわけです。僕はそれをいっているわけです。そのことは、例えば『平日』なり『道草』なりを書くという、発想がなかったとか、そういうことがどういうところに位置づけられるべきかということについても、明瞭でなかったことを意味していると思います。だから、それはそういう場合でもやっぱり、場所が明瞭でないわけです。

例えば、僕、どこも教授にしてくれないですけれどね、僕は例えば京大なら京大の教授であり、僕が学生さんの思想にある程度の共感を持ち、やり方に共感を持ちというふうなことがあったとしても、僕はそういかないと思います。僕は、やっぱりその場所で、自分の今いる場所でもって、可能なかぎりのあれをすると思います。決して無原則に、例えば学生だのの場所にべったり行ったりというようなことはしないと思います。学生さんもまた逆な意味で、そういう外側からの距離がうまくとれないところがありますからね。あまりそういう、一介のサラリーマンとして月給を取ったみたいなのがないものだから、そういう逆な意味で、外側からの社会的な位相というようなものを踏みこめないところがあるでしょう。だから学生さんのほうは……。

（文京区千駄木　文京区立鷗外記念本郷図書館）

〔音源あり。文責・菅原則生〕

〔補遺3・講演〕【「知的障碍」などに関わる小形烈たち主催】――1991年3月8日

福祉の問題

今日は福祉の問題ということで、この地区の福祉の問題、活動というのはどういうふうにやられているのかという、そのデータみたいなのがあったら見せていただきたいとわたしがお願いしたのですけれども。それで、それを基にといいますか、たたき台にしてというふうに考えていったのですけれど、パンフレットとか資料とかを読ませていただきまして、なんかこれじゃ、何もいうことないじゃないかと思いまして。

もう一つは、なんだ、これは、俺は専門家じゃない、俺は素人で、聞く人のほうが専門家なんだということに気がつきまして、それじゃあ、これはちょっと視点を変えなければいけないと思いまして、素人なりに、距離を持って福祉問題というのを見ていくと、どういうふうに見えるかというお話をしたほうがよろしいんじゃないかな、参考になるんじゃないかなというふうに思いまして、今日はそういうことを主体にお話ししたいと思ってやってきました。

　それで福祉というのは何なんだという問題を自分なりにそれ以降、時間があると頭の中で、福祉とは一体何だというふうなことを考えていました。結局、僕が福祉ということを、定義というのはおかしいですけれど、規定するとすれは、どういうふうに規定したらいいかとなるわけですけれども。僕はこう考えました。つまり、いずれにしても福祉というのは、絶対的な差別とか、絶対的なものに近い差別というふうなものがあったとして、人間というのはそれをどういうふうに解いていったらいいのだろうかという問題に、帰着するんじゃないかというふうに考えました。

　そうすると、この問題は絶対的な差別という問題、例えば、生来の身障者というのはそうだと思いますけれども、絶対的な差別というものはどう解かれるべきか、どう考えるべきかという問題は、結局は、一見やさしいように見えて、やさしくかつ、現在切実なように見えて、本当はこれは、人類の歴史が最後に解決する問題だということになると思うのです。

　しかし、最後に解決する問題だと、そんなことはいっていられないという、さしあたって、日々刻々それに対して何か対策といいましょうか、どうやったらいいんだという問題が日々刻々とあるものですから、本来ならば絶対的に人類が最後に解決すべき問題なのに、そうじゃない問題、つまり日々刻々と解決すべき問題みたいなかたちでそれを解こうとするので、どっかで曖昧さが入るといいますか、どこかで不徹底さが入るというのがだいたい、福祉の問題の本質じゃないかというふうに、僕がテーマを与えられまして考えたところでは、そういうことになるような気がするのです。

そうすると、福祉問題、僕はすぐにそこから問題意識が起こってくるわけですけれども、これは福祉の問題というのは解体すべきだという、つまり要素に解体してみなければ駄目だという考え方になっていくわけです。これは専門家の考えとは違って、傍観者といいますか、距離を持った人間の考え方というのは、どうしてもそうなります。つまり、福祉の問題とは何かというのを要素に解体してみなきゃいけないんじゃないかというふうに、どうしても、僕なんかの発想、考え方ではそういうふうになりました。

それで、じゃあまず福祉というのを解体してみようじゃないか。つまり、要素に解体してみようじゃないかというふうに考えてみたわけです。それは表につくってみました。この表が一番、僕が考えたところで、大変、つまりユニークな表だと思っていますけれど。

まず福祉事務所というのがあって、便宜的に福祉の問題をどう分けていくかというと、福祉六法とかいうのがありまして、それは身体障害、精神障害あるいは精神薄弱というふうにいっているると思います。それから児童福祉の問題、老人問題、母子家庭の問題、それからもう一つを入れれば、生活保護の問題と、こういうふうに福祉事務所が分けていることが分かりました。

そうなれば、これを要素的に分解してみようじゃないかという、その要素がこっちに並べたものです。六法のこの問題を要素に分解しますとどういうことになるかといいますと、身体障害という問題、それから精神障害あるいは精神薄弱という問題、それからここは一緒にしてもいいのですけれども、青少年、児童とかという問題になるわけですけれど、家庭内暴力、登校拒否、逸脱している遊び、性的に逸脱しているとか、要するに非行に類する遊びですけれど、そういう問題が一つ。

それから、老人問題としては、老化というのは何なんだと。死というのは何なんだという問題に、要素的に解体できます。それから母子家庭の問題というのは、いろんな問題があるでしょうけど、一般的にいうと婦人問題、これはさまざまな問題があります。つまり、経済的な問題から、女性差別の問題みたいな、そういう問題があります。それを含めて婦人問題となります。

それから、生活保護の問題は、一般的に生活問題というふうになっていきます。そうすると、例えば、肝要なのは何かといいますと、身体障害というのは要素に分解したらどうなるのかといったら、身体障害という問題になります。つまり、自己同一性です。つまり、身体障害とは身体障害という要素から成り立っています。それからもう一つ、自己同一性を持つものがあります。それは精神障害です。精神障害というのは、精神障害に要素的に分解されます。つまり、自己自身に分解されます。

それは何を意味するかといいますと、福祉問題の中で、最も基本的なのは身体障害と精神障害だということが分かります。つまり、自己同一性にしか分解されないということは、そのことが福祉問題の基本的な問題だということに帰着すると思います。

それから、児童問題というのは、例えば、登校拒否とか家庭内暴力とか非行逸脱、そういうことになっていきます。これは青少年問題といっても同じです。

それから、老人問題というのは老化とか死とか、それから生活問題というように、要素的にその三つの要素になってきます。母子問題というと、たぶん婦人問題と生活問題というのが主だろうと思います。それから、生活保護の問題というのは、老化の問題、つまり老人問題の一つである老化の問題、それから婦人問題、それから生活問題ということに、要素的に分けると帰着すると思います。

つまり、いくつかの要素に分けますと、それぞれ福祉六法というのが分けている分け方というのは、いくつかの要素にそれぞれ解体されることが分かります。それではそれを一つ一つ、要素に解体されたものを解いていけばいいじゃないか、あるいはそれがどういうふうになっていくかということをここで考えていけばいいじゃないかということになると思います。

まず、最も肝要な問題があります。身体障害の問題と精神障害の問題というのを次に、そこで考えてみようということになるわけです。それで、皆さんがやってごらんになると分かりますが、これはなかなかいい表だと思います。つまり、よく考えた表だと僕は思っています。

身体障害、精神障害の問題ですけれど、まず身体障害の問題からいってみましょうか。これは子どもの問題と大人の問題とに分けていいますと、これは皆さんのほうがよく知っているし、パンフか何かを見ると書いてあるし、ただ、僕は知らないものですから、ここにメモ的に挙げてみたわけです。これは、子どもの慢性の特定疾患ということで、主なものを挙げてみますと、三つの主なものが挙がっています。悪性の腫瘍とか、そういうものに類したもの、それから慢性の腎臓炎ですね。それから喘息。これら3つが子どもの慢性疾患の主なものだということが分かりました。

それから、子どもの身体障害の原因というので何が一番になっているかというと、出生時の損傷ということが第1位になっていて、32・7%。2位が交通事故・その他事故。交通事故は0・9%で、その他が3・8%です。3番目が感染症で3・3%、4番目が中毒症で0・4%という、障害の原因として見れば順位になっているというデータが出ています。

これは昭和62年です。大人のほうをやってみましょうか。1位は肢体不自由、それは60・5%、2位は聴覚障害、3位が視覚障害となっています。障害の原因としては、労災（労働における災害）が第1位の9・2%、2位が交通事故で5・0%、3位が感染症の4・7%です。それから出生時損傷が3・9%、戦争の傷跡がまだ残っていて比率が3・8%というふうになっています。

身体障害者の問題は、何の問題に還元されるかということなのです。これは、要素的に還元すれば、何に還元されるかというと、経済的な保障というところに還元されると思います。基本的に□□□□そうだというふうに還元されます。それは論理の筋道からいけば、身体障害への保障というのは、絶対的に、例えば、出生時にそうだとしたら、それはもう絶対的なのですけれど、途中で交通事故とか労災とかということで身障ということがあるわけです。身障における絶対的な障害と、絶対的な対策といいますか、それはどういうふうにされたらいいかということは、要素的には非常に簡単なことになります。

つまり、どうすればいいかというと、例えば、子どもの場合には、出生時の損傷で身体障害として出生したとなったら、その子どもの生涯を保障するといいますか、保障できる福祉の対策というのはどういうことかといえば、生まれた子どもが、その時点における平均寿命、例えば、男の子なら男の子で77歳としますと、ゼロ歳から77歳までに要するだろう生活費用といいますか、それを物価その他でスライドしなければならないでしょうけれども、その費用全体を保障すれば、一応それで福祉の問題としては、それで絶対的に解けることになります。

つまり、それが究極的に目指されることだと思います。また、例えば、大人で20歳のときに労災によって身障者になったとしたら、20歳から77歳まで、57年間にその人が生活費用として要するだろうところの費用を絶対的に保障するというふうなことをすれば、一応、その福祉問題としては解けることになります。そのことは、可能であるか不可能であるかということの問題は別としまして、それが要素的に分解したときの、その身障の問題の基本的な問題です。

つまり、それは同じです。30歳のときに身障者になった場合、どういう保障制度を確立すればいいかといったら、その人は平均寿命として計算して、それで残りの一生涯というものをやっていける、そういう生活費をすべて保障するというふうになっていけば、一応、福祉問題として解けることになります。

つまり、身体障害の問題というのは、そういう意味合いでは非常に明快なものになります。それを実現できるかどうかとか、それだけの予算を出す政府がいるかとか、そういう問題は非常に具体的な問題になってきますけど、原理的な、あるいは要素的な、非常に単純な問題になってきます。福祉問題というのはそれを目指せばいいことになっていきます。

精神障害、あるいは精神薄弱ということになりますが、これの問題は、究極的には何になるかといいますと、治せばいいんだろうということになるわけです。治すまで保障すればいいんだろうという問題になります。どうしたら治せるかという問題に帰着するわけです。どうしたら精神障害というのは治せるかというのは、専門家のお医者さんが一生懸命研究したり、一生懸命やったりしているのだと思います。

だけども、精神障害の問題というのは、別な問題を提起できます。つまり、それは何かといったら、予防ということです。つまり、精神障害を予防するということなのです。どうしたら予防されるかということが大問題になってきますが、精神障害を予防するということの一番の問題は何かといいますと、これは人によってさまざまな見解がありますから、それは人によってですけれども、僕らの考え方を申し上げておきます。

精神障害というのを予防するにはどうすればいいのか。もちろん障害者の人を治療するということが次にあるわけですけれども、それよりもまず絶対的に精神障害に対して福祉問題が適応していくならば、どうするかといえば、予防するということまでいっちゃう。つまり、精神障害を出さないようにするというところにいくのが、一番まっとうな、つまり究極的に福祉の問題が進むべき道になってくると思います。

精神障害の予防、あるいは精神障害の第一義的な原因というのがどこにあるかというふうに考えていきます。それは、どこにあるかといいますと、人によって違いまして、僕らの考え方を申し上げますと、だいたい胎児としては8カ月以降なのです。それから乳児としては出生から1年間、つまり言葉を覚えるまでであり、また母親の授乳その他、あるいは母親に代わる者の世話がなければ、栄養もとれないし、動くこともできないという、胎児、乳児の時期の問題に帰着いたします。

つまり、それが第一義的な問題になってきます。胎児、乳児のときに、どういうふうに扱えばいいかということの意味合い、またどういうふうに扱うと障害になりやすくなるかということの問題になると思います。どういう扱い方をすればいいかということについて、こういう扱い方をすればいいんだみたいな言い方をすると、生意気なことになりますから、そういう言い方をしないで、習俗的といいますか、出産とか、乳児を扱うときの扱い方というのは、それぞれの地域、それから種族、それから民族とか、そういうものの習慣とか宗教とか、儀礼とかでずいぶん違うわけですけれど。

一番極端な二つの例というのを挙げてみますと、一つは、今はどうなっているか知りませんけど、僕らが子どものときはそうだったという典型的な日本型の扱い方というのがあるわけです。それは、子どもが誕生しますと、すぐお医者さんが逆さまに振って、逆さまにしてお尻か何かひっぱたくと産声を上げます。産声を上げたときに、半分えら呼吸的なものから肺呼吸的なものに転換するわけです。それから生涯が始まるわけですけれども。日本のお産の習俗では、今は僕は分かりませんし、個々によって違うのかもしれませんが、僕らの子どものときには、生まれた子どもというのはそういうふうにあれして、すぐに産湯を使わせて、すぐ寝ている母親のそばに添い寝させて、お乳を吸うことを覚えさせるというようなことをすぐやるわけです。それで、だいたい母親が1週間寝ている人も、3日間で起きちゃう人も、それからもっと産後の肥立ちが悪くて、もっと寝ている人もいるわけで、個々別々ですけれども。

いずれにしても母親がまだお産のあれから回復していないあいだ、数日間とか、1週間とか2週間とかというあいだ、赤ん坊はすぐ隣に置いておいて、お腹がすけばお乳をやってみたいなふうにして、母親と一緒に添い寝させる。それで、母親が起き上がれるようになったら、起き上がって世話をする。授乳はまた時間を決めてやるみたいな、そういうかたちが日本型の、典型的な乳児の扱い方です。

この乳児の扱い方は、ほかの日本以外の地域でもそれをやられていると思いますけれども、このやり方は、出産、あるいは出生の、子ども、乳児の扱い方の例としては、ものすごく一方の、典型的なものです。つまり、これをやりますと、乳児にとって母親が1年間ぐらいは全世界に等しくなるわけですし、子どもの触覚は母親のお乳とか、そういうものに、全体がそうなっていくというようなかたちで、このやり方は人間の歴史、人類の歴史の中の、出産の手法としては、一方の極を代表します。

これはものすごく母親と乳児との親和といいましょうか、これがうまくいっている場合には親和性というのを確立するために、これ以上のやり方というのはないわけです。このやり方が非常にうまく、乳児の1年間、つまり言葉を覚えるまでの1年間、あるいは乳児が自分で動けるまでの1年間はこのかたちでうまくやれていたら、たぶん精神障害の非常に□□□□わけです。つまり、それ以上ないというやり方だということができるくらいです。

ところで、もしこのやり方でもってうまくいかない場合には、どういうことになるのかといいますと、思春期に家庭内暴力というかたちに出てきます。極端なことをいいますと、家庭内暴力というのは、日本以外にはないんですよ。つまり、日本独特の精神的な障害なんですよ。これは要するに、母親が過剰に絶対的な大きな存在というようなかたちで、乳児の1年間を過ごすというようなかたちのために、どうしても母親のイメージというのはものすごく大きいわけです。つまり、ほかのイメージは入ってくる余地がない。もし、そのやり方で失敗したやり方になるとすれば、もう家庭内暴力になるんだということになります。

つまり、欠陥と良さというのが両方あるわけです。つまり、独特の欠陥にもなり得るわけですし、非常に、一方の極を代表するような乳児の扱い方の良さの典型にもなりうるわけです。両方の、二つの面を持っているということがいえます。例えば、それじゃあ、その場合に、精神障害になりやすいという乳児の扱い方はどうなのか。母親が例えば、子どもが乳児期、胎児期のときもありますけれど、乳児期1年のあいだ、夫婦が極めて険悪な仲で、いつでも嫌だ嫌だと思いながら授乳なんか1年間しているみたいなことが続いたら、たぶん精神障害にものすごくなりやすい。

もし、例えていえば、ある壁の高さがあって、相当なひどい精神的な苦痛にさらされなければ、精神障害にはならんよというような高い壁があればいいわけなのですけれど、そんなときに例えば、母親が乳児にお乳を飲ませながら、心の中ではこんな亭主の子どもなんか嫌で嫌でしようがないんだと思いながら授乳しているとか、あるいはこんなことをしていたら経済的にうちはやっていけないんだと思いながら、早くお乳を飲み終わらせないとなんて思いながら、イライラしながら授乳するというようなことを、例えば母親が乳児に1年間にそういうあれをそうしたとすれば、必ず精神障害になりやすい要因を身につけることになります。

つまり、その場合に、日本的なそういう乳児の扱い方ではない扱い方、例えば、生まれたらすぐ子どもは母親から離しちゃうんだという育て方をするところでは、そんなに母親の影響というのはないですから、たとえ、たまに母親が心の中で変な扱い方をしていても、それほどの影響、それほどのすり込みというのは行われないのですけれど、日本式の乳児の扱い方でもって、母親が嫌だ嫌だと思いながら、早くおっぱいをあげて寝かせて働かなきゃなんて思いながら授乳したりしたら、徹底的に精神障害になりやすい、壁が低い壁になります。すぐに精神障害にいってしまうという要素になります。

つまり、日本式の扱い方というのは非常に典型的ないい扱い方なのですけれども、別な面からいいますと、それが失敗したとなると、ものすごく精神障害になりやすい要素が多くなります。それから、典型的にいえば、家庭内暴力みたいなのが生じるというのはなぜかといえば、そのときの扱い方が悪いからということになります。悪いからということになってしまいます。悪いというのは、いずれにしても相対的なもので、いくら悪いといわれたって、経済的にどうしても働かないといけない、子どもにたっぷりと落ち着いてお乳なんか飲ませていられないんだよというふうなことというのは、人間にはあり得るわけです。また、ある時期、亭主と非常に仲が悪くてどうしようもないというふうになってというのは、もちろんあり得るわけですから、そういうときに乳児であったということだったら、完全に精神障害になりやすい、閾値が低いといいましょうか、そういうことになると思います。つまり、考えようなのですけれども、第一義的にいいますと、そこでもって、心の世界でいえば、無意識の核というのが胎児と乳児のあいだまでにできるわけです。そして、それがたぶん非常に第一義的に、人間の心の世界というのを決定すると考えてよろしいと思います。

つまり、それぐらい大切なときなのですけれども、その扱い方のタイプというのは、それこそ種族によって、民族によって、さまざまあるわけなのです。だから、日本的な扱い方というのは、その一つの典型だと思います。極を代表する、決して悪くない、大変いい扱い方のように思います。

もう一つ、日本的な扱い方とまったく対照的な扱い方の例を申し上げますと、例えば、典型的なところの、非常に厳密なところの、ユダヤ教とかキリスト教とかの文明の世界は対極になります。それで、その一番極端な、例えば、乳児が生まれて2週間以内に、男の子なら割礼（かつれい）というのをやってしまいます。女の子でしたら陰核切除といいましょうか、そういうのをやってしまう、そういう出産の事例があります。それはもう、何を意味するか、大変難しいところなのですけれど、この問題に関していうならば、それは何ていいますか、一種の性的な去勢ということになるだろうと思います。つまり、去勢に類するものだというふうに見られるだろうと思います。つまり、去勢に類することをやってしまいますと、どういうことになるかということですけれど、そうすると、そこで無意識の核のところで、最も決定的な傷を負うわけです。あるいは、負わせるわけです。そのことによって何が生じるかといいますと、外へ向かう心よりも内へ向かう心、内向する心といいますか、内面性の世界といいますか、それを獲得していくというかたちにどうしてもなっていきます。無意識にその傷を負っちゃうということを意味します。

ですから、これは西欧文明、ユダヤ・キリスト教的な文明を形成してきた非常に大きな要素です。つまり、西洋の芸術とか文学というのは内面性豊かでとかよくいうでしょう。内面性豊かで心の中の問題というのはさまざまなかたちで、よく表現されているとか、という言い方をする。それはまた非常にいい言い方、プラスな言い方ですけれど、悪い言い方ですれば、最初に生まれたとき、1年以内に無意識の核に傷を負わせちゃうから、外へ出ていこうというよりも、内へ内へというふうに精神が向かっていくような、そういうあれを無意識のうちに獲得するということを意味するので、そんなのはあまりいいことではないんだ。つまり、芸術性豊かでというのはいかにもよさそうに見えるけれど、そんなことはちっともよくないという言い方もまたできるわけです。ことに、心理的な言い方では、そういう言い方ができます。

例を挙げれば、西欧でいえば、例えば、『告白』を書いたジャン＝ジャック・ルソーという、近代思想の始祖みたいな人がいますけれど、この人の『告白』という生涯の自伝的なあれですけれど、それを読めばすぐにお分かりになりますけれど、つまり、乳児期、幼少期にめちゃくちゃな傷を負っていますね。しかし、負った傷というのを、無意識の傷というのを克服しよう、克服しようというような、そういう強靭的な意志力がルソーを偉大な思想人にしたんだという言い方も、逆にいえばできるわけです。これは日本の場合でも同じです。同じような目に遭っている、典型的な、例えば、三島由紀夫さんであり、太宰治でありという人たちはまったくそうです。三島さんは生まれてからすぐに、母親がいるのに引き離されて、ちょっと病的なおばあさんに囲われちゃってというようなかたちになる。それから太宰治の場合には、すぐに母親から引き離されて、乳母のお乳で育つみたいなことをやっているわけ。つまり、そういうふうにやりますと、無意識の核が形成されるとき、つまり乳児のときに徹底的な傷を負うことになります。その傷は、いいのか悪いのかということは、観点によって、見方によって変わります。三島由紀夫という偉大な作家というのは、そうじゃなきゃ生まれなかったんだよという言い方をすれば、それじゃあ、決して悪くなかったということになるし、太宰治という優れた作家というのは、そういうあれがなかったら、乳児体験みたいなのがなかったら、あんな文学作品はつくれなかったよといえば、それはいいことになる。しかし、ご本人にとってみれば、そんなことはないわけです。ご本人はものすごくきついわけです。絶えず無意識からきつく引っ張られて、ノーだと、おまえは生きるなというふうに、無意識から絶えずいわれているみたいな。それを克服するために、強靭的な意志力と表現力でそれを克服しようとするわけです。それでも、まだ無意識の核というのは、やっぱり、おまえはノーだ、ノーだというふうに、声なき声でいうわけです。無意識が引っ張るわけです。つまり、生涯はそれの格闘なのです。人間なんていうのは、そんな□□□は役にも立たんと。役にも立たんというのはおかしな言い方ですけれど、それがあっても、ただ自分が内面的に苦しいだけだと、克服するには強烈な意志力が必要だと、そういう想いなんか、人間というのはしないほうがいいんだ。

つまり、人間というのは偉大とか、偉い人だというのは、だいたい駄目なやつなんだと。つまり、最も価値あるのは、最も何でもない人という、何でもない生き方というのは最も価値ある生き方なんだ。しかし、人間というのは大なり小なり、乳児のときに傷を負っていて、それでそのために、最も価値ある、ごく普通の何でもない生き方という、波乱のない何でもない生き方というのが一番価値ある生き方なんだし、それが一番価値あることなのだけれど、だいたい傷を大なり小なり負っているものですから、そこから、大なり小なり、人間というのは、逸脱して生きるわけです。それは誰でもそうだと思います。誰でも、少しずつはそれから逸脱するわけです。

だけど、本当に価値ある生き方とは何なのかというならば、この観点から、福祉の関連からいうならば、何でもない生き方、何でもない生き方でごく波風が立たない、そういう生き方というのは最も価値ある生き方であるし、最も偉大な生き方というのはそれなんだということになりそうに思います。だけれども、人間というのはここらへんでもって傷を負うものですから、大なり小なり、まっとうな生き方から逸脱して、それて、それてまたそれを克服しようとして、また無理をするのだけれども、また無意識から引っ張られて、おまえ、死んじまえ、死んじまえと絶えずいわれて、またそれを克服しようとして、また無理をしてというふうに、こういうふうにして、いわゆる世間がいう偉大な人というのはそういうふうに出来上がるわけですけれども。

それは、いいのか悪いのかとなったら、まずこの観点からいえば、福祉の観点からいえば、それはよくない、そういう生き方は駄目だということになります。つまり、こういうふうになります。それが福祉的生き方の、考え方の、価値観の根源だと思います。これは、世間は逆に考えます。つまり、そういう大なり小なり病気がひどいやつで、無意識の病気を克服するために、また超人的な意志力を行使して、何かやった。やったのだけど、まだ無意識が引っ張って。それをまた克服しようと、そういう攻めの連続で、いわゆる世の人がいう偉大な人というのは出来上がるわけです。それはちっとも幸福でも何でもないわけです。いいことでも何でもないわけです。やむを得ず、そういう偉大な人というのは、人類の歴史ではたくさん生んでいますけれども、本当はそんなのはよくないんだというふうなのが、福祉的観点からする価値観だと思います。

つまり、そういうことは徹底的に考えたほうがよろしいので、例えば、フロイトの弟子にライヒという人がいますが、ライヒはもっと極端なことをいっています。その一つは、核のところで人間はそういうふうに傷があると、女の人の90％は頭がおかしいといっていますし、それから男の人の70ないし80％はみんな頭がおかしいといっています。それはなぜかといったら、ここの扱い方が駄目なんだ。つまり、胎児から乳児にかけての、乳児の1年間の扱い方がものすごく悪いから、人間というのはろくなことをしないんだと、つまり駄目なんだという言い方をしています。

そういうふうに、女の人の90％、男の70ないし80％はおかしい。そういうやつが、ある時期になったら戦争を起こしてみたり、ヒトラーとかスターリンとか、そういうやつのいうことを聞いてみたり、それ相当に頭のいいやつで判断力のあるやつが、そういうやつの言いなりになって、とてつもないことをしでかすというのは、どうしてかといったら、こういうところが悪いんだと、ライヒは極端に、決定的にそういうことをいっています。人間が歴史的にやってきたことはろくなことがないということがないということの根底は全部ここだと、乳児期に、あるいは胎児期における扱い方が悪いんだと、そういう言い方をしています。

僕がそういう観点からいうならば、福祉の基本的な問題として、特に日本的な乳・胎児期の問題というのは、大変よく再検討されたほうがいいような気がいたします。つまり、胎児の8カ月以降と、それから乳児の1年間、言葉を覚える前の1年間ですけれど、それは大変重要な時期で、その扱い方がだいたい、もしお母さん方で、自分はまず60%から70%の自信があるとお思いだったら、まずその子どもさんが成長して、どんな苦しい目に遭遇しても、精神障害になるということはないと考えられていいと思います。つまり、それくらい大切なこと。そこの扱い方がうまくできていたら、たいていのことは耐えられるというふうに。あとはみんなおっぱなしておいていいんだというふうになると思います。

ところが、普通のお母さんの場合は反対なので、胎児期・乳児期のときにうまく扱わなかったという、よく扱わなかったということについての後ろめたさみたいなものがあって、それで子どもが幼児期以降になると、大変いいお母さんになっちゃうのです。いいお母さんになって、場合によっては教育お母さんになって、非常にいい母親になっちゃうんですよ。

それは、いい母親だと思ったら大間違いなのです。その母親はたいてい、乳児期のときの子どもの扱い方が冷淡だったとか、ちょっとほかのことで悩んでいたとかということが必ずあるわけです。もちろん、どんな人にも必ずあります。だから、100%自分は完璧だという人は、まず考えられないわけです。だけれども、概していって、50%以上、60%、70%、乳児のときに子どもをよく育てたつもりだというお母さんがおられたら、それはもう万々歳だと、その人は成長して、どんなことがあったって、どんな目に遭ったって、たいてい自殺したり、家庭内暴力はもちろん、精神障害になったりということはまずないと考えてよろしいと思います。つまり、そのぐらい本当は重要なことのように、僕は思います。つまり、福祉ないし精神障害をどうするんだって、どう予防するんだという観点からいくならば、基本的には、そこが、とても重要な問題になってくると思います。つまり、それが実現できていたら、たぶん精神障害の問題は、大部分は解けてしまえるはずです。まず、極端なことをいって、そこのところの、乳児のときのお母さんの育て方が100％大丈夫だ、自信があるというお母さんが育てたら、精神障害には絶対にならないと考えていいですから、この問題は解けてしまいます。この問題が解けたら、福祉の問題は半分解けたことになります。それくらい重要な問題だと、僕には思われます。

家庭内暴力というのは、思春期に入って、あるいは思春期前後から始まるわけです。家庭内暴力というのは先ほどいいました、日本人特有なものです。日本だけかどうか、調べてみないと分からないですが、日本型の育児方法といいましょうか、乳児の扱い方のところでしか、家庭内暴力というのは存在しないわけです。この家庭内暴力の本質は何かといいますと、母親のほうからいえば、乳児の時代の扱い方について、子どもにつつかれると、どこかに後ろめたいところを持っているものだから、子どものいろんな暴力的な行いというのをどんどん許して、どんどん後退していくわけです。それで絶えず強迫を感じているわけです。つまり、子どもに、あからさまにそういわれることもありますし、いわれないときでも、子どものときの扱い方が悪かったから、今、優しくするようなあれなんだというふうに、お母さんのほうはどんどん後退していきます。

それに対して、父親というのは、あまり関与しないところに、距離感でいえば、遠くに、仕事が忙しいんだとか、遠くに行ってしまうというのは、だいたい家庭内暴力の典型的なタイプになります。そうすると、どうしたらいいんだっていうようなことになるわけですが、どうしたらいいんだっていったって、本当はここなのだからしようがないでしょうということになる。それが次善の策としては、夫婦が話し合って仲よくして、それで子どもに対しては結束してというのはおかしいですけれど、同じ進退を共にしてというようなやり方をして、暴力的になった子どもに対応する以外に方法はないということになります。

しかし、原因はそこにあるのではなくて、乳児のときにあります。ですから、それはもう取り返すことができません。取り返すには、子ども時代のそれを知らせる、そのこと自体を分からせる以外に方法はないわけです。それは可能ですけれども、専門家が時間をかけてやればそれは可能なのですけれども、家庭内ではそんなことはできないかもしれません。ですから、そういうやり方しかないわけです。

もっと極端な言い方でいえば、戸塚ヨットスクールの戸塚さんみたいに、要するに、うちの子はこうなんだ、家庭内暴力でとんでもないんだというふうに相談をかけられて、何とかしてくださいといわれると、自分が強い父親の代理人の役割をして、相当過酷な条件で子どもを、悪くいえば痛めつけるわけですけれども、よくいえば訓練するわけです。

強大な父親の役割を、戸塚さんというのはやれば、そうすれば治るんだというふうに確信を持っているわけです。確かにそれで治ることもあり得るわけですけれども、僕はそうは思わない。本当の原因はここにあるんだと、僕は思っていますから。そのやり方はそんなにいいとは思わないですけれども。しかし、それで治る人がいることは、確実にそうです。つまり、それは何かというと、父親が退いちゃっているという父親がまた前面に出てくるということと同じことですから、同じ役割をまた戸塚さんがやるわけですから、それはある有効性を持つことは確かなことであるけれども。

しかし、人によって考え方は違うわけですけれど、理論的に間違っている。たぶん、ここが基本的な問題。つまり、乳児期の扱い方が基本的な問題ということになりますから、父親と母親が非常に仲よくして、子どもに立ち向かうといいましょうか、暴力的な子どもの前に、ちゃんと終始進退を共にするみたいなかたちがとれたら、まあまあ少しずつ回復していくかもしれないという問題だと思います。いずれにせよ、このタイプというのは日本人しか、つまり日本型の育児方法といいましょうか、日本型の乳児の扱い方のところでしか起こらない問題です。

この問題と、それから思春期ぐらいになって問題になってくるのは、登校拒否なわけです。登校拒否というのは、現在の段階では増えていく一方なわけです。だんだん増えていっているということがいえます。一方では、学校のほか塾へ通う子ども、ことに中学生というのは、これも年々増えていっています。昭和60年でもって44・5%という、僕が見た数字では、それが塾へ通っています。そうすると、理屈からいきますと、塾へ行く人が50%を超えた場合には、中学校の教育自体が意味がないということになります。

つまり、極端なことをいいますと、今、中学校の教育のやり方、あるいは中学校の存在理由というのはあまりないのだということになります。つまり、ないから塾へ行くわけです。塾へなぜ行くのかという理由もデータが出ています。1位は子どもが希望するからというのが半分ちょっとです。子どものほうが塾へ行きたいわけです。これは勉強したいというふうに受け取っても、どう受け取ってもいいわけです。とにかく子どもが希望するから塾へ通わせる。

そうだとしたら、半分以上が塾へ通わなきゃ成り立たないような中学の教育というのはまったく意味がないということになります。つまり、それはもう変える以外にないわけです。中学校の教育自体を変える以外にないわけです。どう変えたらいいかということが、きっと今に……。これは昭和60年のデータで、44・5%。現在だったらもっと増えていると思います。半分を少し超えているかもしれないくらいだと。

そうしたら、現在の中学校の教育というのはまったく意味がないから、変えたほうがいいということになっていると思います。それで、中学生自体の側からか、あるいは父兄の側からか、必ずそれは問題になってくるだろうと思います。それで問題にならなければおかしいので。そこが教育の場合の、一番の弱点だと思います。ここでもって必ず問題を背負ってくるということは、今に爆発してくるということは疑いのないことだと、僕には思われます。

なぜ登校してくるかという子どもに対するアンケートがあります。つまり、なぜ登校するのか、学校の存在理由をおまえは要するに、どこに置いているかということと同じことになります。つまり、なぜ登校するのか。つまり、学校生活で何に満足しているのかということですけれども。

そのアンケートによりますと、圧倒的な1番が友達だといっています。つまり、85・何%が友達だといっています。その次に、部活動・クラブ活動・サークル活動だといっているのは、49%。これは2番目です。3番目に、先生というのが来ています。その次、4番目は施設だと。プールとか、図書館とか、その他の設備が学校へ行くとあるから、うちではないような設備があるから、学校へ行くんだというのが4番目です。授業を受けるのは5番目になっています。24%です。

そうしたらば、友達とか部活動、子どもらって集団的な友達を□□するわけですけれど、これが要するに学校へ登校する、登校意義だという、存在意義だというふうに、生徒のほうじゃ思っているわけです。先生のほうは、授業だと思っている。授業が学校の存在意義だと思っているわけです。そのギャップというのをどこかで解く以外に中学校なんかを承認する理由はないだろうと、僕には思われます。

つまり、その問題は福祉の問題だというふうにいいますと、何の問題になるかといいますと、2歳から5、6歳までというのは幼児期といっているわけですけれども、幼児期の次に来るのが児童期、あるいは学童期なのです。その児童期というのは、とても大きな問題なんです。つまり、児童期の学校、つまり5、6歳から、11歳、12歳ぐらいまでですけれども、その児童期に学校へ通うようになって、授業を教えるか、知識を教えるか、こうしちゃいけないとか、道徳とか倫理とかを教えるということ、強制的に義務養育でやるわけですけれど、そのことがいいことかどうかということは、福祉の基本的な問題として、大変問題は多いところかと思います。

だいたいにおいて、児童期というのは、いってみますと、胎児期ってお腹の中にいるのですけれど、乳児期とか胎児期に無意識だったものが、□□□意識的に出てくるというのは児童期の問題だと思いますけれど、そのときに、外から要するに、知識とか、事実とか、道徳、倫理とかをぎゅうぎゅう詰めに、学校、義務教育で教えるわけですけれど、そのこと自体がいいことなのか、合理的なものなのか。あるいは全然そうじゃないのかということは、たぶん基本的には検討されたことはないんです。

つまり、そのことはまだ今のところは別にあれじゃないですけれども、本気に考えないといけない時期が来るような気がしてしようがないです。それが福祉の問題として来るような気がしてしようがないです。ところが、一番問題なときに、半分近くの人間が塾へ通わなきゃ成り立たないような、そういう教育しかしていないということ。それからもう一方では、これは外部の要因だと思いますけど、外部の要因で、勉強が好きで、塾へ行って勉強して、それでしかるべき高校へ行ってと、スムーズにそんな場合はよろしいですけれども、今どうなっているか、神奈川県がどうなっているか知りませんけれども。

つまり、一種の偏差値みたいなのがあって、それで内申点が取れないと、あるグループの高校には行けないみたいなふうに中学ではなっていて、それで内申点といいましょうか、そういうので高校が決まっちゃうと、もうその上の大学も決まっちゃうみたいなことになっていっちゃって、中学の教育というのは一番いろんな問題に集中して、嫌らしい時期なんですよ。その嫌らしい時期というのに、学童期までに教育を含めて学校、義務教育でするということが本当にいいことなのか、そうじゃないのかというのは、本当に検討しないと駄目だという日が来るような気がします。それが重要な福祉の問題になって、出てくるような気がします。

例えば、ヘーゲルなんていう人は、その時期に徹底的に、強制的に、いろんな倫理・道徳、勉強の規律とか、みんな教え込まなきゃ駄目なんだという考え方をとっています。それはまた徹底した考え方で、また一つの考え方です。だけれども、本当にそうかどうかということを検討して、いやそれは違うんだと、やるならば、直しちゃわないと駄目だと。どう直るんだといったら、やっぱり大なり小なり、友達とか、クラブ、サークルとか、そういうようなものが何か主体になるような教育に直しちゃわなきゃ駄目なんだという観点も、検討の結果、成り立ち得るかもしれないと思います。

そうしたらば、今の中学校のイメージは全部変えていかなくてはいけないということになってしまいます。しかし、中学校のイメージを変えたって、その上が変わらなきゃ同じじゃないかということになります。これは福祉の問題よりも、もっと違う問題になってくるような気がします。そういう問題になってきたら、解決は、上のほうから解決する以外にないので。

例えば、何でもいいですけれど、東京大学の先生は、駒沢大学へ行って、必ず4年間は学生を引き受けて教えなければいけないという義務をつけ、最低4年間は駒沢大学で教えなきゃいけない。駒沢大学の先生は最低4年間、東京大学へ行って教えなければいけない。そういうふうに義務付ければ、もうその問題は終わってしまうわけです。つまり、この中学の問題の半分は解決しませんけど、半分は終わってしまいます。現在のままだと、つまり内申点いくら以上とか、偏差値なんとかという、それが馬鹿馬鹿しくなったら、もう登校拒否する以外に方法はないわけですよ。登校拒否するか、塾へ通うか、どちらかだというふうになって、それは今やもう少しでぎりぎりに追い詰められつつあるわけです。登校拒否か、あるいは塾へ行くか、どっちかというような、それが中学生の運命なわけです。

そうすると、それはぎりぎりになって、そこで問題が生じなかったらおかしいので、もうすぐ生じるだろうと僕は思います。もし今、塾へ通っているのが40何%だ、そこらへんですか。60か70%になったときがアウトということになりますし、また登校拒否がまだ今のところ0・6%、0・7%ぐらいしかいない。これが増えていく一方になっていますから、減る気づかいは今のところありません。だから、増えていく。そうすると、二極分解して、もう塾へ通うか、登校拒否かどっちかという、だんだん中学生というのは二分していくだろうと思います。つまり、そこが一番の問題点で、必ずそこから何かが起きてくるだろうと、僕はそう思います。だから、それは一見すると、福祉には縁遠いように見えますけど、根本的な問題になっていけば、やっぱり精神障害の問題、あるいは精神薄弱の問題、精神の健常さという問題と、教育技術、道徳というのを学童期にぎゅうぎゅうに押し詰めるということは、どういう関係があるのだろうかということの問題に還元することができます。つまり、この問題がとても重要だということになると、僕は思います。

もう少し、その□□を拾っていきますと、中学生に悩みは何だと聞いたアンケートがあります。その1番は、友人の問題があります。友人との葛藤の問題だと。それから2番は勉強だと。3番は好きな、恋人の問題だ。4番目は親の問題。親が理解あるかないか、そういう問題。それからもう一つ、その次が、両親のあいだの問題、つまり両親がうまくいっているか、いっていないかの問題、そういうアンケート結果が出ています。

それから、もっと違うデータもあります。中学生で現在もう学校の勉強というのはうんざりしているんだというのが22、23%、そういう答え方をしています。これも増えていく一方で、減る気づかいは今のところ少なくともデータの上からはありません。つまり、全部増えていっています。うんざりだというのがだんだん増えていきつつあるというのが現状です。

いろんなデータ、分かるかぎりのデータをそういうふうにあれしていきますと、だいたい中学生、思春期に入りかけのところまでですけど、学童期の問題というのが一番大きな問題として差し迫っているということが、現在の社会で差し迫っているということがとてもよくあらわれています。そしてこれは、たぶんそんなに遠い未来ではなくて、5、6年とか10年とか、それ以内にきっと、ここでたくさんの問題が生じるだろうというふうに僕には思われます。つまり、それくらい、これらの問題が重要な問題で、児童福祉の問題といっている問題がありますけれども、児童福祉の問題の中で、もちろん身体障害の問題もあるわけですけれども、精神障害の問題というのを児童福祉の問題として考えていくとすれば、この問題のところで、非行とか逸脱性の行動みたいな、福祉の対象になっている、そういう問題が生じてくる根本的な問題が、今のところこういうところにあるということができます。

僕らは、この問題は青少年度というふうに呼んでいるのですけれども。青少年度というのは、老人度というのと同じように、極めて重要な問題になっています。その問題を解けると、福祉の問題としても、それから社会問題自体としても、大変多くのものが解けてしまうところがあります。それで、どの数値をもってしても、相当危なっかしい問題をここは一番はらんでいるような気がします。

次に、老人問題で、老化の問題と死の問題というのがあります。老人というのは例えば65歳以上、年少者というのはゼロ歳から14歳と仮にとりますと。老人の人口が増えて、年少者の人口が減っていく。それがクロスするところがあります。クロスするところは２００７年というふうに推定されています。２００７年は平成19年。年少者の人口は18・何%、それから老年人口がやはり18・9%ぐらいになって、減っていく年少者と、増えていく老年の人口がクロスする場所というのがあるわけで、どういったらいいんでしょう、その社会の、年少者と老年を除いた勤労者といいましょうか、職に就いている人になると思いますけど、両方18・何パーセントを引いた残りが働ける人口、労働人口といいますか、そういう人口になります。

それは、その社会の、年齢から見たタイプを決定するものだということができます。それは、老年人口が増えていって、年少者の人口が減っていくというふうになっています。もちろんその勢いからいけば、年少者の人口はもっと減っていって、老年者の人口はもっと増えていくということになります。もちろん両方が１００％になるわけではないですけれども、片方が減って、片方が増えていくという気づかいはあるわけです。

老年の問題は何の問題に帰着するかというと、これは福祉の基本的な問題であり、身体障害と精神障害の問題、それから生活保護の問題という、そういう問題全部に関わってきます。つまり、老年の問題というのは全部に関わってきます。老齢化社会といわれるものに対して、僕らが考えてしまういいところというか、考えることが億劫でないといいましょうか、あまり暗くないというふうに見られるところは二つしかないと思います。一つは、人口の割り振りからいっても推定されますように、だいたい年少の人たちの割合と、それから老年の人たちの割合というのは、だいたいにおいて似ているということがあるのです。先進社会ではそんなことがいえるわけです。それから、それは単に年齢の問題なのですけれど、年齢の問題だけでなくて、精神の問題、あるいは精神障害の問題といってもいいのですけど、精神の問題としても老年の精神の問題と、乳幼児の精神の問題というのとは、児童期まで含めての年少者の精神の問題とは大変よく似ているところが、向きが逆ですけれど、大変よく似ているところがあるんです。

ですから、扱いとしていえば、子ども1人、乳児、あるいは幼児、あるいは児童期の子ども1人を扱うのと同じだ、同じだと思って扱うみたいな扱い方が、老人に対して可能であろうというふうに思えることがあります。

もう一つは、これはデータでは出せないのですけれども、確かに老年の人口は増えるだけだと。それから平均寿命も延びると。そうすると、大変困ったというか、それらを全部主に労働人口が支えていかなくてはならないというふうに考えると大変だと思われるわけなのですけれど、それはデータやグラフから見ると確かにそうなのですけど。それとともに老年人口が増えていくということは、要するに、もう一つあって、老年といえども、老年扱いにしなくていいという意味合いももちろん含まれているわけです。つまり、老齢ということを固定的に考えたら間違うんだと。平均寿命が延びて老年人口が増えていく過程での老人というのは、やはり経験度とか、能力とかそういうことでいえば、老齢扱いしなくてすむ範囲が同時に広くなるということがいえると思います。つまり、そういうのはデータでやると、全部受け身にしか出てこないのです。年寄りばかりになってしまって、ああ大変だというかたちで出てくるのですけど、そんなことはない。個々の老人をきちんと具体的にあれしていけば、すぐ分かるように、昔の60歳の老人に比べて、今の60歳の老人のほうがはるかに若々しいし、はるかに頭脳的に達者だし、はるかに判断力もあるしというかたちでは、決して老年ではないのです。ですから、老年扱いにしなくてすむ度合いも、どんどん増えていくということがいえるわけです。

例えば、僕は今66ぐらいだと思うのですけれども、例えばね、文学のあれでいえば、石川啄木という明治の文学者ですけれども、明治の文学者石川啄木はだいたい22歳か23歳頃、ものすごく大人でしたね。今でいえば老大家みたいなことをちゃんといっていた。ものすごく老成してというか、ちゃんとしたことを22、23くらいのくせにいっているんです。僕らは66とかなっているけど、なんか自分は幼稚だねと。啄木の20歳のときより、なんか幼稚なところがあるねみたいなことをどうしても思えるんです。

だから、その幼稚だということを、いい言い方をすれば、若いんだというような言い方もできるんです。まだ未知数なあれが残っているみたいなことをいえば、そういう言い方もできるわけです。啄木なんかの22、23のときに書いたものとか、そういうのを見ると、なんか堂々たる大人といいますか、ちゃんとした大人のあれをきちんといっているんですね。つまり、そういうことを僕らはとてもいえない、今でもいえないということをちゃんといっていますね。そういうふうに考えると、あの頃の20幾つというのはもう、今でいう40から50のあいだぐらいに該当するのではないかというくらい、そのくらい老いというもののイメージは違うと思います。ですから、必ずしも老齢化社会、あるいは老年人口が増えるということは必ずしもそれだけ、福祉的にいえば保護しなければならない、あるいは介護しなければならない人口が増えるんだというふうに考える必要はないように僕は思います。そうではないような気がします。

だから、そこはやはりデータだけでは分からない、一種の救いがあるような気がします。しかし、本質的にいいますと、やはりものすごく老化という、それから死といいますか、それはものすごくきついことで、僕らもそういう感じがするんです。実感で分かるような年齢になってきたのですけれどね。やはり相当すごいものだな、大変なものだなというふうに思います。つまり、こんなことは解こうと思っても、なかなか解けないし、また先送りみたいにどうしてもいかないことがありまして、なかなか難しい問題だと思います。でも、今いいましたその点だけは、二つの点だけは、まあ、あまり暗く考えなくてもいいということがいえそうな気はいたします。

それから、あとは死という問題があります。老化の問題、死の問題というのがあるわけですけれども、福祉的観点からいいますと、老化の問題も、死の問題も、究極的には、個々の老人、あるいは死者に還元していくということ。つまり、福祉というのはそういう意味合いでは、要素的に解体してしまうということが、究極的なイメージだと思います。個々の老人によってそれぞれ環境が違い、経済状態が違い、それから病気の種類、それから障害の種類が違うというようなかたちになります。では、それはどうしたら、どういうのが老人にとっていいのかといいますと、それぞれの環境に即して、だいたいご老人、ご当人の最もいい場所で、最もいいやり方で、最も好めるやり方で、福祉の問題が解決できたら、それが一番いいわけなんです。

これは、老人施設みたいなもの、あるいは病院みたいなものをたくさんつくって、これを社会的に保障して、介護していけばいいのではないかと考えられるかもしれませんけれども、それはたぶんあまり究極のイメージではない、取りあえずのイメージにしかならないので、究極の問題としていけば、個々の老人がそれぞれの固有の環境に伴って、それでもって一番いいやり方で、老後の生活がやれるみたいなふうになるのが、究極のイメージになりますけれども、それはたぶん福祉の問題が最後にそれを問題にすべき、大きな問題になってくるのではないかと思います。

それから、死の問題も同じになります。死の問題というのは、たくさんの問題があります。一つは、経済的、あるいは物質的な問題になります。だから、もしご老人たちが、自分が子どもたちの世話にもならないで、自分の持っている経済力で、自分でちゃんと処理して生活もやっていけるみたいなふうに、ご老人たち自身がそういうふうになることが、いってみれば、死の問題を社会的に解けるということ、死が解決されるということの社会的なあれというのは、そういうかたちにご老人たちがみんな思えるようになってきたとしたらば、それは社会的にいえば死の問題を解決したことになります。

それは、現在のところ、割合に裕福なご老人たちにアンケートをとりますと、60%以上の人が、やはり自分は別段子どもの世話にならないようにして、老後の生活をやっていくのがいいと思うと、またそういうふうにやっていきたいというようなことを、60%以上の人がそういう回答の仕方をしています。そういう回答が50%を超えたということは、そういうご老人たちだけをとってくれば、社会的にいう死の問題というのは解決されたということを意味していると思います。しかし、それは、わりあいに選りすぐったといいますか、わりあいに裕福な、選りすぐっていった人で、例えば、会社の重役で定年退職した人とか、そういうような人たちからアンケートをとりますと、だいたいそういうふうに、60%以上が子どもの世話にはまったくならないでやっていきたいというふうに答えていますし、またやっていける基盤というのを持っているように答えています。だから、そういう人たちにとっては、死の問題ということが解決された、社会的には解決されたということを意味していると思います。

それが、たぶん一般的なご老人にアンケートをとったら、なかなかそうはいかないので、やはり50％に達しない。つまり、20％とか30％の人しか、そういう答え方ができない状態が現状だろうと思います。だから、その場合には、死の問題が全般的に、社会的に解決されていないということを意味していると思います。

ところで、死の問題や、そういう社会的な問題だけがあるのではなくて、精神の問題がありますす。精神の問題、精神障害の問題もありますけれども。精神の問題があります。精神的にも、死の問題が解けることが望ましいわけですけれども、現在の段階ではそういうことというのは、例えば、宗教が役割を担ったりなんかして、そういう問題に介入しようとしているわけですけれども、宗教がご老人の死の問題を解決しているというふうには、僕にはとうてい思えませんし、また宗教が仮にそれを、信仰者に対しては解決しているとしたとして、信仰していない、宗教なんか信じていない人間にとっては解決されていないわけです。

つまり、精神にとって死の問題を解決するというのは、なかなか大変なことで、まだこれからの問題だと、これからその問題を抱えていかなくてはいけないというようなことになるように思います。しかし、その問題に対しては、本格的に取り組んでいかなくちゃ駄目なんじゃないかという段階には来ているような気がいたします。

それから、精神的に死の問題が解けるというのは、なかなか難しいですけれども、ただこういうことがいえるんです。人間は誰でもそうなんですけれど、特にご老人だったらそうだと思うんですけれど、しばしば精神的にいいますと、死の向こう側へ、ある瞬間には向こう側へいっちゃっていて、またこっちへ、ある瞬間にはこっち側へ帰ってくるということがしばしばあります。つまり、死は向こう側へ越えられていたり、またこっちに来て、死が前方にあるんだというふうに見えたり。それは一般的にいえば、ある瞬間、あるいは時間、あるいはある時期をとってくれば、ご老人も精神的に死の向こうへ行っている。平気で向こうへ行っているということがあります。それで、向こうへ行ってまた引き返してくる。ある場合には、死はどうしても向こうに、死の向こうへは行けなくて、死は前方にあって、なかなか重たい問題として引っかかっているということになりますけれども、ある場合には、死の向こう側へ行っているということがあります。やっぱり死の向こう側へ行っているという問題に対して、それじゃあ、向こう側に行ってまたこっちに帰ってくるというのは、偶然にご老人たちがやっている問題ということは、これからの課題としては、意識的にそれをつかまえるみたいな、そういうことが、とても大きな課題になってくると思います。

それは、ご老人自身ができるかどうかは別なのですけれども、それが一種の理念の問題として、死とは何なのかという理念の問題として、やはり死の向こう側へ行っちゃっている、行っちゃっているときがある。それはどういうことなんだとか、またこっち側へ帰ってきて、死が前方に見えるという、そういう状態は一体どういうことなんだという、そういう問題を、一種の理念の問題として解いていくということがとても重要になってくるように思います。

それはやはり、どうしても老人問題の中で、究極的には残るような気がします。それで、残っているという問題にそんなに傍観的にはできなくて、非常に切実な問題としてその問題を考えていかなくちゃ駄目だというようなことに、これから老齢化社会というのが進んでいくにつれて、そういうことになっていくような気がします。だから、それは課題として、どうしてもこれから引っかかってくるんじゃないかというふうに思います。

だから、最後には、母子問題、それから生活保護の問題というのが起きてくるわけです。僕が、どういうふうに母子問題というふうなのが位置づけられるのかなと思って。僕が知りたいからちょっとあれしたのですけれど。生活保護は、一番あれなのは傷病・障害者の問題というのが一番多いというふうになってきます。それから、その次は高齢者の問題が多いんだ。母子問題というような生活保護の問題も含めて、それは3番目に出てくる問題だということ、データではそういうふうに出ています。

それでこの問題は、たぶん生活保護の問題に帰着する、あるいは一般的に婦人問題、職場における給料が男子と女子とでまるで違うんだとか、格差があるんだというふうな、そういう問題は一体どうするんだという問題とか。母子、母親、あるいは婦人問題という、差別されるのはどうしてなんだというような、全般的な婦人問題と生活保護の問題、両方に絡まってくる問題だと思います。こういう問題は、たぶん福祉問題の中で一番経済的なといいますか、予算的な問題に一番関連が深い問題だと思います。

そこでまた僕が知りたいものですから、社会保障費というのが一体日本でどうなっているのかというのを、データを見ていたのですけれども、社会保障費の第1位がスウェーデンで、国民総生産の33%ぐらい。第2位が西ドイツで32%ぐらい。第3位がフランスで30%ぐらいです。第4位がイギリスで24%ぐらい。第5位はイタリアで23%ぐらい。それに対して、日本の社会保障費は、国民総生産の11・9%にすぎない。欧州の先進国に比べて3分の1から2分の1くらいの割合でしか、社会保障費の予算というのは出ていないわけです。つまり、そういう意味合いでいったら、母子問題も含めて、老齢の問題も含めまして、身体障害、その他の問題も含めまして、日本の社会保障費の問題というのは、まだ先進国並みにもいっていないという、予算としていっていないということが大きな問題としてあります。

これは、誰がどうするか、どうして、どういう声を上げれば、少なくとも欧州並みになってくるのだろうかという問題は、依然として大きな格差でもって残されていると思います。つまり、その問題は是が非でも、少なくても、スウェーデン並みといえば一番いいわけですけれども、そこらへんまではどうしてもいくべきだし、いかせるべきなんだということは、あるように思います。つまり、そこが大変大きな問題だというふうに、僕には思われます。

これも、問題自体としては、これは純然たる、社会保障費の要求の問題であって、それ自体は難しいのですけれど、事柄自体は簡単な、単純なことに帰せられるような気はいたします。

だいたい今まで申し上げましたことが、福祉問題を要素に解体したときに、出てくる問題のように思います。それは、還元すれば、身障者の問題、それから精神障害の問題に、還元すればそこに還元されてしまいます。これは、一等最初に申し上げましたように、これは一種の絶対的な問題になります。絶対的な問題ですから、これを完璧に解けるというふうなことまで持っていくのは、やはり究極の問題だろうなと思われます。つまり、日本というのは、相当程度の、今の日本の資本主義社会自体でもって、相当程度のことは解けていっています。つまり、解けていって、われわれが抱えている問題は、つまりなんていいますか、僕なんかの言い方をすると、段階の問題しか残っていないくらいに、相当程度解けています。

それから、経済的な格差の問題でも、データをあれしてきますと、たぶん日本が一番貧富の格差というか、所得の格差が一番少ないのです。最低所得の人と最高所得の人の格差は、たぶん4対1です。これは、僕が知っているかぎりでは、世界で最も貧富の格差が少ないところです。だから、相当程度の問題はこのままで解決されていくでしょうけれども、ただ要するに、福祉の問題、つまり言い換えれば、身体障害、精神障害の問題（精神障害は動かせるような気がします。つまり、治せるような気がしますけれど）のところへいくような気がしますけれども。身体障害みたいな、絶対的な差別の問題といいますか、絶対的な違いの問題、格差の問題をどう解消していくかということは、これを完璧に解消していくまでには、まだ大変な道のりがあるような気がします。それが、なんとなく最後に来そうだなという感じがしないでもありません。

ですから、大変なことになっていきますけれども、実際は一種の自己同一性でありまして、身体障害の問題は要素に解体しても身体障害の問題である。精神障害の問題は、要素に解体しても精神障害の問題であるということになりまして。どうしてもそこに返っていくように思います。福祉の問題は、概していえば、そういう問題になってきます。福祉の問題が社会の高度化による格差の縮まりみたいなものと、どういうふうにシーソーゲームを演じていくのかということは、一つの課題でありますし。

それから、この絶対的な身体障害の格差というのは、いってみれば、社会的、あるいは制度的、政治的な課題というようなものとひっくるめて見ていえば、段階というふうに僕らが呼んでいる問題になってきます。つまり、段階の問題が解けるというのは、たぶんなかなか現代のわれわれの視野の中では、ちょっと考えにくいので、この段階の問題は、どうしても今世紀ではなくて、次の世紀へ持ち越しされてしまうような気がいたします。

それと同じように、たぶん身体障害の完全な保障といいましょうか、共同化といいましょうか、それはたぶん相当最後まで残っていく問題ではないかなと、僕には思えます。概して、僕が福祉の問題という課題を皆さんのほうから与えられて、僕が考えたところでいいますと、だいたいこれくらいのことが大きな問題になって、それがまた円環していって、それが社会のこれからの展開というものとシーソーゲームを演じていくというような気がいたします。

皆さんの問題はもっと具体的で、もっと切実で、もっと身近な問題なのでしょう。それが何かきつくてやりきれないとか、かなわないよなというときには、少し傍観者的にといいますか、少し距離を置いてみるとなるようになるよなと思っていただければ、大変ありがたい気がいたします。一応、これで終わらせていただきます。

（神奈川県横浜市某所）

〔音源あり。文責・菅原則生〕

『最後の親鸞』、大衆の原像のことなど

菅原則生

『最後の親鸞』の「あとがき」を読むと、この本が書かれた基となっているのは、小冊子『春秋』に一九七一年の十二月号から連載された「聞書・親鸞」だとある。吉本が親鸞についてお喋りした「聞書・親鸞」が載ったこの冊子を初めにどこで手にしたのかはっきりしないが、偶然読んだあと、バックナンバーも読みたくなって、春秋社が無料で書店の店頭に置いていた『春秋』を手に入れようと神田の春秋社まで出かけていった。そしてこの連載をコピーしてまとめて本みたいにしたのを憶えている。わたしが初めて吉本講演を聞いたのが、知人に誘われてふらふらと行った一九七〇年七月の「『擬制の終焉』以後十年」という講演だったから、またたくまに吉本に入れ込んでいったのかがよくわかる。そのころから、本屋に吉本のかいた本や雑誌が並ぶのを心待ちにするようになった。これは楽しい心事であると同時につらい心事であった。いったいわたしは吉本の何に惹かれていったのだろうか。今年一月に亡くなった九州の知人の言を借りれば、わたし（たち）は心を「わしづかみ」にされたのだといえよう。そしてあれから長い時間を費やして、そのことにかかずらっていて、なかには人生を棒に振ってしまった人もいるように見える。

二〇一〇年に出た中学生向けの「お説教」みたいな本『ひとり』のあとがきで吉本は、これを読んだ人を「悪くしないことを願っています」とかいている。これは自分のことかもしれないな、もう遅いと思って苦笑いした。もともと自分の性格の根っこが良いとは思っていないので、吉本を読まなければ、もっと悪くなっていたかもしれないが。

〈知識〉にとって最後の課題は、頂きを極め、その頂きに人々を誘って蒙をひらくことではない。頂きを極め、その頂きから世界を見おろすことでもない。頂きを極め、そのまま寂かに〈非知〉に向って着地することができればというのが、おおよそ、どんな種類の〈知〉にとっても最後の課題である。この「そのまま」というのは、わたしたちには不可能にちかいので、いわば自覚的に〈非知〉に向って還流するよりほか仕方がない。しかし最後の親鸞は、この「そのまま」というのをやってのけているようにおもわれる。横超（横ざまに超える）などという概念を釈義している親鸞が、「そのまま」〈非知〉に向うじぶんの思想を、『教行信証』のような知識によって〈知〉に語りかける著書にこめたとは信じられない。

どんな自力の計いをもすてよ、〈知〉よりも〈愚〉の方が、〈善〉よりも〈悪〉の方が弥陀の本願に近づきやすいのだ、と説いた親鸞にとって、じぶんがかぎりなく〈愚〉に近づくことは願いであった。愚者にとって〈愚〉はそれ自体であるが、知者にとって〈愚〉は、近づくのが不可能なほど遠くにある最後の課題である。（吉本『最後の親鸞』一九七六年刊）

わたしがこれを読んだのは、わたしが属していた左翼党派が存在する根拠もなく存在していた果てに吉本講演会を妨害しようとして出かけて行って、その反動で党派が内部瓦解しつつあったときかその後だった。いずれにしてもわたしは、党派からの離脱、ありふれた生活への着地が抜き差しならない内的な問題だったので、そのことに重ねて、この一節を読んだ。「〈知識〉にとって最後の課題は……頂きを極め、そのまま寂かに〈非知〉に向って着地することができればというのが、おおよそ、どんな種類の〈知〉にとっても最後の課題である」とは、いったいどういうことか、矛盾した言い方だが、わたしには「わかった」ように思えたのである。もちろん、既視感のように「わかった」ような気がしただけで、限りなく慰藉されたとともに、紙一重で、怖くて強い「毒」をもった思想であることがわかったのはずっと後になってからだ。

ここで「知の頂き」とは、生活過程にまつわる思惟から逸脱して、生活過程に還ってこない思惟というように考えておけばさしつかえないと思う。そして「〈知〉よりも〈愚〉の方が、〈善〉よりも〈悪〉の方が……」という言葉が衝迫力を持って迫ってくるこの一節の背景に、吉本のただならぬ記憶、知らなかったがゆえに取り返しのつかない事態を招いてしまった、やり場のない憤怒の感情を呼び覚ますなまなましい記憶・像があると思える。

それは何かといえば、ひとつは、敗戦直後、死を「覚悟」して白装束に身を固めていたけれどはぐらかされて生き残り、ひとりでも占領軍と戦うと決めていた自分が勤労動員先の富山から帰京する途中で、武器を捨てて食料をリュックに詰められるだけ詰めて「嬉々として」列車に乗り込み帰郷しようとする兵士たちに出合ったことだ。またひとつは、一九五四年前後、労働組合の委員長として敗北必至で闘った労働争議の敗退局面で会社側が自分に出してきた「異動命令」以後、共に闘ってきた労働者たちが急によそよそしくなり、いち早く会社側の切り崩しに乗った組合員も含め、直接・間接に会社側に寝返った労働者たちのことだ。ほかにもある。反安保のデモで機動隊に追われて商店街の路地に逃げ込んだ学生らをつかまえて警察に突き出してしまった商店街の「おやじ」たちのことなどだ。

これら兵士や労働者たち、商店街の「おやじ」たちをどう捉え得るか、そのことが〈知〉が「そのまま寂かに〈非知〉に向かって着地することができれば」と吉本がかいているときの背景に込められた吉本の感情であるように思える。そしてそのとき兵士や労働者たちはどんな目をして〈顔をして〉青年吉本を見ていたのか、また青年吉本はどんな顔をして〈目をして〉彼らをみていたのか。興味ぶかいのは、後になって吉本は、自分よりも兵士や労働者たちを優位だと考えていることだ。自分の〈知〉の衣装を脱ぎ捨て、あるいは自分の不可避性を捨てて兵士や労働者たちのほうへ降りていこうとしていることだ。だが降りていっただけでは労働者や兵士たちから跳ね返されてしまう。自分の〈知〉の衣装の脱ぎ方が中途半端だからではない。意思によってはどうすることもできない〈視えない関係〉によって阻まれてしまうといったほうがいい。

親鸞は、〈知〉の頂きを極めたところで、かぎりなく〈非知〉に近づいてゆく還相の〈知〉をしきりに説いているようにみえる。しかし〈非知〉は、どんなに「そのまま」寂かに着地してても〈無智〉と合一できない。〈知〉にとって〈無智〉と合一することは最後の課題だが、どうしても〈非知〉と〈無智〉とのあいだには紙一重の、だが深い淵が横たわっている。なぜならば〈無智〉を荷っている人々は、それ自体の存在であり、浄土の理念に理念によって近づこうとする存在からもっとも遠いから、じぶんではどんな〈はからい〉ももたない。かれは浄土に近づくために、絶対の他力を媒介として信ずるよりほかどんな手段ももっていない。これこそ本願他力の思想にとって、究極の境涯でなければならない。しかし〈無智〉を荷った人々は、宗教がかんがえるほど宗教的な存在ではない。かれは本願他力の思想にとって、それ自体で究極のところに立っているかもしれないが、宗教に無縁な存在でもありうる。そのとき〈無智〉を荷った人たちは、浄土教の形成する世界像の外へはみ出してしまう。そうならば宗教をはみ出した人々に肉迫するのに、念仏一宗もまたその思想を、宗教の外にまで解体させなければならない。最後の親鸞はその課題を強いられたようにおもわれる。（同前）

知識する者にとって「〈愚〉は、近づくのが不可能なほど遠くにある」といっているとき、知識する者から掠め取られた〈愚〉はうわべだけのもので、〈愚〉自体あるいは〈俗〉自体はもっと深く広大な海であり、それ自体の存在だ。「〈無智〉を荷った人々は、宗教がかんがえるほど宗教的な存在ではない……宗教に無縁な存在でもありうる。そのとき〈無智〉を荷った人たちは、浄土教の形成する世界像の外へはみ出してしまう」という言い方は、知識する者が〈愚〉を捉えるのが不可能なほど困難だということの別の言い方だ。そしてそのとき「念仏一宗もまたその思想を」、つまり親鸞もその思想を「宗教の外にまで」、引き寄せられるように集まってきた門徒・宗派の外にまで解体させなければならなかった。

そして、そうかいている吉本もまた同時にその思想を、宗教をひきずった凡ゆる共同観念の外にまで解体しつつあったということも意味している。

ここでいわれている、〈知〉の計らいが形成する世界像の外にはみ出してしまう「〈無智〉を荷った人々」、蒙を啓こうとすることがおこがましい存在、〈知〉の計らいが到達できない存在、こちら側からは見えないのに向こう側からは視えている存在が〈大衆の原像〉だ。そして、意思の向こう側（死の側）からこちら側（生の側）を視ている視線のことだ。武装解除した兵士の顔をしているのか、会社側に寝返った労働者の顔をしているのか、警察に突き出してしまう「商店街のおやじ」の顔をしているのかはわからない。

吉本の〈大衆の原像〉というイメージは、知識する者が知識しない者を見ているのではなくて、向こう側から（知識しない者の側から）こちら側（知識する者の側）を視ている存在だ。あるいは視られている自分を客体視している存在だ。

『ハイ・エディプス論』（一九九〇年刊）は、乳胎児期に母親との関係で形成される無意識の起源をめぐってを中心に、島亭が問い吉本が答えたものをまとめた本だ。ここで吉本は、自分の乳胎児期における母親との無意識の起源を考察することは「不可避」だが「無効」だと述べている。そして、ほとんどの人は自分の乳胎児期の心の形成について考察しないし、考察することは考察しないことよりも優位ではなく、むしろ劣位だとしている。考察することは考察しないことよりも下位だというのが「ほんとうのこと」に近づく唯一の方途だといっている。

この本の末尾で吉本は付け足したように次のように述べている。

さてと、僕にとって「これまで生きてきてなしとげた最大のこと」は何かという問いに答えなくてはいけません。まだ三十代のころ、おれは子供をつくって、育てつつあるというより以上の仕事などしていないなという実感で、そう書いたことがあります。このいい方はいまの問いに関連させていうと、アフリカ的ですね。そして何とかして子供をつくって、育てるということと独立しているといえることを、どんな小さくてもなしとげられたら、と考えながら生きてきました。残念ですが、いまいえることは、僕のこの発想は無効だとおもいます。いまいうとすれば、無効な生という理念の彼方に、精神だけの領域でいいから往き来し

たいということです。(『ハイ・エディプス論』一九九〇年刊)

ここで吉本は、自分が成したことは生まれ、婚姻し子供を育て老いて死ぬということ以外はすべて「無効」だったとのべている。これは「知識する者」と「知識しない者」という旧来の差異・区別がすべて無効になった、消費資本主義社会という歴史「段階」のことをいっていると同時に、〈知〉が〈非知〉に着地することは不可能だ、そのことにそれほどの意味はないといおうとしているように思える。それとは別に、かなしい習性のように「精神だけの領域」で死の側と生の側のあいだを自在に「往き来」すること、それだけが何ごとかだったし、これからも何ごとかであろうといっているように解釈できる。

(すがわら・のりお)

【吉本隆明略年譜】（石関善治郎作成年譜を参考に菅原が作成）

〔吉本家は熊本県天草市五和町の出。隆明の祖父が造船業をおこし成功。明治末の造船業界の変化と大正期の不況で行き詰まる。父・順太郎が製材業を試みるも及ばず、24年春、天草を出奔、上京〕

1924年11月25日、順太郎・エミの三男として中央区月島4丁目に生まれる。家には祖父、祖母、長兄、次兄、姉が住む。28年、父・順太郎、月島に、釣り船、ボートなどを作る「吉本造船所」をおこす。

34年、門前仲町の今氏乙治の私塾に入る。36年、二・二六事件。

37年4月、東京府立化学工業学校応用化学科に入学。7月、日中戦争始まる。

41年12月、太平洋戦争始まる。42年4月、米沢高等工業学校応用化学科入学。

43年12月、次兄・田尻権平、飛行機墜落事故で戦死。

44年10月、東京工業大学電気化学科に入学。

45年3月、東京大空襲で今氏乙治死去。4月、学徒動員で日本カーバイド工業魚津工場（富山県）へ。戦闘機の燃料製造に携わる。

45年8月15日、動員先の工場の庭で天皇の敗北の宣言を聞き、衝撃を受ける。

47年9月、東京工業大学電気化学科を卒業。いくつかの中小工場で働く。

48年1月、姉・政枝、結核のため死去。8年余の療養中に短歌に親しむ。

49年4月、2年の「特別研究生」として東京工業大学に戻る。

51年4月、東洋インキ製造に入社。青戸工場に通う。

52年8月、父に資金を借り、詩集『固有時との対話』を自費出版。

53年4月、東洋インキ労働組合連合会会長・青戸工場労働組合組合長に。9月、『転位のための十篇』

自費出版。10～11月、賃金と労働環境の向上を掲げた労働争議に敗北。

54年1月、隆明らに配転命令。隆明は東京工業大学へ「長期出張」を命じられる。このころ『マチウ書試論』稿。12月、お花茶屋の実家を出て、文京区駒込坂下町のアパートに越す。55年6月、東洋インキ製造を退社。

56年7月、このころから黒澤和子と同棲。57年5月入籍。58年12月、『転向論』発表。

60年6月、安保闘争の6・15国会抗議行動・構内突入で逮捕、二晩拘置される。

61年9月、『試行』創刊。『言語にとって美とはなにか』連載始まる。

62～64年、『丸山真男論』『マルクス紀行』『カール・マルクス』発表。

65年10月、『心的現象論』の連載始まる(『試行』15号から)。

68年4月、父・順太郎死去。12月『共同幻想論』刊。

71年7月、母・エミ死去。71～72年、連合赤軍事件。

71年、『源実朝』刊。76年『最後の親鸞』刊。77年『初期歌謡論』刊。

80年、M・フーコーとの対談『世界認識の方法』刊。84年『マス・イメージ論I』刊。86年『記号の森の伝説歌』刊。89年『ハイ・イメージ論I』刊。90年『柳田国男論集成』刊。

95年1月、阪神淡路大震災、3月、地下鉄サリン事件。11月『母型論』刊。

96年8月、西伊豆で遊泳中溺れる。以後、持病の糖尿病の合併症による視力・脚力の衰えが進む。

97年12月、『試行』終刊。98年1月『アフリカ的段階について』刊。

2008年7月、昭和大学講堂で講演。車椅子で登壇し、2000人の聴衆に約3時間話す。

11年3月11日、東北地方太平洋沖地震発生。14日、福島第一原発水素爆発。

12年1月22日、発熱、緊急入院。3月16日、肺炎により死去。享年87。

『吉本隆明 全質疑応答』講演収録著書等一覧（収録著書が複数ある場合には主なものを掲げた）

▼第1巻（1963年〜1971年）

1963年（昭和38年）

11月23日「情況が強いる切実な課題とは何か」＊『吉本隆明全著作集14』（勁草書房→以下略記『全著』例『全著1』数字は巻数）

1964年（昭和39年）

1月18日「芸術と疎外」＊『吉本隆明〈未収録〉講演集10』（筑摩書房→以下略記『未収録』例『未収録1』数字は巻数）『吉本隆明の183講演』フリーアーカイブ（「ほぼ日刊イトイ新聞」インターネットサイト→以下略記『183』また『吉本隆明 五十度の講演』東京糸井重里事務所もふくむ）

1966年（昭和41年）

10月22日「日本文学の現状」＊『全著14』

10月29日「知識人——その思想的課題」＊『全著14』

10月31日「国家・家・大衆・知識人」＊『全著14』『183』

11月21日「現代文学に何が必要か」＊『地獄と人間』（ボーダーインク→以下略記『地獄』）

1967年（昭和42年）

10月12日「現代とマルクス」＊『全著14』『183』

10月21日「ナショナリズム——国家論」＊『未収録6』『183』

10月24日「詩人としての高村光太郎と夏目漱石」＊『全著8』『183』

11月1日　「調和への告発」＊『全著14』『183』
11月2日　「個体・家族・共同性としての人間」＊『全著14』
11月12日　「再度情況とはなにか」＊『全著14』
11月21日　「人間にとって思想とはなにか——「言語にとって美とはなにか」および「共同幻想論」にふれて」＊『全著14』『183』
11月26日　「幻想としての国家」＊『語りの海　吉本隆明 ①幻想としての国家』（中公文庫→以下略記『語り①』）『183』
1968年（昭和43年）
3月7日　「高村光太郎について——鷗外をめぐる人々」＊『全著8』『吉本隆明全講演ライブ集10』（吉本隆明全講演CD化計画→以下略記『全講演』例『全講演1』数字は巻数）『183』
1971年（昭和46年）
5月30日　「自己とは何か——キルケゴールに関連して」＊『〈信〉の構造Part2——吉本隆明全キリスト教論集成』新装版（春秋社→以下略記『〈信〉2』）『183』
6月5日　「思想的課題としての〈情況〉」＊『未収録7』
12月19日　「国家・共同体の原理的位相」＊『未収録7』
▼第Ⅱ巻（1973年〜1979年）
1973年（昭和48年）
11月17日　「文芸批評の立場からの人間理解の仕方」＊『知の岸辺へ』新装版（弓立社→以下略記『岸辺』）『183』

１９７４年（昭和49年）
11月６日「文学の現在的課題」　＊『岸辺』
１９７５年（昭和50年）
10月11日「フロイトおよびユングの人間把握の問題点について」　＊『心とは何か　心的現象論入門』
（弓立社→以下略記『心』）『１８３』
１９７６年（昭和51年）
10月16日「文学の現在」　＊『未収録11』『１８３』
５月10日「『死霊』について」　＊『未収録９』
５月11日「『死霊』について」　＊『未収録９』『１８３』
５月15日「『死霊』について」　＊『未収録９』『１８３』
10月21日「宮沢賢治の世界」　＊『宮沢賢治の世界』（筑摩書房→以下略記『賢治世界』）『１８３』
１９７７年（昭和52年）
７月６日「枕詞の空間」　＊『語りの海　吉本隆明　③新版・言葉という思想』（中公文庫→以下略記
『語り③』）『吉本隆明全集14』（晶文社→以下略記『全集』例『全集１』数字は巻数）『１８３』
８月５日「『最後の親鸞』以後」　＊『〈信〉の構造Part1――吉本隆明全仏教論集成』新装版（春
秋社→以下略記『〈信〉１』）『１８３』
８月31日「喩としての聖書――マルコ伝」　＊『語り③』『〈信〉２』『１８３』
10月１日「竹内好の生涯」　＊『超西欧的まで』（弓立社→以下略記『超西欧的』）『全集15』『１８３』
10月20日「戦後詩における修辞論」　＊『未収録10』『１８３』
１８７８年（昭和53年）

5月28日　「幻想論の根底――言葉という思想」　＊『語り③』『全集17』『183』
9月16日　「思想詩」　＊『良寛』新装版（春秋社→以下略記『良寛』）『全集21』『183』
10月19日　「芥川・堀・立原の話」　＊『語り③』『全集16』『183』
1979年（昭和54年）
3月7日　「現代詩の思想」　＊『未収録10』『183』
3月17日　「障害者問題と心的現象論」　＊『心』『183』
4月27日　「宗教と思想のはざま」　＊『〈信〉1』
7月14日　「シモーヌ・ヴェイユの意味」　＊『語り③』『〈信〉2』『全集16』『183』
7月15日　「〈アジア的〉ということ」　＊『アジア的ということ』（筑摩書房→以下略記『アジア的』）『全集16』『183』

▼第Ⅲ巻（1980年〜1986年）
1980年（昭和55年）
3月26日　「過去の詩・現在の詩」　＊『未収録10』『183』
5月24日　「親鸞の教理について」　＊『〈信〉1』　＊『183』
6月21日　「「生きること」と「死ぬこと」」　＊『新・死の位相学』（春秋社刊→以下略記『新・死』）『全集17』『183』
11月29日　「戦後文学の発生」　＊『未収録12』『183』
1981年（昭和56年）
7月3日　「現代文学の条件」　＊『未収録12』『183』

7月4日　「〈アジア的〉ということ――そして日本」　＊『アジア的』『全集18』『183』
10月25日　「僧侶」　＊『良寛』『全集21』『183』
11月7日　「日本資本主義のすがた」　＊『超西欧的』『全講演9』『183』
11月21日　「物語の現象論」　＊『未収録11』『183』
1982年（昭和57年）
1月21日　「文学の新しさ」　＊『未収録11』『183』
11月5日　「ポーランド問題とは何か　――「連帯」の社会主義構想」　＊『超西欧的』『全講演14』『183』
11月13日　「個の想像力と世界への架橋」　＊『未収録9』『183』
12月8日　「〈若い現代詩〉について」　＊『未収録10』『183』
1983年（昭和58年）
5月26日　「小林秀雄と古典」　＊『語りの海　吉本隆明　②古典とはなにか』（中公文庫→以下略記『語り②』）『全講演16』『183』
8月21日　「変容論」　＊『吉本隆明が語る親鸞』（東京糸井重里事務所→以下略記『語る親鸞』改題「親鸞の転換」）『全集25』『183』
10月23日　「宮沢賢治の陰――倫理の中性点」　＊『賢治世界』『183』
10月26日　「エリアンの詩とうた」　＊『賢治世界』『183』
11月12日　「漱石をめぐって――白熱化した自己」　＊『白熱化した言葉　吉本隆明文学思想講演集』（思潮社→以下略記『白熱化』）『183』
1984年（昭和59年）

4月1日「隠者」＊『良寛』『全集21』『183』
6月17日「自然論」＊『語る親鸞』『全集25』『183』
1985年（昭和60年）
3月30日「「現在」ということ」＊『未収録4』『183』
7月1日「マス・イメージをめぐって」＊『未収録5』『183』
9月7日「文芸雑感――現代文学の状況にふれつつ」＊『未収録12』『183』
9月8日「資本主義はどこまでいったか」＊『超西欧的』『全講演ビデオ1』『183』
1986年（昭和61年）
4月12日「「受け身」の精神病理について」＊『心』『全講演18』『183』
6月8日「共同幻想の時間と空間――柳田国男の周辺」＊『定本柳田国男論』（洋泉社）『全南島論』（作品社↓以下略記『南島』）『183』
7月12日「時代はどう変わろうとしているのか」＊『未収録4』『183』
11月16日「日本人の死生観Ⅰ」＊『未収録2』『183』
11月17日「日本人の死生観Ⅱ」＊『未収録2』『183』

▼第Ⅳ巻（1987年～1990年）

1987年（昭和62年）
1月17日「ぼくの見た東京」＊『像としての都市』（弓立社↓以下略記『都市』）『183』
5月16日「ハイ・イメージを語る」＊『未収録5』『183』
7月16日「幻の王朝から現代都市へ」＊『幻の王朝から現代都市へ』（河合文化教育研究所）

『183』

11月8日「農村の終焉――〈高度〉資本主義の課題」＊『未収録3』『183』

1988年（昭和63年）

2月27日「イメージとしての文学Ⅰ」＊『地獄』

3月4日「恋愛について」＊『人生とは何か』（弓立社→以下略記『人生』）『183』

3月5日「イメージとしての文学Ⅱ」＊『地獄』

3月12日「日本経済を考える」＊『未収録4』『183』

11月1日「還相論」＊『全講演6』『全集25』『183』

11月12日「異常の分散――母の物語」＊『心』『全講演18』『183』

1989年（昭和64年・平成元年）

7月9日「日本農業論」＊『全講演5』『183』

11月2日「宮沢賢治の文学と宗教」＊『愛する作家たち』（コスモの本）『賢治世界』『183』

11月12日「宮沢賢治の実験――宗派を超えた神」＊『ほんとうの考え・うその考え 賢治・ヴェイユ・ヨブをめぐって』（春秋社→以下略記『ほんとう』）『賢治世界』『183』

11月12日「イメージとしての都市」＊『未収録5』『183』

1990年（平成2年）

2月10日「宮沢賢治を語る」＊『全講演8』『賢治世界』『183』

9月14日「日本の現在・世界の動き」＊『大情況論―世界はどこにいくのか』（弓立社→以下略記『大情況』）

9月30日「都市論としての福岡」＊『未収録5』『183』

10月14日「詩的な喩の問題」＊『未収録10』
12月3日「現在について」＊『地獄』
12月12日「いまの社会とことば」＊『大情況』『吉本隆明 全マンガ論 表現としてのマンガ・アニメ』（小学館クリエイティブ 改題「社会と言葉の変容から―〝ちびまる子ちゃん〟とはなにか？」）『183』

▼第Ⅴ巻（1991年〜1998年）

1991年（平成3年）
2月17日「家族の問題とはどういうことか」＊『人生』『183』
3月8日「福祉の問題」＊本書（〔補遺3〕）
10月20日「現代を読む」＊『大情況』『183』
11月10日「農業からみた現在」＊『未収録3』『183』
11月16日「現代社会と青年」＊『未収録6』『183』

1992年（平成4年）
1月21日「像としての都市」＊『全講演11』『183』
2月8日「言葉以前の心について」＊『心』『全講演18』『183』
11月3日「'92文芸のイメージ」＊『未収録12』『183』（改題「文芸のイメージ」）
11月24日「新・書物の解体学」＊『未収録12』『183』
12月20日「甦えるヴェイユ」＊『未収録2』

1993年（平成5年）

1月23日 「シモーヌ・ヴェイユの神――深淵で距てられた匿名の領域」 *『ほんとう』『183』
3月13日 「社会現象になった宗教」 *『未収録6』『183』
4月10日 「寺山修司を語る――物語性のなかのメタファー」 *『未収録9』『183』
5月3日 「現在の親鸞」 *『親鸞復興』(春秋社刊→以下略記『復興』)『183』
6月17日 「新新宗教は明日を生き延びられるか」 *『復興』『183』
9月18日 「ハイ・イメージ論と世界認識」 *『全講演17』『未収録5』
9月28日 「私の京都観」 *『未収録5』
11月13日 「三木成夫の方法と前古代言語論」 *『新・死』
1994年(平成6年)
11月24日 「顔の文学」 *『未収録11』『183』
1995年(平成7年)
2月10日 「「知」の流通――「試行」刊行から34年……現在」 *『未収録7』『183』
9月3日 「現在をどう生きるか」 *『未収録4』『183』
1996年(平成8年)
5月11日 「いじめと宮沢賢治」 *『賢治世界』『183』
1998年(平成10年)
9月25日 「安藤昌益の「直耕」について」 *『未収録3』(講演「日本アンソロジーについて」の前半部分)『183』

〔補遺〕

1970年（昭和45年）

5月16日 「宗教としての天皇制」 ＊『語り①』『〈信〉の構造 Part3——吉本隆明全天皇制・宗教論集成』新装版（春秋社）『南島』『183』

1971年（昭和46年）

10月14日 「鷗外と漱石」 ＊『全講演10』『183』

本書の一部は『吉本隆明質疑応答集①〜③』と重複します。

吉本隆明 全質疑応答Ⅴ 1991～1998

2023年4月10日 初版第1刷印刷
2023年4月20日 初版第1刷発行

著 者 吉本隆明
発行者 森下紀夫
発行所 論 創 社
東京都千代田区神田神保町2-23 北井ビル
tel. 03(3264)5254 fax. 03(3264)5232 web. http://www.ronso.co.jp
振替口座 00160-1-155266
装幀／宗利淳一
印刷・製本／精文堂印刷 組版／フレックスアート
ISBN978-4-8460-2030-9